刘艳卉 主编

# 新型戏剧
## 编剧技巧初探

Techniques in
Play-making

*of*

New Types

上海人民出版社

国家社科基金艺术学重大项目

《中国话剧编剧学理论研究》（项目编号：22ZD07）阶段性成果

上海市东方英才计划项目资助

# 目　录

# 前　言

　　戏剧活动的发生和发展与人类社会相伴而行，其形态和定义亦随着时代的发展不断变化。在实践中，戏剧至少包含三个层次的含义：一是包括剧场（theater）在内的总体概念；二是用于陶冶情操、愉悦精神，是艺术的戏剧；三是将戏剧作为手段应用于不同场景、服务于不同目的，是为"应用戏剧"。本书所探讨的戏剧类型就属于"应用戏剧"。戏剧对观众而言，不仅仅是专供欣赏的高雅艺术，更可以成为在生产生活中直接体验、参与的活动。

　　在人类早期的祭祀、游戏、劳作等活动中，就蕴含着戏剧的因素。这些样式可视为戏剧作为手段应用于不同场景、服务于不同目的的早期活动。在漫长的发展过程中，尽管戏剧在艺术殿堂上大放光彩，生产生活实践中作为工具的戏剧也始终相伴相随。

　　早在 2011 年，编者曾在《应用戏剧的理论与实践》一书中写道："最早将戏剧作为一种工具而非艺术手段用于教育，始于中小学课堂。随着人们对戏剧教育功能认识的多样化，它也开始广泛地应用于社区剧场、心理治疗、学校课程等领域。"十三年过去了，戏剧在现实中工具应用的范围和程度均有了极大的拓展，从心理治疗的、行为矫正的、知识学习的戏剧又发展到服务于地方旅游的文旅演艺、满足交际释压的剧本杀、带有强烈商品属性的游戏戏剧等形态。如果说早期的祭祀、游戏、劳作形式下的戏剧只是个别的元素，该活动本身不能算作戏剧的话，今日蔚为大观的剧本杀、文旅戏剧、博物馆戏剧、游戏戏剧、心理剧、微短剧等，其中的"戏剧"则是结构化、整体化的存在，戏剧就是作品本身，而不是锦上添花的点缀。

　　这种戏剧形态与常规的作为艺术的戏剧有诸多相似之处，比如需要角色扮演、有一定的观演关系、有一定的情节和冲突。它们与艺术戏剧更有诸多方面的不同，这使得我们不能用常规的眼光去评判其剧本和创作。

首先，其服务目的是非艺术的。这些新型戏剧形态，或者是纯商业的（比如剧本杀），或者是助推文化的（比如文旅戏剧、博物馆戏剧），或者是教育的（比如微短剧），或者是疗愈的（比如心理剧），也可以多种目的并具。这类戏剧通常拥有鲜明的商品属性，观众将之视为一种可购买的服务，而不是欣赏的艺术。

其次，其艺术特点与常规戏剧不同。常规戏剧所遵循的时空的整一性、情节的凝聚性等规则很大程度上在这些新型戏剧形态中失去了用武之地。文旅戏剧追求散状的冲突、类型化的人物，它和博物馆戏剧一样，需要根据场馆本身来决定故事和主题，文本的抒情性比动作的冲突更为重要。剧本杀的情节紧张激烈，但在冲突上，并不追求戏剧冲突曲折迂回发展的规则，阶段性上升的冲突更受玩家的欢迎。至于游戏编剧，遵守的是"黏性"的规则，是一种闯关和破局的不断重现。博物馆戏剧的观演关系发生了变化，玩家既是观众也是演员。

再次，新型戏剧是一种过程戏剧而非完结戏剧。大部分情况下没有完整的文本，只是一个策划和方案，无法预先排练，需要在具体实施的过程中才能完善和成型。这些戏剧形态的演出是一次性的，它不像艺术戏剧可以原封不动地多次演出，每次的演出都是一次全新的呈现。即使复刻性较高的博物馆戏剧和文旅戏剧，也会根据演出当天观众的情况加以适当的调整；剧本杀、心理剧等更强调观众的参与性，是观众的参与才让戏剧活动得以进行，其本身有不确定性、开放性，不像普通戏剧会导向一个明确的结尾。但是毫无例外地，大多数戏剧都需要一定的仪式和程序，让观众从故事情节中抽离出来，回到现实社会。

最后，这些新型的戏剧传播方式、发生的场所也与普通戏剧有异。普通戏剧通常发生在舞台和剧场，无论舞台是大是小，是否打破第四堵墙。新型戏剧则不一定发生在剧场和舞台，它可以发生在博物馆、发生在室外景点，以网络平台为载体（比如微短剧、游戏剧），或者是日常生活场所（比如诊所）。当然，我们也要意识到，当戏剧发生的时候，所谓的日常生活场所、景点等，都被置入观看的框架之内，成为戏剧的一部分了。

由于戏剧定义的改变，"编剧"的概念也应随之发生变化。举凡规划、设计、编排，均可纳入"编剧"的框架。新戏剧形态下的创作，没有一个所谓的权威"编剧"，引导者或带领者只是整体活动的策划者，就连他们也要谨慎地发挥自己的权威，确保参与者的主体地位。这种编剧的"文本"，在体例和内容上也不同于以对话文本构成的普通戏剧，许多文本是在戏剧活动过程中才得以形成，呈现为一种流程或过程的记录。这就需要我们因地制宜地展开针对性的研究。

因此，本书从当下艺术及文娱市场上出现的各类新型戏剧入手，分别梳理相关概念及理论，介绍"剧本杀""电子游戏""博物馆戏剧""文旅戏剧""心理剧""微短剧"等各类新型戏剧的创作流程和编剧技巧。在编写上，一方面剖析概念、梳理理论，另一方面为避免陷入纯理论的泥淖，将重点放在创作活动的流程和应用场景的探讨上。

在撰写体例上，本书共分为六章，每章分为正文和附录两部分，正文部分又分为三块内容：首先介绍基础概念和发展历程，其次阐述其创作的一般规律，最后是针对具体应用场景提出的技巧建议。在行文中，研究者在检索文献的基础上，要进行充分的田野调查与实践，论述中尽量结合具体的案例进行。每章之后又有附录：附录之一是该类型戏剧与普通戏剧的区别，附录之二是该种戏剧形态的文本案例，以期更为客观、全面地反映新型戏剧形态的样式和基本风貌，便于读者鉴别比较和按图索骥。

孔子十分重视艺术教育在性格养成和知识学习上的作用，认为"诗，可以兴，可以观，可以群，可以怨。迩之事父，远之事君，多识于鸟兽草木之名"，音乐则有"化人速""感人深"的特点。戏剧可谓是诗歌与音乐的综合。英国戏剧大师彼得·布鲁克曾说过："在观众的注视下，一个人走过舞台便是戏剧。""残酷戏剧"的倡导者安托南·阿尔托提倡一种能深刻震撼参与者心灵的戏剧。这都说明了他们对戏剧活动改变人、影响人的期待与重视。而本书中所探讨的新型戏剧，不仅在观演模式上直击戏剧本质，参与者优先的原则，也使得这种戏剧在直击人类心灵上具有无可比拟的优越性。

戏剧起源于人们的生产生活，是众人参与扮演的产物，后来登上舞台，将原先的参与者变为观众，而今戏剧重视被"请"下神坛，更为紧密地跟人们的社会生活结合在一起。在本书所介绍的许多新型戏剧中，观演关系发生了颠覆性的改变，观众不仅仅是互动或进入舞台，替换某个演员，而是成为真正的参与者。这种形式下的戏剧，对人心灵的感化作用应该远超前者。这对于戏剧本身的发展可能是一种幸事，对于艺术的戏剧重回人们的生活也不无裨益。

第 **1** 章

# 心理剧编剧技巧

## 第一节　心理剧的创作背景

　　心理剧是心理治疗的一种方式，其特点是采用"行动"而不是"叙述"的方式展示来访者的心理、行为问题，同时在行动过程中探寻问题的原因，练习合适的行为模式。心理剧有明确的创始人，即雅克·莱维·莫雷诺（Jacob Levy Moreno）。了解莫雷诺开创心理剧的背景、过程对于我们理解心理剧有重要意义。心理剧与戏剧治疗都具有戏剧和治疗的因素，二者看起来相当一致，此外，心理剧也可以视为应用戏剧的一种，与教育戏剧也有类似之处。因此阐明心理剧与此类相似概念的差异也是很有必要的。

### 一、心理剧的历史背景

　　心理剧是精神科医生莫雷诺开创的一种心理疗法，他的妻子泽卡·莫雷诺（Zerka Moreno）在心理剧的应用和推广方面也起到了重要作用。莫雷诺于 1889 年 5 月 18 日生于罗马尼亚的布加勒斯特，1909 年进入维也纳大学读书，先修哲学后转修医学。1918 年到 1925 年期间，莫雷诺在奥地利工作，1925 年转赴美国，此后一直在美国生活，直到 1974 年逝世。

　　心理剧的根源可以追溯到希腊戏剧。一般认为，亚里士多德第一个在《诗学》

中观察并描述了"宣泄"概念，将悲剧视为是以动作而不是叙事的形式对一种行为进行的模仿。悲剧事件通过引起怜悯和恐惧来实现情绪的宣泄。最初，莫雷诺在维也纳的花园里给孩子们讲童话故事。后来，莫雷诺逐渐认识到游戏才是孩子们最自然的行为，应该鼓励他们表演故事，而不是被动地接受。于是，莫雷诺开始让孩子们自己选择角色，或者根据孩子们的需求分配角色来"演出"故事。莫雷诺注意到，当孩子们第一次上演这些童话故事时非常有创造力和自发性。然而重复相同角色的次数越多，他们的"演出"就越刻板、僵硬，排练也降低了他们的自发性和创造力。因此，莫雷诺决定放弃剧本，让孩子们发展自己的角色、自己的童话故事。显然，在这些即兴表演过程中，孩子们不仅喜欢戏剧，而且获得了学习和成长。孩子们身上原有的一些令人不快的性格似乎得到了改变，孩子们也可以练习与他人互动的各种理想方式。从这些探索开始，莫雷诺逐步发展了心理剧的相关基础理论，包括相遇、自发性创造性、自发性因素、自发性病理学、自发性训练、热身过程、角色理论、远程感应和社会病理学等许多概念。

1921 年，莫雷诺第一次尝试建立成人自发剧院，采用他后来称之为"社会剧"（sociodrama）的形式演出与整个群体有关的问题。实际上，在此之前，莫雷诺已经试验过许多其他创新的群体方法，其中包括面向妓女的言语团体心理治疗，以及面向家庭的心理疗法。在这个过程中，他对自然群体（natural group）和有意群体（intentional group）之间的区别、群体成员之间情绪感染的影响、群体情感纠葛等非常关注。这些都对他的心理剧有重要影响。1922 年至 1925 年间，莫雷诺在自发剧院对他的许多想法进行了测试和发展。尽管自发剧院最初被认为是一种艺术形式，但后来逐渐成为一种治疗剧场，随后心理剧被确立为治疗重大精神疾病的方法。心理剧的临床应用开始于 1936 年，地点是比肯的莫雷诺精神病院。

心理剧与弗洛伊德的精神分析观点明显不同。其基本假设是，人的心理世界不是封闭的系统，心理学家关注的应该是人及其与他人的相互关系。个体治疗不一定会改变行为或改善人类互动，"知道"某种理论并不一定能够带来治愈的效果。传闻莫雷诺在弗洛伊德的一次讲座后对弗洛伊德说，他将从弗洛伊德结束的地方开始。这则轶事似乎可以大致表明二者的不同。莫雷诺认为言语交际是人类比较晚近的特征，而行动才是更为基本的人类行为。人们关注的焦点是作为行动者和互动者的人，因此不能孤立地看待个人，而要重视人与一个或多个重要他人的互动。在对家庭进行治疗的过程中，莫雷诺逐渐形成了互动的治疗形式，这种互动不仅仅是谈话。莫雷诺要求来访者用表演来展示问题，而不是谈论。这使莫雷诺产生了许多以不同的方式"重新演出"冲突场景的想法，并尝试更合适的替代方案。"辅角"这一概念就是这样产生的。辅角是起到治疗作用的演员，使不在场的相关者被呈现出来，以便患者能够完整地呈现他的内心情感和互动。尤其对于精神病患者，辅角是患者处理妄想、幻觉、恐惧、梦境、威胁等的基础。所有这些都可以在辅角的帮助下得以用具体的方式呈现。

莫雷诺对心理剧怀有极大的信心，因为这个方法已经经过了充分的实验。莫雷诺关于人的一个基本假设是，除非人类能够与他的神性，与他所说的"我—上帝"（the I-God）和解，否则就无法在一个看似不友好的宇宙中忍受痛苦并保持平衡。因此，莫雷诺相信并实践了上帝游戏的原则，并将其作为一种系统的方法来解决情感失衡问题。这种上帝的游戏在孩子身上的效用很明显，它是人的创造力和自发性的源泉。莫雷诺认为，如果自发性、创造性不能得到正常表达，就会以不健康的形式出现。换言之，人是一个多重角色的扮演者，是在人生舞台上即兴发挥的演员。如果不能完成他所要"演出的戏剧"，他的情感需求就得不到满足。莫雷诺不通过分析和理性互动来达到客观性，而提倡通过完全主观的途径获得真正的客观性。这种客观性和主观性之间的平衡是心理剧治疗的关键。[1]

总的来说，心理剧既是一种个人内部的方法，也是一种人际关系的方法，是一种行为训练和身体治疗的形式，既是心理治疗也是社会治疗的形式。心理剧有许多应用领域，比如诊断、治疗、研究、专业或职业的教育和培训等。

## 二、心理剧及其相关概念

### 1. 心理剧的定义

心理剧（psychodrama）一词来自希腊语，由灵魂/精神（psyche）和行动（drama）构成，意味着"在行动中呈现灵魂或精神"。现在，经典的、以主角为中心的心理剧被视为一种心理治疗的方法。该方法鼓励当事人通过戏剧化、角色扮演和戏剧性自我呈现来继续并完成他们的行动。在心理剧中，口头或非口头的交流方式都可以应用。[2] 该定义强调了心理剧的戏剧本质与心理治疗目的及其

---

1　Zerka T. Moreno, In Group Psychotherapy; (2nd Edition) Mullan, Hugh & Rosenbaum, Max (Eds) New York: The Free Press, 1978.

2　Efrat Kedem-Tahar, peter Felix-Kellermann, Psychodrama and Drama Therapy: A Comparision, The Arts In Psychotherapy. Vol. 23, No. 1, pp.27—36, 1996.

所采用的戏剧手段。戏剧本质使得个体能够以一种间接的方式处理和解决内心矛盾。通过角色扮演，个体可以在不直接面对真实情境的情况下体验和观察自己的行为模式、情感反应及与他人的关系动态。这种模拟的互动过程有助于个体获得新的见解和自我认识，从而促进心理整合和治疗。马西亚·卡普（Marcia Karp）将心理剧定义为一种无需因犯错而受惩罚的生活实践方式，即在成长过程中实践生活。[1] 该定义强调了心理剧的"生活实践"本质，即心理剧可被视为现实生活的"彩排"。"无需因犯错而受惩罚"表明心理剧提供了一个安全的空间，让人们可以在没有恐惧和惩罚的情况下探索和表达自己，在非常类似现实生活的实践中尝试新的应对策略。凯勒曼（Kellerman P.F.）这样描述心理剧：在心理剧过程中，参与者被邀请重演重要的经历，并在团体成员的帮助下展现他们的个人世界。生活中的每个方面从而得以重现……心理剧的场景描绘了可预知的发展的生活事件或者突然的危机，内心的斗争或者错综复杂的关系……所有的心理剧都有一个能使它们起到治疗效果的共同元素：将个人事实在被保护的虚构世界里展现出来，对于掌握和间接应对紧张生活，不失为一种具有创造性和适应性的方式。[2] 从凯勒曼的描述中，我们可以发现这样几点：第一，心理剧演出的内容是参与者的重要经历；第二，心理剧演出活动是在团队中进行的；第三，参与者可在不会受到伤害的虚拟世界里练习如何正确应对实际生活中的困难。亚当·布拉特纳（Adam Blatner）对心理剧做了如下描述：心理剧可以用在教育、商业、社区、家庭等多种情境中。心理剧是一组用以理解、沟通情感和关系的工具。心理剧为传统的治疗增加了空间、行动、想象及介入技巧。应用心理剧必须在安全、无私的考虑下进行。心理剧提供了一个整合性的过程，而其中的技术就像是角色扮演、角色交换、镜照、即兴、回音、夸大、重演、替身等，使得参与者经验更加整合及具创意的过程。[3] 布拉特纳的描述对心理剧的应用场景、实质、注意事项及相关技术都做了清晰的说明。结合上述对心理剧的说明，我们能够对心理剧有一个初步认识。另外，从凯勒曼的描述中，我们会很容易地认为心理剧是一种团体疗法，比如杨广学就将心理剧视为一种团体心理疗法，也是团体治疗中的一个重要方法。[4] 但在

---

1　Marcia Karp, What is psychodrama: An Introduction to Psychodrama http://www.marciakarp. org.

2　［英］保罗·威尔金斯：《心理剧疗法》，余渭深译，重庆大学出版社 2016 年版，第 6 页。

3　［美］Adam Blatner：《心理剧导论：历史、理论与实务》，张贵杰等译，心理出版社 2008 年版，第 I—VIII 页。

4　杨广学：《心理治疗体系研究》，吉林人民出版社 2003 年版，第 437 页。

罗伯特·兰迪提供的心理剧治疗案例中，我们发现心理剧治疗也可以在当事人和治疗师两者之间进行[1]，因此也可以是个体治疗意义上的。

从上述定义可以看到，心理剧是一种以戏剧形式进行心理治疗的方法，旨在通过角色扮演和戏剧化的自我表达展现个体的内心世界。之所以采用戏剧的形式，是因为戏剧能够为参与心理治疗的来访者提供一个安全的框架，一个无需因犯错而受惩罚的环境，允许个体自由地探索和表达自己，尝试新的应对策略。它不仅适用于个体治疗，也可用于团体治疗，通过团体成员的互动和支持，帮助个体处理现实生活中的困难。

### 2. 心理剧与教育性戏剧

作为心理治疗方式的心理剧采用展示、探索人的心理问题的原因并练习适当行为的方式起到心理治疗的效果。从这个角度看，心理剧实际上是一种"应用戏剧"。为了更好地理解心理剧，我们可以将其与同为教育性戏剧的"一人一故事剧场"和教育戏剧进行对比，了解它们之间的异同可以使我们更为深入地理解心理剧的本质特点。

所谓"一人一故事剧场"，通常先由观众讲出自己的故事，然后由演员们运用各式技巧将故事即兴表演出来，演的是独特的这一个。说故事者则抽离当事人身份，成为一个"旁观者"，从中感悟人生、感受关注。它充分利用艺术造成的距离感，引导讲故事者和观众以一种审美的心理去观看，从中得到宣泄、净化，强调情感的作用。[2] 关于教育戏剧，卡丽·米娅兰德·赫戈斯塔特（Kari Mjaaland Heggstad）将其定义为一个以赋予学员学识和协同创造的体验为目的的艺术学科。通过肢体和声音、幻想和想象，我们把自己代入虚构中的角色和情境，学习运用新的方式表达自己。我们在自发性和固定结构之间转换，我们创造和翻新不同的形式与结构，从戏里和戏外的不同视角回顾与反思戏中的事件与情节。[3]

心理剧、"一人一故事剧场"和教育戏剧的相同之处是多方面的。首先，它们均采用戏剧性的表达方式，使用诸如角色扮演、情境创造及对话、动作等促进参与者的情感表达、自我探索或知识获取。其次，它们都强调参与者之间的互动，无论是舞台上的表演者还是观众，都有机会参与到戏剧的创作和体验中来。第三，

---

1 ［美］罗伯特·兰迪:《躺椅和舞台：心理治疗中的语言与行动》，彭勇文译，华东师范大学出版社 2012 年版，第 128—139 页。

2 刘艳卉:《应用戏剧的理论与实践》，上海书店出版社 2011 年版，第 56、60 页。

3 ［挪］卡丽·米娅兰德·赫戈斯塔特:《通往教育戏剧的 7 条路径》，王玛雅等译，华东师范大学出版社 2019 年版，第 2 页。

它们都具有情感功能及教育或者治疗功能（事实上，教育和治疗功能具有某种程度的相似性），都注重情感的体验和表达，可以帮助参与者学习新知识、新技能，以及处理个人或社会问题。当然，它们的不同之处也是非常明显的。首先，它们的目的不同。心理剧主要关注个体的心理治疗和行为改变，通过戏剧化的方式帮助参与者探索和解决心理问题。"一人一故事剧场"侧重于个人故事的分享和即兴表演，让故事讲述者通过观看自己故事的表演获得情感宣泄和心理净化。教育戏剧则以教育为主要目的，通过戏剧活动教授知识和技能，促进学习者的创造力和社交能力的发展。其次，参与者在戏剧过程中的地位不同。心理剧的参与者，主要指主角，既是故事的讲述者也是表演者，他们亲自在舞台上重现、探索自己的经历。"一人一故事剧场"的参与者是故事的讲述者，而专业演员则根据参与者讲述的故事内容进行即兴表演。教育戏剧的参与者通常是学生，他们通过扮演虚构角色和参与戏剧活动来学习。第三，内容的真实性有所不同。心理剧的内容基于参与者的真实经历和心理状态，表演者自己模拟、重现自己以往的真实经历和心态。"一人一故事剧场"表演的虽然也是真实经历，但这种经历是讲述者而不是演员的。对表演者来说，演出内容并非"真情实感"，与他们表演完全虚构的剧本故事并无不同。教育戏剧通常表演虚构的角色和情境，用于模拟和学习各种生活场景和社交互动。第四，观众的参与程度不同。心理剧的观众也是治疗团体的一部分，他们的反馈和参与对治疗过程很重要，特别是在心理剧演出阶段结束后的分享过程中。分享者不仅能够给主角以情感支持和认同，自身也能获得治愈。"一人一故事剧场"的观众通过观看表演来体验故事，他们的反馈对演员的即兴表演有一定的影响。但他们并不像心理剧那样参与分享，与主角形成共鸣和同感。他们与讲述者和表演者并不是一个"团体"。教育戏剧的观众可能是其他学习者或教师，他们的角色更多是观察和评价学习者的表现。另外，在治疗或教育的侧重点方面，心理剧更侧重于治疗过程，帮助个体处理心理创伤和冲突；"一人一故事剧场"更强调故事分享和艺术表达，虽然有治疗作用但并不显著；教育戏剧主要侧重于教育，通过戏剧活动提升学习者的综合素质。通过上述分析，我们可以看到心理剧、"一人一故事剧场"和教育戏剧虽然在形式上有相似之处，但它们的差异更为明显。

3. 心理剧与戏剧治疗

心理剧与戏剧治疗都是采用戏剧形式进行心理治疗的活动，二者名称不同，实际上也存在着本质区别，但辨别二者并不容易。幸运的是，已有前人做过相关工作。在这里我们主要介绍埃弗拉特·凯德姆-塔哈尔（Efrat Kedem-Tahar）等人对心理剧和戏剧治疗所做的辨析。[1]

塔哈尔认为，就像其他各种人类活动不能缺少戏剧一样，治疗工作也需要戏剧的介入。事实上，戏剧在各种疗愈仪式中被广泛应用，戏剧也是心理剧和戏剧治疗共同的灵感来源。它们共同的事实基础是：生活本身就是戏剧性的，戏剧具有广泛的心理意义。尽管它们基于共同的来源，但并不完全相同，但也正因为它们有很多相似之处，所以也经常被混淆。不论是从理论上还是实践上来看，区分二者都是必要的。从历史上看，心理剧是由莫雷诺在20世纪20年代初创立，最初是基于即兴表演的戏剧实验。莫雷诺观察到专业演员和参与角色扮演练习的孩子们在活动中表现出显著的自我揭示，从而对这种完全自发的戏剧的治疗潜力和社会影响产生兴趣。心理剧随着逐渐转变为更贴近临床的团体心理治疗形式，就慢慢远离了实验性剧场，成为一种更具体和结构化的心理治疗方法。20世纪60年代，大约在心理剧发展成较为成熟的团体心理治疗形式的同时，戏剧治疗重新发现了即兴和自发戏剧的治疗潜力。早期的戏剧治疗从业者仍然停留在实验戏剧的框架内，他们重新关注戏剧的美学品质及布莱希特、斯坦尼斯拉夫斯基、格罗托夫斯基和阿尔托的各种观点。许多戏剧治疗学者一开始是帮助住院的精神病患者、囚犯和学生上演传统戏剧，描绘相关的情感或社会问题。认识到这项工作有时会使参与者发生微妙的变化，他们开始试图将相关技术应用于新的群体，并将其转移到其他环境中，同时对这些技术进行修改和扩展，以适应各种特殊的发展性和表达性需求。"媒介戏剧"方法、各种形式的创意戏剧、人类潜能运动和美国教育戏剧学校的影响最终结合起来，从而成为一种更具体的戏剧治疗方法。

塔哈尔在分析心理剧和戏剧治疗的各种不同定义之后认为，与其将心理剧和戏剧治疗简单地定性为艺术或心理治疗，更具建设性的是描绘它们各自的目标和潜在的哲学基础。从这个角度出发，塔哈尔发现心理剧和戏剧治疗之间有着根本的区别。在心理剧中，"灵魂""心理"是目的，"行动""戏剧"是方式。戏剧治疗则相反，戏剧本身（作为纯粹的艺术）是目的，心理是（表达的）手段。这不仅仅是纯粹的语义差异，而是基本哲学的差异。在理论基础方面，大多数心理剧专家都会参考莫雷诺的经典表述，即"心理剧的科学根源深深植根于莫雷诺关于自发性、创造力、当下及角色和互动理论的哲学中"。莫雷诺关于角色扮演、自发性

---

1　Efrat Kedem-Tahar, Peter Felix-Kellermann, Psychodrama and drama therapy: a comparison. The Arts in Psychotherapy, Vol. 23, No. 1, pp.27—36, 1996.

创造力、社会计量学、社会原子、远程感应（Tele）和宣泄的理论对于理解心理剧是不可或缺的。但也有很多从业者认为，尽管这些理论可以解释许多临床情况，却并未能为心理剧提供一个足够统一和全面的理论结构。因此，他们更愿意借助心理动力学、社会心理学、行为心理学或人文心理学的理论来证明自己实践的合理性。戏剧治疗目前缺乏系统、连贯的理论，大多数从业者似乎在没有任何坚实理论基础的情况下使用戏剧治疗技术。他们明显倾向于自发的行动、游戏和情感表达，而牺牲了批判性的提问和理论构建。兰迪解释了戏剧治疗的根源，并提出了该领域的理论立场，他关于角色在戏剧治疗和日常生活中的意义的论述是戏剧治疗理论的一项主要贡献。戏剧治疗的理论构建还在发展中。

从实践角度来看，心理剧和戏剧治疗可以从以下方面进行比较：想象和现实，认知整合和处理，个人聚焦和特定技术的使用等。首先，尽管这两种方法都有意通过使用各种相似的手法来激活参与者的想象力，但戏剧治疗在很大程度上仍停留在这一领域，而心理剧在同一治疗过程中往往既涉及现实又涉及附加现实。当然，戏剧本身就是隐喻性的动作，事实上，这两种呈现方式都具有象征意义。想象力的使用有助于人们披露他们不会直接面对的个人隐私。戏剧治疗中的场景不一定与人们的真实生活经历直接相关，相反，戏剧治疗更多地利用虚构场景的即兴创作。心理剧的参与者被鼓励重现他们真实生活中的一个场景，这些场景是他们突然想起的经历，而戏剧治疗师经常用隐喻来阻止这种认同，不愿将想象与现实联系起来。其次，尽管这两种方法都非常强调情感体验，但心理剧专家似乎比戏剧治疗师更鼓励认知整合，而戏剧治疗师总是尽可能减少认知反思。在戏剧治疗中，似乎表达本身就有价值，而心理剧强调将体验与意识联系起来的重要性。第三，尽管这两种方法都涉及整个群体的问题，但与心理剧相比，戏剧治疗对个人问题的重视程度较低。在心理剧中，个体问题是通过选择主角并再现其个体经历实现的，而戏剧治疗中通常缺乏心理剧主角这样的中心人物。在戏剧治疗中，所有小组成员都与所呈现的问题联系在一起，并将其转化为他们都可以参与的共同故事、戏剧或神话。第四，心理剧和戏剧治疗对特定戏剧技巧的使用非常不同。不仅在场景设置、角色扮演、设定和分享等工具的使用上存在普遍差异，而且在角色反转、替身、独白、镜照和具体化等治疗方法上也存在差异。戏剧治疗在使用这些特定技术方面更少结构化，通常强调表达本身作为主要媒介。

由于心理剧和戏剧治疗的上述差异，它们所适应的目标人群也就不同。不论是心理剧治疗师还是戏剧治疗师，都有人认为他们的方法是所有精神障碍的首选。也有另一些人表示他们的治疗方法只对特定人群有益，其中大多数人甚至不能被贴上精神病的标签。但无论哪种说法，目前都没有明确的证据来证明。塔哈尔根据经验认为，戏剧治疗和心理剧只适合那些能够进入戏剧环境，可以适应那些令人疲惫的心理仪式的人。精神过于僵化、内向、没有感情的人在群体中通常会遇到很大困难。心理剧和戏剧治疗在某些客户群体和各种环境中都显示出了潜在的应用，无论是单独应用还是作为更传统的治疗方法的辅助。尽管不可能提到所有可以应用这些方法的环境，但最常见的可能是精神病院、门诊诊所、监狱、学校、大学、养老院等。显然，它们的大多数主要目标人群是相似的，但有些群体似乎更适合一种方法而不是另一种方法。例如，戏剧治疗可能是婴儿期、儿童期和青春期首次出现的某些疾病的首选治疗方法，包括一些发育障碍、精神发育迟缓、孤独症和沟通等非语言的行为障碍。另一方面，心理剧可能适用于酗酒者和吸毒者，他们需要更直接、更具对抗性的心理治疗方法。矛盾的是，心理剧可能被认为比戏剧治疗更适合健康的人和患病的人。从精神病理学的角度来看，主角可能在各种精神障碍中病情更严重，但在某些心理功能方面更健康，因为参与心理剧不仅取决于一定程度的智力、想象、情感和人际功能，还取决于角色扮演技能，而这些技能在许多人身上都没有得到充分发展。由于心理剧和戏剧治疗的复杂性及人群的多样性，上述目标人群只是大致描述。

在对治疗师的要求方面，心理剧和戏剧治疗的共同之处是都需要丰富的专业知识和经验，比如以非凡的外向性、自发的热情和戏剧性的创造性吸引人。显然，任何在戏剧性方法中工作的人都必须有足够的灵活性以满足个人和群体的各种需求。心理剧治疗师要完成四个相互关联且高度复杂的任务。首先，作为分析师，他们有责任让自己充分了解主角的病情。这包括理解个人和人际现象，以赋予情感体验意义。其次，心理剧治疗师还是戏剧导演，他们将主角呈现的材料转化为情感刺激和审美愉悦的行动。第三，作为治疗师，他们是变革的推动者，以促进治愈的方式影响他们的主角。第四，作为团队领导者，他们营造建设性的工作团队氛围，促进支持性社会网络的发展。戏剧治疗师主要扮演戏剧制作人的角色，许多从业者带来了来自艺术、表演、职业和表达治疗、社会工作、人类学、护理、特殊教育、心理学和创意戏剧等领域的独特体验，为多样化的戏剧治疗师角色提供了个性化感受。戏剧治疗师通常熟悉艺术表达媒介，并注重审美品质。

### 三、心理剧分类

根据团体成员的数量及成员之间的关系，可将心理剧分为个人心理剧、家庭心理剧、社区心理剧等；还可以按照心理剧的目的分为咨询性质的心理剧、治疗性质的心理剧与教育性质的心理剧等。

尽管心理剧经常在团体中使用，但也可以用于个人咨询，且在个人咨询中有越来越普遍的趋势。心理剧本来就是以个体为目标的心理治疗方式，将其用于个体治疗或咨询是顺理成章的。但用于个人的心理剧也是在导演带领下进行的，似乎也可以视为两个人的团体。导演在个人心理剧中不仅扮演了导演的角色，还扮演了辅角、观众等角色。在个人心理剧治疗中，个体是治疗的中心，导演引导个体通过角色扮演等心理剧技巧来探索自己的感受、想法和行为模式。这种形式的心理剧治疗可以帮助个体更深入地了解自己，解决内心的冲突，提高自我认识和自我效能感。夫妻之间的心理剧专注于伴侣之间的关系问题，通过角色扮演，夫妻双方可以探索、表达他们对彼此的感受、期望和需求。导演可以引导他们模拟冲突情境，以帮助他们学习更有效的沟通技巧和解决冲突的策略。家庭心理剧将整个家庭作为治疗团体，其目标是解决家庭成员之间的冲突与行为障碍。家庭心理剧有助于揭示和解决家庭成员之间的沟通障碍、角色冲突和情感问题，从而促进家庭成员之间的理解和支持。团体或者社区心理剧的成员超出了家庭成员或者熟人的范围，需要解决的问题可能更为复杂、多样，这就要求导演在团队招募时充分考虑自己的专业能力。

根据心理剧的应用目的可以将其分为咨询性质的、治疗性质的和教育性质的三种比较常见类别。咨询性质的心理剧通常用于个人发展和职业规划等领域，侧重于帮助个体提高自我认识、明确个人目标和探索潜在的解决方案。在咨询性质的心理剧中，个人可以通过角色扮演等心理剧技巧探索自己的价值观、兴趣和优势。心理剧还可以帮助咨询者通过模拟不同的情景，评估各种选择的利弊，做出更明确的决策。提升个人技能水平也是心理剧的重要作用之一，个体可以通过表演（行动）的方式，学习新的沟通技巧、解决问题的策略及应对挑战的方法等。治疗性质的心理剧主要用于心理健康领域，帮助个体解决心理问题和改善心理健康状况，侧重于探索和解决个体的情感问题、行为模式和人际关系问题。在治疗性质的心理剧中，个体可以在模拟现实的安全环境中表达自己的情感，释放压抑的情绪。个体可以通过角色扮演探索和解决内心的冲突和问题，学习新的行为模式，改善自己的心态与行为。教育性质的心理剧用于教育和培训领域，旨在提高个体的知识和技能，促进学习和个人成长，侧重于提供教育性的内容和经验，帮助个体学习新的知识和技能。教育性质的心理剧通过表演行动使个体学习新的知识，在模拟的情境中练习和应用新的技能。教育性质的心理剧还可以使团体成员之间分享经验和见解，从他人的经验中学习。

# 第二节　心理剧的创作流程

多数心理剧研究者、实践者将心理剧过程划分为热身、演出与分享三个阶段。但考虑到热身之前的团队组建及分享之后的完结仪式也是心理剧不可分割的部分，我们认为将心理剧过程划分为前期阶段即团队组建与热身、中期阶段即舞台设置与演出，以及后期阶段即分享与完结仪式更为恰当。换句话说，整体来看，热身、演出与分享虽然是心理剧的主体与核心，但并不等于整个心理剧过程。

## 一、前期阶段

心理剧的前期阶段主要包括两项工作，即团队组建与热身。即使是个人心理剧和家庭心理剧也需要招募参加者，以团体为目标的心理剧就更需要组建团队。团队组建完成后，导演要指导成员进行热身，激发成员的自发性和创造性，为接下来的演出做好准备。需要注意的是，玛瑞卡·卡普（Marcia Karp）认为，心理剧是一个非常强大的治疗工具，只有在实践中得到训练的人才能从事该项工作。[1] 虽然有些心理剧技巧看起来并不难掌握，但如果没有足够的专业知识，就有可能发生危险。

### 1. 团队组建

心理剧导演做好相应的准备工作后可以着手团队组建工作。团队组建的流程一般包括招募与评估、明确相关合作事宜，及向成员介绍心理剧技巧与培养团队意识等。团队组建是心理剧流程中的关键一步，组织良好的团队是心理剧成功的关键。

（1）团员招募与评估

保罗·威尔金斯认为，在招募心理剧团队成员之前，导演要对相关问题作出预计，如潜在的客户是谁，团体会面的地点在哪里，会面的时间有多长，团体成员需要承担的费用是多少，等等。在确定了团体的性质、熟悉了工作环境及能够解答许多实际问题的情况下，导演才可以开始准备招募团员。[2]

招募工作可以通过广告进行，或者经由医生、同事或熟人的推荐，也有一些自行前来的来访者。导演需要与来访者谈话，了解来访者的各种情况如来访者目

---

1　Marcia Karp, What is Psychodrama: An Introduction to Psychodrama, http://www.marciakarp.org.

2　［英］保罗·威尔金斯：《心理剧疗法》，余渭深译，重庆大学出版社 2016 年版，第 67 页。

的等，以确定是否能够纳入本团队。对来访者进行分类有助于更为深入地理解他们，戴莎泽（De Shazer）将来访者分为四种类型，其中重要的有三种，即客户、访客和抱怨者。客户型来访者往往有明确的关注点，期望治疗师能帮助他达成目标，也知道自己需要积极参与治疗过程。访客型来访者一般有某种特定情况，但这种情况尚不能被定义为存在需要治疗的问题。抱怨者型能够详细地描述他面临的问题，但认为问题是环境或他人造成的，并坚持认为需要治疗的不是自己。一般来说，客户型来访者是较为理想的团队成员。[1]

来访者积极改变自身现状的心态及治疗师对来访者的充分了解是开展心理剧工作的前提。整个心理剧就是围绕主角的个人经历、情感和心理状态展开的。如果来访者不具备上述条件，导演对来访者也没有充分的理解，未来的心理剧就难以有效开展。

（2）明确来访者目标

一般来说，导演期望来访者的目标明确且前后一致。因此，在决定是否接纳某人作为成员时，导演需要尽力澄清相关问题。首先，导演要尽量明确来访者参与治疗的自愿程度。在许多情况下，服务对象不是自愿寻求治疗或者咨询的。比如陪伴父母接受家庭治疗的子女、被领导要求参加此类活动的下属等。对于此类来访者，导演要明确他们的参与意愿。其次，导演要明确激励来访者的因素。自愿治疗的人有更强烈的改变动机，而这又在很大程度上决定了导演的工作方法。再次，要明确问题到底出在谁身上。在所有参与者中，比如在家庭治疗中，是子女被父母送去治疗还是父母被子女送去治疗，抑或父母把自己的问题转嫁给了子女？或者问题是整个家庭关系？治疗的原则和方法同这个问题的答案有直接关系。最后，来访者的期望是什么。在团体心理剧中，来访者的不同甚至矛盾的期望是导演需要谨慎对待的问题。心理剧导演必须与来访者协调，就所追求的目标及合作过程、时间、费用和其他框架条件达成一致。一致协议达成后，心理剧导演考虑的就是如何实现合同中规定的目标。导演必须将这些目标进行细分，然后以此为基础制定工作方案。[2]

（3）介绍心理剧技巧并建立团体意识

在与来访者的会面中，导演要向其解释心理剧工作方式或者进行简要的示范，

---

1　Falko von Ameln, Jochen Becker-Ebel, fundmentals of psychodrama, https://doi.org/10.1007/978-981-15-4427-9, pp.117—118.

2　Ibid., pp.119—120.

使来访者对接下来的工作有所了解，有利于后续工作的顺利开展。同时，导演还要注意建立成员的团体意识，因为在后续的心理剧过程中，无论是作为主角、辅角还是观众，他们都是需要密切配合的整体。保罗·威尔金斯认为："了解心理剧的技巧不仅是心理剧本身的必要前提，全面、系统地介绍它们也是一种消除成员的紧张和不信任的最好方法。"[1] 消除成员紧张和不信任的同时，也就建立了一定的团体意识。

介绍心理剧技巧及建立团队意识没有固定的套路，可以由导演根据自己的特点自行确定。保罗·威尔金斯采用的是诱导练习及心理剧片段表演。比如，在一个团队实践中，他首先把一张椅子放到房间的中央代表整个团体，然后请团队成员围绕椅子寻找适合自己的位置，这个位置要能反映自己对这张椅子的看法。在成员们找到自己的位置并安顿下来后，保罗·威尔金斯挨个询问成员们为什么要选择这个位置及其感受。他的第二个诱导练习是"帽子里的恐惧"，要求每个人在纸条上匿名写上自己惧怕、忧虑或警惕的东西，放到帽子里打乱后请每个成员抽出一张字条并大声念出。当所有纸条念完后，保罗·威尔金斯同样请成员们讲出自己的纸条被念出之后的感受及别人的纸条被念出之后的感受。通过交流，大家发现原来自己原来并不是孤立的，都有相似之处。这样的诱导练习既向团队成员们介绍了部分心理剧技巧，也增强了成员们的团队意识。[2]

2. 热身

心理剧团队成员主要是招募而来，成员之间并不熟悉。要想团队成员在接下来的心理剧过程中能够团结协作，特别是在有涉及个人情感隐秘的情况下，必须使团队成员之间认识、熟悉、信任起来。只有达到相互信任的程度，心理剧才能开展。这个目标是通过热身来完成的，心理剧的主角一般也在热身过程中发现。

（1）"破冰"热身

最开始的热身也即"破冰"过程常采用非引导式热身及肢体活动，目的是采用各种方式让团队成员之间尽快熟悉起来，增强成员之间的信任和支持。

该小组主要由一群长期受精神健康问题困扰的人员组成，他们愉快地玩着丢沙包的游戏，一边掷沙包一边喊出对方的名字。起初这一游戏是为了建

---

1　[英] 保罗·威尔金斯：《心理剧疗法》，余渭深译，重庆大学出版社 2016 年版，第 73 页。

2　同上书，第 76—81 页。

立身份认同，后来成为该小组重要的开场活动。在小组共同进行了十周的治疗之后，组员仍要求玩这个"叫名字"游戏，这使该游戏扮演了仪式性的角色，让参与者获得了安全感。[1]

上述的非引导式热身采用了行动与语言两种方式，叫出对方名字的活动使成员之间很快熟悉起来，对团队之间信任的形成起到了重要作用。引导式热身一般围绕团队主题进行，既可以采用行动的方式，也可以采用语言的方式，目的是让团队成员聚焦主题，熟悉主题，为演出做好信息和知识准备。

　　"今天我们讨论的主题是'我们的校园生活'。"导演透过一个校园生活的具体实例，引出不同阶段校园生活的内容、结构、样式的不同。成员通过游戏组成小组，以社会雕塑的形式表现出各自所处的校园生活阶段，演绎出师生关系、同学友谊、学习的困惑及成长的渴望。[2]

身体热身主要是让导演、主角和团体成员活动肢体，为后续演出做好身体准备。当然，身体热身也可以帮助成员放松紧张的情绪，从不相关的思绪和感受中释放出来。身体热身技巧多为游戏性质的，比如贴标签游戏、"祖母的步伐"、"跟随领袖"等。

（2）培养成员的自发性与创造性

团队成员之间相互熟悉，并获得了初步的信任后，就应该进一步发展、培养团队成员的自发性和创造性。这个阶段主要采用心理（情感）热身的办法。心理热身可以帮助团队成员做好参与心理剧活动的智力和情感准备，并将注意力集中到团队主题上。

　　一个戏剧疗法小组在讨论莎士比亚的《暴风雨》，并即兴表演其中几幕戏。接下来，治疗师要求参加者回想这部剧，并专注在某一角色上。乔发现普洛斯彼罗的巫术和魔咒十分吸引人，于是也想表演魔咒。当被问及原因时，她说想对父母施魔咒，因为他们不理解她。这就说明了她需要改善和父母的关系。在接下来的疗程里，乔从戏剧心理学的角度看待人与人之间的关系，并重新认识了自己的父母。[3]

在这个热身的案例中，导演采取让团体成员演出经典戏剧片段的方式为后续的心理剧做准备。戏剧热身的优点是从与团体成员自身关系不大的人物或事件开始，

---

1　[英]多络丝·兰格利：《戏剧疗法》，游振声译，重庆大学出版社 2016 年版，第 91 页。

2　陈贵玲：《戏剧治疗理论与实务》，新华出版社 2021 年版，第 54 页。

3　[英]多络丝·兰格利：《戏剧疗法》，游振声译，重庆大学出版社 2016 年版，第 97—98 页。

逐渐过渡到自身及其相关事件。这种过渡是通过要求成员回想戏剧过程并关注与自己有"相似"之处的角色开始的。可以看到，戏剧热身在培养自发性和创造性方面具有独特优势。

语言热身也可以起到类似的效果，比如比尔和简的热身过程。

> 比尔和简边喝奶茶边开始坐下谈话。一开始他们没聊什么特别的，只是说了说互相认识的朋友和熟人，今天上班发生了什么事情，上个星期的重大事件，想到什么说什么。渐渐地，两人的谈话重点转移到了心理剧和团体上来。比尔告诉简他和他的女儿吵架了……他想让大家清楚自己能区分他和女儿之间的关系以及他与团体之间的关系，还想让简知道这一点，作为一个双重保障。简认真听着，表示赞同……（注：除特殊注明外，本章案例皆选自保罗·威尔金斯著，余渭深译《心理剧疗法》一书）

比尔和简从日常谈话开始，非常自然地从身边的人和事逐渐过渡到自己正在参加的心理剧活动。这一热身过程不仅使比尔做好了参与心理剧的心理准备，甚至还找到了将要表演的主题，即他与女儿的关系问题。

（3）选择主角

热身还可以帮助选择主角。正如卡普所说："莫雷诺'热身的方式'是与每个人'相遇'，让大家轻松自如地交流，有主题的那个人就被团体认定为主角。一种方法是让导演来选择一个她认为已经准备好了的组员，另一种选择是通过创造性的团体活动来产生培训的主题。这被称为以主角为中心的热身。在毛遂自荐的热身环节中，人们可以自荐成为主角。"在汤姆的心理剧案例中，汤姆就在这样的热身过程中被确定为主角。汤姆所在的团队非常关心父母和家庭成员关系的问题，于是组长问大家是否有意愿把他们讨论的东西表演出来，在帕特、汤姆和萝丝都有意的情况下，导演克里斯汀请他们三人分别阐释自己想要探索的内容，然后由成员自愿选择。这个过程涉及了语言热身，即三人的阐述，也涉及了行动热身，即团体成员通过行动表达自己的选择。[1]

其他应用戏剧中也有类似的热身阶段，比如创作性戏剧在活动开始之前会做的一些简单肢体动作、发声练习、专注练习或团体游戏，比如简单的肢体伸展、躺卧、鼓掌、自由走动、共同发声等。"一人一故事剧场"也有很多特有的热身活动，比如流动塑像、转型塑像、一页页的感受、一对对、大合唱、连环图、四元

---

1 ［英］保罗·威尔金斯：《心理剧疗法》，余渭深译，重庆大学出版社 2016 年版，第 107—110 页。

素、自由发挥等。[1] 实际上，热身在各种心理性的或肢体性的活动中都是存在的，相互之间可以借鉴以丰富热身手段。

## 二、中期阶段

中期阶段是心理剧的主体部分，其核心是演出。主角、辅角乃至观众的心理治疗效应都发生在这一过程。演出阶段从舞台设置开始，所谓的舞台只需要有一个象征性的空间即可（莫雷诺曾经为心理剧设计过特定样式的舞台）。演出为治疗工作提供了一个行动框架，导演引导主角在其中完成各种场景的布置，并将主角的问题转化为现场表演。在表演过程中，导演要根据心理剧的工作原则指导演出过程，同时使用各种具体的心理剧技巧实现演出目的。一旦主角通过舞台演出达到目标，任务完成，演出阶段就结束了。在此过程中，导演必须为参与者提供保护，确保演出过程的心理与人身安全。

1. 舞台设置

舞台设置包含三个步骤，即前期准备、舞台设置与舞台拆除。前期准备是在主角确定之后进行的，导演需要启发主角思索自己面临的问题，并将问题具体化为某个环境中发生的事件。与该事件相关的人物、环境是舞台设置的依据。前期准备工作完成后，主角就可以在导演的协助下设置舞台。舞台设置要根据剧情的变化而改变，这就涉及舞台的拆除与重新设置。当然，整部心理剧结束后，也要拆除舞台。

（1）前期准备

设置舞台的前提是通过热身确定了主角。但确定了主角并不就意味着确定了演出的主题和内容，而这需要导演引导主角进行探索。只有在主题和内容确定之后，主角才有设置舞台的依据。

主题探索要求主角详细地描述自身面临的问题，与导演谈论需要处理的事件、分享动机、情绪及面临问题时的反应等。导演要采用各种方法使主角清晰地阐明自己的状态及困扰自己的问题。适当的主题探索能够在主角和导演之间建立良好关系、澄清主角面临的困扰并形成最初诊断。主题探索还可以帮助主角发现此前自己没有觉察到的情绪，为演出设计提供方法，甚至为主角提供洞见并产生治疗效果。根据精神分析理论，对问题本身的理解和领悟就有治疗作用。

---

1 刘艳卉:《应用戏剧的理论与实践》，上海书店出版社 2011 年版，第 36、69—70 页。

虽然在前期阶段导演和团体成员已就心理剧目标达成一致，但在心理剧开始前进一步澄清具体的任务仍然是必不可少的。因为心理剧演出过程要确保干预措施与主角当前的目标相匹配，宽泛的主题或者抽象的目标无法产生有效的结果。因此，主角的要求必须能被清晰地分解。像"我想提高我的沟通能力"这样的表述太模糊了，而明确的任务表述应该是，"在这个阶段，我想设计几种方法来更自信地表达对老板的批评"。任务的时间、目标和对象要非常清楚，操作性强且易评估。[1]

（2）舞台设置

上述准备工作完成之后就可进入舞台设置过程。整个设置由主角进行，导演作为协助。心理剧舞台是象征性的，可以用普通家具，比如桌子、椅子等来创造一种氛围。在此过程中，"导演会要求主角将场景中的细节形象化，详细地描述，包括以身体迎向或指向道具，去感受场景材料的质地，注意颜色、温度、天气——所有能够使主角更深陷于演剧中的具体感觉"[2]。

"所以主题是有关你从来没有属于你自己的时间？"大卫问道，"以你在上班或者在厨房作为开头可以吗？"

弗吉尼娅决定从她的厨房开始，她认为在那儿至少还有点自由。她决定给组员们看看她家人用餐之前是怎样的。

弗吉尼娅选择再现几天前在忙碌的茶点时间里发生的事。他与大卫一起搭建场景，用桌椅代表厨具、洗涤槽、洗衣机和橱柜。

"还有谁在房间里？"大卫说。

"佐伊，我的女儿，正在洗涤槽里洗手——男孩们都在客厅。我虽然看不到他们但我可以听到他们的声音。他们像往常一样互相吵吵闹闹，并把电视机的声音调得特别大。"弗吉尼娅说。

"我认为我们需要找人来扮演佐伊——男孩们需要吗？"大卫问。

可以看到，弗吉尼娅心理剧的场景设置是根据主题来进行的，主角弗吉尼娅在导演大卫的提示与建议下用相应的道具和辅角设置了她所面临问题的外部环境与人物。值得注意的是，道具都是象征性的，任何一个物体都可以被随意指定为某物，如本剧中用桌椅代表厨具等厨房用品。

---

1 Falko von Ameln, Jochen Becker-Ebel, fundmentals of psychodrama, https://doi.org/10.1007/978-981-15-4427-9, pp.119—120、137—140.

2 邓旭阳等：《心理剧与情景剧理论与实践》，化学工业出版社 2009 年版，第 40 页。

（3）舞台的调整及拆除

心理剧过程中的场景并非一成不变的，要根据主角展示的情境为依据设置。因此，在一部心理剧中，对舞台进行调整变更是常见的。当然，这种变更依然是在导演协助下由主角自己进行的，因为主角当时所处的情境，只有主角自己才能回忆起来。而且，主角自己设置舞台也有助于产生舞台的真实感觉。在弗吉尼娅的心理剧中，当她回忆起以前对自己产生特别影响的经历时，导演要求她将该场景展示给大家，这时就需要重新布置场景：

> 弗吉尼娅撤掉了第一幕的道具，并在大卫的帮助下，重建了房子的客厅，那是她和孩子们及她的前夫格里一起生活过的地方。她选汉娜来扮演格里，重现了他们最后一次吵架的场景。当汉娜/格里向她甩出那句话："如果你不走，我就自己走"，接着摔门而出，离开这个家的时候，弗吉尼娅的内心似乎崩溃了。

当心理剧的最后一幕完成，导演将带领团队结束整个心理剧过程。拆除舞台是一个重要的经历，可以使主角和团队成员的心理活动水平恢复到日常状态。就像演员在戏剧结束时卸妆、走出角色一样。拆除舞台也可以被视为"反向"热身，让主角、辅角，甚至在某种程度上让观众"放松下来"。释放角色的过程不应被忽略，主角自己拆除舞台的过程是从自己的角色中解脱出来的仪式。

2. 演出

演出是心理剧过程的核心部分，也是心理剧发挥治疗效果的主体。保罗·威尔金斯认为心理剧的演出阶段一般包括三幕，"也许最常见的是，主角在导演和辅角的帮助下表演当前的问题或情境。最开始的这一幕就会强化对其他时间（通常是在过去）和地点里发生的事件的认识。于是第二幕就制定好了，是关于过去发生的事件，主角继续探索。也许会有更多幕，探索那些更久远的事件，直到最后一幕，主角回到现实，有了新的知识，新的见解，甚至得到解脱。正由于这种模式是由现实—过去—现实组成，所以很多人认为心理剧至少要有三幕"[1]。典型的心理剧包括展示主角的现实状态、探索过去的原因，以及获得更新的现实。

（1）演出当前困境

演出之前，导演和主角已就演出主题达成了一致。此时的主题是以叙述的方式呈现在团体成员面前的。比如弗吉尼娅的心理剧中，她说："它们占据了我的

---

1　[英]保罗·威尔金斯:《心理剧疗法》，余渭深译，重庆大学出版社2016年版，第127页。

生活。你要是不问我，我还没有意识到。我一直都在受别人的使唤。"[1] 但作为心理剧，叙述不是正确的方式，正确的方式是行动与表演。于是，弗吉尼娅在辅角的帮助下开始展示她面临的困境：

> 这一幕演了几分钟后，男孩们变得更加吵闹，弗吉尼娅要他们停下来别打了，但他们完全无视她的话。佐伊这边也不停地问问题烦她的妈妈，弗吉尼娅一边要处理快烧焦的炸鱼条，一边又要顾着她淘气的孩子，声音变得越来越尖厉。正在这个时候，弗吉尼娅突然间沉默了。
>
> …………
>
> 弗吉尼娅径直地朝孩子们望去，大喊道："全都给我闭嘴——我受够了。都走开——让我一个人静一静。"接着她小声说道："如果你们不走，我就自己走。"
>
> …………
>
> "这正是孩子父亲临走的时候对我说的——我差点忘了。那是一个可怕的夜晚。他就这么走了，而且从那以后我们就没有什么联系了。"弗吉尼娅说。

这是弗吉尼娅心理剧的第一幕，展现了她目前的生活处境，即她没有属于自己的时间，整日为了家人和上司而忙碌：这使她面临崩溃。弗吉尼娅的这种感受是有原因的，这个原因与她的丈夫有关，并在第一幕演出过程中被揭示出来。

（2）探索困境的原因

身临其境的表演能够带给主角特别的体验。一般情况下，个人对过往经历的记忆都被纷繁的琐事遮蔽，而当人们身处与过往经历相似的情景中时往往突然记起，就好像黑暗的房间突然被灯光照亮一样。心理剧的演出就塑造了这样的环境。弗吉尼娅的心理剧使她在当前状态的展示过程中忆起了往事。

> 当汉娜/格里向她甩出那句："如果你不走，我就自己走。"接着摔门而出、离开这个家的时候，弗吉尼娅的内心似乎崩溃了。她看上去非常伤心、失落，一副被抛弃的样子。她安安静静地站在原地，直到大卫缓缓地靠近她，问是否可以做她的替身。她非常轻地点了点头。
>
> …………
>
> 过了一会儿，弗吉尼娅抬起头来。"我妈妈也对我做过这样的事。"她低声说道。

---

1 ［英］保罗·威尔金斯：《心理剧疗法》，余渭深译，重庆大学出版社2016年版，第136页。

"你妈妈也做过？"大卫重复道。

"是的——在我四岁的时候她抛下我走了——离开了我。我才四岁。她怎么忍心这么做？"

在弗吉尼娅对自己过往经历的探索中，她不仅想到了丈夫对自己情感的伤害，更是回忆起自己四岁时母亲抛弃自己的经历。接下来，弗吉尼娅演出了自己四岁时的痛苦遭遇。这些经历以及弗吉尼娅对这些过往经历的错误归因才是她当前面临心理问题的最终根源。

（3）演出更新的现实

演出对心理剧主角当前的困境作出了有效探索，获得了主角当前困境原因的新认知。这种认识虽然能够产生治疗效果，但还不够理想。心理剧治疗还需要主角从回忆返回现实，并在现实中通过表演来"解决"这一困扰。这不仅是对治疗效果的巩固，也是使主角脱离心理剧情境的重要步骤。

弗吉尼娅的心理剧在最后一幕回到了现实，但经过对过往经历的探索之后，她的认识已经发生了重大改变，心理问题已经得到很大改善。

在最后一幕中，弗吉尼娅回到第一幕设计的场景里，再一次遇到了她的孩子们。她告诉他们，她很爱他们，并对希望他们全部走开的想法感到抱歉。她拥抱着孩子们，津津有味地听着他们讲述在学校的故事。表演的最后，她承诺给孩子们讲睡前故事，弗吉尼娅和所有的辅角们脸上都洋溢着温暖和快乐。

在这一幕中，场景回到了第一幕时的情境，再次遇到孩子们的弗吉尼娅已经摆脱了郁积已久的心结，能够以正常心态面对自己的孩子们。她的行为也像一个正常的母亲，对自己的孩子表示出爱意。这一结果正是心理剧治疗所期待的。

## 三、后期阶段

心理剧的后期阶段不仅标志着心理剧演出的结束，也是整个心理剧治疗不可缺失的部分。最后一幕的回到现实及表演结束之后的拆台并不能使团队成员完全从戏剧情境中脱离。因此，心理剧的后期阶段的主要任务就是更好地实现这一目标。后期阶段主要包括分享和完结仪式两个步骤，旨在为主角提供情感支持，帮助其从剧情中解脱，并为真实生活做好准备。同时也为辅角和观众提供了表达自我和获得治愈的机会。

1. 分享

分享是心理剧后期阶段的核心环节，团队成员可以表达和探讨在剧中所体验到的情感和事件。分享不仅有助于主角获得情感支持和心理恢复，也能使辅角和观众获得心理上的慰藉和治愈。导演在分享过程中负责组织和主持整个分享过程，调动参与者的分享意愿，并确保分享的秩序和原则。

（1）使辅角脱离戏剧情境的分享

如果辅角在表演时"入戏"过深，在表演结束时还没有能够从戏剧情境中脱离，那么可以先请辅角分享以脱离戏剧情境。

> 大卫邀请角色们分享，蒂娜第一个发言。看着弗吉尼娅，她说道："作为母亲，我对小弗吉尼娅感到深深地厌恶。我就是不能容忍你老跟在我身边，所以我非常想伤害你——让你感到和我一样痛苦。内心深处我知道这一切不是你的错，但我非常憎恨你的存在。然而我不是你的妈咪，我是蒂娜——我是一个好母亲——我爱我的孩子们，从来不打他们。"
>
> "够了吗？"大卫问道，"你可以摆脱母亲的阴影了吗？"
>
> "我不确定，"蒂娜答道，"我觉得她还在周围某个地方徘徊，我想摆脱她！"
>
> "那就行动吧。"大卫说，"站起来，使劲摇晃自己，告诉你，也告诉我们你正在把她从你的系统里赶出去。"
>
> 蒂娜站起身来，摇晃了一下身体，用手拂去身上的灰尘说道："我不是弗吉尼娅的妈妈，我是蒂娜。"

在弗吉尼娅的心理剧分享中，辅角蒂娜首先通过语言的方式试图摆脱演出过程中角色对她的影响，但并不很成功。在导演的提示下，蒂娜采用了戏剧的方法，也就是行动的方式，摆脱了这一影响，回到了自己的现实。

（2）协助主角心理发展的分享

除帮助辅角摆脱角色的影响外，分享者还要分享他们在参与（作为辅角或观众）心理剧过程中的感受，以及分享者自己与主角类似的生活经历。这可让主角感到自己的情绪、经历已经被团队成员所完全理解。这种理解可以帮助主角卸下心理负担，不仅从过往的经历中解脱出来，也从担心自己的隐私或者弱点暴露在大众面前的恐惧中解脱出来。

> "看到你出演的格里时我就难以自持了，我想起了我和我的前女友是怎样决裂的。这是一段非常痛苦的回忆。我想我们彼此都知道事情不应该这么继续下去，但我当时真的太糊涂了。最后我还是起身走了。她曾想好好谈谈，但我就是无法忍受再经历一遍过去的事情。虽然分手是正确的，但我希望我

可以用不同的方式——我们之间本不必如此。"

其他组员也分享了他们关于孩子、父母及他们童年时期有时把父母的行为归咎于自己的故事。

在弗吉尼娅心理剧结束后的分享中，格里坦陈了自己以前与主角类似的经历和感受，使主角感到自己并不是孤立的，自己的弱点也是大家普遍共有的，从而使主角能够放下心理负担，正视生活。

在分享过程中，导演必须确保分享者的反馈中没有评价。分享者要用第一人称陈述，既不要评判，也不要解释，更不需要对主角提出任何建议。即使是隐含的评价、解释和建议总是有意无意地发挥负面作用，这一点应特别注意。例如，适当的分享形式是："我能理解你儿子的病给你带来的压力。我想，在这种情况下，我很难和我的老板和平地交谈。"因为这种分享是第一人称的，同情性质的。而不适当的分享形式是："看剧的时候，我心里想：他为什么不先和同事商量一下这个问题呢？我想这将是一个非常好的策略。"因为这是一种建议。适当的分享能够给团体带来良好的团结和治愈效果。比如，"当分享环节快结束的时候，团体的气氛变得非常安静，人们挨在一起坐着，有些用胳膊相互搂着，有些陷入自己的沉思中，但整个团队沉浸在和睦的氛围之中。"[1]

## 2. 完结仪式

一般来说，心理剧与其他心理治疗方式一样，在后期阶段需要一个完结仪式来巩固治疗效果，帮助来访者从治疗状态回到实际生活状态。此时，导演可以带领团队简要回顾整个心理剧过程，包括所采用的技术、成员的进步及遇到的挑战和解决方案；也可以评估治疗的效果，包括来访者的症状改善、心理状态的变化及治疗目标的实现情况；还可以帮助患者理解和内化治疗中学到的技能和策略，鼓励他们在日常生活中应用这些技能。治疗结束可能会引起团体成员的分离焦虑或失落感，导演应与团队讨论这些感受，并提供应对策略，也可以根据成员的需要，制定后续的支持计划。需要注意的是，无论是哪种方式，都要尊重成员的个人选择。

邓旭阳等人认为可以使用结束仪式来为心理剧演出画上句号：导演可以根据团体的性质自行引导团体成员的闭幕活动。可以让大家手牵手围成圈或以某一个点为中心，让成员自己选择离中心点的位置，以了解他在整个心理剧中的动力倾

---

1 ［英］保罗·威尔金斯：《心理剧疗法》，余涓深译，重庆大学出版社 2016 年版，第 156 页。

向，然后可以让成员对着他想要表达的人讲出自己的心里话，或团体成员一起吟唱大家熟悉的歌曲，处理离别的情怀。……导演要借助仪式让成员把心中的难舍之情表达出来，可以让成员通过传递寄语表达，或大家紧紧地围成一圈彼此看到每一个人，一起互道珍重再见。[1] 凯勒曼认为，从心理治疗的观点上看，完结式是主角内心活动的一个总结。就其本身而言，它代表了治愈过程的成熟，治疗旅程的最后一站，以及一场心理剧的目标，很好地赋予了精神慰藉和治愈的希望。只有在这心理剧疗法的最后一步才能实现真正的心理化解。[2]

当所有人都读完了他们的纸片，组员们都聚集在一起围成圈，争着发表他们得到反馈后的感受，这些时候非常温馨感人。最后，保罗说："好了，我们的相聚还剩最后几分钟了，每个人都说出了想对他人和团体说的话，但我还想问一句：有没有人想在这一切结束之前说几句话？"没有人回答。"好吧，"保罗说，"大家起立，把椅子摆到一边然后站成一个圈。"站好后，保罗说："现在我们就要跟团体中的自己告别了，但我想让这个道别正式一点。"

"大家与身边的人手拉手，再环顾一下团体所有的成员，尽量多与他人眼神交流。"

"现在我们每个人说出一件我们留在这个房间里的东西，以及一件我们将要带走的东西。然后我们全都退后一步说再见，再退一步松开手。这就是仪式的全部了。"

艾琳第一个开口说话："我想把我对妹妹的怨气留下——然后带走你们给予我的爱和支持。"

"我会把我的腼腆留下，"丹尼斯说，"我将会带走我新的认识，那就是我的观念和其他人一样是合理的。"

杰米环顾了四周的每个人，悲伤地说："我会留下我的一些愤怒、悲伤，但我能带走的东西太多了，我都不知道从何说起。我觉得在这儿我是被人珍惜的，我将会带走一部分这种珍惜的感觉。"

当所有人都说完后，他们后退了两步，这次聚会和团体就宣布解散了。

从上述案例可以看出，心理剧完结仪式不仅是治疗过程的终结，也是参与者情感释放和内心转变的象征。完结仪式要体现心理剧治疗的核心理念，也就是通

---

1　邓旭阳等：《心理剧与情景剧理论与实践》，化学工业出版社 2009 年版，第 69 页。

2　[英] 保罗·威尔金斯：《心理剧疗法》，余涓深译，重庆大学出版社 2016 年版，第 157 页。

过行动和角色扮演来探索、解决个体内心的冲突。仪式过程中，通过公开表达自己的感受，参与者获得了团体支持和认同，增强了个体的自我价值与归属感。仪式中的"留下与带走"环节不仅帮助个体认识到自己在治疗中的成长和变化，而且通过具体化"留下"和"带走"的概念，使得这种变化更加真实和持久。这种象征有助于个体在心理上完成从治疗环境到日常生活的过渡。完结仪式中的肢体接触和眼神交流也是一种强有力的情感连接方式。在心理剧中，非言语的沟通同样重要，它能够传递言语难以表达的深层次情感。通过手拉手和眼神交流，参与者之间的联系被加强，这种联系不仅仅是物理上的，更是情感上的。这种集体的支持和认同对于个体在面对未来挑战时的自信心和勇气有着不可估量的影响。完结仪式要求每个成员都要表达自己的感受，这种设计体现了对个体差异的尊重。这种个性化的表达不仅尊重了每个参与者的独特性，也为整个团体提供了多元化视角，丰富了团体的经验和理解。

总之，心理剧的后期阶段的分享和完结仪式对于参与者的情感恢复和心理成长具有不可替代的作用。这一阶段不仅为主角提供了必要的情感支持，帮助其从剧情中解脱，也为辅角和观众提供了表达和治愈的机会。心理剧的后期阶段是一个复杂而深刻的心理过程，要求导演具备高度的敏感性和专业技能，以确保参与者能够在一个安全和被支持的环境中完成这一过程。通过精心组织的分享和完结仪式，心理剧能够达到治疗目的，为参与者带来持久的心理益处。

# 第三节　心理剧的创作技巧

与一般戏剧在演出前已经做了精心的排练不同，心理剧没有现成的剧本，没有将要演出的主题和相关材料，甚至也没有事先确定的角色和主角，这些都需要导演和团队成员在心理剧现场来发现并确定。因此，心理剧的演出过程存在很多未知因素和随机变化。即使演出前导演已经对主角有了多方面的了解，他也不能完全掌控主角在演出过程中的表现。因此，心理剧的演出过程需要导演投入巨大的精力，时刻关注主角的心理状态与行为特征，付出大量创造性的劳动以指导主角采用各种方法发现自己的问题，探索问题的原因，并进行适当的心理建设。从这个角度看，心理剧既是演出过程，同时也是导演带领主角和辅角即兴创作的过程。从心理剧的演出过程看，情境再现、情感表达与心理及行为建设是心理剧的基本步骤，也是心理剧治疗的逻辑主线，即发现问题、宣泄情感与养成正确的心理和行为，因此我们将心理剧的创作技巧归为三类，即情境再现技巧、情感表达技巧与心理建设技巧等。在心理剧一百多年的发展历程中，人们发展了多种技巧来支持这种创作行为。需要指出的是，心理剧的技巧非常多，本部分选取有代表性的方法进行简要介绍。

## 一、情境再现方法

与一般戏剧一样，人物的一切活动都在特定的情境下进行，离开情境，人物行动就失去了特定意义。心理剧的基本原理是通过主角的行动展示其在当下生活中面临的问题，也就是"不要讲述问题"而是"用行动"把问题呈现出来。"行动展示"比"语言讲述"有更丰富的意义。人们深藏在潜意识的心理往往能够在行动中被揭示出来。因此，情境是心理剧演出的基础框架，再现主角遭遇问题的情景是心理剧演出的首要步骤。情境再现可以帮助主角更好地展示其所面临的问题、回忆造成问题原因，还可以帮助主角通过在不同角色中体验和观察问题，从而发展出新的认知，帮助他们重新构建对问题的理解，以及尝试不同的行为和应对策略，以找到最有效的解决方案等。情境再现还提供了一个安全的环境，让个体可以自由地表达他们通常可能隐藏或压抑的情感。总之，情境再现是心理剧演出的基础，主角的一切活动都通过再现的情境进行。当然，舞台设置是情境再现的基本方法，除此之外还有替身、雕塑及角色反转等。

### 1. 替身

替身（Double）是莫雷诺推崇的一项方法，能够帮助主角进行情境再现。使用替身技术时，作为替身的辅角站在主角身后与主角同台演出，代替主角说话、行动。作为替身的辅角要以自己对主角的深刻理解为基础，这样才能保证自己的言行与在此情境中的主角一致。如在弗吉尼娅的心理剧中，当弗吉尼娅演出自己的经历时，她"一边要处理快要烧焦的炸鱼条，一边又要顾着她淘气的孩子，声音变得越来越尖厉。正在这个时候，弗吉尼娅突然间沉默了"。在这段演出中，弗吉尼娅本来要复现自己日常生活中遇到的时间难题，即她所有的时间都被孩子和领导所占据。情境发展到这个时刻，由于某种原因使她在刹那间"僵住"了，无法再继续表演下去。这时，则可以使用替身的方法帮助主角将情境的复现继续下去。这时，作为辅角的汉娜自告奋勇担任弗吉尼娅此时的替身。她"站在弗吉尼娅身后，把一只手放在她的肩膀上说：'我希望他们全部走开——我希望所有人都走开好让我一个人静一静。'然后提高了她的嗓音说道：'你们这些讨厌的满腹牢骚的臭小子，我讨厌你们！都给我滚开，让我静一静！'"尽管汉娜的表演并不完全符合弗吉尼娅当时的情境，但她的演出带动了弗吉尼娅，使她能够继续以自己的方式再现当时的情境。"弗吉尼娅径直地朝孩子望去，大喊道：'全都给我闭嘴——我受够了。都走开——让我一个人静一静。'接着她小声说道：'如果你们不走，我就自己走。'弗吉尼娅似乎对自己说的话感到震惊和后悔。"可是看到，正是在作为替身的辅角的帮助下，弗吉尼娅心理剧的情境再现才得以顺利进行，并发现了自身问题的原因。[1]

2. 雕塑

雕塑（Sculpture）也是心理剧中较为常用的方法之一，20世纪90年代以来，有些心理剧专家开始较多地使用这项技术。雕塑方法使用人体或物体来形成一种静态的"形象"，以此来直观地再现某个人的心理状态、情感、关系或情境。这种技术可以帮助心理剧主角以象征性的方式探索和理解复杂的内在体验和人际互动。具体来说，在心理剧中，雕塑的情景再现功能主要表现在以下几点。首先，雕塑可以再现人的内在状态。如将抽象的情感和心理状态具象化，使其更容易被理解和探讨。例如，一个感到内心混乱的主角可以通过雕塑来表达这种混乱感，让其他参与者"扮演"如焦虑、恐惧或愤怒之类的情绪，形成一个视觉上的"混乱"场景。其次，雕塑还可以揭示人际关系，展现主角与他人之间的关系模式，包括他们之间的相互作用和情感联系。例如，一个在家庭关系中感到孤立的主角

---

1 ［英］保罗·威尔金斯：《心理剧疗法》，余渭深译，重庆大学出版社2016年版，第137页。

可以通过雕塑来表达家庭成员之间的距离和隔阂，通过这种视觉化的方式，可以将主角的内在状态予以再现。

在彼得和玛丽的案例中，尽管他们学会了如何谈论他们的问题，但仍然感到停滞不前，无法改变他们之间的互动模式，这严重影响了他们的性生活和亲密度。为了探索这种停滞感，治疗师引入了雕塑技术。在雕塑过程中，彼得将自己想象成一只"大狗，一只悲伤的大狗"，是心理学实验的一部分而被放置在一堵玻璃墙后面。玛丽作为他的"欲望对象"处于玻璃墙的另一边。当彼得被要求通过哑剧表现他们的僵局时，他不断尝试将爪子伸过及腰高的玻璃墙去触碰她。然而，每当他的爪子接近她的身体时，他就会遭受强烈的电击，迫使他退缩。经过几次尝试后，他"停止尝试"并退缩。玛丽没有想出关于自己和彼得的隐喻形象，但她想象他们两人坐在黑暗、贫瘠的地下室里的一张双人沙发上。她将他们定位在沙发的几英尺远的地方，双手交叉放在膝盖上，姿势沉闷且无动于衷。后来，玛丽意识到这个形象是她在她父母的婚姻中看到的情况的翻版。她的父母一直在谈话，但从未采取行动。通过比较两个雕塑，治疗师识别出他们共同的无助感，帮助彼得和玛丽以一种象征性的方式探索和表达他们的感受和关系中的僵局。这种方法允许他们以一种非言语的形式，通过身体姿态和空间关系来表达他们的内心世界，从而更深入地理解他们的情感状态和相互之间的动态。[1]

### 3. 角色反转

角色反转（Role Reversal）是莫雷诺角色理论的一个重要内容，该技术需要参与者交换角色，即相互扮演对方的角色或者由主角扮演与自己相对的角色。通过这种方式，参与者能够从不同的角度体验和理解情景，从而能够更全面地再现与展示情景，提高自我认识。如通过扮演对方，参与者能够更好地识别自己在特定关系或情境中的角色和行为模式，发现自己之前未曾注意到的行为和态度。例如，一个在团队中总是承担领导角色的人可能会通过扮演团队成员的角色来意识到自己对团队的控制欲和领导风格。角色反转也可以增进共情和理解。通过扮演另一个人的角色，参与者能够更深入地理解对方的感受、想法和行为动机。这种体验有助于建立共情，减少误解和冲突，也就更为全面地理解了情景。例如，一对经常争吵的夫妻可以通过角色反转来体验对方的立场。在这个过程中，丈夫可能会体验到妻子的感受，理解她的需求和挑战，而妻子也能体会到丈夫的压力和

---

1　Peggy Papp, etc., Breaking the Mold: Sculpting Impasses in Couples' Therapy, Family Process March 2013, DOI: 10.1111/famp.12022.

担忧。

安德森的心理剧中就应用了角色反转的方法。安德森两个月前被诊断出患有可手术的晚期癌症。他也有抑郁症的症状，尽管他说他已经决定接受化疗，但每次预约的那天他都"不能成行"。他要求成为一部心理剧的主角，以探索他不愿接受可能延长寿命的治疗的原因。在心理剧早期，他自言自语道："我知道我真的没有癌症，上帝不会让这种事情发生在我身上。"然而，当他采用角色转换扮演妻子时，他又说："阿诺德·安德森，你患有癌症，你正在死亡，如果你不化疗，你会死得更快。"主角亲自出面否认，这让他得以探索眼前的真正问题，"化疗值这个价钱吗？"安德森先生在接下来的一周开始化疗，两年后的今天，他仍然活着，并兼职工作。他和他的家人能够谈论他即将去世的消息，并能够为他们有限的未来共同制定现实的计划。这一案例清楚地表明了客观的优先性（Anderson 先生的病情）和主观的优先性。安德森先生必须认识到自己患有绝症，然后才能选择接受化疗。[1]这种主观优先性是安德森的重要"场景"，只有通过角色反转才能够更好地展现它。

从本质上看，角色反转可以视为"另一角度"的场景再现。日常生活中，每个人都从自己的视角出发看待发生的一切，但实际上，现实场景是多角度的复合体。而角色反转为人们提供了"另一视角"的场景状况。

## 二、情感表达方法

情感表达在心理剧中具有核心地位。情感表达不仅使主角能够释放平时被压抑的情感，如愤怒、悲伤或恐惧，从而减轻主角的心理负担，促进心理健康，还能够促进主角对自身内心世界的深入理解。郁积的情结能够遮蔽人的理性认知，堵塞理解的大门，而情感的适当表达是"去蔽开锁的钥匙"。情感表达方法还能够帮助团队成员之间建立共情，增强团体凝聚力。此外，情感表达还能激发个人的创造力，鼓励探索新的表达方式和解决问题的策略。因此，情感表达在心理治疗和个人成长中发挥着不可替代的作用。

### 1. 独白

独白（Soliloquy）是莫雷诺直接从古典戏剧引进的一种方法，是非常重要的一种情感表达方式。独白允许角色在没有与其他角色互动的情况下，直接向观众

---

1 Linnea Carlson-Sabelli, Hector C. Sabelli, Reality, Perception, and the Role Reversal, https://www.researchgate.net/publication/232472815.

表达自己的内心想法和感受，能够帮助主角更好地表达自己的情感和思想，同时也让观众能够深入探索角色的内心世界。独白为角色提供了一个释放隐藏情感的机会。例如，一个角色可能在面对家庭冲突时感到非常沮丧和无助，而通过独白，他可以表达这些感受，从而让观众和其他参与者理解他的痛苦。独白还可以促进自我了解。独白使角色有机会反思自己的行为和动机，从而获得自我认识和洞察。例如，一个角色可能在独白中思考自己为何总是在工作中感到焦虑，通过这一过程，他可能意识到这种焦虑源于对失败的恐惧。独白还可以揭示深层次的人际问题，帮助揭示角色在人际关系中遇到的深层次问题和冲突。例如，一个角色可能在独白中表达对伴侣的不满和期望，这些通常不会在对话中直接表达，从而揭示了角色在关系中的真实感受。独白可以纠正辅角或导演对场景的误解，帮助导演和辅角更好地理解主角的内心世界。例如，导演可能通过主角的独白来调整戏剧化的进程，确保戏剧化的准确性和深度。独白还可以给角色带来行为改变的机会。独白不仅让角色表达当前的感受，还可以让他们探索和尝试新的行为模式。例如，一个角色可能在独白中考虑如何以不同的方式应对未来的挑战，这可能会引导他在现实生活中采取新的行动。

在某个心理剧场景中，洛丽开始与上帝对话，目的是深入了解她的人生目标。她与心理剧中其他角色的互动是自发的和投入的。在开始与上帝交谈后，她很快变得谨慎和回避。注意到主人公的表演发生了重大变化，导演邀请她进行简短的独白，冻结了场景。她开始畅所欲言——"与上帝交谈比我意识到的要困难。我以为我对上帝只有积极的感觉，但当我开始说话时，我意识到我也对上帝感到强烈的愤怒。我试着过上美好的生活，但他一直让创伤和失落进入我的生活。我为自己对上帝的愤怒感到可耻，害怕如果我利用自己的愤怒会发生什么。"这段简短的独白为导演提供了关于主人公经历的重要信息，并提供了如何帮助洛丽摆脱困境的线索。[1]

### 2. 中间媒介

中间媒介（Intermediate Objects）方法一般认为是罗哈斯·伯穆德斯（Rojas Bermudez）提出的，也是重要的心理剧技术之一。[2] 中间媒介使用非人类

---

1　Scott Giacomucci, Social Work, Sociometry, and Psychodrama, https://doi.org/10.1007/978-981-33-6342-7page258.

2　Ana Cruz, Célia M. D. Sales, Paula Alves, Gabriela Moita, The Core Techniques of Morenian Psychodrama: A Systematic Review of Literature, Frontiers in Psychology, July 2018 | Volume 9 | Article 1263, doi: 10.3389/fpsyg.2018.01263.

的对象，如道具、织物、木偶、布娃娃和面具等，来代表人物、情感、思想或关系。这些对象作为沟通的媒介，帮助参与者与自己的内心世界、他人或情境进行互动。中间媒介的使用可以增加情感表达的距离，降低直接交流时的焦虑和防御，使参与者能够更自由地探索和表达自己的感受。

中间媒介可以帮助那些不善于用言语表达情感的参与者找到一种非言语的表达方式。通过与中间媒介的互动，参与者可以更安全、更自由地探索和表达自己的感受。例如，一个经历了创伤的主角可能难以直接谈论自己的经历。主角可以通过与一个代表创伤的布娃娃的互动来间接表达自己的恐惧和痛苦。中间媒介可以作为团体成员之间沟通的桥梁，帮助他们更好地理解和接纳对方的感受和观点。例如，在一个家庭治疗场景中，家庭成员可以使用木偶来代表彼此的感受和需求，从而促进家庭成员之间的沟通和理解。中间媒介还可以降低防御和焦虑。对于一些敏感或难以启齿的话题，中间媒介可以提供一个缓冲，减少直接面对可能引起的不适。例如，一个害怕表达愤怒的主角可以使用一个代表愤怒的面具来表达这种情感，而不是直接对他人表达，这样可以减少潜在的冲突和不适。中间媒介还可以用来代表不同的角色或情境，帮助参与者探索自我不同的方面或可能的行为模式，促进角色扮演。例如，一个正在考虑职业变化的主角可以使用不同的道具来代表不同的职业角色，通过扮演这些角色来探索自己的兴趣和能力。中间媒介可以被治疗师用来促进治疗过程，通过中间媒介来引导讨论和反思，或者作为治疗过程中的一个焦点。例如，治疗师可以让一个感到社交焦虑的主角使用一个代表自己的木偶来进行社交场景的角色扮演，从而帮助主角练习社交技能和建立自信。中间媒介为团队成员提供了一种创造性和象征性的交流方式，有助于促进情感表达、增强沟通和理解，并降低防御和焦虑。

## 3. 空椅技术

空椅技术（Empty Chair Technique）是心理治疗中常用的技术。邓旭阳等人认为，空椅技术是由莫雷诺提出，后由格式塔疗法的创建者弗里茨·皮尔斯（Frits Perls）作了改进。[1] 但也有学者认为该技术起源于皮尔斯，并由埃德加·斯通茨（Edgar Stuntz）进一步发展。[2] 不论如何，空椅技术作为心理治疗的一种技术无论是在心理剧中还是在格式塔心理疗法中，都是常用的，但从格式塔心理

---

1 邓旭阳等：《心理剧与情景剧理论与实践》，化学工业出版社 2009 年版，第 58 页。

2 Tony White, The empty chair and its use in psychotherapy, http://dx.doi.org/10.16926/eat.2023.12.01.

学角度看待空椅技术似乎更为方便易解。皮尔斯认为，基于格式塔心理学，人们对于未竟之事，即重要的没有得到满足的需求不会彻底从意识中消失，而会在潜移默化中对人持续产生影响。在心理治疗中，具体到人的情绪方面，对于消极的情绪，来访者必须将其带到此时此地予以面对，使其能够合适地表达、宣泄情感，然后才能有效地面对未来。空椅技术可以帮助来访者探索和解决内心的冲突，提高自我意识，促进情感表达和个人成长。奥切斯纳（Ochsner）发现来访者可以通过悲伤疗法中的空椅子来学习发展更好的情感整合意识，处理失去所爱之人的未完成情绪 [1]。

任媚等人在一例心理辅导案例中采用了空椅技术使来访者表达、宣泄郁积的情感，得到了良好的效果。来访者是一名中学生，父母离异，她的主要表现是"心情沮丧、精力减退、食欲减退，睡眠质量有所下降，注意力容易分散，学习效率低下；内心矛盾、痛苦，对未来感到迷茫。"治疗师在第三次咨询中采用了空椅子技术，让她假设母亲坐在对面的椅子上，并尝试与其对话，倾诉感受。她哭着表达了自己对母亲的想念与怨恨，"我讨厌你，你一点都不是一个好妈妈，你就是一个自私的人，什么都只想到自己，你一点都不爱我"。当她表达完自己的想法与情绪后，治疗师引导她坐在代表母亲的椅子上体验妈妈的角色，尝试从母亲的角度看待冲突。在该案例中，来访者能够从母亲的角度看待问题，表示"可以尝试去理解爸爸和她的关系不好给她带来的痛苦"，但"却不明白为什么她会这么不爱我？她可能自己也过得不好，但我也很难过呀！"最后，咨询师让来访者再一次去宣泄成长过程中对亲子关系的不满和难受的情绪，并引导来访者看到在亲子矛盾的背后有着其他关系的影响。本案例中空椅技术的使用"既让来访者宣泄自己积压已久的情绪，释放心理压力，又让其充分体验到了自己与母亲的感受，这为矛盾的解决，双方的沟通及亲子关系的重构提供了可能。"[2]

## 三、心理及行为发展方法

心理剧治疗的目的在于引导患者深入探索和体验自己的内心世界，从而识别并改善固有的心理认知模式和行为习惯。在心理剧过程中，导演要采用各种方法指导主角模拟现实生活中的情境，体验新的情感反应，尝试不同的应对策略，并

---

1　Ochsner, J. K., Meditations on the empty chair: The form of mourning and reverie. American Imago, 73（2）, 131—163.

2　任媚、孟春燕、李桃林：《1 例离异家庭学生的心理辅导案例》，《心理月刊》2023 年第 6 期。

从中获得洞察和自我认识。通过各种心理及行为发展方法，患者能够逐步改变其不适应的心理状态和行为方式，建立更健康的思维模式和应对机制，以促进个人的心理成长和社交能力的提升，最终达到改善心理健康和生活质量的目标。

## 1. 角色培训

角色培训（Role Training）旨在通过模拟和练习特定的角色行为来提高个体在现实生活中的角色表现与适应能力。该方法通常用于帮助个体准备面对新的或挑战性的情境，通过在安全的环境中模拟角色来学习新的行为模式和应对策略。角色培训可以帮助个体学习和练习特定的社交技能、沟通技巧或专业技能，以便在现实生活中更有效地扮演各种角色。例如，一个即将进行重要演讲的人可以通过角色培训来练习公开演讲的技巧，包括语言的使用、肢体语言和处理紧张情绪的方法。对于那些即将进入新角色或面临角色变化的个体，角色培训可以帮助他们适应新角色的期望和要求。例如，一个新晋升的经理可以通过角色培训来学习领导技巧，了解如何管理团队、解决冲突和激励员工。角色培训可以提供一个安全的环境，让个体通过模拟角色来表达和处理复杂的情绪，如恐惧、焦虑或愤怒。例如，一个对即将到来的考试感到焦虑的学生可以通过角色培训来探索不同的应对策略，如放松技巧、时间管理和积极思维。通过在心理剧中模拟和练习角色，个体还可以增强对自己能力的信心，减少面对真实情境时的不确定性和紧张感。例如，一个即将参加社交活动并担心自己表现的人可以通过角色培训来练习社交技巧，从而在真实场合中感到更加自信和舒适。角色培训还可以帮助个体通过模拟不同的角色和情境来探索多种决策和问题解决的可能性。例如，一个面临职业选择困难的个体可以通过角色培训来模拟不同的职业路径，了解每个选择的潜在结果和挑战，从而做出更明智的决策。

尤塔·佛斯特（Jutta Fürst）认为，在经历了创伤或负担沉重的生活事件后，人们往往会因为过去的反应而受到惩罚，从而陷入令人不满的互动中。他们害怕再次受到身体或心理上的惩罚，或者担心失去与重要他人的关系。在心理治疗培训中，受训者需要扩大他们的角色范围，以更好地了解他人。佛斯特将各个领域的角色发展和角色提升作为培训的一个重要目标，受训人员在与合作伙伴的互动中及在各种情况下，在感受、思考和行动方面变得更加灵活和富有创造力。心理剧旨在通过心理治疗关系、意识、视角转变、宣泄、洞察和反思来减少焦虑和抑郁情绪。因此，受训者所扮演的角色应该表现出极大的多样性，以允许对他人作出广泛的反应。佛斯特设计了所谓的自我意识训练，受训者通过心理剧和社会剧的方法，探索自己在以主角为中心和以团体为中心的戏剧中的角色。主题通常与生活中令人烦恼的事件、梦想或希望改变的日常情况有关。培训的目的是探讨角色、个人生活经历、生活计划、行为模式和战略，其目标是提高参与者的自尊心和社交能力，培养他们的自发性和创造性，扩大他们的角色范围，以及增加新行为和新角色的动机和能力等。通过研究，佛斯特认为，这一训练对提高个体在生活中的角色表现是有益的。[1]

## 2. 未来投射

未来投射（Future Project）是心理剧治疗中的一种心理建设方法，该方法引导参与者（主角）探索和模拟他们未来可能的情况或生活场景，帮助个体规划未来，解决预期可能出现的问题，或者实现个人目标和梦想。莫雷诺认为，当主角用行动来"践行"他的未来时，那么他的未来就将会成为什么样子。也就是说，在心理剧中应用未来投射方法时，主角对未来的愿望、设想或摆脱未来的恐惧等负面情况，都要将其放置到"现实"中来考量，并通过心理剧舞台上的行动表达出来，好像未来已经进入现实。通过未来投射，主角可以练习未来在预期情境下的行为或者体验该情境中的心理状态。具体应用未来投射方法时，主角要在导演的指导下详细设想未来情境的每一个方面，尽量具体形象，并按照设想的情境布置舞台。舞台越具体、形象，越有助于激发主角的自发性和创造性，越能够更好地练习处理"未来"的情况。邓旭阳等人引用了莫雷诺的例子来说明未来投射。

> 病人正在学习的是英语科目。他已经有了学士学位，又为了获得硕士学位学习了将近八年时间，但仍然难以完成学业。现在，在"未来投射"的三年后的情景中，他在大学上第一次英语课。全体观众在他的班上，他被要求面对他们并用优美的英语激励他们："我的名字叫约翰逊，这是一个非常普通却又美丽的名字，我欢迎你们来到这里，请你们所有的人对另一个人介绍自己。但记住，名字代表了你，尽力用这样一种悦耳的方式去展现它，从而传达给他人的就好像是说'我在这儿，你是谁？'"[2]

在这个心理剧片段中，未来投射技术被用来帮助主角约翰逊探索和体验他在未来可能实现的目标——完成硕士学位并用英语在大学上第一次课。未来投射的使用可以帮助约翰逊将他的希望和梦想具体化，同时为他提供模拟和练习实现这

---

1  Jutta Fürst, Role development in psychodrama training—Findings and challenges, Z Psychodrama Soziom (2020) (Suppl 1) 19: 239—253.

2  邓旭阳等：《心理剧与情景剧理论与实践》，化学工业出版社 2009 年版，第 60 页。

些目标所需的技能和情感态度的机会。这个未来投射练习虽然短小，但具备了未来投射的各种元素。比如清晰的目标设定，即用三年时间完成硕士学位并成为英语教师；行动明确，即约翰逊在心理剧中扮演未来的自己，使他能够在一个安全的环境中尝试和练习他希望在未来展现的行为和态度；产生了情感体验，即通过面对"全体观众"（代表他班上的学生）并用英语演讲，不仅练习了语言技能，还体验了作为教师的自信；练习了社交技能，他在演讲中鼓励学生们介绍自己，并注意自己名字的表达方式，反映了他在社交互动和沟通技巧方面的自我意识和成长。总的来说，这个未来投射练习帮助约翰逊在心理上和情感上连接他的现实情况（长时间学习但未完成学位）与他的理想目标（成为一名教师），为他提供了一个实现梦想的具体路径。

## 3. 附加现实

莫雷诺认为，心理剧是用戏剧方法研究心理真理的科学。而所谓的心理真理包括一个人经历的方方面面，既包括内心世界也包括外在世界。心理剧充当了客观世界和内在主观世界之间的桥梁，而附加现实（Surplus Reality）使生活中未被充分体验或表达的无形维度得以具体化、形象化，过去、现在和未来的事件，在想象中都是现实，都可以在心理剧的舞台上展现出来。泽尔·莫雷诺认为，心理剧中最深刻的宣泄来自那些场景、那些互动、那些在现实生活中不可能，也永远不可能发生的时刻。[1] 从这个意义上讲，附加现实对于建设和发展主角的心理和行为都具有重要意义。正如保罗·威尔金斯所说，当心理剧表演需要呈现出没有发生过、今后不可能也不会发生的事情时，附加现实就可以派上用场。它可能是关于"未竟之事"，例如跟一位去世的亲戚道别，或者是重演一段主角过去的经历，让主角有机会改正之前的行为。这可能是一次实验或者是一次可以体验到一些没有发生过但却有益的事情的机会。[2]

有这样一个附加现实的心理剧案例。苏（Sue）在童年时经常受到身心虐待，长大后生活一片混乱，主要表现是自残。她的愤怒情绪已向内转，常常通过抑郁和自残行为表达出来。娜娜（Nana）是给苏带来温暖和爱的人，但娜娜病危的时候，苏并不能告诉娜娜她对她的爱。这与母亲淡化了娜娜的病情有关。在这样一幕场景里，导演运用了附加现实的方法。

---

1 Ali Watersong, Surplus Reality: The Magic Ingredient in Psychodrama, ANZPA Journal #20 December 2011.

2 ［英］保罗·威尔金斯：《心理剧疗法》，余渭深译，重庆大学出版社 2016 年版，第 135 页。

　　**苏**　我很厌恶。她是你的妈妈。她真的病了。

　　**妈妈**　她会好的。不用大惊小怪的。你感觉厌倦是因为你精神不正常。

　　**苏**　我恨你。你从来不会需要我。你总是抛弃我。你对娜娜也是一样的。她是你妈妈!

　　**苏**　（转向导演）……我想杀死她!

　　**导演**　这是一出心理剧。你可以做任何事情。你想怎么杀死她?

　　**苏**　我想用铁锹拍死她，然后埋了她! [1]

就这样，新的一幕上演了。当她打在辅助设备前的垫子上时，她的愤怒得到了宣泄。她对她妈妈大喊大叫。"有精神病的不是我，是你!"她又喊又叫，继续打她的母亲，直到她筋疲力尽。她召集小组成员帮她埋葬尸体。苏转向她的娜娜，哭着表达她的悲伤。娜娜抱着她说"我爱你。你父母拒绝你不是你的错"。苏如释重负地哭了，她在言语和行动中体验到了娜娜的爱与接纳。在这个附加现实表演中，女主角在表演她的谋杀幻想时，能够释放和整合郁积的暴力情感。愤怒通常会掩盖失落感和依赖感，以及对爱和认可的需求。愤怒的宣泄让潜在的悲伤和渴望得以体验，苏体验到了一种掌控和权利的感觉。[2]

　　需要指出的是，本节提到的场景再现方法、情感表达方法与心理建设方法不能够机械地应用，比如有的场景再现方法也有可能适用于情感表达或者心理与行为建设。导演在指导心理剧演出过程中要根据主角的表现情况随时加以应用、终止与改变。原则就是能够最大程度地有利于主角的治疗进程。

---

1　Ali Watersong, Surplus Reality: The Magic Ingredient in Psychodrama, ANZPA Journal #20 December 2011.

2　Ali Watersong, Surplus Reality: The Magic Ingredient in Psychodrama, ANZPA Journal #20 December 2011.

# 结　语

心理剧作为一种通过戏剧手段进行心理治疗的方式，自 20 世纪 20 年代由雅克·莱维·莫雷诺创立以来，已经历了近一个世纪的发展。心理剧不仅在理论上得到了丰富和完善，在实践应用中也展现出了其独特的价值和效果。

心理剧的多个理论都源自莫雷诺的创造，如社会计量学、社会原子、远程感应、自发性、创造性、角色理论等，对心理剧的发展提供了重要理论基础。在实践中，心理剧被广泛应用于个体治疗、家庭治疗、团体治疗等多个领域，帮助人们通过戏剧性行动探索和解决心理问题。在心理剧发展的历程中，有多种心理剧治疗方法被发展出来，如替身、雕塑、角色反转、空椅、社会计量等数十种，不仅丰富了心理剧治疗手段，有些方法还溢出了心理剧范畴，成为其他学科领域的重要概念。心理剧理论与实践还产生了跨文化影响，在全球范围内得到了推广和应用，如澳大利亚、法国、南非、阿根廷、韩国、泰国、日本、中国及中国台湾地区等。不同文化背景下的实践为心理剧理论和方法提供了多元化视角，在莫雷诺经典心理剧的基础上还发展出了其他类型的心理剧，比如易术心理剧、螺旋心理剧及音乐心理剧等。

心理剧作为心理治疗和个人成长的方法于 20 世纪 80 年代中后期进入中国，受到相关研究者与心理治疗从业者的关注。一些高校和专业机构开始提供心理剧的专业培训和工作坊，旨在培养更多的心理剧导演和治疗师。一些医疗机构和心理咨询师也逐步尝试将心理剧应用于治疗实践，帮助来访者探索和解决心理问题。心理剧也被应用于教育领域，作为一种教学方法帮助学生提高自我认识、社交技能和创造力。尽管已在中国开展将近 40 年，也具有一定的知名度，但相较于其他心理治疗方法，心理剧在公众中的知晓度仍然有限。当前，心理剧在中国的发展面临一些挑战，如专业人才不足、公众认知度不高、文化适应性稍弱等。总的来看，心理剧在中国仍处于发展阶段。

在未来发展方面，笔者认为心理剧应继续向戏剧理论取经问道，借鉴戏剧理论与实践的最新成果丰富和发展心理剧理论与实践。心理剧不仅是依据戏剧理论发展起来的心理治疗方法，其本身也是戏剧的一种，是实践性很强的应用戏剧。心理剧应向戏剧各个领域借鉴，如编剧、导演、舞台设计等，将其最新成果融入心理剧。心理剧还应结合人工智能技术、虚拟现实技术、扩展现实技术等，以丰富心理剧的实践效果。总的来看，心理剧在理论和实践方面都存在广阔的发展空间。

# 附　录

## 一、心理剧与传统戏剧对比表格

| 比较维度 | | 心理剧 | 传统戏剧 |
|---|---|---|---|
| 创作目的 | | 以心理治疗、情绪宣泄和行为改变为目的，注重治愈过程 | 以艺术表现、故事叙述和情感表达为主，注重艺术审美 |
| 文本特点 | 内容 | 根据心理剧组织者确定的主题展示主角的生活经历与情感体验 | 编剧根据自我表达需要或者其他相关方要求确定 |
| | 情节 | 影响主角心理、情感的关键事件，注重揭示心理问题的原因 | 引发冲突、刻画人物性格与情感，推动矛盾发展 |
| | 结构 | 由导演根据心理剧实施过程引导，并根据参与者情况动态调整 | 以创作目的和表达需要为依据选择适合的戏剧结构 |
| 呈现 | 台词 | 以即兴方式进行，内容随情绪与情境而定 | 台词经过精心打磨，追求语言艺术性和戏剧表现力 |
| | 表演 | 不要求艺术性，以发现主角的心理情感问题为目标 | 艺术性强，通常需要严格遵循剧本和导演的安排 |
| | 舞美设计 | 导演指导下由主角根据需要使用简单道具布置舞台 | 根据导演要求，由专业人员进行舞美设计 |
| | 观众互动 | 观众可能参与表演，成为治疗过程的重要组成部分 | 观众通常处于旁观者位置，主要进行情感与审美体验 |

## 二、心理剧文本案例

### 弗吉尼娅的心理剧

#### 确定主题，设置场景和寻找辅角

在团体成员的支持下，弗吉尼娅被确定为主角。她有些不清楚自己的心理剧该从什么地方开始。也许可以从她的电脑开始，也许可以从她的厨房开始。导演大卫问她，这两者之间是否有共同之处。"有！"弗吉尼娅肯定地答道，"我无法摆脱它们中的任何一个。它们占据了我的生活，你不问我，我还没意识到。我一直都在受别人的使唤，工作的时候这个长着一只眼睛的怪物一直监视着我工作，在家里我大部分时间都在厨房里做饭、洗碗、洗衣服、给孩子准备午餐便当。我甚至想过把我的床搬到厨房里去！""所以主题是有关你从来没有属于你自己的时间？"大卫问道，"以你在上班或者在厨房作为开头可以吗？"弗吉尼娅决定从她的厨房开始，她认为在那儿至少还有点自由。她决定给组员们看看她家人用餐之前是怎样的。弗吉尼娅选择再现几天前在忙碌的茶点时间里发生的事。她与大卫一起搭建场景，用桌椅来代表厨具、洗涤槽洗衣机和橱柜。

"还有谁在房间里？"大卫说。

"佐伊，我的女儿，正在洗涤槽里洗手——男孩们都在客厅。我虽然看不到他们，但我可以听到他们的声音。他们像往常一样互相吵吵闹闹，并把电视机的声音调得特别大。"弗吉尼娅说。

"我认为我们需要找人来扮演佐伊——男孩们需要吗？"大卫问。

#### 第一幕　现在

弗吉尼娅找到了辅角来扮演佐伊和她的两个儿子：本和多米尼克，表演正式开始。这一幕演了几分钟后，男孩们变得更加吵闹，弗吉尼娅要他们停下来别打了，但他们完全无视她的话。佐伊这边也在不停地问问题烦她的妈妈，弗吉尼娅一边要处理快烧焦的炸鱼条，一边又要顾着她淘气的孩子，声音变得越来越尖厉。正在这个时候，弗吉尼娅突然间沉默了。

汉娜向大卫示意她想做弗吉尼娅的替身。弗吉尼娅同意了。汉娜站在弗吉尼娅身后，把一只手放在她的肩膀上说："我希望他们全部走开——我希望所有人都走开好让我一个人静一静。"然后提高了她的嗓音说道："你们这些讨厌的满腹牢骚的臭小子，我讨厌你们！都给我滚开，让我静一静！"

"是这样演的吗？"大卫问弗吉尼娅。

"有些是正确的——但我并不恨他们……但我确实希望他们都走开。我只希望能安静一会儿，这点要求过分吗？"

"你能用你自己的话对他们说吗？"大卫追问道。弗吉尼娅径直地朝孩子望去，大喊道："全都给我闭嘴——我受够了。都走开——让我一个人静一静。"接着她小声说道："如果你们不走，我就自己走。"弗吉尼娅小声说道：似乎对自己说的话感到震惊和后悔。

大卫让弗吉尼娅站到场外。"如果你不走，我就自己走，"他重复了一下这句话，"这句似乎很重要——我在想我是不是从哪里听到过？"

"这正是孩子父亲临走的时候对我说的——我差点忘了。那是一个可怕的夜晚。他就这么走了，而且从那以后我们就没有什么联系了。"弗吉尼娅说。

"你能给我们展示一下发生过什么吗？"大卫说。

## 第二幕　不久之前

弗吉尼娅撤掉了第一幕的道具，并在大卫的帮助下重建了房子的客厅，那是她和孩子们及她的前夫格里一起生活过的地方。她选汉娜来扮演格里，重现了他们最后一次吵架的场景。当汉娜/格里向她甩出那句话"如果你不走，我就自己走"，接着摔门而出、离开这个家的时候，弗吉尼娅的内心似乎崩溃了。她看上去非常伤心、失落，一副被抛弃的样子。她安静地站在原地，直到大卫缓缓地靠近她，问是否可以做她的替身。她非常轻地点了点头。

"我好失落，好孤独——没有人关心我——如果这就是生活，那我不想再活下去了，"大卫停顿了一下问道，"是这样演的吗，弗吉尼娅？"弗吉尼娅的反应是由一连串深沉的、撕心裂肺的啜泣，演变成号啕大哭。大卫看了一眼组员们，他们都十分安静专注，他看到虽然有几名观众很显然被深深地打动了，但是他们都是有人关心的。

过了一会儿，弗吉尼娅抬起头来。"我妈妈也对我做过这样的事。"她低声说道。

"你妈妈也做过？"大卫重复道。

"是的——在我四岁的时候她抛下我走了——离开了我。我才四岁。她怎么忍心这么做？"

"可以找个地方开始这一段吗？"大卫问。

"我不是很想这样做，但我猜我必须这么做，是吗？"弗吉尼娅说。

"这是你的心理剧——我们可以做任何你想做的。"大卫说。

"好吧——但我如果受不了了，可以停下来吗？"弗吉尼娅问。

"当然可以——但我猜你想说的是回到你母亲弃你而去的那个时候是很困难的。我想问你是否需要一个替身，当你觉得难以继续的时候，这个人可以在你旁边支持你，为你代言？"大卫问道。

## 第三幕 很久以前

这一幕的场景设定在一个宽敞的农家厨房，位于弗吉尼娅小时候住的房子里。它的地板是木质的，有一张精致的松木桌，可以轻松坐下 10 个人；有一个老式的、又深又方的洗涤槽，几张旧地毯，天花板上有几个金属挂钩，一个大的阿加厨具，以及各式各样的硬木头椅子和软椅。门背后挂着一些大衣，鞋子和各种尺码的威灵顿靴摆靠在旁边的墙边。弗吉尼娅对厨房的回忆是如此生动，以至于大卫和其他的组员们觉得这个厨房似乎就在他们眼前。

弗吉尼娅确定事情发生时刚到下午。她的哥哥弟弟们都去上学了，爸爸也去上班了。她坐在厨房的地板上玩自己最喜欢的玩具娃娃，这个时候她的妈妈（由蒂娜饰演被小弗吉尼娅叫作妈咪）正忙着做家务。弗吉尼娅玩得很专注，并没有注意到妈妈在厨房里忙来忙去，突然间她不小心伸了一下腿，妈咪就被绊倒了，她手上端着的罐子也摔碎了。她站起来之后，冲着弗吉尼娅疯狂地吼叫，骂她是愚蠢的小贱人。

大卫注意到这个时候弗吉尼娅看上去有些迟疑，于是中止了表演问道："是这样的吗？"

"差不多——但我的妈妈更狠毒，她摔坏了我的娃娃。"弗吉尼娅说。

"好吧——现在交换角色，你扮演你的母亲。"大卫说。弗吉尼娅成了妈咪，她对小弗吉尼娅大喊大骂，在厨房里把她推来推去。"我受不了你了，你这个小贱人。我从来不想要你，你什么都不是，就是个祸害。"当她拿起代替她的她最喜欢的娃娃泰迪熊时，愤怒的泪水顺着弗吉尼娅的脸颊肆意流淌。"这就是我想对你做的。"她捏起娃娃的双脚，一边挥舞一边朝小弗吉尼娅吼叫，不断地把娃娃打在厨具上。"够了——我受够了。我走了。"她说着就砰的一声把娃娃摔在地板上，然后从后门甩手离去。"换回来吧，"大卫说道，"蒂娜，把你记住的都表演出来。"

这一幕重新开始，弗吉尼娅扮演四岁的自己。

当妈咪冲出了厨房，弗吉尼娅瘫坐在地板上，把头埋进了怀里。大卫小心翼翼地靠近她，把他的手放在她的肩上。"你的妈咪已经走了，"他温柔地说，"你看上去非常失落和孤独——也显得非常不开心、困惑和受伤。你能告诉我们你现在的想法和感受吗？"

"我又做了坏事，我太坏了，妈咪走了。她说过她会走的，这全是我的错，"弗吉尼娅呜咽着，"没有人喜欢我——他们都觉得我不好。他们不想要我。"

"你才四岁，"大卫说，"你的妈咪刚刚离开你，你却认为这是你的错，所有人都讨厌你。我跪在你旁边的时候，可以感受到你很羞愧。当你准备好了，我想让你看看组员们，然后告诉我你看到了什么。

"我做不到——他们都觉得我是个傻子，"弗吉尼娅喃喃自语。

"我看大家都不是这样想的。"大卫说，"大胆地看一眼。"

弗吉尼娅看了看四周的其他组员们。她看到了温柔的笑容，被泪水浸湿的脸庞，到处都充满着同情和理解。她明显变得坚强起来，展开身子，端正地坐着。

## 第四幕　镜照

"弗吉尼娅，"大卫说，"我非常想给你一次机会，让你和你的母亲一起像我们一样观看这一幕。你可以从厨房出来，挑选一个人来扮演四岁的你吗？"

弗吉尼娅一开始不愿意选别人来扮演自己。她说这种感觉太糟糕了，但她最后还是选了加雷思来扮演她的角色，她自己在场外旁观表演。当妈咪离开厨房的时候，弗吉尼娅转向大卫，并用一种惊讶的口气说："这完全不是我的错，对吧？她实在太过分了。我只不过是在玩娃娃。"然后更加生气地说："太邪恶了，竟然把可怜的乔安娜打成那样！我爱那个娃娃。现在也是——没有什么能够替代她。"

沉默了一段时间后，弗吉尼娅接着说："为什么呢？为什么她要这么做？为什么她要走？我那时不知道她不会回来了。她之前也这样闹过很多次。她是疯了还是怎么了？她怎么忍心这么对我？我那时才四岁！"

## 第五幕和第六幕　两幕附加现实

"你都问为什么，"大卫说，"你觉得谁还会知道？""她知道。"弗吉尼娅朝着台上妈咪的方向脱口而出。"你想问问她吗？"大卫追问道。

弗吉尼娅决定去问她的这位母亲那天下午到底发生了什么，以及她现在记起来的从那之后类似的场景到底发生了什么。她还说她想用这个机会告诉母亲，她那个时候以及从那之后有多么无助。弗吉尼娅和大卫一致认为，让弗吉尼娅自己选择与母亲见面的时间和地点效果会更好。这将是已成年的弗吉尼娅质问她的妈咪，而不是那个脆弱的四岁孩童。场景布置好后，蒂娜继续扮演她的妈咪。

"你为什么要这么无情？"弗吉尼娅与母亲对质，"我哪里做错了？你怎么忍心这么对待一个四岁的小孩子呢？"

"交换角色。"大卫说。同样的问题又还给了正扮演母亲的弗吉尼娅。

作为母亲，弗吉尼娅一开始否认虐待过自己的女儿，说她从来没想过要伤害她。大卫用角色互换技巧让成年的弗吉尼娅先质问母亲，然后再扮演母亲来回答这个问题，接着就是一个女人如何陷于疯狂的故事。她在自己的第二个儿子出生后就以为这个家庭已经完整了，不料两年之后一个小女孩接着到来了，他们不想要这个孩子。那个时候妈咪和弗吉尼娅父亲的关系也已经恶化，弗吉尼娅的出生更是雪上加霜，父母之间互相责怪，都很厌恶这个孩子。弗吉尼娅的父母现在很少讲话。母亲觉得自己就跟负责照顾丈夫、孩子和家庭的仆人差不多，她希望逃离这里，去过属于自己的生活。

真相大白之后，弗吉尼娅回到自己的角色，告诉母亲这对一个四岁的她来说是一次多么痛苦的经历。她最后一次向母亲表达了自己的愤怒："好吧，你真是烂透了——我明白这点，但我才四岁，无论在你身上发生了什么都不是我的错。我是无辜的，你却把我的生活变成了地狱。我只是一个小女孩儿——比刚出生的小宝宝大不了多少——你是成年人，你本应该照顾我、保护我！"

当事情都明了了，这一幕就到此为止了。大卫问弗吉尼娅，谁可以弥补她早年失去的安慰和关怀。"我现在可以。"她回答道。大卫为她安排了一场小的演出，其中，成年的弗吉尼娅遇到了四岁的自己。这次见面地方离那个曾经发生了这么多恐怖事情的房子很远。弗吉尼娅把扮演四岁的自己的加雷斯抱在怀里说："妈咪当时太生气了你知道吗？并不是因为你讨人厌。你是一个漂亮的小女孩，并不是所有人都不想要你。我想要你，我爱你并且需要你。"

大卫让弗吉尼娅和加雷斯交换角色，现在扮演着成年弗吉尼娅的加雷斯重复了他刚刚听到的话。眼泪湿润了两位演员和许多观众的眼眶。每个人内心深处都平静下来，加雷斯抱着弗吉尼娅轻轻地摇晃，说道："你很漂亮，你很棒，有人需要你。"

大卫不想打断加雷斯和弗吉尼娅的这段温馨的场景，然后意识到演出快结束了，于是走到他们身边，叫他们互换角色。再一次面对成年的弗吉尼娅，大卫说道："我们的演出快结束了，我想让你再演一段回到现实的场景，我们还要留出一点时间分享。在我们做这些事情之前，你还有什么想对四岁的自己说吗？"

"我觉得没有了——她现在知道了，我会一直在她身边——她之前并不确定。"

## 第七幕　回到现实

在最后一幕中，弗吉尼娅回到第一幕设计的场景里，再一次遇到了她的孩子们。她告诉他们，她很爱他们，并对希望让他们全部走开的想法感到抱歉。她拥抱着孩子们，津津有味地听着他们讲述在学校的故事。表演的最后，她承诺给孩子们讲睡前故事，弗吉尼娅和所有的辅角脸上都洋溢着温暖和快乐。

"很好，"大卫说。弗吉尼娅撤掉了场景道具，辅角们也都回到了自己的座位上。"现在来分享一下。"

选自保罗·威尔金斯著，余渭深译《心理剧疗法》，剧名为编者所加

# 第 2 章

# 博物馆戏剧编剧技巧

　　自 20 世纪 70 年代起，西方博物馆逐渐在展览中融入戏剧元素。凭借戏剧形式所具备的强大叙事能力，这一戏剧浪潮迅速扩展到各大西方博物馆。近年来，中国的博物馆戏剧实践也开始崭露头角，涌现出了一系列优秀的作品。博物馆戏剧通常讲述文物背后的故事，激活其历史文化内涵，传递历史文化精神，从而实现博物馆社会价值的提升。如今，博物馆戏剧也已成为新时代博物馆文化传播的一种重要方式。

　　从博物馆自身的职能及其基本表现形式来看，博物馆主要通过展览的方式实现其文化传播的功能。当代博物馆在设计展览时通常会针对特定主题设置"故事线"，明确主题、副主题、主要展示、附加展示、引言和结尾等各个区域的内容，从而将一场展览打造成为一个主题明确、逻辑清晰、情节连贯、完整有趣的"故事"。[1] 在展览环节，现代博物馆一般会采用实物展品与非实物展品相结合的展览方式，以充实参观体验。在以实物展品为主的展览中，参观者主要通过"文字—阅读""言语—视听""实物—观察"等方式了解展品。这种静态的实物展览整体呈现出严肃的、偏重教育性的特点，所呈现出的文物信息通常是扁平化的、固定的。与实物展品相对的非实物展品，则是指那些辅助性的展品，为更完整、系统、

---

1　黄蓓蓓：《戏剧理论与博物馆展览创新》，《文博学刊》2020 年第 2 期。

形象、深入地呈现实物展品所蕴含的故事而被专门制作出来，如影像、各类互动装置及博物馆戏剧演出。[1] 由于戏剧艺术有着天然的表达优势，融合了戏剧艺术的博物馆戏剧，不仅可以将静态的展品以形象生动的面貌加以立体呈现与重新阐释，其形式本身也更容易为大众所接受，亦突破了博物馆的传统参观模式，从追求严肃性与教育性，转向追求休闲与教育并重的文化体验模式，贴合博物馆在新时代的发展需求。博物馆戏剧也因此不断发展壮大起来。

从商业视角来看，博物馆旅游及相关行业覆盖了广泛的人群，其服务用户占比高，市场规模巨大。然而，博物馆的发展面临着创新和优化机制快速更新的挑战。博物馆工作人员和讲解人员主要提供传统的讲授服务，缺乏互动和体验元素，成为制约博物馆发展的主要原因。博物馆戏剧则通过其互动性和趣味性的表演在一定程度上解决了这些问题。它能够吸引不同年龄层次的观众，并让他们更容易理解和记住展品的信息。对博物馆来说，博物馆戏剧也是丰富参观体验、在闲置时段和客流淡季创造吸引力的一种有效手段。

综合而言，博物馆戏剧作为一种创新的文化传播形式，借助戏剧的表现力和博物馆的文化深度，有效地弥合了历史与现代、教育与娱乐之间的界限，丰富了社会大众的文化生活体验。凭借这种迥异于传统的新型观赏体验，博物馆戏剧又为博物馆带来了客流与经济收益，拓展了博物馆的文化传播途径，在文博领域展现出极高的发展潜力。因此，本章就从博物馆戏剧入手，深入探讨博物馆戏剧的诞生、发展与演变；立足于博物馆戏剧自身的特性并结合传统剧作技巧，探讨博物馆戏剧的创作流程；探究如何通过这些编剧技巧赋予展品以新的生命，以及在多媒介融合的背景下，博物馆戏剧的新发展、新变化。

---

1　黄蓓蓓：《戏剧理论与博物馆展览创新》，《文博学刊》2020 年第 2 期。

# 第一节　博物馆戏剧的创作背景

博物馆戏剧，顾名思义，是融合了博物馆的文化展示与戏剧艺术的表现形式，其目的是通过戏剧手段向参观者传递历史等相关知识，深化博物馆的教育功能。要深入理解这一概念，则需将"博物馆"与"戏剧"拆分开来，从博物馆本身入手，探讨其职能与定位的历史演变，进而探寻博物馆戏剧的起源与发展历程，明确其基本定义及内容类型，为后续的创作环节奠定基础。

## 一、从博物馆到博物馆戏剧

### 1. 博物馆定位的转型

博物馆作为保存、研究与展示人类社会物质及非物质文化遗产的专门场所，记录并传递着人类的历史与文明、知识与文化。在博物馆漫长的发展历程中，它所承载的职能也在不断演进。最初，博物馆主要用于收藏珍贵遗产，服务于少数统治阶层。在 14 至 16 世纪的欧洲，受文艺复兴与启蒙运动的影响，许多学者加入到收藏活动中来，促进了收藏活动的专业化，并推动了私人收藏向公共博物馆的转化，博物馆的"科研"与"教育"职能开始凸显。[1]到工业革命时期，由于资本的积累与民族、国家意识的觉醒，欧洲与美国的公共博物馆事业迎来繁荣发展阶段。两次世界大战后，亚洲各国也开始推动本国博物馆事业的发展。在收藏、展示文物的基本职能之外，科研、教育与休闲开始逐步成为博物馆职能的重要组成部分。由此，博物馆在发展演变的过程中，自身定位发生了根本性的变化，各类博物馆经历了从"陈列"到"展示"再到"研究与教育"的重大转型。博物馆已不仅仅是专门存放与陈列物质与非物质文化遗产的场所，亦不再局限于狭窄的专业领域，而开始承担起广泛的教育使命。博物馆的受众群体也从受教育程度较高的人士扩展至广大普通民众，形成了从单纯的"物"转向以"人"为中心的体验式文化形态，参观博物馆因此成为大众文化生活中不可或缺的一部分。

在中国，1949 年以后，受特殊历史时期政治环境的影响，博物馆带有较强烈的意识形态色彩和政治宣传目的，展览往往呈现出类似于历史教科书的叙述风格，远离了文化艺术与审美教育。[2]2015 年，我国国务院颁布并施行了《博物馆条例》，

---

1　尚莅雪：《现代欧洲公共博物馆发展小史》，《沧州师范学院学报》2020 年第 3 期。

2　黄蓓蓓：《戏剧理论与博物馆展览创新》，《文博学刊》2020 年第 2 期。

其中明确定义了博物馆是"以教育、研究和欣赏为目的，收藏、保护并向公众展示人类活动和自然环境的见证物，经登记管理机关依法登记的非营利组织"。强调了"教育"是博物馆的首要社会职能。2021 年 11 月 24 日，中共中央全面深化改革委员会通过的《关于让文物活起来、扩大中华文化国际影响力的实施意见》，对我国的博物馆事业提出了一项重要任务，即准确提炼和展示中华优秀传统文化的精神标识，以更好地彰显文物的历史价值、文化价值、审美价值、科技价值和时代价值。[1] 这一任务赋予了文物工作新的历史使命，即"让文物活起来"。自此，国内博物馆开始尝试在文物与参观者之间架设起全新的沟通桥梁，通过深入挖掘文物背后的故事，使馆中文物从静态的展览品转变成为参观者的情感与认知的触发器，从而真正实现博物馆的教育意义。为了实现这一目标，博物馆不断探索高效且完整的文物故事传播体系，并积极创新传播手段。部分学者创造性地提出了以下观点："首先，要深入挖掘文物背后的历史文化，做到透过文物看到历史、人物和精神，这是基础和前提；其次，需要做好文物历史文化故事的策划和编剧，内容至关重要；第三，需要开拓平台和方式，不断创新文物故事传播的方式。"[2] 由此，创新"叙事"方式开始逐渐升华成为博物馆工作中的核心要素。

文物作为历史遗产，蕴含着大量可挖掘的信息，博物馆"叙事"的重心就聚焦于文物本身。在展览中，博物馆的任务是挖掘蕴藏在文物当中的故事，通过一系列阐释手段（包括陈列），唤起观众的认知与想象，使文物背后的故事更加清晰、富有可读性与感知性。[3] 但如果仅仅停留在"陈列"的形式上，博物馆所传达出的认知也会偏向单一化与刻板化，这就引出了博物馆工作中的另一个核心问题：如何以引人入胜的叙事方式呈现出文物背后的历史与文化。融合了文物展览与戏剧元素的博物馆戏剧，具备可感性、生动性与沉浸性的特点，无论在表现形式还是文化传播方面都占据着得天独厚的优势。基于此，博物馆戏剧开始进入大众视野。

## 2. 博物馆戏剧的诞生

博物馆戏剧属于"应用戏剧"的分支。应用戏剧的实践者们尝试将戏剧元素与其他应用科学或场景相融合，并研究服务于个人、社区和团体的各类戏剧活动。博物馆戏剧就诞生于这类实践活动当中。

---

1　顾欣桐：《文旅融合背景下博物馆的戏剧实践——以故宫博物院为例》，《故宫博物院院刊》2022 年第 12 期。

2　陆建松：《如何讲好中国文物的故事——论中国文物故事传播体系建设》，《东南文化》2018 年第 6 期。

3　顾欣桐：《文旅融合背景下博物馆的戏剧实践——以故宫博物院为例》，《故宫博物院院刊》2022 年第 12 期。

据顾欣桐的研究，20 世纪 70 年代，西方率先尝试在博物馆展览中融入戏剧元素，如明尼苏达科学博物馆、伦敦科学博物馆、加拿大文明博物馆等都举行了类似的实践活动。在这类实践活动中，博物馆化身成为文物故事的叙述者，凭借戏剧形式所具备的强大叙事能力与沉浸效果，将静态的文物用动态的形式、以立体、鲜活的面貌加以重新阐释。到 20 世纪 90 年代，西方出现了致力于推动博物馆戏剧发展的专门组织。其一，是 1990 年由凯瑟琳·修斯（Catherine Hughes）创立的国际博物馆戏剧联盟（IMTAL）。凯瑟琳·修斯在其著作中提出了博物馆戏剧的原则和定义，强调了博物馆空间中戏剧呈现对于激发人们对博物馆学科或展览的情感与认知反应的重要性，并呼吁西方博物馆将戏剧元素融入博物馆诠释。其二，是 1992 年由明尼苏达科学博物馆发起并成立的美国博物馆协会博物馆戏剧委员会（MTPIC）。早在 1985 年，明尼苏达科学博物馆就已开始举办博物馆戏剧研讨会及工作坊，并邀请来自世界各地的博物馆成员共同探讨这一项目的普遍适用性。在 IMTAL 和 MTPIC 的共同推动下，博物馆戏剧的实践活动在全球范围内传播开来。[1]

我国包括台湾地区在内，博物馆戏剧的实践已有三十余年的历史，并形成了一定规模，也相继涌现出了一批优秀的博物馆戏剧作品。如敦煌研究院参与创作的沉浸式演出《又见敦煌》，中国国家博物馆和中国煤矿文工团联合出品原创肢体戏剧《俑立千年》，山西省在陈廷敬故居、晋城皇城相府进行的行进式实景演出《再回相府》，中国国家典籍博物馆国风沉浸式戏剧《永乐长思》，等等。这些剧目以博物馆的特定文物或历史事件入手，通过演员表演和场景再现，以戏剧演出的形式进行传播。通过这类演出，参观者可以直观地感受到文物背后所蕴藏的特定历史，以及特定历史事件中的关键场景、重要事件与杰出人物，拉近了博物馆与参观者之间的距离，使原本庄重的博物馆变得更加亲近。

凯瑟琳·修斯（Catherine Hughes）在《博物馆戏剧：通过戏剧与观众交流》中指出，博物馆戏剧是指在博物馆语境下，利用戏剧作品或戏剧性技巧，甚至作为博物馆展品的一部分，实现激发参观者对博物馆学科或展览的情感与认知反应。[2]莫妮卡·普兰卡佳斯特（Monica Prendergast）和朱莉安娜·萨克斯顿（Juliana Saxton）则认为，博物馆戏剧是在博物馆教育语境下，利用戏剧作品和

---

1 顾欣桐：《文旅融合背景下博物馆的戏剧实践——以故宫博物院为例》，《故宫博物院院刊》2022 年第 12 期。

2 Catherine Hughes. Museum Theatre: Communicating with Visitors through Drama［M］. NH: Heinemann. 1998. p.52.

戏剧技巧传递知识的手段。[1] 综合来看,"博物馆戏剧"具有丰富的内涵与广阔的外延,其定义也应采用较为宽泛的视角。首先,博物馆的概念不应局限于行政管理角度的狭义定义,而可以泛指更广泛的文化场所,博物馆戏剧则主要存在于这类文化场所与博物馆空间当中。其次,博物馆戏剧能够以多种形式呈现。一些博物馆如故宫博物院和首都博物馆,已建有剧场和戏台等设施,用于常规舞台演出;另一些博物馆则创新地将戏剧艺术与博物馆景观设计相结合,为观众提供独特的导览体验。另外,博物馆戏剧还能在日常或专题展览中发挥作用,借助戏剧艺术的元素如戏剧情境设计、角色扮演、舞台布景等,结合声音、光电等技术手段,以进一步丰富戏剧内涵,提升解说词和展陈布景的吸引力,增强观众的沉浸感和理解力。最后,区别于侧重娱乐的沉浸式商演与剧本杀等形式,博物馆戏剧强调的是公众的可及性和教育性,戏剧形式是用以传播博物馆特定的历史文化与知识的手段或途径。

## 二、博物馆戏剧的类型

博物馆戏剧在其发展历程中衍生出了丰富多样的类型,不同类型的作品所使用的戏剧表现方式也会有所不同。下文就从博物馆戏剧的类型入手,主要以中国大陆地区博物馆戏剧为主要参照对象,从多个维度,系统地介绍博物馆戏剧的诸种类型及其特点。

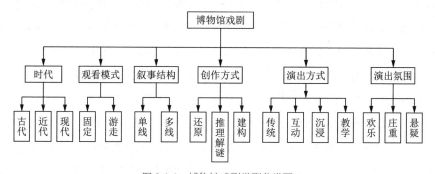

图 2-1-1　博物馆戏剧类型分类图

"时代"维度,主要是指戏剧内容依照特定的历史时期或背景来建构。其中,"古代"是以古代的历史事件、文化或生活为背景,可以是从史前时期到近现代之

---

1　Monica Prendergast, Juliana Saxton. Applied Theatre: International Case Studies and Challenges for Practice [M]. UK: Intellcet, 2009. p.153.

前的任何历史阶段，目的是让观众了解和体验古代的生活与文化风貌。"近代"是涵盖了从 19 世纪中叶至 20 世纪初的历史阶段，通过展现这个变革时期的历史事件、社会情态和人物命运，使观众能更深入地了解这一时期的动荡与变迁。"现代"是指 20 世纪中期以后，这类戏剧反映的是近现代或当前时代的主题、问题或生活方式，涉及现代历史事件、社会问题、科技进步等诸多内容，目的是加深观众对现代社会的认识，或是通过现代视角重新解读历史。

"观看模式"是指观众在展览或演出空间中所能采取的观赏方式，主要分为固定型和游走型。在固定模式下，观众被限制在某个特定的位置观赏展览或演出，如座位或某个固定的区域，无法随意更改或移动位置，视野相对受限。在游走模式下，观众则拥有较大的自由度，可以在展览或演出的空间中自由移动，观赏不同的展品或演出元素，这种模式通常用于一些互动性较强的展览或演出中。相比固定模式，游走模式的观众参与度更高。

"叙事结构"指的是一场展览或演出中所采用的故事或信息组织方式。对博物馆戏剧而言，叙事结构不仅仅涉及叙事文本的逻辑安排，还包括将观众在博物馆空间中的观赏体验与叙事文本结合起来的组织方式。如采用单线叙事结构的博物馆戏剧，表现为整个展览或演出都遵循着一个主要的叙述线索或主题线，观众按照一个预定的路线或顺序，依次接触展览内容，并由此串联起一个统一的故事或主题。而采用复杂多线叙事结构的博物馆戏剧，则会在展览空间中设置多个相对独立但时常交织在一起的故事线，每个区域都有一个独特的故事或主题，观众可以自由选择观赏路径，整个观赏体验也更加多样化与个性化。

"创作方式"是指在博物馆环境中，为了展现和解读历史、文化和艺术，通过戏剧手段进行叙事和表现的各种方法，通常可以分为"建构""还原历史"与"解谜推理"三类。"建构"以历史或文化材料为基础，通过虚构人物、事件和情节来构建一个全新的叙事结构，强调创作者的创意和想象力。通过创造性的表现手法，观众能够以新的视角理解历史和文化，促进创造性思维的拓展。"还原历史"强调的是尽可能准确地再现特定历史时期的真实事件、人物和环境。这种方法要求创作者对历史资料进行深入的研究和考证，以确保戏剧内容与历史事实相符。"还原历史"的方法常用于教育目的，帮助观众通过戏剧的形式直观地感受历史的真实。"解谜推理"则是通过设置悬疑和谜团，引导观众在观剧过程中进行推理和探索，创作者设置的谜题和线索需要观众在观剧过程中逐步解开，从而激发深度参与，促使观众主动观察，思考并揭示故事的真相。

"演出方式"涉及演出的形式与风格，通常包括"传统""互动""沉浸"与"教学"四类。"传统"演出方式指采用传统的戏剧表演形式，场内设置专门的舞台，演员在舞台上进行表演，观众则坐在固定的位置上观看。"互动"演出强调观众的主动参与，观众可以通过参与故事情节、使用触摸屏、体验"虚拟现实"等方式与演出进行互动。"沉浸"演出是通过创造身临其境的环境，包括逼真的场景、音效、虚拟现实技术等，为观众打造完全的沉浸式体验。"教学"演出结合戏剧与教育功能，强调知识传递和学习，通过导览、讲座、互动学习体验等形式，向观众传递特定的知识或信息，多用于教育性展览或学术型主题活动。

"演出氛围"可细分为"欢乐""庄重""悬疑"三个主要类型。以"欢乐"为主基调的演出类型，所创造的体验整体上也更倾向于轻松愉快，适用于较为幽默、轻松的戏剧主题。"庄重"类更注重于渲染一种严肃、庄重、沉稳和深沉的情感，适用于部分涉及表现历史、文化、哲学等深刻主题的作品，用以引导观众思考，打造深度的情感体验。"悬疑"类则通过充满悬念色彩的、扣人心弦的戏剧情节或形式来营造紧张气氛，适用于解谜推理、带有悬疑情节的历史故事等。

综上，我们从各个维度归纳了博物馆戏剧的诸个类型及其各自的特点，而需要说明的是，上述分类方式是作为一个综合性质的框架，旨在以立体多维的视角来剖析一部博物馆戏剧作品。然而，正如一部电影作品可以用题材、风格、结构等分类方式来综合考量，但无法简单地将其归纳到某个单一的类型当中，博物馆戏剧也是如此。尽管上述总结可能存在部分疏漏，但整体而言，大多数博物馆戏剧类型均可根据此分类框架加以归纳。以下为部分博物馆戏剧类型分类示例：

表 2-1-1　部分博物馆戏剧类型分类

| 博物馆名称 | 作品名称 | 时代 | 观看模式 | 叙事结构 | 演出方式 | 创作方式 | 氛围 |
|---|---|---|---|---|---|---|---|
| 上海自然博物馆 | 鲸的寻游 | 现代 | 固定 | 单线 | 教学 | 建构 | 欢乐 |
| 北京自然博物馆 | 追寻"北京人" | 现代 | 固定 | 单线 | 传统 | 建构 | 庄重 |
| 长影旧址博物馆 | 消失的母带 | 近代 | 游走 | 多线 | 沉浸 | 还原历史 | 悬疑 |
| 中国国家典籍博物馆 | 永乐大典——不一样的看典 | 近代 | 游走 | 单线 | 沉浸 | 还原历史 | 欢乐 |

| 博物馆名称 | 作品名称 | 时代 | 观看模式 | 叙事结构 | 演出方式 | 创作方式 | 氛围 |
|---|---|---|---|---|---|---|---|
| 中国国家典籍博物馆 | 永乐长思 | 近代 | 游走 | 多线 | 互动 | 解谜推理 | 悬疑 |
| 上海电影博物馆 | 一影一戏梦 | 近代 | 游走 | 单线 | 沉浸 | 还原历史 | 庄重 |
| 上海四行仓库 | 秘密 | 近代 | 游走 | 多线 | 沉浸 | 还原历史 | 庄重 |
| 中国国家博物馆 | 俑立千年 | 古代 | 固定 | 单线 | 传统 | 还原历史 | 庄重 |

博物馆戏剧类型的多样性为不同需求的受众群体提供了更为广泛的选择，参观者可以依据个人兴趣或目的，更有针对性地选择想要参与的博物馆戏剧活动，相应地，博物馆也可以依据受众特点制作相应类型的剧目。中国国家典籍博物馆围绕国宝级藏品类书《永乐大典》分别制作了《永乐大典——不一样的看典》与《永乐长思》两部截然不同的博物馆戏剧。两部作品都聚焦于《永乐大典》，演出地点相同，时代背景相同，在观看模式上都采用了游走观看的形式，目标均在于普及和宣传类书《永乐大典》的历史故事。因目标受众不同，二者在叙事结构、演出方式等方面表现出了显著的差异。

《永乐大典——不一样的看典》面向于青少年群体，侧重于还原历史，传递与文物有关的历史背景与相关知识。该作采用了单线式的叙事结构、沉浸式的演出方式，博物馆的讲解员们身着剧服，化身展览中的历史人物，穿梭于展厅之间，讲解并演绎关于《永乐大典》的历史故事。该作共计五幕，包括提议编修、大典编成、嘉靖重录、海外寻访、乡间得宝五个部分，生动再现了类书《永乐大典》的编纂、流散，以及后人不懈寻找、守护和传承的艰辛历程。[1] 整体氛围轻松欢乐，便于青少年观众深入理解文物背后的知识与历史。

另一部作品《永乐长思》面向的是更广泛的青年群体，采用了更具趣味性与参与性的主题解谜形式。该作讲述了类书《永乐大典》的守护者和一个神秘组织间的故事，整体运用多线式结构、互动式的演出方式，融合了当下流行的穿越元

1　国家典籍博物馆：《五幕剧带你走进〈永乐大典〉的前世今生》，载北京市人民政府网，https://www.beijing.gov.cn/renwen/zt/gjdjbwg/shjyhd/202207/t20220720_2775715.html，2022年7月20日。

素与"剧本杀"元素，观众可以寻找线索并提供给剧中角色，以触发不同的剧情走向和结局。创作团队在借鉴历史背景的基础上，巧妙设计了6条剧情线与16种结局，甚至在结尾体现剧情的舞蹈也有4种不同的呈现形式。比较而言，《永乐长思》针对的群体更加广泛，所呈现的悬疑氛围和引人入胜的解谜环节，吸引了大量青年观众参与。这种多线互动的类型模式虽不能完整地展现故事的全貌，但却可以在统一主题的框架下进行局部历史精细化还原，并通过"游戏"的形式，吸引观众参与互动，将博物馆所欲传达的主题以互动的形式潜移默化地传达给观众，达成"教育"的目的。

综合而言，类型丰富的博物馆戏剧演出不仅满足了博物馆"活化"馆藏文物的需求，又充分发挥了博物馆的知识学习和文化教育功能。博物馆戏剧的多样化发展也为社会大众提供了更丰富的文化体验与更多元的选择空间，在一定程度上也符合并彰显着社会大众的文化需求。

### 三、博物馆戏剧的特征

博物馆戏剧在内容、形式以及演出场所等方面均与传统戏剧有着显著的区别，主要表现为以下三个特征:

1. 展览内容与戏剧演出的融合

展览内容与戏剧演出的融合是博物馆戏剧的主要特征之一。博物馆戏剧通过表演、讲故事等戏剧形式，将静态的展览加以呈现，这种"展览"与"戏剧"的组合赋予博物馆戏剧一种区别于传统戏剧的特殊面貌。

融合展览内容博物馆戏剧，打破了传统戏剧演出前存在的未知性特点。在传统戏剧演出中，观众在演出前对该戏剧的了解通常较为有限，仅包括剧名、主题、类型及故事简介等公开信息。这使得观众在观看演出前保持着近乎"无知"的状态，只能在观看过程中逐渐产生感性认知，直至观演结束才能形成对戏剧的整体映像。[1]而博物馆戏剧的特殊之处就在于打破了这种未知性。在博物馆戏剧演出之前，观众就已在参观展览的过程中形成了对后续戏剧主题或展品背后历史故事的基础认知，这种基础认知在观众观赏后续演出时会形成二次印象，并进一步加深观众对博物馆相关知识及戏剧内涵的认识与理解。

融合戏剧演出形式的博物馆戏剧，为观众提供了个性化的历史认知体验。"戏

---

1  薛泽希、张福贵:《话剧〈新京梦碎〉与博物馆戏剧特征》,《文艺争鸣》2021年第5期。

剧通过有意义且令人愉悦的表现方式，比单纯的展示更具影响力，并且能够激发观众对历史信息的自主探索。"[1] 博物馆戏剧使展品脱离了单一的静态陈列的形式，转而以生动、立体、直观的戏剧演出加以呈现。当观众踏入剧场观赏一场戏剧时，实际上是与剧作家的思想进行深刻对话的过程，这种交流又激发着观众个人的思考。相应地，当博物馆的参观者不再局限于静态陈列所能提供的有限的、既定的信息，而是在一场博物馆戏剧演出中，通过视觉、听觉等多种感官体验，感性且生动的故事情节，建立起自身对展品及其所内含的历史与文化的认知。这种认知包含了观众个人的思考、认识与情感，是多元的、极富个性化的。

## 2. 博物馆与剧场的结合

博物馆戏剧通常在博物馆场馆内进行演出，这就使得博物馆这一静态空间被赋予了更具动态意味的"剧场"的功能，即博物馆戏剧的第二个特征——"博物馆"与"剧场"的结合。

就"博物馆"这一空间的角度来看，它是"以教育、研究和欣赏为目的收藏、保护并向公众展示人类活动和自然环境的见证物，经登记管理机关依法登记的非营利组织"。[2] 博物馆承担着保存、呈现有关人类活动和自然环境的展品，属于特定的文化空间。当戏剧艺术融入博物馆，在原有静态展览的基础上增添了演员表演的环节时，参观者也化身成为观众，博物馆这个特定空间亦成为戏剧演出的场地，在一定程度上具备了"剧场"的内涵与功能。

作为博物馆戏剧演出的"剧场"，博物馆内的景观与藏品皆是剧场演出中可利用的资源，这种包含着博物馆自身景观在内的空间即为剧场空间类型中的客观空间。这种客观空间完全模拟现实空间，观众可见演员置身其中进行演出，由此构成了一种写实性的空间形态。如在博物馆内的历史剧演出中，展厅中的展品和陈设成为舞台布景，演员们在这些真实的环境中表演，观众在参观展览的同时也观看了一场戏剧。通过用写实性空间形态模拟现实空间，增加了演出的真实感和观众的代入感。在博物馆戏剧演出中，演员将在结合该客观空间内的展品等基础上，加以简单的舞台道具，通过虚拟动作与台词，在有限的时间内完成特定的情节演绎，以唤起观众的联想、思考及情感反应。如在关于古代技艺的戏剧中，演员可能在博物馆的展区内表演古代手工艺的制作过程，观众不仅能看到工具和成品，还能通过演员

---

1　Magelssen, S. Exploring museum theatre. Theatre Journal, vol.58, 2006（2）: pp.376—378.

2　中华人民共和国国务院（2015）《博物馆条例》（国务院令第 659 号），2015 年 3 月 20 日起施行，第一章第二条网址：https://www.gov.cn/zhengce/zhengceku/2015-03/02/content_9508.htm。

的表演了解制作技艺和工艺流程；或在该空间内模拟、还原历史场景，演员置身其中，通过表演的手段，还原某种古代技艺、文化或艺术传统等内容，以直观再现的方式向观众传达特定的知识。博物馆这个客观空间便由此成为剧场空间。

除此之外，将剧场元素融入博物馆展览也是"博物馆"与"剧场"结合的一种方式。如 VR、AR 等应用技术在博物馆戏剧及博物馆展览中的大量运用，以及各式各样的多媒体手段，如投影、音效等。这些元素既可以辅助博物馆戏剧打造更具沉浸感的观演体验，也为博物馆展览增添了更丰富、更具趣味性与互动感的体验元素。

博物馆与剧场的结合，将博物馆从以往静态的陈列场所发展为更亲和且更富互动感的文化场所，同时也打破了传统剧场的限制，为剧场演出提供了新的创意场地。

### 3. 互动形式的应用

博物馆戏剧最鲜明且重要的特征是互动形式的运用。这种"互动"是指参观者与展品、演员、故事情节等内容的直接互动，其兼具"看"与"玩"的双重属性，可使观众与展览或博物馆戏剧演出产生更直接且深度的联系。博物馆戏剧的互动的形式也较为多样。

第一种互动形式是参与式表演。在参与式表演中，观众可与演员进行实时对话，参与特定场景，或被邀请进入特殊的戏剧环境当中。这种亲身参演的方式可以创造更具沉浸感与临场感的互动体验。以上海自然博物馆的博物馆戏剧《鲸的寻游》为例，该剧巧妙地运用了参与式表演。演出开始，伴随主题曲，一座近 5 米长的座头鲸模型缓缓"游"至自然之窗展区。与此同时，该空间内的普通平台、过道和空地皆被幻化成为海洋中的不同区域，观众随演员穿梭其中，参与鲸鱼捕食、解救鳁鲸等戏剧行动，或扮演赤潮，进行鲸鱼突围。在流动的演出过程中，观众与鲸鱼及其他海洋生物同呼吸共命运，并学习海洋生物知识，增强海洋生态保护意识。[1] 这种充满互动感、沉浸感的观演关系为博物馆吸引了更多的年轻观众。

第二种互动形式为决策互动。在这种形式下，观众拥有在戏剧情节中做出决策的权利，而这些决策又可能会影响故事的发展方向。这种设计强调了观众的主动性，突出了观众对情节发展的影响力，在营造深度参与感的同时，观众对故事走向的主导，又创造了一种个性化的叙事体验。如中国国家典籍博物馆《永乐长思》、郑州商代都城遗址博物院《商都往事》、江门五邑华侨华人博物馆《华埠风

---

1　王超：《中国博物馆戏剧案例研究》，云南艺术学院学位论文，2023 年。

云》、陕西历史博物馆《古董局中局：无尽藏》等，均需要观众在观看演出的过程中进行现场解密、现场选择，以决定并推动故事的发展进程。

第三种互动形式为角色扮演。观众可能被鼓励扮演特定的角色，并实际地参与到戏剧演出过程中，成为故事的一部分；扮演不同角色的观众之间的互动及其与演员之间的互动对话，共同构建起完整的故事情节。如中共一大纪念馆的博物馆戏剧《思南路上的枪声》，观众会以"民主人士""中外记者团""工商界人士"和"文艺界人士"等各类身份参与其中，并换上相对应的旗袍、长衫、西服、学生装等专业戏服，还可领取拐杖、小圆眼镜等配饰道具。[1] 在演出过程中，部分观众将通过线索寻找或任务触发获得"特殊身份"，获得特殊身份的观众将藏匿于团队当中，伺机执行自己的秘密任务。通过这种身临其境的扮演，观众就不再仅仅是静态的观看者，而直接参与到故事当中，成为故事的一部分。

最后一种互动形式为专题工作坊或其他互动活动。这类工作坊或互动活动主要包括主题探讨、手工制作、艺术创作等，旨在通过互动性学习加深参观者对特定主题、历史或文化的理解。这样的活动为参观者提供了更多参与的机会，使他们能够更全面地体验和探索博物馆戏剧所呈现的文化元素。中国国家博物馆就曾开展过多项与戏剧艺术相关的博物馆公共教育活动。如"文字的力量"教育戏剧课程，通过创设新石器时代的生活场景，让孩子们体验人类如何从最初的口耳相传，慢慢发展到用刻画符号来记录生活的过程，以此了解文字的发展历史。[2] 这种互动与合作不仅极富趣味性，又培养了参观者的团队协作精神和沟通能力，为他们提供了更全面的认知视角。

综上，博物馆戏剧通过引入各种互动形式为观众提供了多样的教育体验与文化休闲活动，观众不再只是被动地接受信息，而是通过角色扮演、互动游戏、实地探索等方式，深度参与到博物馆戏剧的演出环节与互动活动当中，成为更具主动性的参与者，甚至是创造者。

作为一种新型文化产品，博物馆戏剧更新并拓展了社会大众的文化生活，与传统的陈列展览形成有机的互补。它创造了更多元且富有趣味性的文化体验，为博物馆吸引了更广泛的受众群体，尤其是年轻人和文化爱好者。博物馆戏剧在为博物馆带来经济收益的同时，其自身也开始成为一项具有潜在盈利能力的文化活动。

---

1 吴旭颖：《思南路上响起"枪声"，中共一大纪念馆原创实景沉浸式戏剧亮相》，《新民晚报》，2021年9月29日。

2 胡盈：《博物馆传播与戏剧手段的运用》，《博物院》2020年第1期。

## 第二节　博物馆戏剧的创作流程

博物馆戏剧并非是将一出戏剧直接搬入博物馆场馆，其创作也并非是将"戏剧"与"博物馆"进行简单拼贴，而需将戏剧艺术巧妙地融入博物馆框架之中。本节将从创作角度入手，梳理博物馆戏剧从构思到实现等一系列创作环节，围绕主题、故事、空间设计等具体的创作要点展开探讨。

### 一、根据博物馆确定戏剧主题

博物馆戏剧的独特之处在于将博物馆空间视为剧场，并通过展厅的戏剧性编排设计来呈现。如果说传统剧场的基础三元素是表演者、观众和空间，那么博物馆剧场的三个关键元素则是物、人和空间。[1] 从内容上看，传统剧场与博物馆剧场具有相似性，博物馆空间与戏剧内容呈天然互补的关系。然而与传统剧场不同的是，博物馆戏剧必须紧密结合博物馆的主题和展示内容，从主次关系上说，博物馆是主办方，戏剧团队是协办方，在博物馆戏剧的策划环节中，博物馆占据着主导地位。若主导权旁落，博物馆与戏剧演出则会出现不同程度的割裂，即将一出戏剧生硬地从剧场搬入博物馆场馆，仅仅是更换了演出场地，而不能称之为是一场真正意义上的"博物馆戏剧"。因此在创作伊始就需要以博物馆自身的情况为切入点，即首先明确博物馆本身的性质、类型及展览的具体情况等内容，并据此展开戏剧构思与创作。在选择博物馆戏剧主题时，需要特别考虑博物馆藏品的性质和展览内容，并根据博物馆的类型确定戏剧的主题及其呈现方式。

根据 20 世纪 80 年代以来的各种博物馆学著作，如《中国博物馆学概论》及修订版、《中国大百科全书・文物博物馆》《中国博物馆学概论》等，以及当今博物馆发展现状，可将博物馆划分为以下几种类型[2]，如图 2-2-1。

据图 2-2-1，博物馆可细分为艺术博物馆、历史博物馆、科学博物馆、自然博物馆和综合博物馆五大类，在此基础上进一步概括，又可划分为专题博物馆与综合博物馆两个类别。

就专题博物馆而言，其本身就已包含了一个特定的主题，馆藏展品也通常与

---

1　刘婉珍：《博物馆就是剧场》，艺术家杂志社 2007 年版，第 13 页。

2　龚钰轩、高华丽、黄永冲等：《浅谈博物馆类型划分依据及分类标准制度建设的思考》，《中国博物馆》2022年第 2 期。

| 博物馆划分依据 | 博物馆的类型 | 备注及范例 |
|---|---|---|
| 按博物馆性质 | 国有博物馆 | 2015 年《博物馆条例》规定博物馆包括国有博物馆和非国有博物馆。 |
| | 非国有博物馆 | |
| 按博物馆藏品性质和陈列内容 | 艺术博物馆 | 包括绘画、书法、摄影、文学、戏剧、建筑等。如中国美术馆、上海当代艺术博物馆。 |
| | 历史博物馆 | 包括革命历史博物馆、纪念类博物馆、民族民俗博物馆。 |
| | 科学博物馆 | 包括科学技术博物馆和科学技术史博物馆。如中国科技馆。 |
| | 自然博物馆 | 上海自然博物馆 |
| | 综合博物馆 | 主要是地志博物馆 |

图 2-2-1[1]

博物馆自身的主题密切相关，如电影博物馆、铁路博物馆、醋文化博物馆等。针对这类博物馆，创作者通常以博物馆自身的主题为出发点进行不同程度的延伸与发散，例如电影发展史、铁路历史、醋文化等主题。这些博物馆戏剧也多以整个博物馆场馆为背景铺展开来。以江苏省镇江市醋文化博物馆推出的博物馆戏剧《坛中酿山河》为例，该剧以 1937 年的镇江为背景，以恒顺字号为故事主线，贯穿博物馆的多处展区，讲述了继承人梁鸿君在特殊动荡年代为民族大义作出艰难抉择的故事，同时传承了当地的"醋文化"。再如上海电影博物馆的博物馆戏剧《一影一戏梦》，演出贯穿了上海电影博物馆的 1 至 4 层，描绘了中国电影曲折而漫长的发展历程。

就综合类博物馆而言，因展品种类丰富，一般会采用分展厅、分主题的方式进行展览。若以整个博物馆为背景进行戏剧创作，容易导致戏剧情节不连贯、主题分散等问题。因此，在创作此类博物馆戏剧时，编剧通常会选择 1—2 件展品作为核心提炼戏剧主题，并在小范围内精细呈现。如中国国家博物馆的博物馆戏剧《盛世欢歌》，是将馆藏文物"击鼓说唱俑"活化为舞台剧；再如天津博物馆的实验戏剧《进入雪景寒林之境》，是从馆藏名作——北宋山水画名家范宽的作品《雪景寒林图》取材而来；吉林省博物院的博物馆戏剧《破晓》，则是根据馆藏展览《破晓——吉林人民革命斗争史陈列》设计而来。

1 龚钰轩、高华丽、黄永冲等：《浅谈博物馆类型划分依据及分类标准制度建设的思考》，《中国博物馆》2022年第 2 期。

无论是以整个博物馆为背景进行整体的戏剧架构，还是以个别文物为切入点进行精细展现，博物馆戏剧的主题都应基于博物馆本身或展览主题来确定。在选择博物馆戏剧主题时，除了考虑一般的原则，如编剧的个人需求、兴趣和过往经验等因素外，还需进行深入的实地调研，了解博物馆的各种条件，包括藏品数量、展览规模、核心展品及其主要故事等，从博物馆展品及其蕴含的历史、文化、艺术材料中发掘创作素材，寻找创作支点。

## 二、文物资料搜集与故事建构

博物馆戏剧需在内容呈现上合理展示文物信息，因此其故事建构就需围绕展览或展品的主题、展品自身的特点及其相关资料进行设计。

### 1. 提取关键事件

当选定某一博物馆作为创作与演出的空间，着手展开创作之前，首先需要深入了解该博物馆及其展览的具体情况，从中筛选出有标志性意义的关键事件。

对于以专题博物馆为主的博物馆戏剧创作而言，通常会以博物馆自身的主题作为创作重心，该主题框架所涉及的重要历史事件即成为故事创作中的关键节点。以上海电影博物馆的《一影一戏梦》为例。该作通过梳理以上海为主的中国电影发展史的四个关键阶段，分别提取标志性的关键事件，表现为：标志着第一部短故事片诞生的《难夫难妻》；开启中国有声电影时代的《歌女红牡丹》及在该领域内深入探索的《天涯歌女》；昭示中国电影之路坎坷进程的《保卫我们的土地》与《天云山传奇》；象征着中国电影未来传承的上海国际电影节的创立等。《一影一戏梦》以电影史上的几个重要的时间节点为切入点，选取各个节点中最具代表性的电影作品，并集中展现这些作品背后的创作故事，以点带面，由此串联起了一部微缩的中国电影发展史。

对于以综合类博物馆为主体的博物馆戏剧创作而言，因展品种类丰富，展览主题多种多样，创作重心要视博物馆的需求而定。例如围绕某一个特定主题的展览，或新展出的文物，或博物馆内具有重要地位的馆藏珍品等，创作者应首先确定目标对象，再从目标对象入手，挖掘其背后的历史故事并进行关键事件的选择。以吉林省博物院三楼陈列的《破晓——吉林人民革命斗争史陈列》为例。该陈列于 2019 年 9 月 3 日中国人民抗日战争胜利 74 周年之际开展，展陈分为四大篇章，展现了 1900 年后日俄侵占背景下吉林省人民的反抗历史。以该展览为主创作的博物馆戏剧《破晓》，结合馆藏历史展品、展品背后的历史材料与流传在民间的抗日故事，选取了东北地区的抗日名人赵一曼、抗日烈士李福生、小金子等代表性人物。这些人物形象鲜明，代表了不同年龄、性别与阶级的抗日群众，以小见大，反映中国各阶层人民坚定的抗日决心。各个角色的抗日故事即为《破晓》选取的关键事件。如小金子的故事，讲述了抗日自卫军家属王凤阁的儿子小金子及其妻子面临日本兵的逮捕，坚决抵抗诱惑，最终被日军处死。再如赵一曼与日寇斗争被捕后，在囚车上写下最后一封家书，慷慨赴死的故事等。

总结而言，在进入实际的创作之前，需首先明确博物馆的实际情况、具体需求，并根据所欲表达的主题及展览的实际情况，搜集并梳理相关资料，积累感性素材，并从戏剧创作的视角提取具有代表意义的关键事件。在后续的戏剧创作中，这些事件将作为创作的支点，人物关系的构建、故事情节的设计均要围绕这个支点展开。

## 2. 从真实的"物"到假定的"剧"

在故事建构方面，博物馆戏剧与传统戏剧存在一个显著的差别，即二者对"真实"与"虚构"的侧重各有不同。博物馆致力于收藏、展示与研究人类社会的物质与非物质文化遗产，藏品是博物馆开展业务的物质基础。各类策展活动基于真实实物及其相关的科学研究来进行还原、创作与重构，最终展出的主体亦是真实的"物"（展品），与之配套的解说与介绍性文本，亦偏重客观陈述。整体而言，博物馆更多强调真实性与科学性。戏剧作为一种艺术形式，与其他各类艺术形式拥有同一个固定本性——"假定性"，是指"对于生活的自然形态进行变形与改造，使（艺术）形象与它的自然形态不相符"[1]。就戏剧艺术而言，虚构的戏剧情境、可自由压缩与延展的舞台时空、演员的虚拟动作及说明性台词等，均是假定性的体现。一部戏剧作品，通过演员扮演角色，在戏剧式的人物关系与特殊情境中产生戏剧冲突，构成戏剧情节，并最终展现人物的性格真实。与博物馆常规的静态展览及其科普性质的说明介绍不同，戏剧是一个基于假定性的、动态发展的过程。由于博物馆是博物馆戏剧创作环节中占据主体位置的要素，因此戏剧创作仍要以博物馆所侧重的真实性与科学性为主，即在保证真实与科学的基础上，合理运用戏剧艺术的假定性要素来建构故事。那么，如何将真实的"物"转化为假定的"剧"？

第一，从客观资料入手，围绕关键事件、关键人物，提炼并设计人物关系。仍以吉林省博物馆的博物馆戏剧《破晓》为例。剧中送粮的李福生夫妇、雪中烤

---

1 《中国大百科全书·戏剧卷》，中国大百科全书出版社 1989 年版，第 3 页。

火的三个小战士与杨靖宇等人物，原本分属于三个互不相关的展陈内容，为使故事情节更加紧凑，编剧通过艺术加工，将这些互无关联的人物编织到了一起。根据历史资料来看，李福生的儿子曾离家参军，而那个年代正处于动荡的战乱时期，通信闭塞，成千上万的家庭在战火中离散，编剧抓住这些要点，将雪地里烤火的无名小战士虚构为李福生夫妇离家参军的儿子，将虚构与真实有机地融合到了一起。此外，编剧还增添了一个虚构的汉奸角色，由于误信奸佞，李福生夫妇被汉奸欺骗，他们手中的情报图被骗走，导致抗日英雄杨靖宇被日军围捕。据历史记载，杨靖宇殉国与手下叛徒泄密有关，在不违背真实历史的前提下，编剧虚构了部分人物及人物关系，将原本各自分散的人物串联成网，富于戏剧性。

第二，在客观资料范围内，挖掘关键事件中富有戏剧性的节点，以构建并充实故事情节。在博物馆戏剧《一影一戏梦》中，"影梦"部分主要围绕张石川与郑正秋拍摄《难夫难妻》这一关键事件展开。尽管上海博物馆内陈列着与该影片相关的照片资料，但《难夫难妻》原片及其所有拷贝影像均在 1932 年的"一二八"事变中被日军飞机炸毁，原片样貌已无从一见。这个关键资料的缺失在一定程度上为戏剧创作带来了障碍，编剧回溯《难夫难妻》的拍摄与制作过程，找到了《难夫难妻》更改片名这一具有挖掘价值的节点。从原片名《洞房花烛》到最后的《难夫难妻》，张石川与郑正秋两位电影人经历了一段压力重重的创作历程。编剧正是由此入手，深度挖掘这段历史潜在的戏剧性要素，虚构了郑正秋与张世川重游拍摄现场的情节，再现了风雨飘摇的时代下两位中国电影人的家国情怀。这种在史实匮乏的情况下，在客观资料范围内，从关键事件中提取富有戏剧性的节点并进行部分虚构的手法，既充实了戏剧情节，又保证了博物馆的真实性与科学性要求。这种创作手法不仅满足了观众对历史真实性的需求，还通过戏剧性的叙事增强了作品的吸引力和感染力。

贝克在《戏剧技巧》中指出："选择和压缩是一切戏剧艺术的基础。"[1] 客观材料并不能直接作为故事创作的材料，剧作家需要对这些历史的、现实的客观材料进行取舍，以满足戏剧创作的需要，最终呈现在舞台上的戏剧作品是编剧精心挑选、裁剪并经过周密结构的结果。博物馆戏剧作为一种开拓并丰富博物馆表达途径的补充手段，旨在以戏剧形式活化展品，保证真实性与科学性仍是其重要目标。因此在创作博物馆戏剧时，对原材料的筛选与提炼也需遵守真实与科学的原则，

---

1 [美] 乔治·贝克:《戏剧技巧》，余上沅译，戏剧出版社 1985 年版，第 19 页。

在此基础上采戏剧艺术之所长，利用恰当的虚构，构建并充实戏剧情节，以将凝固在展品中的历史与文化内核加以生动再现，这也是博物馆戏剧的意义所在。

## 三、融合场馆与戏剧内容

作为一种在博物馆场馆中呈现的戏剧形式，博物馆戏剧的创作与呈现均与其展现场所密切相关，其创作过程也必须考虑演出空间的情况与特性。根据目前已有的博物馆戏剧实践活动，可将戏剧内容与场馆的结合形式，按演剧空间的角度划分为交叉空间与独立空间。

### 1. 交叉空间：围绕整体场馆设计戏剧情节

在交叉空间的演剧形式中，博物馆戏剧内容与环境紧密结合，观众能够随着情节的发展在展区内自由移动。这里的交叉空间就是指博物馆参观与戏剧观演在同一空间中重叠进行。当参观者在博物馆观赏展品时，将跟随演员踏入时光隧道，浸入戏剧演出所再现的虚构世界。在引导下，他们穿梭于各个展览空间，获得一场迥异于传统的全新体验。

以上海电影博物馆及其博物馆戏剧《一影一戏梦》为例。上海电影博物馆位于上海市徐家汇上海电影制片厂旧址，是上海市第一家电影博物馆，馆内拥有70多个互动装置和3000多件历史文物，记录了中国电影尤其是上海电影辉煌且坎坷的发展史。从该博物馆场馆的实际情况来看，上海电影博物馆的参观区域共计三层，观众从四层开始参观，并在第二层结束。其中，四层展区介绍了电影大师和杰出影人的生平事迹、文物文献，工作生活场景，以及上海经典电影的拍摄场景；三层展区详细展示了中国电影在各个方面的漫长探索历程；而二层展区则介绍了现代电影的技术，同时包括了电影人谢晋和吴贻弓的特别展览。整体来说，场馆内的陈展安排、场馆规定的参观顺序，与中国电影发展的时间线保持着一定程度的契合。以上海电影博物馆为主体创作的博物馆戏剧《一影一戏梦》，根据场馆及馆内展览的实际情况，将剧本按照中国电影发展的时间线划分为四幕，每一幕都围绕中国电影发展史中的一个核心事件及相关的代表性人物展开。下文将结合该剧的内容、演出流程，探讨戏剧内容与场馆的融合方式。

第一幕"影梦"，根据上海电影博物馆四楼展区进行创作。该展区为首个展区，主题为电影的诞生，展出了诸如人物雕像、《难夫难妻》海报等重要展品，第一幕的内容基于整体展品故事确定，以中国第一部故事片《难夫难妻》的诞生为主线，通过提取关键人物"张石川"和"郑正秋"，讲述了两位电影人在历史变革时期，于极其简陋的条件和重重现实磨难中，创造出中国第一部短故事片，并由此开创中国电影时代的故事。从戏剧内容上看，该幕作为全剧的开端，同时象征着中国电影史的起点。在那个年代，电影作为一种新兴的艺术形式，充满了未知和挑战，几乎没有任何先例可循，但两位电影人毫不退缩，决定共同开创一片新的天地。剧中详细描绘了两人合作创作《难夫难妻》的过程，如在剧本撰写、场景设计、角色塑造等方面进行了大量的尝试与探索，展现了他们在技术和资金限制下，克服设备简陋、资源匮乏等重重困难，进行电影拍摄的决心。该幕通过张石川和郑正秋拍摄《难夫难妻》这些关键事件的呈现，展现了中国电影发展初期的社会背景、行业状况及创作者的经历，为后续情节的发展奠定基调。从演出场馆的情况来看，观众将在四层展区系统了解上海几代电影人的生平和贡献，并重温旧时代电影诞生的时刻。通过参观展览中的人物塑像和实物展示，再现了早期电影人的工作与生活场景，帮助观众深入理解以上海为主的中国电影早期发展历史。该展区是提供背景知识的准备环节，为不了解上海电影历史的观众扫除障碍，为其全身心浸入戏剧世界创造了条件。伴随"影梦"的落幕，观众从四层展区乘坐通往三层的扶梯时，将通过结合新媒体技术的270度三屏幕欣赏电影《梦之船》。影片象征着承载中国电影梦想的大船扬帆启航，观众的中国电影之旅也正式开启。戏剧演出随即转入第二幕。

第二幕"寻声"与第三幕"战火"的演出均在场馆三层完成。从戏剧内容上看，第二幕聚焦于中国电影中声音的出现，这是中国电影历史上的一个重要里程碑，剧目也需基于真实历史故事进行新编，再现那个时代的探索与创新。洪深、蔡楚生和袁牧之等对有声电影作出突出贡献的人即成为这一幕主要人物。该幕通过再现关键事件，如他们首次尝试同步录音技术、面对设备故障和资金短缺等困境，以及袁牧之如何在艰难的条件下完成了中国第一部有声电影《歌女红牡丹》，不仅展示了他们在技术上的突破，更反映了他们对电影艺术的执着追求。第三幕是本剧的高潮，描绘了中国电影历程中最为艰难却充满希望的时期。以田汉、费穆、欧阳予倩等电影人为主要人物，重现了中国电影人在战争时期如何克服重重困难，拍摄出激励人心的作品。例如，田汉在被捕期间如何通过暗号传递剧本，费穆如何在敌机轰炸中坚持拍摄抗战影片，欧阳予倩如何动员群众参与电影制作。这些事件不仅展示了他们坚韧不拔的精神，更体现了电影在那个时代所具有的强大精神力量。演出流程上看，第二幕"寻声"的演出地点设置在三层场馆内的一块电影幕布前，下设观众座席，场地中摆放了几把凳子和一台留声机，配合舞美、灯光与音响设计，两位主人公在这里展开对电影"声音"的探讨，并引出后续有声电影诞生的情节。在第二幕结尾，伴随新闻广播和炮火音效，观众将在引导下跟随演员进入三层场馆中的下一个演出地点。扮演主角的演员将在人群中播放影像带，抵抗反对者的阻挠，试图通过影片团结人民，激发爱国热情，这一情节剧情与现场氛围推向高潮。从场馆及展览情况看，三层展区包含多处宽阔的场地，便于布设多个或者单个较大的场面，该展区的展览呈现了中国电影从 19 世纪末到新中国成立前后的发展历程，无论是展陈内容还是场地条件，均与二、三幕戏剧演出的需求保持契合。

转入第四幕"新生"，在戏剧内容上，该幕以吴贻弓为核心人物，讲述他放弃行政道路，投身上海电影事业，带领上海电影制片厂进入全新的黄金时期并创办上海国际电影节的故事。作为全剧的结尾，这一幕标志着中国电影告别战火与硝烟，迈入生机勃勃的新时代，在历代电影人的接力中，中国电影走向未来，走向世界。在演出流程上，演员在第三幕结尾将引导观众从三层展区抵达二层场馆，并在该场馆内为第四幕演出创造自然过渡。二层场馆围绕现代电影及相关技术为主布展，并设有谢晋与吴贻弓的特别展览，与戏剧内容遥相呼应。

在整体空间的分配上。《一影一戏梦》考虑到博物馆本身具有固定式的导览路线，游客需先乘坐直梯到达四楼，再通过扶梯逐层向下游览，因此剧目需要在博物馆的既定路线上选择可用的演出空间。基于此，剧目采用了"巡游式"演出模式。如果博物馆本身的导览线路是开放的，像卢浮宫或国内的各大省级博物馆，在设计演出路线时可以模仿《不眠之夜》的多点平行呈现方式，在每一层进一步设计规划路线。[1] 就《一影一戏梦》来说，"巡游式"的演出方式在演出空间的实施上需将演出密度的问题放在首位。由于上海电影博物馆的空间狭长，尤其是四层和二层展示区域、演出区域之间的距离也较远，因此确定在哪里演，演多久就成为此剧目的关键问题。为解决空间大、距离远等问题，该剧在人员分配上，采用一人一角的方式，将每位演员的角色集中于同一层，解决了换妆和跨层演出的问题。在演出地点上，选择了五个主要演出场景：办公室、拍摄场地、投影区、胶片区、影像树，并以此形成一条完整的导览路线。"巡游式"游览路线的设计优化了观众体验，使观众在观摩过程中不至于感到时间过于冗长。在演出的高潮部分，场地中设置了有座椅的观演区域，并穿插播放相关影片资料的影像，即保证

---

1 刘也维：《博物馆戏剧的演出及意义——以挪威卑尔根博物馆戏剧〈卡图纱〉（Katusha）为例》，《四川戏剧》2021 年第 3 期。

了观众不会因站立时间过长而感到疲惫，又丰富了观赏内容，减缓观众的审美疲劳。

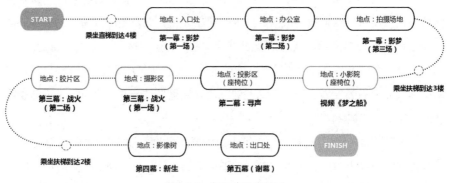

图 2-2-2　舞台演出流程图

此外，《一影一戏梦》还采用了四张影票的形式，为观众提供了更具互动性的观演体验。每当观众前往一个新的场地，都会收到一张印有相关信息的影票，四张影票分别是：《〈难夫难妻〉，不可不一饱眼福》；《听听电影的声音》；《战火与硝烟的战争》；《电影精神薪火相传》。利用影票设计实现与观众的互动，并向观众传递下一幕演出的相关信息，巧妙地弥补了剧情中较长的时间跨度。

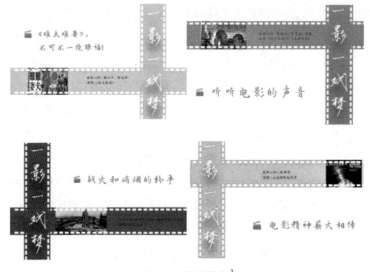

图 2-2-3　影票样式[1]

---

1　程宇月：《博物馆戏剧创作之探索——以话剧〈一影一戏梦〉为例》，上海戏剧学院学位论文，2023 年。

图 2-2-4 《一影一戏梦》演出图片 [1]

综上，博物馆戏剧《一影一戏梦》将上海电影博物馆的三层展区作为戏剧演出空间，以各展区的展览内容作为戏剧情节构建的参照系，并依据各场地的实际情况设计戏剧情境，安排演出流程。由于戏剧所能涵盖的内容和信息有限，馆中展览便成为叙事上的互补要素，弥补了戏剧内容所不能传达的背景信息。总结而言，采用交叉空间形式的博物馆戏剧，在创作上需将博物馆场馆及展览内容综合考虑在内，按照"因地制宜"的原则设计戏剧情节并合理安排情节结构。

将戏剧空间与博物馆空间交叉的方式，能够迅速引导观众深入博物馆的教育主题，打造身临其境的体验，然而这种方法也存在一个潜在弊端，即戏剧演出与博物馆预设的参观线索必须完全同步，对于那些倾向于自由参观的参观者可能会造成一定的限制。且采用这类模式的博物馆戏剧要求参观者在特定时间到达开场地点，并在整个演出过程中全程跟随演员移动。受制于戏剧演出的节奏，参观者可能会因此错过部分演出中未提到的信息或背景，而短时间、碎片化、艺术化的演出对于呈现展品背景故事又存在一定的局限性。除此之外，为了确保演出效果，博物馆还需要采取预约机制，以限制每场戏的接待人数。如果过于自由，放宽观戏限制，可能引发现场混乱等多种意外情况，从而影响演出效果。因此，在创作这类博物馆戏剧时，尤其需要关注博物馆原有的预设观览路线并灵活安排戏剧内

1　程宇月：《博物馆戏剧创作之探索——以话剧〈一影一戏梦〉为例》，上海戏剧学院学位论文，2023 年。

容及演出流程，才能确保参观者在参观中既能融入戏剧演出，又能顺畅地体验展览内容。

2. 独立空间：独立于场馆之外进行故事创作

　　独立空间是指博物馆展览与博物馆戏剧演出分别在独立空间进行，互不重叠。上海四行仓库纪念馆《秘密》，伪满皇宫博物院《新京梦碎》、故宫博物院《海棠依旧》等演出都采用了这种模式。相比交叉空间模式而言，独立空间模式因保持了博物馆与戏剧艺术各自的特性，需要更大限度地发挥二者的优势，以强化展览与戏剧的互补作用。

　　在独立空间模式下，博物馆戏剧主要有两种创作形式，其中一种是以博物馆历史或特定历史事件为背景，通过戏剧创作来与博物馆的主题相呼应。由故宫博物院出品的博物馆戏剧《海棠依旧》便是这一模式的典型例子。该剧于 2015 年 10 月在文物南迁的起点之一——故宫宝蕴楼上演，采用了实景演出的方式。剧中所有编剧和演员均为故宫博物院的普通员工，他们在业余时间创作和排练了这部传承故宫人宝贵精神的作品。《海棠依旧》以 1933 年至 1948 年间故宫博物院文物南迁、西迁、迁台的历史为背景，通过一个家庭的视角展开故事，讲述了职员顾紫宸与其怀孕妻子在保卫故宫国宝的过程中，为了保护文物而离开北平，踏上漫长迁徙之路的经历。剧本巧妙地运用了"别离"这一主题，通过三次选择、三种别离以及三封家书的结构安排，贯穿整部话剧。每一次别离不仅是对人物内心情感的深化，也反映了时代变迁中对责任和使命的重新认知，如顾紫宸与妻子的分别，以及他在保护文物与家庭之间的抉择，不仅体现了历史的沉重，也揭示了在乱世中，普通人为了国家和文化所做的巨大牺牲。通过展现这些充满人性与历史的情感，观众在观看完剧目后，更愿意前往参观博物馆，亲身体验那些在历史中沉淀的文化遗产，并更好地理解这段历史背后的深远意义。对一些博物馆来说，将博物馆戏剧与馆史结合的模式可能在普及应用上有些困难，但对故宫博物院这样的大型博物馆而言，将馆史与戏剧结合加以呈现有着广泛的前景。

　　除了以博物馆历史为背景创作的作品外，更多的博物馆戏剧作品则是围绕馆藏展品展开创作。值得注意的是，在交叉空间中，展品与戏剧情节通过直接呼应增强了博物馆和剧场的融合感，而在独立空间模式下，博物馆与戏剧演出则通过有效的空间隔离，保持了各自独立的空间逻辑。每个空间中的故事和情节各自独立发展，展品的作用更多是间接的。观众在观看戏剧后，可能会走向相关的展品，但展品与戏剧演出之间并不形成直接互动或呼应。这种模式更依赖于观众的个人反思与后续探究，因此，在编剧技巧上，独立空间模式更接近传统戏剧创作方式，注重主题的阐释。它要求通过精心设计的剧情吸引观众在观看戏剧后产生对展品的兴趣，或是通过参观展品后的反思与感悟，加深对戏剧的理解和体验。

由天津博物馆推出的博物馆戏剧《进入雪景寒林之境》于 2023 年 3 月 26 日至 27 日，在博物馆一楼报告厅上演。剧目灵感来源于天津博物馆的馆藏之宝——范宽的《雪景寒林图》。画作描绘了北方冬日雪后的山川美景，以其孤寂荒寒的美感和开阔浑然的境界，成为中国绘画史上最为重要的作品之一，承载着深厚的文化与历史背景。剧目借雪景展现了艺术家对生命与精神世界的独特理解，从"雪"的视角出发，以独角戏的形式展开，讲述了一位年轻人如何与自己内心的孤寂与情感世界相遇的故事。剧中，年轻人在一片广袤的雪景中迷失，并与《雪景寒林图》中通过荒寒景象传达的孤寂和人与自然之间的深刻关系形成呼应。画作通过巨大的雪景和空旷的环境，反映了个体在浩瀚自然面前的渺小和孤独，而剧本则通过人物与雪景的互动，探讨了在现代社会的动荡与不确定性中，个体如何面对自身的孤寂和对未来的迷茫。整体情节不仅与《雪景寒林图》中的"天人合一"思想相呼应，也传达了在现代社会中，人们需要更加依赖彼此来应对外界的不确定性。围绕《雪景寒林图》所创作的博物馆戏剧，不仅是对原画作的精细化阐释，也是对传统文化的现代再创造，使观众在博物馆这一特殊的空间中感受到跨越时空的情感共鸣。除了戏剧表演外，博物馆还设有数字沉浸式艺术展和《雪景寒林图》的真迹展览，这些元素与博物馆戏剧相辅相成，起到了呼应作用。

独立空间的博物馆戏剧应当将戏剧演出融入博物馆的整体体验中，使演出场地与展览空间相互呼应，紧密联系。在这方面，《盛世欢歌》也是个较好的例子，该剧在中国国家博物馆剧场上演，以馆藏文物"击鼓说唱俑"为核心，通过跨时空对话的形式展开。剧中，"击鼓说唱俑"作为主要人物，以偶的形式登场，在故事开篇时苏醒，询问为何出现在博物馆，由此拉开整部剧的序幕，给人以深刻印象。在剧情发展中，"击鼓说唱俑"也始终作为核心存在。舞美设计上也力求真实，参考了《史记》《乐府诗集》《后汉书》等古籍，从舞台布景到人物服装，再现了一系列俑所处时代的背景和生活风貌，带领观众穿越到 2000 年前的东汉成都平原。在中国国家博物馆中国古代展区，"击鼓说唱俑"也作为精品文物单独展出。观众通过场上戏剧演出，与文物建立记忆连接，更深刻地了解了文物的历史背景与文化内涵，强化了博物馆的教育意义，提供了"戏剧—展览"的双重体验。由此可见，该剧巧妙地融合了博物馆展品与戏剧艺术，形成了独特的二次映像效果。

图 2-2-5 《盛世欢歌》演出图片 [1]

由于演出区域与展览区域相分隔，戏剧创作在自主发挥方面比交叉空间模式更具优势，但创作者仍需确保戏剧内容与博物馆展出内容紧密相关。这样无论观众是先看展还是先看戏，都能快速建立与博物馆中的展品——"物"的联系，深化博物馆的教育意义及对戏剧主题的理解。

1 中国国家博物馆编辑部：《击鼓说唱俑"活"了——国博首部原创文物活化舞台剧受欢迎》，载中国国家博物馆网 https://www.chnmuseum.cn/zx/gbxw/202305/t20230528_258568.shtml，2023 年 5 月 28 日。

# 第三节 博物馆戏剧的创作技巧

在博物馆戏剧的创作过程中，创作者还会面临各种其他问题。由于博物馆戏剧更专注于呈现博物馆馆内展品，选择恰当的呈现方式是博物馆戏剧创作中极为重要的一环。同时，博物馆场地的特殊性也对演出带来一定限制，如，演出地点之间可能存在较大间隔，为规避这类现实条件带来的限制，也需从创作技巧入手，通过引入叙述者等手段加以缓解。而博物馆戏剧又常常受内容体量、演出时长等条件的限制与束缚，无法面面俱到地还原展品的历史背景等信息，因此，需结合场外音等补充手段，以填补信息空缺，丰富剧本层次和叙事的完整性。在互联网和多媒体技术不断进步的推动下，博物馆戏剧的展示和传播方式也愈加多元化，灵活适应和运用这些新型传播方式亦是当前时代博物馆戏剧发展的重要议题。本节将围绕这些要点来探讨博物馆戏剧的具体创作技巧。

## 一、活化典藏物件

博物馆的焦点对象在于"物"，即展览对象。"在博物馆戏剧创作中，馆内展品在为创作者提供丰富题材与创作素材的同时，其自身也是戏剧创作的核心元素。对于特定物件的灵活运用，实现典藏的活化展示，是博物馆戏剧创作中尤为重要的手段之一。"[1] 对典藏物件的活化方法主要有以下几种：

其一，以物件本身入手，使用变形、夸张、虚拟化等手法进行艺术加工，围绕物件构建故事的基础框架，凸显戏剧主题。以中国国家博物馆和中国煤矿文工团联合创作的原创肢体戏剧《俑立千年》（又名《醒》）为例，该剧以国博馆藏的精美陶俑为创作灵感，采用拟人化的表现手法，让陶俑"活"了过来。扮演各式陶俑的演员们将通过服化造型、肢体语言，将无生命的文物，以充满个性与鲜活的面貌再现于舞台之上，同时还原了从秦至唐中国陶俑艺术的发展变化史。以栩栩如生的器物之"形"，展现巧夺天工、传承不息的制俑技艺，以博大精深的文化之"神"，再现当年的政治、经济、文化、社会生活风貌。[2]《俑立千年》所使用的拟人化手法，是博物馆戏剧中较为常见且被广泛采用的表现手法之一，在名画、书法等文物为核心的博物馆戏剧创作中尤为突出。这种针对文物的再创造方式，实

---

1 王超：《中国博物馆案例研究》，云南艺术学院学位论文，2023年。

2 李扬：《陶俑"醒"来！肢体戏剧〈俑立千年〉在国博剧场演出》，《文汇报》2023年9月29日。

质上浓缩与提炼了文物所蕴含的美学意象，并加以符号化，通过艺术手段放大物件本身的特性，将其融入戏剧角色当中，感性而鲜活地通过戏剧情节、舞台表演来进行直观再现。一方面加深参观者对物件本身的印象，一方面又使物件脱离了表层的静态限制，得到更具立体感与层次性的表达，在参观者心中留下深刻的文化烙印。

图 2-3-1　《俑立千年》演出图片 1

其二，将物件作为结构戏剧情节的核心，使其成为戏剧矛盾的推动器，引导和推动戏剧情节的发展。从物件的背景故事中寻找具有特殊意义的时间节点，使其在由特定时空环境、人物及人物关系、戏剧行动与具体的事件所组成的规定情境中"活"起来，成为扭结人物关系、改变人物命运的关键。如中国国家典籍博物馆推出了以明代杰作《永乐大典》为背景的博物馆戏剧《永乐长思》。《永乐大典》作为中国古代最宏大的百科全书之一，于明代永乐年间编纂完成。遗憾的是，其原本至今未被发现，目前存世副本不足 400 余册、800 余卷及若干散页。该剧以展品《永乐大典》为叙事核心，围绕寻找《永乐大典》的过程来结构戏剧行动。故事从女主角寻找《永乐大典》正本和男主角潜入博物馆欲偷副本开始，通过特殊装置开启了二人穿越前世今生的人生旅程。观众在寻找《永乐大典》的任务引导下，跟随男女主角经历了翰林院火灾、善本南迁和海外转移等关键历史事件，见证了几代人血脉相传、舍命护书的珍贵记忆。整部戏围绕《永乐大典》的编纂、流散及后世对其追寻、保护与传承的历史展开，是否放弃《永乐大典》的寻找还是继续坚持，成为该剧扭结人物关系、发展矛盾冲突、结构故事情节的核心主题，

1　李扬：《陶俑"醒"来！肢体戏剧〈俑立千年〉在国博剧场演出》，《文汇报》2023 年 9 月 29 日。

继而让观众逐渐了解到《永乐大典》这一国宝级文物的历史和艺术价值。这种以特定物件为戏剧情节核心的表现方式，不仅便于还原文物的故事背景，同时也有助于加深观众对特定文物及其历史的认识与理解。

其三，通过挖掘物件所蕴含的象征意义，联系相关历史材料与关键人物，以物带人，提炼并塑造人物个性特征，揭示人物内心真实。以上海博物馆沉浸式戏剧《美狄亚》为例，剧本改编者卞润华以欧里庇得斯原著的《美狄亚》为基础，保留了经典的情节和对白，同时将歌队和仆人等角色改编成现代故事中的角色。通过表演，他希望观众能与戏剧中的复杂情感产生共鸣，更加理解美狄亚"杀儿报仇"的情感，进而引发对当今男女关系和婚姻关系的思考。[1]通过其古希腊经典故事中最本质、最深刻的爱恨情仇，揭示当代情感活动的核心问题，使经典剧目在现代语境下焕发出新的生命力。剧目将古希腊戏剧《美狄亚》与正在展出的两件雅典珍宝——诞生于 2500 年前的大理石制科拉雕像、用"红绘法"描绘的舞乐图瓶画器盖——巧妙地融合到一起，整部戏剧的情节推进、表演和互动均围绕展品进行，使展品成为戏剧不可或缺的一部分。大理石制科拉雕像代表了古希腊时期的典雅与和谐。科拉雕像，以其典型的"古风式微笑"象征着宁静和永恒之美。在戏剧中，科拉雕像的设置不仅是作为背景，更是象征着美狄亚曾经美好的生活与内心的宁静。当美狄亚在戏剧中痛苦地对曾经的爱人歇斯底里时，科拉雕像的安详宁静与美狄亚的激烈情感形成了强烈对比。这种对比不仅凸显了美狄亚的悲剧性，更揭示了她内心深处从曾经的幸福与宁静走向痛苦与疯狂的矛盾与绝望。《舞乐图瓶画器盖》上的场景与狄俄尼索斯（酒神）崇拜紧密相关。红绘法描绘的舞乐图瓶画器盖展示了古希腊社会的狂欢与放纵，象征着人类内心深处的欲望与激情。当戏剧进入高潮，美狄亚的情感愈发激烈，与瓶画器盖上描绘的狂欢场面相得益彰，进一步引发了观众的情感共鸣。通过展品象征意义的挖掘和历史材料的联系，沉浸式戏剧《美狄亚》不仅呈现了古希腊戏剧的经典故事，更通过展品的象征意义揭示了人物的内心真实情感，这种以物带人的表现手法，不仅丰富了戏剧的表现力，更提升了观众的观剧体验，使每一件展品都成为叙事的一部分，赋予了其新的生命与意义。

综上，围绕博物馆馆藏物件进行戏剧创作，能高效地凸显物件背后的历史文化背景及其价值，充分发挥博物馆戏剧的功能。这些典藏物件作为一种高度凝练

---

1 《人民日报》编辑部：《上海博物馆穹顶之下 首现"沉浸式"经典剧〈美狄亚〉》，《人民日报》2018 年 4 月 11 日。

的文化符号，蕴含着一个国家、一个民族的文化与精神内核。[1] 借助这种针对性极强的呈现手段，这种内化在物件中的文化价值，能以更为直观的方式和面貌，传递给更广泛的普罗大众。

## 二、立于台上的叙述者

博物馆戏剧通常以博物馆馆内展品的历史故事为创作基础。然而，这种以历史资料为主的创作方式，容易出现按照历史资料生搬硬套，导致作品沉闷乏味、说教意味过重，引发观众抵触情绪的情况。因此，在尊重历史并进行严肃叙述的前提下，博物馆戏剧创作还需注意平衡应用性与艺术性，如充分发挥戏剧性与剧场性，以吸引观众的兴趣。另外，博物馆戏剧通常在静态的博物馆场馆中上演，这使得观众与博物馆之间建立连接相对困难。特别是在交叉空间进行演出的博物馆戏剧，若观众未能跟上演出节奏，则容易陷入迷失，导致"出戏"，影响观众深度参与演出理解其内涵。要规避这种情况，平衡应用性与艺术性，在剧本与演出中引入叙述者，不失为一种有效的办法。叙述者既能够扮演剧中人，又能够灵活地跳出剧情充当"导览"，与观众进行互动。

以博物馆戏剧《一影一戏梦》为例，该剧设计了一个导览角色"程陆"。这一角色完全虚构，独立于剧中其他历史人物。剧中的程陆是一个20岁左右的年轻人，生活在现代，性格热情开朗，对中国电影史抱有极高的兴趣，又苦恼于它的复杂和厚重，角色的年龄、身份与心理较为贴近普通观众。为探寻中国电影发展之路，程陆将作为导览角色，采用解说加扮演的方式，带领观众穿越光影通道，回到电影诞生的时刻。

> 程陆 我跟你们说，自从我来这兼职后，电影院天天放这些老电影，都给我看困了。你们是不是也想的跟我一样？但是我偷偷告诉你们，我今天发现了一个通道，通过那条通道，可以看到过去电影诞生时候的样子！我正等着你们，带你们一起去呢！一定很好玩，相信我，快跟我来！跟紧我，别掉队哦！[2]

由于该剧采用交叉空间模式，观众需跟随演员前往各个不同的演出场地，而场地与场地的距离相对较远，在转场过程中，场与场之间会不可避免地出现大段的真空期，程陆的导览身份很好地弥补了这一点。如在前往《难夫难妻》拍摄场

---

1 尚媛媛：《文化符号视域下中华优秀传统文化创新传播研究——以〈国家宝藏〉为例》，《传播与版权》2021年第10期。

2 程宇月：《博物馆戏剧创作之探索——以话剧〈一影一戏梦〉为例》，上海戏剧学院学位论文，2023年。

地时，程陆带领观众向目标场地移动，并就后续剧情中的关键作品《难夫难妻》（即《洞房花烛》）展开介绍，不仅弥补了转场过程中产生的真空期，还达到了导览的目的，又为接下来的剧情进行了充分铺垫。这种形式贯穿在整个演出流程当中，保证了剧情的完整与流畅。

> 程陆 《洞房花烛》终于开拍了！你们看，这些，就是现代电影的拍摄幕后。他们有摄影机，有群众演员，有各类设备。可张石川和郑正秋导演，他们没有这么多人支持他，没有工作人员，也没有资金。他们的开始，凭借的就是电影人的一腔热血。我在电影史里看到说，《洞房花烛》这部电影开拍十分艰难。在开拍之后，遇到了各种各样的阻碍。摄影场地就是一块露天空地，剧中的演员全部是民鸣社的新剧演员，因为风气未开，全部都是男演女戏。所有的道具与服装都从民鸣社搬来，布景也十分简陋。挂衣钩、自鸣钟都是画出来的，那些新式桌椅都是纸扎出来的，化妆也只涂脂粉。他们经过了三天不间断的拍摄，终于快要完工了。[1]

此外，博物馆中的专业讲解员也可以代替专业演员，承担起叙述者的身份，直接融入剧情当中，参与戏剧演出。如吉林省的首部沉浸式博物馆戏剧《破晓》，由馆中讲解员扮演剧中角色——毓文中学的女学生，她不仅引导观众前往演出场地，还通过生动的解说，提供相关背景信息，并在职业演员的协助下，参与到戏剧表演当中。

> 引导员 父老乡亲们，大家快来我这。我是毓文中学的女学生，我的同窗好友马骏同志因为组织大家声援五卅运动被捕了，在他临走之前曾嘱托我，当你们来的时候，负责带领你们转移阵地。请大家跟着我来！[2]

作为最了解博物馆展品故事的专业人员，讲解员能更好地将展品故事融入戏剧情节中，并帮助观众更迅速理解历史脉络和事件发展，如：

> 引导员 村民们，自从 1932 年 9 月 15 日，满洲国和日本签订了《日满议定书》之后，为强化"国家机器"，设立了"八大部"，咱们东北就彻底被纳入了日本的殖民统治。而所谓的煤矿招工，最后才发现是日本人疯狂掠夺煤矿资源，并且采用"以人换煤"的残酷手段，"万人坑"也由此而来。[3]

---

1 程宇月：《博物馆戏剧创作之探索——以话剧〈一影一戏梦〉为例》，上海戏剧学院学位论文，2023 年。

2 陈婷：《博物馆戏剧的教育功能研究——以〈破晓〉中的家国情怀教育为例》，上海戏剧学院学位论文，2022 年。

3 同上。

沈阳"九·一八"历史博物馆的《黑土英魂》，也采用了这种"解说＋演绎"的方式。博物馆解说员充当第三人称叙述者，并在呈现过程中展示了真实的历史文字、影像和报道，增强了博物馆戏剧的客观性和真实性。[1] 不同于专业演剧演员，对于博物馆解说员而言，解说展品是他们的专业优势，将专业解说人员纳入博物馆戏剧当中，则可以在感性的演绎之外加以客观的补充，通过解说员的专业视角，能够引导观众对历史事件的价值和意义建立起正确的认识。客观的历史资料与戏剧内容的感性直观呈现相结合，增添了历史的真实感与厚重感，帮助观众从不同层次理解和感知历史的重大影响。

总结而言，博物馆讲解员在工作中通常具备良好的沟通和引导能力，将其设置为博物馆戏剧中的"叙述者"，能够有效加强与观众互动。他们可以在演出中引导观众深入参与，解释历史事件，激发观众的兴趣，使得演出不仅仅是一场表演，更成为一次互动的学习体验。同时，将历史故事在合理范围内进行个性化的、符合戏剧艺术特色的方式再创造，即使观众的知识水平存在差异，也能够无障碍地接受并能保持观赏热情，如此才能借由戏剧形式唤起观众情感共鸣，加深观众对特定展品及其历史的理解与感悟。

### 三、场外音的运用

戏剧主要借由台词与动作来展现剧情、刻画人物与表达主题，而不同于小说等文学作品那样使用叙述法。其中，台词又是构成戏剧剧本的主要成分，台词常常包含了"动作"。台词又可以分为对白、独白、旁白等形式。博物馆戏剧与传统戏剧并没有本质性的差异，然而博物馆戏剧的呈现对象大多是某个展品或展览，因此台词也包含着一定的解释性说明性的内容。在常规的对白与独白之外，博物馆戏剧还常常运用旁白性质的各种场外音形式，以对特定信息进行解释说明或发表评价，有时还作为烘托、渲染气氛的重要手段。

旁白，是指戏剧人物直接向观众说话，而不被舞台上其他角色听到的一种台词形式；也可以是一个隐形的叙述者，不直接出现在舞台或影像中，而以解说的形式直接向观众传达信息。博物馆戏剧对旁白的使用可以表现为多种形式，如在戏剧演出插入旁白性质的影像，以介绍戏剧所不能涵盖的历史背景，或是补充、总结剧情，甚至以现代的视角对特定历史进行解读与评价。如《一影一戏梦》运

---

1 王超：《中国博物馆戏剧案例研究》，云南艺术学院学位论文，2023 年。

用影像旁白形式，通过配音与对应字幕的影像，介绍影片《难夫难妻》在1932年"一二八"事变中被炸毁的历史。第三幕也运用同样的方式，通过旁白对剧情内容进行总结，介绍相关历史背景。如下例所示：

> 在抗战期间，这几部电影一直在有志之士手里流传、保存，在广大地区都得到放映，受到广泛的好评，鼓舞了全国各地的人民团结起来，激起了他们昂扬的爱国斗志。而战后国统区成立的昆仑影业，沿着前辈们的道路继承发展，更是拍摄出了像《一江春水向东流》《万家灯火》《三毛流浪记》等一系列优秀影片。[1]

发挥同等作用的还有传统戏剧中的"帮唱"。在古希腊戏剧中，"歌队"跳出剧情，对剧中人与事发表评价与议论，补充背景故事。博物馆戏剧中的"帮唱"有类于此。如博物馆戏剧《一影一戏梦》，在第四幕中就运用了这种形式作为帮助叙事的手段，首先对谢晋的代表作品以充满诗意的唱词进行概述，再由此开启谢晋的具体故事。如下：

> 场外音　天云山传奇
>
> 　　　　雨后芙蓉镇
>
> 　　　　牧马人长嘹
>
> 　　　　娘子军威震
>
> 场外音　春尽可回头
>
> 　　　　花谢能生蕊
>
> 　　　　吊脚楼下悲声起
>
> 　　　　芙蓉镇里长相思[2]

除此之外，场外音还可以是隐形的剧中角色。如剧中人梦境、幻想中的角色；或者群杂角色，仅以声音出现，而不在舞台上现身。《一影一戏梦》第四幕"新生"中，将记者、导演、观众等数量较多、流动性较强，不便于悉数搬上舞台的角色，用背景音的形式出现在舞台上，避免了角色过多所造成的舞台混乱。如：

> 场外音　可是要"为弱者鸣不平"。
>
> 场外音　要"教化民风"。
>
> 场外音　现在是新气象，是改头换面的新时代。

---

1　程宇月：《博物馆戏剧创作之探索——以话剧〈一影一戏梦〉为例》，上海戏剧学院学位论文，2023年。

2　同上。

　　谢　晋　即将开拍的那几部片子，却都是装在旧套子里的老故事。我不满意。

　　场外音　那你想的是？

　　场外音　现在那个时候过去了，痛定思痛。

　　谢　晋　我手里有一个好本子，可是我不知道能不能拍、拍不拍得好。这个时候拍摄……不过要改变就得勇敢迈出这一步，既要新也要稳。我不想将整个历史放大。

　　场外音　那就把将人和历史结合起来，人当作真实的人来写。历史中个体命运的选择。[1]

　　综合而言，场外音的使用可以补足剧情无法交代的信息，还能以"第三人"的视角，对剧中人物及事件发表客观评价，制造"间离效果"，引发观众的理性思考。对于无法在有限的舞台空间内加以呈现的背景式角色，亦可以用场外音的形式来表现。

## 四、多元形式的呈现

　　近年来，随着博物馆的不断发展、科技的进步以及人们需求的变化，博物馆的展示和传播方式也在不断创新和拓展。对这类新形式、新技术的灵活适应与运用，亦是当前时代博物馆戏剧发展与创作的重要议题。目前，热门的博物馆戏剧传播与展示形式主要表现为以下几种。

　　其一，走出传统舞台与博物馆场馆，转向受众更广泛的文博类电视综艺节目。2017 年 12 月，中央电视台首播了名为《国家宝藏》的文博探索综艺节目，迅速引发了广泛关注。至今已推出三季，汇集了近 30 个国内知名博物馆，如故宫博物院、浙江省博物馆、河南博物院、陕西历史博物馆，展示了 80 余件国家级历史文物。该节目通过讲述文物背后的故事和历史，引导更多观众走进博物馆，在懂得如何欣赏文物本身的同时，也了解文物背后所承载的文明和中华文化延续的精神内核，让文物"活"起来。[2] 节目内容分为两个部分，第一部分从文物的"前世"入手，每件文物都有相应的"国宝守护人"演绎宝藏诞生的历史故事。第二部分邀请了考古学家和文博工作者等作为"今生人物"，讲述国宝的现代故事，并通过

---

1　程宇月：《博物馆戏剧创作之探索——以话剧〈一影一戏梦〉为例》，上海戏剧学院学位论文，2023 年。

2　陆建松：《如何讲好中国文物的故事——论中国文物故事传播体系建设》，《东南文化》2018 年第 6 期，第 117—122 页。

情景剧重现历史场景，跨越古今，串起国宝的"前世今生"。此外，还有类似北京卫视推出的文博探秘真人秀《博物馆之城》，以及山东卫视推出的《馆长来了》等。这些节目创新性地结合了博物馆戏剧与电视综艺传播，观众足不出户便能便捷地了解各类文物背后的历史故事，成了最为广泛接触且易于接受的博物馆戏剧形式，引发了一股"文博热"。而 2021 年推出的《国家宝藏·展演季》更是在传统电视节目基础上引入了前沿科技，采用了"AI+VR 裸眼 3D"拍摄技术，为观众提供了更为丰富的视觉体验。这一跨界融合的尝试，不仅拓展了博物馆文化传播的边界，也为传统文物故事的传播开辟了新的视听路径。

其二，将博物馆戏剧与文旅项目相结合。舞剧作品《唐宫夜宴》《千里江山图》等，不仅在艺术上取得了现象级的成功，还形成了与博物馆、旅游、文化等产业深度融合的独特经济形态。2021 年，河南广播电视台春晚小舞剧《唐宫夜宴》（原名《唐俑》）引发了公众对中国传统文化和博物馆展品的广泛讨论。该作品的创作灵感源自 1959 年河南安阳张盛墓出土的隋代乐舞俑，包括 8 件乐俑和 5 件舞俑（现存于郑州市河南博物院）。舞剧以群舞形式将这些舞俑形象再次搬上舞台，并通过 AR 技术的呈现，14 位舞蹈演员如画中走出，展现了独特的舞台表演形式，深深吸引了观众。《唐宫夜宴》的推出使观众迅速喜爱上了生动可爱的"唐宫少女"形象，甚至在社交媒体平台如微博、抖音上掀起了打卡热潮。此舞剧还加速了河南地区多条文旅线路的创新发展，吸引了更多游客深入了解中原文化。

此外，2022 年春节联欢晚会中，舞剧《只此青绿》在大众中引起了一波不小的关注热潮。该剧是根据北宋天才画家王希孟的传世之作《千里江山图》创作而成，以"展卷、问篆、唱丝、寻石、习笔、淬墨、入画"等篇章为纲目，艺术化地将和《千里江山图》相关的篆、绢、颜料、笔、墨等制作工艺一一呈现，展现出了一幅情景交融的人文画卷。[1] 此剧一出，一夜之间迅速"破圈"，相关话题"挑战青绿腰"阅读量超 5000 万。2022 年 3 月，舞蹈诗剧《只此青绿》二轮全国巡演首站海口站，从最初 2 场多次加场至最终 10 场，仍一票难求。此剧引发了观众对于历史名画《千里江山图》的兴趣，与《千里江山图》相关的文创产品也开始大卖。这不仅表明了观众对于深度文化体验的渴望，也凸显了这种以传统文物为灵感的舞剧形式在当代艺术市场的独特吸引力。文物看似没有生命，却因蕴含着丰富的文明与历史给人以无限遐思，这种"万物有灵"的想象力为"博物馆奇

---

1  张钰童：《〈只此青绿〉火出一片天，看这些展演展览来了!》，载中国文艺网 http://www.cflac.org.cn/ht/202211/t20221111_1264632.html，2022 年 11 月 11 日。

妙夜"这一创作形式的诞生提供了灵感，并迅速催生了《河南博物馆元宵奇妙夜》《2023 清明奇妙游》等一系列类似作品。

其三，将博物馆展品与沉浸式剧本杀的结合。除了观看舞台表演外，观众躬身"入景"也已成为新的时尚潮流。在博物馆戏剧体验中，让观众以"玩家"的身份参与其中，通过主动探索逐步揭开与文物相关的历史文化故事。博物馆作为知识传递的场所，每个馆或展览聚焦于特定的知识主题，因此基于这些展览展开的剧本杀创作具有独特性，是一种融合"剧本杀"创作方式的博物馆戏剧呈现新形式。以广州市越秀区博物馆为例，其于 2022 年 5 月推出了一款原创沉浸式剧本游戏《越博奇妙纪——穿越历史来看你》。这款游戏为年轻人提供一次与南粤先贤"面对面、对话交流"的体验，使得历史人物在游戏中"活"了起来，展现了岭南文化的丰富内涵和历史意义。游戏选择了 10 位代表性的南粤先贤作为非玩家角色（NPC），如赵佗和屈大均等，通过这些角色推动剧情发展，使时间维度横跨岭南两千多年历史。在游戏的一个小时体验中，玩家能够接触到超过 50 条中华文明发展史上的重要成就和知识点，通过与 NPC 的互动深入了解岭南地区的政治、经济、历史和文化艺术。此外，游戏还特别设计了各种中华传统民间游戏，如飞花令、投壶和岭南风情绘画等，使得玩家在娱乐中能够体验到传统游戏的乐趣，同时增强对岭南文化的情感认同和理解。2023 年，郑州商代都城遗址博物院推出的《商都往事》，将沉浸式互动形式推向更高水平，该剧可同时容纳近 20 位观众参与剧情。观众可以通过场馆内 NPC 的演艺与互动，创新运用"故事思维"，在博物馆里为展品构建起叙事性、多元化的展示场景和特色空间。解谜烧脑的剧情进一步激发了消费者的探索能力，让他们深入沉浸于商都文化的魅力之中。这种"剧本杀＋博物馆戏剧"的形式不仅为观众提供了娱乐与知识的双重享受，同时也为传统文物注入了更为生动和富有创意的新元素。

其四，博物馆戏剧与工作坊结合，涵盖体验工作坊与应用戏剧工作坊。如吴文化博物馆的戏剧体验工作坊《罗马奇遇记》、广东省博物馆的教育戏剧工作坊《鞋盒里的博物馆》等，旨在让观众通过亲身参与的方式深入了解博物馆的藏品和历史文化。以成都博物馆自然科普戏剧工坊为例，自 2020 年起，成都博物馆精心打造了多场精彩戏剧课程，并在馆内会演了《神鸟归来》《治水神兽》《来者不是客》等剧目。孩子们在专业戏剧老师的引导下，通过研读剧本、解读角色、演绎剧情，不仅提高了语言表达能力，也在角色扮演中学到了许多自然科普知识，与自然建立起了深度的连接。而后，成都博物馆自然科普戏剧工坊活动以即兴剧的形式走进市民和社区，推动了社区与博物馆资源"共有化"，也让更多的孩子们走进博物馆、拥抱博物馆、热爱博物馆，使博物馆这座"大学"充分发挥其应有的教育价值，真正实现以展促教、以科普促学、寓教于乐。"博物馆＋戏剧工作坊"的形式同样也在广东省博物馆、戏曲百戏博物馆、上海电影博物馆等多家博物馆成功实施，尽管大多数工作坊主要是博物馆与学校等机构合作，但这一模式仍可视为一种有效的融合尝试。

综上所述，博物馆戏剧作为文博领域的璀璨明珠，早已不再受限于传统舞台表演。从《国家宝藏》的时空叙事到《唐宫夜宴》《只此青绿》等舞剧的引爆"现象级"成功，再到沉浸式剧本杀游戏的创新尝试，博物馆戏剧不断创新，呈现出丰富多样且引人入胜的面貌。这一多元的表现形式为观众提供了娱乐和知识的双重享受，同时也为传统文物注入了更为生动和富有创意的新元素，开拓了一条崭新的文化传承之路。

# 结　语

1957 年，美国环境解说之父弗里曼·提尔顿在《阐释我们的遗产》一书中，系统阐述了遗产解说的原理和理论："通过阐释，我们才能理解；通过理解，我们才能欣赏；通过欣赏，我们才能保护。"[1]遗产的保护不仅仅依赖于直接的保护措施，更重要的是通过人们对遗产的深入理解与情感联系，从而激发其主动参与保护的意识与行动。2014 年，习近平总书记发表重要演讲："要让收藏在博物馆里的文物、陈列在广阔大地上的遗产、书写在古籍里的文字都活起来。"博物馆戏剧的出现，正是适应时代需求的一种文化表现形式。

本章以博物馆戏剧编剧入手，简要回顾了博物馆戏剧的发展与形成历程，以国内博物馆戏剧实践为参照对象，梳理博物馆戏剧类型；从主题选择、关键事件提取、人物关系编织、戏剧内容与博物馆场馆的融合模式等方面探讨了博物馆戏剧的编剧流程；从具体的编剧技巧入手，围绕对典藏物件的活化方式、叙述者的引入、场外音的运用，以及当前博物馆戏剧的新型传播途径与形式的基础概况等方面进行了深入探讨。

博物馆戏剧不仅是对凝聚在展品中的历史文化的再现，更是一次引领观众回望历史、深度思考的契机。借由戏剧的形式，博物馆促成了人（参观者）与文物、历史的交融，搭建起了文化传承与创新的另一桥梁。作为文博领域极具发展潜力的新型文化形式，博物馆戏剧仍未停止它前进的脚步，相信未来博物馆戏剧会有更加新颖多元的面貌，成为一张积淀着厚重历史与深刻人文底蕴的文化名片。

---

1　Freeman Tilden, Interpreting our Heritage, Chapel Hill: University of North Carolina Press, 1957, p.38.

# 附　录

## 一、博物馆戏剧与传统戏剧对比表格

| 比较维度 | | 博物馆戏剧 | 传统戏剧 |
|---|---|---|---|
| 创作目的 | | 以鲜活、立体的方式传递博物馆展品、文物背后的故事、知识，具有较强的教育功能与休闲属性 | 以艺术表现、故事叙述和情感表达为主，注重艺术审美 |
| 文本特点 | 内容 | 根据所要表现的文物/展品提炼主题，传递其背后的故事与历史、文化及相关知识 | 编剧根据自我表达需要或者其他相关方要求确定 |
| | 情节 | 通常选择能够适应展览主题、与文物/展品密切相关的背景与事件，并在此基础上进行虚构与再创作 | 引发冲突、刻画人物性格与情感，推动矛盾发展 |
| | 结构 | 多样且灵活，主要依据演出形式与演出场地来安排，可分为单线、多线、非线性等多种结构方式 | 以创作目的和表达需要为依据选择适合的戏剧结构 |
| 呈现 | 台词 | 大部分有完整的文学剧本，台词经过精心打磨，兼顾解说与引导；在拥有互动环节的剧目中，部分台词以演员与参观者/观众即兴互动的方式产生 | 台词经过精心打磨，追求语言艺术性和戏剧表现力 |
| | 表演 | 在固定、封闭式舞台演出的剧目，演员需遵循剧本与导演安排，表演艺术性强；在场馆内流动进行的演出，演员通常需兼顾引导、解说的功能，不严格强调艺术性；在演员与观众/参观者共同演出的剧目中，则更强调参与感与游戏性 | 艺术性强，通常需要严格遵循剧本和导演的安排 |
| | 舞美设计 | 既可以由专业人员进行舞美设计，也可以博物馆场馆为演出场地，不进行舞美设计或进行简单的场馆布置 | 根据导演要求，由专业人员进行舞美设计 |
| | 观众互动 | 观众既可以作为纯粹的旁观者，亦可以与演员互动，或成为剧中人 | 观众通常处于旁观者位置，主要进行情感与审美体验 |

## 二、博物馆戏剧文本案例

博物馆戏剧《一影一戏梦》[1]（节选）

演出地点：上海电影博物馆

编剧：程宇月

## 楔 子

**时间** 1913

**地点** 博物馆四楼"星光大道"入口

**人物** 程陆

【观众随着"星光大道"逐步走入场地。灯光逐渐昏暗。

【观众被指引到场地站定，远处逐渐传来齿轮转动的声音，似乎是放映机被人打开，一束微光照了进来。

【程陆上场，灯光就打到程陆身上。

**程 陆** 什么是电影呢？在电影诞生之初，他们也不知道这就是电影，可能认为这是一幅幅会动的图画，可能也只是对这个新颖的事物感兴趣。他们抱着改良社会的想法，带着不甘落后外国人的决心，他们与现实抗争，与时代抗争，他们呐喊着："万里长城不是我们的墙，更不是我们的视野极限，而是我们眺望更远方的基础，将来世界是属于会动的照片。"他们在中国电影还是一片空白的时候，大胆迈出了第一步，他们试图抓住这个古国一瞬间的巨变，勾勒出中国当代社会转型的曲线，而当时中西两种元素混合、碰撞，爆发出的就是惊人的想象力和创造力。在这期间，有无数追梦影人，给我们留下了无数经典。至今，我们还能看到那些老电影院、虹口大戏院、兰心大戏院、大光明影院、衡山电影院……他们仿佛是上海这座大都市的记忆放映机，在浮光掠影的影像中，在战火与硝烟的纷争中，上海当之无愧成了"东方百老汇"，抬眼间，让我们看到了百花齐放的电影世界，这是中国电影的源头，更是现代电影眺望更远方

---

1 于 2023 年 3 月，在上海电影博物馆进行了两天三场的演出。《一影一戏梦》由上海戏剧学院本硕博团队共同完成，荣获了 2022 年第八届"互联网 +"大学生创新创业大赛上海市赛区金奖、全国赛区铜奖；第 13 届"挑战杯"大学生创业大赛上海市银奖等奖项，并获得了相关专项资金支持。

的基础。

【灯暗。

【灯亮。

# 第一幕　影梦

**第一场　开端**

**时间**　2022/1913

**地点**　博物馆四楼"星耀苍穹"展区

**人物**　程陆、阿宾、张石川、郑正秋

【深夜，灯光昏暗，只有一束投影闪着光。在舞台侧面有一个桌子，一把椅子，桌子上摆着一本厚厚的大书——《中国电影史》。桌子上还散落着几叠海报。

【程陆开始连续打哈欠。挣扎着翻了几页书。

程　陆　中国电影史怎么那么厚啊！这些理论有什么好学的啊，（叹一大口气）作者知道以后是要考试的吗？（对着观众）我跟你们说，自从我来这兼职后，电影院天天放这些老电影，都给我看困了，你们是不是也想的跟我一样？但是我偷偷告诉你们，我今天发现了一个通道，通过那条通道，可以看到过去电影诞生时候的样子！我正等着你们，带你们一起去呢！一定很好玩，你们相信我，快跟我来！跟紧我，别掉队哦！

【灯渐暗。

画外音　荧幕亮起，场灯熄灭。一块白布可映大千世界，光影变幻即是人间万象，欢迎来到光影世界！带你做一场影戏之梦！

【电影放映机的声音传来，咔嗒、咔嗒咔嗒咔嗒咔嗒咔嗒咔嗒，越来越快，突然，噔一声。随着声音的越来越大，一束强光照亮了舞台。

【灯光渐渐全部亮起，"星光大道"的四周，古今中外电影艺术家的照片和电影片段老照片，一排排点亮。

【程陆在台上，倚在展览板旁睡着了，听到声音后醒了。

【阿宾跑上，看到半睡半醒、一脸迷茫的程陆。急忙过去拍醒她。

阿　宾　程陆，快来，干活了！不然一会又要被张导骂了。

程　陆　啊？干什么活？（跟上阿宾的脚步）

阿　宾　张石川导演让我们去找一位合伙人，能写好（重音）剧本的合伙人！

程　陆　噢。（思考状，随即反应过来）张石川导演？那现在是 1913 年？

　　　　【观众们随着程陆和阿宾的脚步往前走。

阿　宾　这不仅是 1913 年，这儿还是上海呢！（笑，双手拍拍程陆的脑袋，有点宠溺地）

程　陆　1913 年的上海。（自己嘟囔）

　　　　【程陆边走边看。

程　陆　哇！这还有德国、俄国、英国、法国和美国的商店呢，好高级！（两眼放光）还有很多外国人呢，哇哦。原来这时候就开始这么繁华了。

阿　宾　快点，我的程小姐，跟没见过一样。两条街就到亚细亚影戏公司了！

程　陆　那咱能进去看看这个电影公司吗？

阿　宾　嗯，不能。这是美国人创办的公司。

程　陆　老板不是中国人啊。

阿　宾　对，原来的老板是布拉斯基，他订购了 12 台 8 匹马力的电灯系统运往中国，在这之前，他的影画放映机是燃气发动的。接着又为自己的发行公司大批搜购影片。后来转让了。现在的老板是伊尔什，美国人，但他好像原来是做保险出身，也不太会做电影。

程　陆　哦，所以他就找了张石川先生来拍影戏？

阿　宾　是。

　　　　【来到观众席，招呼观众站定或者坐下。

程　陆　可是一个人，肯定还不够，所以张石川导演还需要找一个合伙人，对吧？

阿　宾　嗯。可是我一连都在剧院待了好几天了。郑先生就是不肯见我，唉。我算是交不了差了，回不去了。

程　陆　你回哪儿回不去了？

阿　宾　我在丰泰照相馆的打工，被我们任老板叫过来给张石川导演帮忙的。

程　陆　这样啊，那看我的吧。（胸有城府地笑）阿宾，你就直接把张石川导演叫来吧！

阿　宾　这可是你说的哦！靠你了！

　　　　【阿宾走下。

　　　　【灯暗。

【舞台只有一扇简单的门和一把椅子，一条桌子。门外站着程陆、阿宾和张石川，门内坐着郑正秋。

程　陆　（一本正经的）饭可以不吃，但戏一定要看。（咳咳）戏剧是教化观众的工具，在这种新旧交替的时候，新民应该看新剧哇！都说郑正秋先生，写戏剧是一流的，我看写电影未必呢。

郑正秋　嗯？

阿　宾　这话怎么说？

程　陆　郑先生一向的标准是：秉公正之心，立公正之言，为弱者鸣不平。

阿　宾　（紧接着）启迪民智、振兴国家。

张石川　拍电影和演话剧是一样的，甚至能达到更好的目的，郑正秋先生怎么会不明白呢？

郑正秋　嗯。

程　陆　我觉得他不明白。

郑正秋　嗯？（站立起来，想要反驳）

程　陆　你看嘛，他不出山写本子，中国的土地上就永远都是外国人的片子，永远都是旧剧，不知道老百姓要受多少毒害哟。

阿　宾　唉！

张石川　唉！中国人的第一部电影何时才能出来哟！

【郑正秋，紧紧抓着椅子。

程　陆　咱们——走吧！

郑正秋　哎！等等！（迅速拉开门）

郑正秋　拍中国人自己的电影？不是外国的那种？

张石川　是啊！

郑正秋　当真？

张石川　当真！伯常兄，一切都准备好了，就等着你的本子了。看着这满目疮痍的旧中国，我知道你一定有很多想说的话、想写的故事。

郑正秋　我有两个条件！

张石川　请讲。

郑正秋　第一，绝不拍类似于国外的电影糟粕，毒害观众。第二，那我们要拍，身上就该承担起社会责任，电影不仅要好看，也要承担起它的社会改良作用。

张石川　我双手同意！伯常兄，我再加一条。

郑正秋　请。

张石川　要稳赚不赔，决不能让咱的钱再跑到外国人的兜里去了！

郑正秋　就这么说定了！

张石川　就这么说定了！

【灯渐暗。

【画外音　恭贺新民公司成立！

郑正秋　我想做新戏。想寻找一个好的题材，再写那些老套的剧本出来是为了什么呢？

张石川　但电影是要关注观众的口味，要引导观众的欣赏趣味嘛！

郑正秋　在现在的中国拍电影，背负着时代上的命题，免不了有许多迁就的地方。一方面要顾到公司的营业，一方面又要顾到观众的需求；更要关注艺术的价值。营业、观众、艺术三者的供求是否平衡，这是个问题。

张石川　如果我们不讨好观众，谁来买票呢？咱们怎么赚钱呢？

郑正秋　人永远会为了触及心灵的事情感动，会为了一个好故事而买票！石川，要新就要新得彻底：要写反抗就要写人们心底里真正渴望的反抗；要写爱情就写人们真正该拥有的爱情；要写苦难就写人们正在遭受的苦难；要写电影就要睁眼看世界！既然要睁眼看世界，那就先往我们身边看。为弱者鸣不平，是我从事戏剧一贯的主张。什么"为艺术而艺术"的艺术至上主义，以及"为恋爱而恋爱"的恋爱至上主义，我觉得在中国电影里，都不太能实现。

张石川　像《牡丹亭》好看是好看，可是词太文雅，小姐丫鬟的也不够贴近生活，不适合我们现在去拍呀。

【郑正秋点了点头。

郑正秋　我以为照现在中国的状况，宜浅显通俗，不宜太高太深，宜贴近生活，不宜形而上。

张石川　（接着）应当替大多数人打算，不能为少数的知识阶级打算的！前面是我疏忽了。

郑正秋　我们揭开窗子说亮话，我们也是将本求利，不要太去拔高我们的道德点。但是我认为在营利当中，定是要凭着良心上的主张，加注上改良社会的力量在影片里，岂不更好吗？

张石川　是，我们现在没有一部自己拍的电影，现在播放的都是外国人想给我们
　　　　播放的片子。但是我们现在在做的事情，是一个起点，一个开始，这就
　　　　是我们最大的意义和应该担负起的责任。

郑正秋　责任，是啊，看看身边的人，看看民生的困苦……

【张石川诚挚深重地握住他的手。

张石川　伯常兄，中国需要借你的手术刀，把黑暗的这里（手指、跺脚）撕开一
　　　　道口子。放手去干吧！

【郑正秋放上他另一只手。

【灯光渐暗。音乐渐渐起。

【程陆、阿宾下。

【郑正秋拿起了笔，踱步、思考。灯光打在他身上。

【郑正秋伏案写作，一会站着写，一会坐着写，一会躺着写，一会面壁思
考。一会惊喜，一会愁，一会流泪。（动作可以夸张）（音乐第一次高潮）

【碎纸、纸张从舞台上飘落。灯光渐暗。

【时间经历了几天几夜，老挂钟"叮咚"一声，某天早上六点钟。灯光亮
起来，像是在黑暗中划开一道口子那样，透到舞台上。

【桌上、地上都是散落的稿子，揉成球的纸团，拔了毛的毛笔，几个墨
盘，好几个烟头。

【张石川上。

【"吱嘎"门开了。

张石川　这是？（难掩激动）（捡起稿子就要读）

【郑正秋捡起散落的稿子，草草整理成一沓，递给张石川看。

【灯光聚集到张石川和郑正秋身上。

张石川　（沉迷剧情，边走边读）乾坤两家，一家娶媳，一家嫁女，两家门当户
　　　　对，但男女素昧平生，没有自己的主张，任媒人穿梭奔走，命运受人摆
　　　　布。最后历经繁文缛节，两个不情愿也不相干的男女被送入洞房。宾客
　　　　不祝他们美满，只说一声"早生贵子"。婚后他们痛苦不堪，过起了难夫
　　　　难妻的艰难生活。（音乐第二次高潮）

郑正秋　《洞房花烛》！

程陆（音）　导演，伊尔什那边传话来了，说同意马上投资！

张石川　那就开始？

郑正秋　开拍!

　　　　【灯暗，众人下。

　　　　【音乐渐熄。

　　　　【程陆带着观众往前走。

程　陆　《洞房花烛》终于开拍了! 你们看，这些，就是现代电影的拍摄幕后，他
　　　　们有摄影机，有群众演员，有各类设备; 可张石川和郑正秋导演，他们
　　　　没有这么多人支持他，没有工作人员，没有资金，没有这么多设备，他
　　　　们的开始，凭借的就是电影人的一腔热血。我在电影史里看到说，《洞房
　　　　花烛》这部电影开拍十分艰难，在开拍之后，遇到了各种各样的阻碍，
　　　　摄影场地就是一块露天空地，剧中的演员全部是民鸣社的新剧演员，因
　　　　为风气未开，全部都是男演女戏。所有的道具与服装都从民鸣社搬来，
　　　　布景也十分简陋，挂衣钩、自鸣钟、新式桌椅等道具甚至是画出来或用
　　　　纸扎出来的，化妆也只涂脂粉，他们经过了三天不间断的拍摄，终于快
　　　　要完工了。


第二场　诞生

时间　1913 年

地点　博物馆四楼《难夫难妻》展演海报处

人物　张石川、郑正秋、程陆


　　　　【舞台上是《洞房花烛》的现场，有些凌乱不堪，还剩下一些没来得及搬
　　　　走的道具，墙上画的钟和衣帽钩也没来得及擦掉，当初用纸扎的桌子椅
　　　　子还放在原处。

　　　　【张石川和郑正秋，走上。

张石川　你别说，拍完之后又重回拍摄地，还真有种别样的感觉。

郑正秋　感怀，感慨，更多的还是成就感啊。

张石川　是啊，谁能想象这原先就是一块空地呢?

郑正秋　欸! 怎么能说是空地呢，我们围个圈，可就叫舞台了!

张石川　哈哈，是、是、是。

张石川　唉，伯常兄，电影居然真的快上映了，我还有点紧张，你说咱们是真的
　　　　拍出来了?

图 2-A-1 《难夫难妻》现场拍摄图片示例 [1]

郑正秋　是啊，有种第一次当父亲的感觉。

张石川　其实，我还是有些不满意的地方。

郑正秋　一样，一直提倡改良旧戏，改良旧戏，结果自己拍戏一样要演员男扮女装。

张石川　下一次，咱们下次一定要尝试让女演员拍电影。

郑正秋　是！还有那个舞台道具应该更精致一点，你看这些桌子椅子，你看看，都是让寿衣店的人扎出来的，那墙上的自鸣钟还是我叫人画的呢！

张石川　那没办法呀，资金有限，你知道的，不然那些道具、服装什么的也不会从民鸣社剧团搬来，节省开支嘛。

郑正秋　之后麻烦石川你多跑跑投资啊！

张石川　你知道有多艰难的，之前的本子都被退回了，我们这本子能同意开拍就已经很不错了，而且别光说我，伯常兄，你那个台词，也得更白话一点才行啊！

郑正秋　是、是、是。我们还有很多探索和改进的地方啊！做导演的不能任凭自己的主张去做，处处都要感受困难，这就叫事非经过不知难。

张石川　是啊，事非经过不知难。

　　　　【两人都沉默住了。

张石川　（一拍拳）还有一点，我最可惜！你写的那个姑娘，天生一副好嗓子，你写了几段唱词给她，我们真是一句也听不到！

---

1　图片来源于网络。

郑正秋　这也是我最遗憾的地方。

张石川　那词，那词真好！尤其是女孩离家出嫁那日！让人老泪纵横啊。你是怎么写的来着？

【走向当初演员坐着的地方，坐下。哼着起调。

郑正秋　心凄凄一步三望跨门槛，

泪涟涟拜别双亲上马鞍。

新夫从来未谋面，

心中（的）酸苦向谁言。

可恨女子无为计，

无法尽孝在跟前。

再拜尊亲珠泪断，

锣鼓喧吹别离间。

断肠人送断肠人，

流泪眼观流泪眼。

爹娘啊，这一别山高路远再难回，

只盼着儿的父母勿挂牵。

【郑正秋停顿了一会。

郑正秋　石川，不要《洞房花烛》这个名字了，咱把电影改个名吧。

张石川　叫什么呢？

郑正秋　浊世混乱兮，生死捆绑；婚嫁实买卖兮，颂自由之可贵。就叫，《难夫难妻》！

张石川　好！

【海报在后面荧幕上：1913 年 9 月中旬，一张巨幅海报贴在新舞台大门前（今南京路七重天），十分醒目，"难夫难妻"四个特大字体下写着："九月廿九日、卅日，十月一日，夜场，八时开门，九时开幕，试映我国自己摄制的社会讽刺剧电影《难夫难妻》，不可不一饱眼福！"

【所有的光集中在海报上，程陆出现，抚摸海报。

程　陆　从国外挟制到迈出第一步尝试，从《洞房花烛》到《难夫难妻》，中国第一部电影，诞生在夹缝里，脱胎于旧戏中，成就于中国人的不屈不挠。刘禹锡说，千淘万漉虽辛苦，吹尽狂沙始到金，这艰难却伟大的第一步将中国电影带进了它自己的轨道。

图 2-A-2 《难夫难妻》海报示例[1]

【灯光渐暗。

【字幕:《难夫难妻》的所有拷贝在 1932 年"一二八"事变中,被日军的飞机尽数炸毁,中国第一部短故事片,我们已经无一从见。

---

1　图片来源于网络。

# 第 3 章

# 文旅戏剧编剧技巧

## 第一节　文旅戏剧的创作背景

### 一、文旅戏剧的诞生

中国文旅戏剧是中国戏剧发展至今所产生的新样式，具体指的是与文化旅游产业紧密结合的，具有沉浸意义与完整故事情境的戏剧作品，主要在旅游景区或旅游地附近的专门剧场进行演出，具有较强的沉浸性特点。

中国的文旅戏剧接受了来自西方戏剧的诸种相关概念的影响。20 世纪美国戏剧家理查德·谢克纳提出了"环境戏剧"的概念，他在《〈环境戏剧〉：对中国戏剧有用吗?》一文中解释了"环境"一词的意义："我的'环境'一词是从阿兰·卡普罗一九六六年的著作《装配件、环境和机遇剧》一书中得来的……整个'环境'被创造了出来，观摩者在其间遨游。很快，事件就发生在这些构建的空间中……戏剧和生态学关于环境的意思不是对立的。一个环境就是被围绕、被支撑、被包裹、被容纳、被筑巢的东西。但它又是参与和主动的活的系统的一个连结体。"[1] 环境戏剧突破了传统的封闭式镜框舞台，将整个演出空间，包括观众区域，视作一个整体；打破了传统戏剧观演分离的形式，观众可以参与到表演当中，

---

1　[美] 理查德·谢克纳：《环境戏剧》，曹路生译，中国戏剧出版社 2001 年版，第 4 页。

甚至可以与演员产生交流。环境戏剧与后续流行的诸种戏剧艺术、文娱形式，诸如景观戏剧、沉浸式戏剧、主题公园等，均有着深切的联系。

与自然环境结合紧密的景观戏剧，直接带动了戏剧与自然实景的融合，尤其是凝结着历史及地域文化的人工或自然景观。20 世纪 80 年代，西方相关学者提出了"歌剧回故乡"的概念，是指以歌剧中故事的发生地为背景进行实景演出，通过特定的环境来突出歌剧的魅力。1986 年，大型歌剧《阿伊达》在埃及卢克索上演，演出地点设置在卡纳克神庙广场，占地面积达五千多平方米，吸引了世界各地的旅游者来到埃及。在演出过程中，演出场景以神庙为中心不断流动、转换，以实景配合以人工布景，再现歌剧中的场景。这次演出"并不仅仅是使人们重新领略一下威尔第的歌剧艺术风采，更主要的是，它使人们看到埃及源远流长的文化历史，同时也为现代的埃及旅游事业作了一幅世界性的广告"[1]。可以说，景观歌剧《阿伊达》在世界范围内较早地实现了戏剧艺术与旅游的融合。

在中国，与旅游产业融合的文娱项目可以追溯到 20 世纪八九十年代的"旅游演艺"。最初，旅游演艺主要针对的是入境游客，演出地点以北京、上海、西安、杭州等入境游客较多的城市为主，演出涵盖传统戏曲、杂技、歌舞等具有地域特色的文娱内容，如《仿唐乐舞》《宋城千古情》等。[2] 发展到 1998 年，由张艺谋执导的实景歌剧《图兰朵》在北京太庙上演，开启了中国实景演艺的新时代。在该作中，导演充分利用原作的宫廷背景，以北京太庙作为剧场，将西方对中国宫廷故事的相关想象融入其中，通过实景演出的方式，赋予观众以奇特的观感。实景版《图兰朵》自上演之初就伴随着许多争议与批评，业界对此意见不一，但通过这次演出，张艺谋将实景演出的概念引入了中国，带动了国内旅游演艺产业的革新与发展。

自进入 21 世纪以来，伴随着国家政策对于文旅融合发展的推动和支持，以及人民日益增长的旅游需求，从张艺谋的《印象》系列开始，这类在旅游场所展开的实景戏剧演出已逐渐成为中国特色文化景观的一部分。2003 年，《印象·刘三姐》在广西桂林上演，推动了中国文旅实景演出进入新阶段。根据相关数据，从 2003 年到 2014 年，该歌剧演出已超过 3000 场，创造了超过 10 亿元的票房收入，[3] 其影响力可见一斑。自《印象·刘三姐》之后，这类实景演出开始在全国扎

1　支卫兴：《歌剧〈阿伊达〉在卢克索》，《阿拉伯世界》1988 年第 1 期。

2　毕剑：《旅游演艺：认知、脉络及机理》，《四川师范大学学报》（社会科学版）2020 年 7 月第 47 卷第 4 期。

3　文君：《作为环境戏剧的实景演出研究》，广西艺术学院学位论文，2015 年，第 8 页。

堆涌现。

时至今日，我国的文旅戏剧产业已经取得了长足的发展，并有着持续发展的潜力。2016 年到 2019 年，恰逢中国旅游业的繁荣期，国内旅游演艺市场进入快速发展阶段。根据中国演出行业协会的统计数据，到 2019 年底，国内旅游演艺市场票房已达 73.79 亿元。[1] 尽管在疫情期间国内旅游演艺市场一度陷入低迷，但随着旅游业的恢复，旅游演艺行业也在缓慢恢复元气并重新焕发活力。到 2024 年底，我国旅游演艺票房已达 163.89 亿元，足见其市场韧性与发展潜力。[2] 目前，国内市场上已经出现了一批较为成熟的文旅戏剧作品，类型丰富，遍布中国各个旅游地区，其中的一部分已经赢得了市场与观众的认可。

## 二、文旅戏剧的定义

### 1. 文旅戏剧的概念

目前，学界较多使用"旅游演艺"一词来概括各种形式的文旅演出活动，文旅戏剧既包含于其中，又有新的延伸。因此，有必要先就文旅戏剧及其相关概念进行简要梳理与辨析，以明确文旅戏剧的具体内涵及涵盖范围。

文旅，即文化旅游，是由美国学者罗伯特·麦金托什等人提出的概念，具体指的是那些出于文化动机的旅游者，希望通过旅游来达到了解异国文化风情的目的。[3] 它作为文化与旅游产业的融合，一般由专门的机构开发文旅项目和产品，使其成为旅游产业链上的一环，以吸引外地游客，游客通过"消费文化旅游产品、体验与享受旅游活动中的文化内涵，并以此满足自身文化方面的需求"，以达到"身体和精神的愉悦"[4]，并在此基础上拉动旅游地的经济效益。文旅主要依托于旅游地特殊的文化旅游资源。谢春山等学者认为：一个地区之所以与其他地区不同，除自然因素外，"更多地还表现在语言、宗教、意识形态、建筑风格、饮食、风俗、服饰等文化因素方面的不同，而且这些文化因素往往被附加在自然景观之上，

---

1  中国演出行业协会：《2019 全年演出票房迈入 200 亿元大关，增速超电影市场》，载 https://www.capa.com.cn/#/index/NewsDetail?activeName=%E5%B8%82%E5%9C%BA%E7%9B%91%E6%B5%8B&id=1600495652714905602，2020 年 3 月。

2  中国演出行业协会：《2024 年全国演出市场简报》，载 https://www.capa.com.cn/#/index/NewsDetail?activeName=%E5%B8%82%E5%9C%BA%E8%A7%82%E5%AF%9F&id=1881523012170178561，2025 年 1 月。

3  [美] 罗伯特·麦金托什、夏西肯特·格波特：《旅游学：要素·实践·基本原理》，蒲红、方宏等译，上海文化出版社 1985 年版，第 98 页。

4  徐涛：《文化旅游概念辨识》，《企业技术开发》2014 年第 33 卷第 35 期。

使自然景观也呈现出地区文化特征"。是附加了文化因素的自然景观与具体的文化资源共同组成了一个地区特定的文化环境。由于各地"文化内涵的不同所导致的空间差异和文化环境的不同","促使旅游者离开自己生活的惯常环境去体验和领略异国情调，观赏异地风光"[1]。伴随旅游产业的高速发展，文化旅游逐渐成为一种热门的新型旅游方式，为满足旅游者的需求，"旅游演艺"应运而生。

旅游演艺，是"基于旅游产业与文化产业、演出产业及其他产业的深度融合大背景，以旅游者为主要观众，以地域文化为主要表现内容，在旅游城市、旅游景区内或其附近选址推出的、能对当地旅游业发展带来积极影响的中型及大型演出活动"。[2]较重视旅游者的参与性和体验感。旅游演艺涵盖多种艺术形式，如舞蹈、歌曲、杂技及地方戏曲等，除地域文化之外，旅游演艺还可以表现城市内涵、民俗风俗等内容。[3]旅游演艺包含着戏剧类活动，具体表现为两种形式：其一，是运用戏剧的艺术形式展现地域文化、民俗风俗、地方性的历史故事等内容，如张艺谋、王潮歌等执导的"印象"系列，王潮歌的"戏剧幻城"等。其二，是戏剧作品本身就代表了某种地域文化，以传统戏曲与地方戏曲为主，如北京正乙祠戏楼上演的传统京剧，上海豫园内"海上梨园小剧场"的豫剧驻场演出。除此之外，还有一类特殊的戏剧演出，戏剧内容本身并不直接表达旅游地的地域文化，但演出形式、演出内容与旅游地有直接的关联，如在上海朱家角课植园内上演的园林版《牡丹亭》。这类戏剧演出活动虽与文化旅游达成了一定深度的结合，但其内容本身又并非是为某一旅游地区量身定制的文旅产品，因此这类特殊的戏剧演出与旅游演艺呈现出较多的共通点，但又保持着一定的差异。可以说，旅游演艺中包含着一部分文旅戏剧，文旅戏剧又吸收了诸种其他戏剧表现方式，有其新的延伸与发展。

基于"文旅"这个总前提，文旅戏剧的内容应具有一定的地域文化特征。尽管《牡丹亭》的故事发生地并非在朱家角课植园，但剧情却发生在园林环境当中，杜丽娘"游园""寻梦"的情节，均展现了江南的园林文化。戏剧内容与地域特征、地域文化仍有着深层次的关联。近年来，国内文旅市场上出现了众多以"戏"促"旅"的地方性戏剧节，如乌镇戏剧节、大凉山戏剧节、阿那亚戏剧节等。这类戏剧节中的部分剧目虽利用了当地的自然景观，但仍以专门的戏剧展演为目的，演

---

1　谢春山主编：《旅游文化学》，高等教育出版社 2012 年版，第 87 页。

2　毕剑：《旅游演艺：认知、脉络及机理》，《四川师范大学学报》(社会科学版) 2020 年 7 月第 47 卷第 4 期。

3　牟琳：《旅游演艺标准体系构建研究》，《标准科学》2023 年第 11 期。

出剧目汇集了国内外经典戏剧与各种原创剧目，受众群体也大多以戏剧爱好者为主。因此，本文暂不将这类地方性戏剧节纳入文旅戏剧范畴之内。主要以与文旅产业紧密结合，以游客为主要受众群，内容表达上具有显著的地域特点或民俗特点，具有完整的情境与戏剧情节，在旅游景区或旅游地附近的专门场所进行的戏剧演出活动作为文旅戏剧的主体。在"文旅"这个前提之外，也应注意到戏剧还包含有多种样式，应将各种样式囊括进来，具体包括文旅性质的话剧、戏曲、叙事向的歌舞剧等。

2. 文旅戏剧的特点

　　文旅戏剧是文化旅游与戏剧艺术的融合，其特点也十分鲜明，既具有文旅的特性，又吸收了诸多戏剧艺术的表现方式，具体体现为三个方面。

　　其一，文旅属性，具体可以拆解为文化属性与旅游属性，以及内含于其中的商业属性。文化属性是指通过戏剧演出的方式突出当地文化及民俗风情，为游客带来精神与审美上的满足；旅游属性体现为戏剧演出场景依托于旅游景区，包括自然实景、展示地域风光的人工布景等，满足游客的观光需求；商业属性则以文旅戏剧演出的形式吸引异地游客前来观光，从而带动当地旅游产业的经济收入。除此之外，文旅戏剧本身也是一种旅游产品。

　　以江西抚州的大型沉浸式实景戏剧《寻梦牡丹亭》为例。该作在抚州梦湖景区上演，创作团队在景区内布设了多处人工景观，利用大型机械设备，将演出舞台设置在实景水域当中，以文昌里文化街区的山水草木与明清建筑等实景作为整个舞台的背景。在实际的演出过程中，水面舞台上的演出占据整个演出的三分之二，而舞台后的古建筑群作为演出的副舞台，通过演员的互动，与主舞台形成互补。整个演出区域共占地约 230 亩，[1] 水上舞台与古建筑群交相辉映，演出区域极富江南特色。演出包含"游园惊梦""魂游寻梦""三生圆梦"三场，每场戏设在不同的演出场地，演出场地几乎贯穿整个梦湖景区。场与场之间保持着充足的距离与时间间隔，游客观赏完一场戏之后，则需跟随扮演"花神"的演员转场，体验园林夜游。借由这场演出，游客既体验了传统昆曲《牡丹亭》的魅力，又兼顾旅游观光，直接带动了演出所在地梦湖景区的旅游收益。

　　其二，沉浸性，指观众可以参与到演出流程当中，进入戏剧场景并与演员产生互动，以获得身临其境的沉浸式观剧体验。早期的部分实景演出仅仅是将戏剧

---

1　储瑶、黄振林：《从小舞台到大舞台的精彩跨越——临川文昌里大型实景演出〈寻梦牡丹亭〉的舞台策略》，《戏剧文学》2021 年第 8 期。

舞台搬到室外，将自然景观简单地借用过来作为舞台背景。如日本新宿梁山伯剧团的帐篷戏剧《人鱼传说》，将舞台搭建在东京不忍池畔，借来了不忍池的幽深的湖光、湖边寺庙模糊的轮廓及远处的灯光、夜晚的天幕。[1]这类演出通过将观众带入实景环境，从而也将观众带入戏剧发生的情境之中。

更深层次的沉浸式观演关系的建立，是通过加入互动环节来实现的。如江西抚州的实景戏剧《寻梦牡丹亭》，演出场景处于不断流动之中，观众将在剧中人物"花神"的指引下参与游园，在秀美的园林中，见证杜丽娘与柳梦梅梦幻般的爱情。而在文旅戏剧"只有"系列中，这种观演互动得到了更进一步的发展。如"只有河南·戏剧幻城"中的《火车站剧场》《红庙学校》等小剧场演出中，观众化身成为剧中的群像人物之一，可以切身参与到演员的表演过程当中，与剧中人进行互动，与剧场环境、戏剧情境融为一体。文旅戏剧也得以借此引导观众进入戏剧情境，实现观演融合，为观众创造出身临其境的沉浸式观剧体验。

其三，地域性，即文旅戏剧的内容或演出形式，吸收并融合了旅游地的地域文化与地域特征，表现出强烈的地域色彩。"在地理方面，地域性通常指一定空间界限内，自然要素和人文因素的总和。"[2]不同地域在地形地貌、民风民俗、政治、经济等方面形成差异性表现，呈现出各具特色的地域文化景观特征。文旅戏剧的地域性体现出了地域文化与旅游地相结合的特点。具体而言，文旅戏剧创作者在选定所要表现的地点或景区之后，通常会以当地民间传说或历史故事作为创作素材。这种创作方法可以追溯到"印象"系列，其作品均源自中国各地，如《印象·刘三姐》《印象·大红袍》《印象·普陀》《印象·武隆》等。这些实景演出都是以当地的文化与自然资源作为基础创作出来的，如张艺谋导演结合广西桂林独特的自然景观与当地文化资源，将舞台设置在漓江水域，背靠书童山十二峰，以刘三姐的民间传说为创作基础，打造而成的《印象·刘三姐》。从"印象"系列到"又见"系列，创作者均遵循着与当地文化及代表人物紧密结合的宗旨。"只有峨眉山·戏剧幻城"是一个将千年经典佛学文化与旅游景点峨眉山相结合的典范。在舞台设计方面，该作吸收佛教文化，选取了在佛教文化中具有特殊意义的"卍"字作为灵感，设计了可移动的"卍"字形舞台。同系列的"只有河南·戏剧幻城"则将中原文化、黄河文明与代表中原的河南相匹配，通过一系列展现中原文化的

1 叶长海：《东京小剧场与〈人鱼传说〉》，《戏剧艺术》1993年第1期。

2 李雪华、尤月好、李春青等：《基于地域性的传统村落游客服务中心设计方法研究——以河北省邯郸市大贺庄村为例》，《北京建筑大学学报》2021年第37卷第3期。

布景与道具，突出河南的地域魅力。

文旅戏剧不仅满足了观众欣赏旅游地自然风景的需求，同时也实现了他们的文化消费需求。与原始的祭祀活动不同，沉浸式的文旅戏剧更偏向于个人的私密体验，它是体验经济时代的产物，以消费者需求为导向，通过让消费者参与其中的方式来提升消费者的体验。文旅戏剧虽具备沉浸性与互动性，但与沉浸式戏剧也存在着显著的区别。沉浸式戏剧侧重于观众的参与感和互动性，旨在使观众沉浸到演出情境当中，以获得身临其境之感。文旅戏剧在营造沉浸感与参与感的同时，相对更侧重于文化旅游和环境表现。

## 三、文旅戏剧的类型

从国内旅游演艺的发展路径及演艺特点来看文旅戏剧，可以将文旅戏剧概括为三个发展阶段，即：以镜框式旅游演艺为主的 1.0 时代，以实景旅游演艺为主的 2.0 时代，以沉浸式旅游演艺为主的 3.0 时代。[1]

1. 镜框式旅游演艺

旅游演艺 1.0 阶段以镜框式旅游演艺为主，这一时期的文旅戏剧多在室内剧场演出，使用人工布景，布景规模整体较小、分散且杂乱。这种演艺形式主要存在于城市和主题公园中，其展现方式是在一个剧场内，搭建一个舞台，演员在舞台上表演，观众在舞台下观看，目的是为观众提供休闲娱乐。代表作品如《梦幻漓江》《功夫传奇》等。

2. 实景旅游演艺

旅游演艺 2.0 阶段，也被称为实景类文旅戏剧演出，以大型山水实景演出为主要形式。这一时期的文旅戏剧多在固定的室外场所进行，采用自然山水与人工布景相结合的方式，演出规模整体较大。实景类文旅戏剧以地域特色为主要卖点。由于观众多来自不同的地方，文旅戏剧本身即成为旅游区的一种旅游产品，展现地域文化也就成为文旅戏剧的重要特点之一。这类演出多分布在旅游景区，目的是为游客提供体验性质的观赏项目，经典的代表作品有张艺谋导演的《印象》系列。如《印象·大红袍》《印象·海南岛》《印象·刘三姐》《印象·丽江》《印象·西湖》等作品，均是富有地域特色的山水实景演出剧目。这一阶段的文旅戏剧演出整体表现出"以天地作舞台"的特点，内容上则表现出较强的民俗性。即

---

1　毕剑：《旅游演艺：概念辨析、类别梳理与关系模型》，《邵阳学院学报》（社会科学版）2019 年第 18 期。

运用民俗语言、民俗仪式等形式来建构地域主题。

首先是利用民俗语言符号表现地域主题。部分文旅戏剧会使用地域风格浓厚的方言作为剧中人物的语言表达形式。如《印象·刘三姐》中刘三姐带着广西方言味道的山歌，《印象·武隆》中带着川味的号子声，《又见平遥》中人物用山西方言喊出的台词："那一碗面啊，中国人的那一碗面啊；走到天涯海角，都想吃碗面啊……只要吃到面条，我们就回家了呀！亲人们，能给我做碗面吗!?"[1] 方言这一潜伏于地域人群中带有烙印式的符号，指向的是对于相同地域文化的认同和皈依，因此，类型化的民俗语言符号对于构建地域主题起着至关重要的作用。此外，民俗语言符号还可以用于塑造具有地域特色的人物形象。尽管塑造人物并不是实景演出的中心，但是通过具体的民俗语言，尤其是机智幽默的地方俚语，可以迅速凸显人物的性格特点及其地域特色。

其次是利用民俗仪式构建地域主题。如《印象·丽江》，在"古道马帮""对酒雪山""祈福仪式"等故事主线的基础上，融入了浓郁而丰富的民俗文化，包括各种传统歌曲、舞蹈和祭祀等，其间又穿插了大量民族风味的歌舞及民族祭祀活动。剧中还保留着原生态的"打跳""祭天""祈福"活动仪式，且参与演出的大多数演员是来自云南 16 个乡村的普通农民，并非职业演员。通过这些富有民俗与地域色彩的内容及表现方式，《印象·丽江》实践了对空间的理念和对仪式的复原，充分展现了云南丽江的地域主题。

3. 沉浸式旅游演艺

旅游演艺 3.0 阶段以沉浸式观演为代表，以本地文化为主要创作内容，兼容外来文化。这一阶段的文旅戏剧力求为观众打造一场沉浸式的观剧体验，因此对于光电舞台技术的要求也相对较高。

2010 年 6 月，由昆曲演员张军执导的实验园林昆曲《牡丹亭》在上海朱家角上演。该作以戏曲演出与园林实景环境融合为特色，是业内较早引发关注的作品，其创新之处在于将古老的昆曲作品《牡丹亭》融入园林景观之中，突破传统的表演形式，使传统昆曲走出镜框式舞台，融入朱家角文旅空间。

园林版《牡丹亭》融汇东西方文化，尝试将古典与现代元素交织在一起，对古典作品进行了一种后现代式的解构。在表现方式上，为配合广阔的室外演出场地，园林版《牡丹亭》以线索串联的方式来重新结构原作，并以琴瑟和鸣、柳梅

---

1 《又见平遥》台词，剧本由观映象有限公司提供。

图 3-1-1　园林昆曲《牡丹亭》舞台（左）、座位（右）[1]

交会、红白灯笼等意象贯穿全剧。作曲家谭盾对于原有戏曲音乐进行了现代式的处理，设计了一版现代女声主题曲，并在原曲中贯穿使用现代伴奏，包括摇滚元素与富有韵味的摇铃声等设计，使园林版《牡丹亭》更具现代气息。这种融汇古典与现代、西方与东方元素的解构方式，整体上降低了普通观众的观赏门槛，使不了解昆曲、不了解原作的观众也能领略经典作品的魅力。在内容选择方面，张军及其创作团队对原作进行了大刀阔斧的删减，整体隐去原著中柳梦梅的军功线，在保留原作主题"为情而生，为情而死"的基础上，对原有的爱情线索进行重点抽取。一方面着重体现杜、柳二人相识相恋的自然本心，如删去了杜丽娘读《诗经》向往春色、柳梦梅中状元娶妻等情节，杜宝、月老等角色也被悉数隐去，使杜、柳的相恋完全源自内心，而不受外部影响。另一方面，这些抽取出的情节均发生在园林场景范围内，贴合演出地点课植园的实景景观，是对杜丽娘生活场景的直观再现。当观众与演员共同置身于园林实景环境之中，传统的观演界限也因此打开，观众得以浸入戏剧情境，获得真正意义上的沉浸式观演体验。

　　王潮歌及其团队打造的"戏剧幻城"将这种沉浸式的观演效果推进到了一个

---

1　笔者拍摄。

新的层次。以"只有河南·戏剧幻城"为例，该景区位于河南郑州，是一座大型人造主题公园，园区内分布着无数个小剧场，每个剧场所上演的剧目各不相同，但均围绕河南的历史及地域文化展开。在以 1942 年河南大饥荒为主题的《火车站剧场》演出中，演员鼓动观众一起前往车站粮仓讨要粮食，观众跟随演员转移场地时，即从观众的身份转化为剧中的演员——千万饥民中的一员，并带着这重身份贯穿至演出结尾。在该剧场中，观众实现了身份的转变，与演员的区隔被打破，并被允许自由穿梭于演出场景之中，被引入戏剧情境并切身参与到故事中去。可以说，王潮歌的"戏剧幻城"已探索并建构起了更深层次的沉浸式观演关系。

整体而言，中国的文旅戏剧发展至今，其内容与形式均呈现出多元化的发展趋势，并不断向其他优秀的戏剧艺术形式、文化娱乐形式吸取有益经验，以充实自身的发展。伴随科技的进步，文旅戏剧也开始尝试借助科技手段，在旅游场景中打造更具沉浸感的戏剧表演空间，利用多感官环绕的技术，拓展文旅戏剧的表现空间，力求打造更具沉浸色彩的感官体验，增强旅游地的号召力与吸引力。文旅戏剧在带动中国旅游产业发展的同时，也向世界各地的游客彰显着我国各地域丰富多彩的文化、厚重的历史文明积淀及民族精神内核。

## 第二节　文旅戏剧的创作流程

文旅戏剧基于其文旅属性，特别注重地域特征的表达，以及项目的体验价值。因此在选材与创作环节，文旅戏剧相比传统戏剧而言更具针对性，相对的也具有一定的局限性。同时，文旅戏剧的创作也不仅只聚焦于文学剧本，也需兼顾文本的实施应用空间，以贴合、容纳或再现旅游地的地域文化风貌。

### 一、从空间决定文本类型

文旅戏剧不仅仅是指狭义的文学剧本，更多的是指在空间地域范围所演绎的剧本创作。它是自然文本和戏剧文本的结合。就自然文本而言，蒂莫·马伦（Timo Maran）认为，自然具有文化性并且可以被文本化，而在自然与人类文化的互动过程中所形成的意义单元即被称为自然文本[1]。与之相对的戏剧文本，则主要是指由创作者创作的戏剧文学剧本。从实景文旅戏剧演出开始，自然文本已成为文旅戏剧的重要构成部分。而在创作当中，则需根据实际的演绎空间来选择权衡自然文本与戏剧文本的比重，以及要着重表现的文本类型。

由于演绎空间的不同，文本类型所占据的比重也各不相同。当文旅戏剧更侧重于表现自然的时候，戏剧文本所占据的比重则更小。当文旅戏剧更侧重表现地方文化时，则会着重突出戏剧文本。当然，无论侧重何种文本类型，文旅戏剧仍是建立在自然文本与戏剧文本相融合的基础上。

大环境空间更适应于表现自然文本。在文旅戏剧当中，大环境的空间更突出场域中的自然性，其表征为更注重对于自然文本的呈现和表达，故事性让位于自然环境，更接近仪式。以"印象"系列为例，在《印象·刘三姐》《印象·丽江》《印象·海南岛》中，故事情节均被不同程度地淡化，融合了各地地域特色的仪式与歌舞占据着演出的主体。这种类型的演出通常会用华丽的灯光、舞美填充自然景色，自然文本也在一定程度上被放大。但在部分景区，这类填充方式会使文旅戏剧的演出变成简单的"灯光秀"，用华丽的光电效果吸引观众目光，而缺乏实质的内涵，即缺乏戏剧文本。当需要突出地域特色或者自然环境时，应将故事融入地域风光，使自然文本发挥出它最大的效用。园林版《牡丹亭》就将自然文本发挥到了极致。在制作过程中，制作团队放弃了原本在园林水域中打造传统舞台的

---

1　转引自彭传，蒋诗萍：《自然文本：概念、功能和符号学维度》，河南师范大学学报（哲学社会科学版）2014 年 7 月第 41 卷第 4 期。

方案，转而利用园林中现成的亭台、假山与浮桥作为舞台基础，通过"引景""借景"的方式，使园林的自然景色成为舞台的一部分。在"引景"方面，该作通过园林建筑体现景色之美，景色与剧情结合，再现了《牡丹亭》中杜府的花园春色，展现了杜丽娘春日游园、亭中赏景等经典情节。"借景"则是将园外景观引入园内，包括园外的云、花、风、鸟、水、竹影及奏曲声等。园林版《牡丹亭》将园林特有的环境作为舞台呈现的一部分，既突出了演出环境的审美价值，也建立并再现了故事发生的生活环境，对于演员表达剧中人的情感、为观众营造沉浸式的观剧体验起到了事半功倍的效果。

密闭空间更符合戏剧文本的演出要求。不论是传统的镜框式舞台还是小剧场空间，均能实现对戏剧文本的集中展现。戏剧舞台具有假定性，它巧妙地与观众达成了一种约定俗成的契约。观众知道自己在看戏，因此在戏剧开场时就能自然地将自己代入观众的角色当中。从接受的角度来看，在较为封闭的空间内，观众也更容易聚焦于舞台演出，更易进入戏剧情境。当文旅戏剧演出的空间接近于密闭空间时，会更偏重于展现戏剧文本，追求的是对于戏剧内容的集中表达，自然文本的优先级则排在戏剧文本之后。

以北京正乙祠戏楼与上海豫园"梨园小剧场"为例，两处剧场均为当地的古老建筑，且都以搬演传统剧目为主。北京正乙祠戏楼是北京京剧演出最知名的戏楼之一，2019 年经修缮过后，开始重新搬演经典戏曲剧目。以 2022 年到 2024 年间的老戏新演剧目为参照，在剧目选取方面，该戏楼对传统剧本进行提炼，选取并上演经典折子戏；在观演形式上，凭借戏楼本身的特点，打破了传统剧场中相对固定的观赏位置与观赏视角，观众可以多角度观看并与舞台近距离接触。位于上海豫园的"海上梨园"小剧场，自 2024 年 1 月起开启实行定期驻场的演出模式，豫剧人李树建将在小剧场内进行每月三场的驻场表演。为适应相对封闭的文旅表演空间，小剧场选取的剧目大多为脍炙人口的经典剧目，虽对演出环境，即自然文本进行了整体的设计，但大部分仍是装饰性的设计。综合二者来看，首先，无论是戏楼还是"海上梨园"小剧场，均有固定的演出舞台，观众在台下观赏，虽观赏形式相对自由，但仍保持着传统的观演分离模式。其次，二者均以传统剧目演出为主，剧目本身即表现的主体，京剧、豫剧等地方剧种，又是两处古戏楼所内含的地域文化的具象体现。最后，正乙祠戏楼与上海豫园均是具有旅游观赏价值的古建筑或游览景点，古戏楼本身就是积淀着地域文化的自然文本，更多作为单纯的表演舞台，为游客提供古戏楼看戏的体验，自然文本较少甚至不参与戏剧情境或某种演出效果的营造。

　　总的来说，在创作文旅戏剧时，要根据演出空间的特点来选择所要侧重表现的文本类型，并根据演出空间的实际情况，调整文本内容及其表现方式，使自然文本与戏剧文本达成有机统一。

## 二、文本的架构

### 1. 根据地缘文化确定戏剧主题

　　当确定文本类型后，则需对其进行搭建。首先需要确认文旅戏剧的主题。在文旅戏剧创作中，主题需尽可能体现地域特色，因此，要先就旅游地的风土人情、地域文化进行考察，并据此制定贴合当地地域特色的戏剧主题。

　　在文旅戏剧的创作中，根据地域文化定制主题的方法大致可以分为以下几类：

　　其一，在地域文化中挖掘戏剧主题，具体包括地域性的文化、历史故事、民俗故事等内容。以王潮歌执导的"只有"系列为代表，其所执导的"戏剧幻城"系列，深深根植于地域文化土壤之中，并在地域文化中寻找戏剧主题。在河南，她找到的是"土壤和寻根"。在峨眉山，她找到的是"禅意"和"释放"。在河北廊坊，她找到的是"红楼梦"。王潮歌的"戏剧幻城"并不是纯粹意义上虚构的"幻"，而是从各地域中寻找到了独属于该地的"母题"。"母题"的概念最早来自西方民俗学研究，于 20 世纪初被引入小说等领域。"指'叙事句'最小的单位"及"我们思考问题、解决问题所使用的最小的意义单元"[1]。迁徙到戏剧创作当中，母题与主题亦有不同。它更为具体，是进行主题创作的抓手。以"只有河南·戏剧幻城"为例，王潮歌团队的切入点为"河南的土"，由此展开并挖掘地域故事。河南的地域文化中带有鲜明的农耕文明的印记，同时，河南又作为百家姓的发源地，沿着这两个线索回溯历史，王潮歌"寻找"的母题透过故事得以具象体现。她所讲述的土壤故事，从一个到河南寻根的台湾少年切入，少年寻访的过程正是戏剧发生的过程，叙事线索潜伏在"戏剧幻城"的每一个剧场当中。通过这条寻访的线索，观众在观看过程中主动探寻、逐渐发现并最终了解了"土壤"与河南的深层联系。

　　其二，根据旅游地的景观特色及其功能，寻找主题。王潮歌的"只有爱·戏剧幻城"，灵感正是来源于当地的荷兰花海旅游度假区。王潮歌在访谈中谈道：

---

1　杨乃乔主编：《比较文学概论》，北京大学出版社 2005 年版，第 228—229 页。

"我被那一大片花海吸引了，真的太美了！更是被花海里一对对新人给震撼了，他们在花海里拍婚纱照，就在那登记结婚……对，花海里就有民政局，新人可以在那里直接办理结婚登记，这太新奇了，这种'爱'的感觉把我深深感染了。"[1]基于荷兰花海旅游度假区的地域、景观特色，以及该景区承载的主要功能，王潮歌及其创作团队以"爱"为主题，制作了50部有关爱情的剧目，创造了"只有爱·戏剧幻城"。

其三，在地域环境中发现自然与戏剧的关系。这一点在园林版《牡丹亭》中表现得尤为突出，其对自然文本的利用无声无痕，却又巧妙而贴切。园林版《牡丹亭》并未改变原作"情"的主题，而主要是基于主题，从园林场景中寻找再创作的支点。要将演出场景合理地聚焦在园林之内，将演出体量控制在符合现代人观剧习惯的时长范围内，则必须对原作进行筛选与删减。在内容上，园林版《牡丹亭》从原作的爱情线中抽取了"游园""惊梦""寻梦""冥判""叫画""幽媾"等折子，进一步突出了原作"为情而生，为情而死"的主题。且折子中的故事均发生在园林之中，演出亦在园林中进行，不仅保留了园林"虽由人作，宛自天开"的特点和优势，同时又再现了剧中人物的生活与活动场所。为了尽可能保持与原作剧情相符，园林版《牡丹亭》仅在每年春秋两季花开时上演，与唱词中的"姹紫嫣红开遍"相呼应。对此，创作者解释道："冬季无法演出的原因是，原本的姹紫嫣红都凋零了，只剩下光秃秃的枝干，一片荒芜。我不能说我唱着姹紫嫣红，但看到的都是一片荒芜。"在音乐设计方面，也保留了园内自然的声音，如虫鸣、鸟叫、风声和雨声等。可见，园林版《牡丹亭》对于自然文本的运用极其考究，既符合自然规律、彰显江南园林景观与园林文化，又贴合原作情节，将"情"的主题以更纯粹、更具现代气息的方式加以重新阐释。

### 2. 根据地域主题设计情节与人物

文旅戏剧旨在使观众观赏演出时能够迅速融入故事，并在演出中体验到当地的自然风景与地域文化。因此创作者要依据地域主题，寻找并筛选合适的创作原材料，据此编织故事情节，设计人物形象。

（1）围绕地域性的文化符号设计戏剧情节

浓缩在地域中的文化符号是文旅戏剧创作的主要原材料，地方性的民间传说、历史故事、历史名人等，均可以作为情节设计的支点。

---

1　王潮歌：《爱情故事我有 100 个，你有胆儿看吗?》，环球网，载 https://baijiahao.baidu.com/s?id=16683 53482889252382&wfr=spider&for=pc，2020 年 6 月。

具体而言，可以在主题范围内，选取具有代表性的地域名人，围绕人物来挖掘并设计文旅戏剧的情节。如《印象·刘三姐》，就是选取了流传在广西壮族一带的歌仙刘三姐传说作为情节设计的基点。在《又见·敦煌》和《又见·五台山》中，创作者选取具有宗教及相关文化背景的历史人物来讲述地方文化故事，通过这种方式，巧妙地将宗教元素融入戏剧情节。

可以对地域性的民间传说、历史故事进行整合、提炼与改编。王潮歌"又见"系列的开山之作《又见·平遥》，是对山西晋商故事的再度诠释。创作者从平遥当地无数的晋商故事中提取出了平遥人恪守信义、重视血脉传承的道德传统，并以此作为创作主题。在情节设计上，故事以平遥商帮"隆泰祥"作为创作原型，讲述了平遥古城票号的东家赵易硕得知分票号王掌柜一家在沙俄遇险，为践行曾经的承诺，保下王掌柜唯一幸存的血脉，赵易硕决意抵尽家产，亲自前往沙俄救人。临行前，赵易硕迎娶妻子过门，为赵家延续香火。其后，赵易硕与同兴公镖局232名镖师离开家乡，踏上前往沙俄的路途。在故事的结尾，赵易硕实现了自己的承诺，保住了王掌柜唯一的血脉，而赵易硕与232名镖师均死在了营救的路途中。可以看到，《又见·平遥》的戏剧情节紧紧围绕着平遥人的信义、血脉观念展开。

旅游地的民俗习惯、民俗仪式凝结着当地的文化与传统，是当地风土人情的直观体现，因此，这类民俗仪式也可以作为戏剧情节的组成部分。在《又见·平遥》"选妻"一幕中，创作者借由赵易硕全城选妻的情节，将明清时期平遥富商人家选妻的规矩、习俗融入情节并搬上舞台。值得说明的是，"选妻"一幕在实际演出中受到了较多的争议，无独有偶，后续情节中，赵易硕妻子所呈现出的男性理想式的妻子形象，以及剧中"延续香火"的诸多情节与观念也饱受争议。如在分娩的情节中，赵妻艰难分娩并说道："我生都生了，死就死了吧。"然而，王潮歌及其创作团队并未对当地风土人情进行理性批判，更多的是对地域文化的忠实呈现。尽管这些情节在后续演出中饱受争议，但却如实地传达出了明清时期平遥人传统的血脉与信义观念。

诚然，文旅戏剧需要尽可能忠实、客观地传递旅游地的文化与历史传统，但并非是不加辩证地全然照搬。文旅戏剧面向的是现代观众，在传递地域文化的同时，亦需要以现代的眼光与视角来审视传统，并以更贴合现代人的思维与接受方式来加以再创造。王潮歌的"又见"系列中，常常采用跨时空对话的情节设计，在传统的基础上引入现代视角，展现两个时代的文化碰撞。仍以《又见·平遥》

为例，剧中以赵易硕及其232名镖师的鬼魂回归故里作为整部剧的前提，引出赵易硕生前的故事。当赵易硕死后，灵魂穿越到现代，来到已被毁坏的赵家大院。目睹自己破败的家庭，面对赵氏子孙的质问，赵易硕的内心世界产生了激烈的波动。通过这种古今观念的碰撞、穿越时代的对话，进一步展现出战乱时代中晋商恪守信义的崇高品质。既忠实呈现了地域性的传统文化及道德观念，又以新的视角，引导观众重新审视这段故事以及故事背后的历史与文化。

（2）角色类型化

戏剧理论家乔治·贝克认为，在故事中塑造类型化的人物是极其重要的。类型人物的特征如此鲜明，以至于不善于观察的人也能从他周围的人们中看出这些特征。每一个人都可以用某些突出的特征或一组密切相关的特征来概括[1]。在文旅戏剧中，人物并不像传统戏剧那样严格要求"个性化"塑造，转而强调某种地域特点或者赋予人物以独特的象征意义，在传递地域精神与地域文化的同时，也能够在短时间内凸显人物性格特征，更易于被远道而来的游客们（观众）所接受并理解。这种塑造手法与贝克的"类型化"塑造不谋而合。以王潮歌的"只有"与"又见"系列为例，其往往会选取具有地域风格的人物，并对角色进行类型化的塑造。

首先，是突出人物的象征意义。在《又见·平遥》中，镖局镖师是晋商中"义"的象征。在《又见敦煌》中，索靖、张议潮、米薇、王圆箓、常书鸿等人物，象征着对敦煌文化的坚守和传承精神等。这类角色并不需要有过多个性化的表达。类型化角色是一种典型的形象，具有社会生活的普遍性和性格的鲜明性。因此，在创作人物形象时，需要尽可能使人物形象鲜明生动，并注意典型特征的塑造。在王潮歌的诸多作品中都会着力打造一个中心角色，如"只有河南·戏剧幻城"中的李站长，整个故事围绕着他对粮食的坚守展开。人物穿戴着带有河南地域特点的服饰，说着一口河南话，具有鲜明且易于识别的地域化和类型化性格，宛如地域的象征，能够在最短时间内被观众识别和感知。

其次，角色的类型化并不意味着脸谱化。在实际创作中，可以通过设计多种类型化角色，来丰富角色的层次，规避类型角色滑向脸谱化。就丰富角色种类而言，如《又见五台山》中为了表现众生对佛法的皈依，前来的信众中：有前世就得以亲近佛法的有缘人，有一百年前在普化寺中抄写经文的小沙弥，有两百年前

---

1　[美] 乔治·贝克：《戏剧技巧》，余上沅译，中国戏剧出版社2004年版，第215—216页。

衣衫单薄的女居士，也有五百年前就来消除痛苦的男居士，还有来五台山寻找自己在黛螺顶化作露珠的母亲。角色种类的丰富可以使观众感受到多元的故事内涵。另一个是角色层次的丰富。在实景文旅戏剧《又见敦煌》中，有打通丝绸之路的张骞，有为了民族大义前往和亲的大汉公主、相夫公主，有卫国的西晋大将索靖，有应张义潮之命前往长安报信的和尚悟真，还有守护敦煌的道士王圆箓、常书鸿。丰富的角色层次共同指向了故事的"传承"主题，主题意蕴更加丰富。

（3）散状冲突和情感高潮的设计

冲突是推动戏剧情节发展、展现人物真实性格的重要因素。在文旅戏剧中，尤其是包含着多个剧目的大型主题公园式的剧场，冲突常常呈现出散状分布的特点。

与传统戏剧不同的是，文旅戏剧通常存在多重叙事线索，或多个碎片故事，每条叙事线索、每个碎片故事之间呈现平行关系，它们可以相互独立存在，导致各个故事线、故事碎片中的戏剧冲突也相对独立，彼此之间没有明显的交汇融合，无法推动剧情发展形成更大的冲突，呈现了冲突分散在不同叙述层级的现象。以《又见五台山》为例，该作讲述了普通人的生活琐事，围绕多个小人物展开，包括卖煎饼的曹慧芬、一位远道而来寻找母亲的年轻人及背负生活沉重包袱的中年男子等，他们都希望在五台山找到解开困惑的办法。以寻找母亲的故事为例，故事的主角是一个正处在青春叛逆期的男孩，与母亲关系淡漠，直到母亲因为一场意外离世，男孩陷入了极大的痛苦中，开始不断回忆起与母亲的点滴。如儿时母亲背他外出、送他上学、生病时被母亲照顾等日常琐碎的场景等。戏剧冲突则分散地分布在他的回忆中。

文旅戏剧对高潮的设计与传统戏剧也呈现出一定的差异。在西方的戏剧概念中，高潮出现在戏剧冲突发展至最顶点的位置，是最为核心、关键的一刻，即情节的高潮。而在中国古典戏曲的概念中，人物的情感活动是最核心的内容，通常是通过人物情感的发展来逐渐将故事推向高潮，即所谓的情感高潮。[1] 在文旅戏剧中，部分情节较为集中、统一的剧目，仍保持着与传统戏剧相似的冲突与高潮设计，而在情节较为分散，有多重故事线、多重故事碎片的文旅戏剧类型中，情节设计较为简单，发展与结束也较为迅速，重点放在情感上。以"只有爱·戏剧幻

---

1　杨文华：《"情感高潮"与"情节高潮"——中西戏剧高潮比较》，《山西师大学报》（社会科学版）1992 年第 19 卷第 1 期。

城"为例。该"幻城"园区内包含多个小剧场，共放置 50 部剧目。这些剧目涵盖了各种类型的爱情故事，包括一见钟情、无法得到的爱情、有情人终成眷属，以及各个年龄段的爱情故事。这些爱情故事的冲突设计较为简单，冲突发展与高潮场面的推进较为迅速，借由这种形式，观众则可以在短时间内迅速进入观剧状态，迅速获得多种情感体验。

散状冲突是文旅戏剧的文旅属性决定的。在旅游状态下，观众往往处于匆匆忙忙的状态，希望在有限的时间内看到更多景点、体验更多内容，停留在一个景点的时间相对较短。散状冲突的设计使观众能够更加灵活地掌控时间，在经历完一段冲突、体验完一段情感高潮后，就可以前往下一个景点。

## 三、文本的实施应用

戏剧文本架构完成，到文本实施环节，则要考虑如何将故事发生的情境置于实际的演出空间中，并要根据演出空间的情况进行整体架构。

情境，在戏剧范畴内主要指"戏剧情境"，"是促使戏剧冲突爆发、发展的契机，是使人物产生特有动作的条件"。[1] 戏剧情境包含三个要素："剧中人物活动的具体时空环境；对人物发生影响的具体情况——事件；有定性的人物关系。"[2] 可以说，时空环境是戏剧情境的重要组成部分，人物的行动，戏剧情节的展开，均发生在特定的时空环境之中。由于文旅戏剧的"文旅"属性，其演出空间不仅仅局限于封闭的镜框式舞台，更多的是需要将戏剧文本置于实际的地域场景之中。即故事的时空环境，需要与外在的演出场景结合在一起，将演出场景打造成可感可见，甚至是可供体验的故事"情境"。戏剧文本与演出场景也存在多种结合方式。

在演出空间重于戏剧文本的旅游演艺项目中，以展现地域风景或人造景观为主，戏剧文本通常让位于空间。这类剧目没有鲜明的"戏剧"意味，更多表现为具有一定叙事内容的灯光秀、文娱表演等。以"只有河南·戏剧幻城"为例，"只有河南·戏剧幻城"中有许多演出没有剧情和台词，但却展现出了自然文本的意义。如在《下沉岁月》中，从人类的出生开始提问，其中混杂各种灯光与人体元素，并出现了历史的回溯，以舞蹈和黑白的画面于动态空间中呈现，观众则以俯瞰的视角置身于这一哲学空间内。再如《乾台》，整场演出在呈的过程中采用

1　谭霈生：《论戏剧性》，北京大学出版社 1981 年版，第 98 页。

2　《中国大百科全书·戏剧》，中国大百科全书出版社 1989 年版，第 438 页。

定制的大型灯具，将灯具与"棋盘"空间结合，呈现一场充满东方美学的中国功夫表演。再到《文明之光》，在一片麦田之上呈现的一场具有河南地域特色的灯光秀。夜幕下，动态的《清明上河图》《千里江山图》幻化在 328 米的夯土墙面上，与大地遥相呼应。正因为没有具体的戏剧文本，因此也更容易打开想象，将观众引入遐思。这类演出并没有鲜明的"戏剧"意味，主要通过其他艺术表现形式、光电表现形式及地域性的自然景观来讲述一段历史、一段故事，呈现一种文化内容。这种无需"语言"的表现形式，被文旅戏剧吸纳、借鉴了过来。当戏剧文本进入文旅演出场景，这种无声的语言也开始成为文旅戏剧的重要表现手段。

文旅戏剧的演出场景较为多元。在以山水实景为主要演出场地的开放式演出空间中，戏剧文本通常要配合演出空间安排时空环境，即戏剧文本融入演出空间，与自然文本相互适应、兼容与交织。表现为将自然风景融入演出空间，使其成为故事发生的外在情境。部分依托于山水实景的文旅戏剧会根据演出空间来安排戏剧内容，正如创作者王潮歌所言："山水创作背景，天地当舞台，实景演出最大的剧本是山水。"[1] 如《印象·刘三姐》，整场演出就发生在漓江曲折的河道中，融入了刘三姐的传统山歌、广西的少数民族风情和漓江的渔火。其演出空间是自然风光与民俗风情的结合，并借由这种自然环境营造出故事发生的外在情境。创作者将灯光、歌舞等元素与旅游地的自然景观相融合，通过丰富的情感和宏大的主题展现秀美的河山与人的关系。这种形式在后来的作品如《印象·西湖》和《印象·丽江》中也均有体现。与之相对的是，当一个文本相对固定的戏剧作品进入开放式的文旅演绎空间，也需根据地域环境、演出空间的实际情况来重新调整剧本。如在朱家角课植园内上演的园林版《牡丹亭》及江西抚州的实景版《寻梦牡丹亭》，均依据演出空间的实际环境，对传统昆曲《牡丹亭》进行了系统的调整与再创造，以适应实际的演出空间，构建新的演出场景。

戏剧文本融入演出空间，还表现为以自然景观、自然空间为基础，加以人工布景，创造意象空间。指的是在情境的营造过程中，通过意象的有机组合，完成演出场景的构建。例如"只有峨眉山·戏剧幻城"的云之下剧场，依托于峨眉山实景环境，通过人工布景，还原原始生态村落，其中包括 27 座院子、48 栋房子、395 个房间和 4000 余件真实的老物件，选取具有意义的物件形象，引发观众对乡

---

1　张英：《印象系列导演"铁三角"回应实景演出质疑》，载人民日报网海外版，https://www.chinanews.com.cn/cul/2011/08-30/3292088.shtml，2011 年 8 月 30 日。

愁的共鸣。为了加深观众与意象的共鸣，使观众能真正融入戏剧情境，体验戏剧内容，创作者还在演出空间中设计了大量的即兴表演和互动元素，使观众进入文旅剧场时，能够与剧中情境产生身临其境的互动。

图 3-2-1　"只有峨眉山·戏剧幻城"云之下剧场（局部）<sup>1</sup>

　　在相对封闭的演出空间中，演出场景的形态则主要由戏剧文本规定，即戏剧文本先于演出空间，指场景建构以戏剧文本为核心，围绕戏剧文本展开。这类文旅戏剧多在主题剧场中进行演出，普遍利用大型人工布景来尽可能真实地还原故事的时空环境及地域面貌，配合光电效果等舞台手段，为观众创造奇观体验，如《重庆 1949》《驼铃传奇》等。以《重庆 1949》为例。该作以 1949 年重庆解放前夕为故事发生的时间节点，以重庆磁器口作为故事发生的地点，故事分别围绕面临不同理想信念的爱国三兄弟、身陷囹圄却始终坚持爱国信念的共产党人、设法营救同伴保护机密的重庆地下党等线索展开。为配合演出，重庆市为该作量身定制了"重庆 1949 大剧院"。剧院位于重庆沙坪坝区磁器口，是重庆市的首个大型实景剧院，占地 2.5 万平方米，剧场可容纳 1500 名观众。整个观演区域呈"表盘"状，由五个可以 360 度旋转的圆盘组合而成，位于中心的三个圆盘为主演出区与布景区，外围的两个圆盘为观众席和演出区域的交融空间；人工布景如坡道、石阶、牌坊、吊脚楼、渣滓洞监狱、磁器口码头等，均采用写实的风格，甚至是对实景的一比一还原；各个演出、观演区域依托于机械手段，均能够灵活转动、切换与组合，将舞台上的人工布景拼合成各种生活场景，力求再现 1949 年山城重庆的真实地貌与城市风貌。<sup>2</sup>

1　图片源自公众号"只有峨眉山"，https://mp.weixin.qq.com/s/EIEGkKYsnAlSl24OjD4XqA。

2　中国旅游协会：《大型红色舞台剧〈重庆 1949〉：弘扬红岩精神，传承红色基因》，http://www.chinata.com.cn/sys-nd/272.html，2023 年 1 月 5 日。

114

图 3-2-2 《重庆 1949》舞台布景（局部）[1]

整体而言，文旅戏剧的文本实施要基于演出空间的实际情况，或根据演出场景调整、定制戏剧文本，或以戏剧文本为中心，定制演出场景，再现故事发生与展开的时空环境。然而，无论是根据哪一种空间来构建演出场景，其目的始终是将故事发生的情境以最恰当的方式呈现出来，在这个过程中，戏剧文本始终发挥着不容忽视的作用。

1  图片转引自中国旅游协会：《大型红色舞台剧〈重庆 1949〉：弘扬红岩精神，传承红色基因》，http://www.chinata.com.cn/sys-nd/272.html，2023 年 1 月 5 日。

# 第三节 文旅戏剧的创作技巧

## 一、结合观演模式调整故事情节

文旅戏剧的一大特点在于将游玩和观看巧妙地融合在一起。结合目前国内的文旅戏剧演出来看，游玩与观戏的组合方式可以简单地概括为三种：其一，游玩为主，定点观看。即文旅戏剧属于整个旅游过程中的一个独立体验环节，与景区配套，在固定的专门场所内重复演出，演出场所一般设立在景区内部或景区附近，游客可根据自己的行程与演出时间表，灵活安排旅游与观戏时间。其二，游中观看，旅中见戏。即文旅戏剧的观赏路线与游玩路线结合在一起，如江西抚州的《寻梦牡丹亭》。其三，文旅戏剧的演出场地就是旅游景点，观赏文旅戏剧的过程就是游玩本身，主要体现为大型戏剧主题公园，如王潮歌的"只有"系列。对应不同的组合模式，文旅戏剧的观演模式也有一定的差别。当在固定剧场内进行定点演出的剧目，通常采用坐定式观演模式，即观众在观众席坐定观看，直到演出结束。当文旅戏剧分散在景区内各个景点进行流动式演出，则多采用行进式观演模式，即观众跟随演出流程不断转换演出场地，直到演出结束。在大型戏剧类主题公园中，则可以同时容纳多种观演模式，观众的选择较多，游玩体验与观剧体验也相对丰富。

对应各种观演模式，文旅戏剧的情节刻画方式及整体的故事体量、故事密度也表现出了一定的差异。

### 1. 定点观演

这一类文旅戏剧的做法主要是在旅游景区的特定位置布置舞台，以供观众定点观看。这种形式的优势是能够集中性地进行演出，最大程度地利用演出资源，缩短了观众的整体观剧时间，保证了一定的观看质量。如《印象·丽江》的演出在玉龙雪山甘海子蓝月谷露天剧场进行。剧场设有坐定式观看席位，游客在游览玉龙雪山时，可以进入剧场，定点观看这一演出。旅客在游览景色的同时，通过观看演出能够了解景色背后的文化和故事，从而实现从"旅"到"文"的深入。

除传统戏曲演出之外，这类定点式观赏剧目由于要在有限的时间内尽可能完整地讲完故事，尽可能多地展现地域特色，呈现民俗风情，因此在情节的刻画上，也并不像传统戏剧那样追求精雕细琢，而较多呈现出模块式的组合与串联。情节发展保持着基础的起承转合，或者各模块之间的联系较为松散，故事性不强。代表作品如《印象·丽江》《印象·刘三姐》《长恨歌》《驼铃传奇》《文成公主》等。

以《驼铃传奇》为例。该作讲述唐朝年间，一支由山西驼工组成的驼队，从首都长安前往丝绸之路，历经千辛万苦抵达古罗马帝国，最终满载收获与希望返回家乡的故事。全剧共分为"岁月再现""送君千里""狼道遇险""异国风情""祥雨洗尘""迎郎归来""华夏盛世"七幕。在情节刻画上，"送君千里"与"迎郎归来"的刻画相对细腻，在群像式人物中着重表现了两对人物——秀儿与郎君、盲女与儿子的离别及重逢故事。除此之外的五幕，几乎都以大场面集体表演、大型人工山水实景、民俗风情展示等内容为主。故事整体上较为简单，一目了然。每一幕即一个情节段落，较少追求细致的情节刻画，矛盾冲突的设计也比较简单。

整体而言，定点观演的文旅戏剧，剧场规模相对较大，在形式上也较多追求大型集体表演，并穿插着地方性的民俗仪式、歌舞等内容，善于营造宏大的演出场面，力求为观众打造一场视觉上的奇观体验。在内容上，情节设计偏向于粗放的写意风格，故事性较为薄弱；常常表达最具普适意义的情感，如生离死别、家国情怀、民族精神等，旨在以高效的、富于感染力的方式为观众带来情感震动，而不严格追求人物的个性刻画或启发观众的某种艺术思考。由于演出时间有限，故事的体量也受到严格的限制，如昆曲《牡丹亭》有 55 出的体量，朱家角上演的园林版《牡丹亭》，也仅仅只是抽取了杜柳感情线上的几个折子来加以组合运用。

## 2. 行进式观演

行进式的观演方式，指观众需在演出过程中随着剧情的发展而流动观看，一般结合了站立与坐定两种形式，观众需在剧情转场时跟随演员移动。这种观演模式突破舞台与观众席之间隐形的第四堵墙，让观众进入演艺空间，甚至化身成为演员，成为戏剧演出的一部分。行进式观演主要应用于沉浸式文旅戏剧，或在规模较小的专门剧场内，或在旅游景区内进行，本质上是为了调动观众的观看热情，加强沉浸式的体验感。利用这种观演方式，文旅戏剧突破了旅游和观戏之间的界限，将旅游和观剧紧密地结合在了一起。

以"只有河南·戏剧幻城"中的主剧场火车站剧场为例。该作以 1942 年河南大饥荒为背景，讲述了受命守护粮仓的李十八，在面对昔日将自己抚养长大的哥哥、李家村饥肠辘辘的乡亲，不得不违反军令，牺牲自己性命，拯救乡民的故事。该作共四幕，情节段落分散在各个演出场地之中分别进行，借由观众的行进式观演，串联完整。第一幕以站立式观看为主，通过一段李十八的旁白，观众回到 20世纪 40 年代的河南李家村。该幕通过 360 度环形舞台，演绎李十八被哥哥抚养长大的过程，铺垫兄弟情深的背景，故事缓缓铺开。第二幕则结合坐立式的小剧场拉进了和观众之间的距离，以李家村两姐妹作为主要人物，铺垫了灾难性的饥荒背景，展现抢粮的原因。第三幕则是站立式观看，集中展现李家村抢粮的情节，刻画了李十八与哥哥在血脉情义与救人大义之间的尖锐矛盾及内心挣扎。该幕结尾的李十八之死，将全剧推向高潮，悲剧气氛渲染至顶峰。第四幕通过坐定式观看，结合影像与话剧的方式讲述了李家村的老人自我牺牲、将粮食种子让给青年的故事，并展现了饥荒过后河南粮食丰收的美好景象。行进式观演重在塑造故事发生的外部环境，更容易实现互动和沉浸，能够让观众较为迅速地进入规定的戏剧时空，激发其内在的兴趣。在火车站剧场第二幕的结尾，为了能让观众进入到饥荒年代，将原有的步行转场改为演员带动观众逃难奔走，转场路线在黑暗、幽闭的空间内，配合响彻剧场的警报声，极大地刺激了观众的神经。

相比于场地规模较大的定点式观演模式，行进式观演通常用于规模相对较小的室内剧场，每场演出能够容纳的观众人数也相对受限。相对地，观众与舞台的距离得以拉近，甚至可以进入到演出空间内，参与到戏剧情节之中。基于这些特性，这类文旅戏剧在表现形式上难以达到定点式演出那样宏大的规模，但在情节与人物塑造方面则会有更多的细节性刻画，矛盾冲突的设计也更加集中、细致；故事性增强；情节设计善于以小见大，以细腻的情感、激烈的冲突打动人心；既可以表达具有普适意义的情感，也可以赋予作品以独特、深邃的艺术思考。如火车站剧场的第一幕对兄弟情义的描摹，第三幕中李十八面临生死抉择时人物内心激烈的挣扎。从一对兄弟、甘愿自我牺牲让出粮食的一群老人，映射出 1942 年河南大饥荒的惨烈，以及河南人舍小我、取大义的精神。行进式的观演模式也有在旅游景区内运用的案例，如江西抚州的《寻梦牡丹亭》，由于演出场地依托于景区空间，演出规模可大可小，情节设计则相对灵活。这类采用行进式观演模式的文旅戏剧，每场演出仍限制在有限时间内进行，故事体量也控制在有限范围内。

## 3. 多种观演方式组合

王潮歌的"只有"系列，开国内大型人造戏剧主题公园之先河，在"只有河南·戏剧幻城"取得成功后，戏剧主题公园开始逐渐发展成为一项新兴旅游项目。这类主题公园往往汇集着多个剧场，涵盖了大型剧场与小剧场、室内剧场与室外实景演出场地、沉浸式剧场与传统的观演分离式剧场等。如"只有河南·戏剧幻城"，整个园区被分割成 56 个空间，共计 21 个剧场，包含了 3 个主剧场与 18 个小剧场。21 个剧场分别上演不同的剧目，但并非同时进行演出，而是采取车轮战的方式，从上午 10 点一直滚动演出至晚上闭园前。观众可自主选择想要观看的内容，规划观剧路线。观戏的过程即游玩过程。

　　戏剧类主题公园由于涵盖了多种类型的剧场，这些类型各异的剧场围绕着一个共同的戏剧主题，组合并构成了一个大型的剧场群落。依托于这个综合性的剧场群落，戏剧类主题公园可以同时兼容多种观演方式（如图 3-3-1）。观众既可以在大型剧场中定点观看，体验宏大、粗放的写意式表演，又可以在小剧场中行进式观演，感受剧中人细腻的情感与故事。除此之外，还可以体验到在多种观演模式结合的观剧形式，甚至还有浸入式的观演体验。"河南·戏剧幻城"中的红庙学校剧场，观众与演员坐在同一间教室内，其观赏演出也成为戏剧内容的一部分，并且能够与演员产生近距离互动。观与演的边界进一步消融，观演空间融为一体。

| 主剧场 | | | | |
|---|---|---|---|---|
| 剧场 | | 观演形式 | 演出时长 | 容纳人数 |
| 火车站剧场 | | 行进+坐定 | 80min | 750 |
| 李家村剧场 | | 行进+坐定 | 75min | 750 |
| 幻城剧场 | | 坐定 | 60min | 2300 |
| 小剧场 | | | | |
| 剧场 | | 观演形式 | 演出时长 | 容纳人数 |
| 候车大厅 | | 坐定 | 25min | 550 |
| 天子驾六遗址坑 | | 站立 | 22min | 500 |
| 老库房 | | 坐定 | 35min | 800 |
| 第七机车车辆厂礼堂 | | 坐定 | 32min | 800 |
| 前生来世 | | 坐定 | 20min | 300 |
| 老院子 | | 坐定 | 28min | 300 |
| 李家村茶铺 | | 坐定 | 27min | 180 |
| 红庙学校 | | 坐定 | 33min | 150 |
| 苏轼的河南 | | 坐定 | 32min | 300 |
| 曹操的麦田 | | 坐定 | 35min | 300 |
| 下沉岁月 | | 站立 | 17min | 200 |
| 张家大院 | | 坐定 | 30min | 500 |
| 覆斗书场 | | 坐定 | 25min | 400 |
| 乾台 | | 站立 | 13min | 600 |
| 坤台 | | 站立 | 13min | 600 |
| 椅阵 | | 站立 | 7min | 500 |
| 文明之光(激光投影秀) | | 坐定+站立 | 循环 | 不限 |

图 3-3-1　"只有河南·戏剧幻城"剧目表及观演方式 [1]

　　戏剧类主题公园虽有其兼容并包的优势，但由于园区本身成为主要的旅游景点，游客的游玩重心也随之聚焦于园区本身。为保证游客能够有充实丰富的游玩

---

1　图片源自"只有河南戏剧幻城"官方公众号，电子导览，节目单。

体验，对园区剧目的投放数量及剧目间的差异性、吸引力均有着较高的要求。在创作方面，仍以园区内各剧场的剧场规模、观演模式作为重要的参照点，以灵活调整。

王潮歌说："印象系列是惊鸿一瞥，又见系列则注重人物的塑造、情节的演进、矛盾和冲突，在此过程中试图让一个故事变得清晰，而戏剧幻城又不同，它是兼而有之的。"[1] 作为中国文旅戏剧的领军人物，张艺谋、王潮歌等人创作的一系列文旅戏剧作品，几乎映射出了中国整个文旅戏剧产业的发展面貌，也概括了各种形式的文旅戏剧的基本创作特点。文旅戏剧的创作不仅需"因地制宜"，还需将观演形式考虑在内，用恰当的形式匹配恰当的内容，以满足不同场景中文旅戏剧的表现要求并发挥其优势。

## 二、多空间组合叙事

戏剧空间的精神是由文本、演员及剧场手段相互作用下共同创造出来的，具有打动人心的剧场力量。[2] 文旅戏剧发展到今天，已不再满足于单个戏剧舞台空间的表达，而更多开始尝试多个戏剧空间的有机组合。结合目前国内的各大戏剧主题公园及在景区多空间内进行的文旅戏剧演出，可以将文旅戏剧的空间组合形式分为以下几种。

其一，主次组合，即演出空间按剧目划分主次，加以组合排布，最终完成一个共同的主题。以"只有河南·戏剧幻城"为例，这座戏剧主题公园旨在展现中原文化和黄河文明，选取了河南作为叙事的中心，以河南的"土地""寻根"两个关键词作为叙事主题，利用整个园区 21 个剧目对土地的主题进行了多重演绎。"只有河南·戏剧幻城"已不再是片段式的叙事，而是变成了积聚式的叙述。它分为三大主剧和 18 个小剧，每个戏剧都讲述不同的故事，构成了多重叙述和不同的小主题。三大主剧场分别是火车站剧场、李家村剧场和幻城剧场。火车站剧场和李家村剧场均以 1942 年河南的大饥荒为背景。前者叙述了李家村兄弟为村庄换回一袋粮食种子而付出生命的故事，后者讲述了 1942 年，李家村 60 岁以上的老人为了让后代在大饥荒中生存，选择牺牲自己的故事。两个剧场以不同的角度书写了河南人与这片土地的深切关联，展示了河南人在饥荒与灾难中表现出坚韧品质与

---

1　严碧华：《王潮歌：〈只有峨眉山〉开创戏剧幻城》，《民生周刊》2019 年第 18 期。

2　伊天夫：《戏剧空间视觉创造》，上海人民出版社 2022 年版，第 139 页。

大义精神。18个小剧如《第七机车车辆厂的礼堂》从京汉铁路工人大罢工切入，回溯了中国铁路的发展史；《覆斗书场》讲述了民国时期豫剧名角守护并传承豫剧的故事；《张家大院》则展现了豫商商会筹措善款、行善举的故事等等。可以说，三大主剧紧扣主题"河南的土地"，18个小剧场则是对河南的历史、文化等的多角度呈现，21个剧场共同组成了"寻根"的主题。

其二，平行排布，即各层级的演出空间各有自己的表达主题，呈平行排布的状态，如"只有峨眉山·戏剧幻城"。该幻城分为"云之上""云之中""云之下"三个平行剧场。其中，"云之下"剧场位于峨眉山脚下的高河村，占地面积2万平方米，设有27个旧式院落，可同时容纳700余人观看，观众可以在村落内自由探索，并与各个实景演出场地的演员进行交流。该剧场共铺设6条线索、100余台实景戏剧，主要展现峨眉山脚下这个小村落中普通人的生活碎片，着重表达"乡愁"的主题。"云之中"是一个开放式的园林景观剧场，矗立着多座人工建造的山麓与川西民居的特色坡屋顶，33个表演区域散布其中，僧人、背夫、侠客、妇人、舞者等演员穿梭其间。该剧场是观众通往"云之上"的通道，表达了从"人间"通往"天界"的意象。"云之上"剧场则着重表达了"佛理"的主题。演出内容涵盖戏剧、歌舞等多种类型，从峨眉山的背夫、金顶上意欲轻生的女孩、等待游子归乡的破旧村庄等人的故事中，展现生生不息的主题。在空间构造上，该剧场全部采用玻璃瓦片，耗费50万片打造了6个主要演出空间；利用机械技术，将15个独立的升降平台连接在一起，打造了象征佛教文化的"卐"字形升降舞台，舞台的每个角落都能根据剧情的变化而变换，充分展现了峨眉山的佛教文化。综合来看，三个剧场表达的主题各不相同，既呈现出平行排布的状态，又具有深层次的内在联系。从人间到天界，再从云端俯瞰人间，三个剧场从个体生命的再现上升到对宏大佛理的思考，具有浓厚的重奏与回环意蕴。

### 三、灵活利用叙事者串联情节段落

由于文旅戏剧主要应用于旅游场景，游客主要在游览过程中观赏戏剧演出，观赏演出的过程也更偏向于获得一种别样的游览体验。要使游客在仓促的行程中迅速调整心态，沉浸到文旅戏剧演出当中来，则需用高效的方式扫清观剧障碍，唤起游客的观赏兴趣。基于此，文旅戏剧通常会利用"叙事者"来专门向观众讲述故事，以简单明了的方式，串联起各个情节段落。叙事者有多种类型，"可以是内交际系统中的戏剧角色，也可以外交际系统中的作者—虚拟作者，还可以是处在中间交流系统的"叙述代理"（narrative agency）和"叙述声音"[1]。

处于外交际系统的叙事者，即外在的叙事者，指叙事者本身不参与故事，而作为掌握着全知视角的虚拟作者，独立于故事之外，向观众讲述故事。在文旅戏剧中，外在的叙事者通常表现讲解、概述性质的旁白，可以向观众高效地传达故事内容，串联场与幕。常常运用于演出空间较大的山水实景剧场或主题剧场。如在骊山脚下华清宫前上演的舞剧《长恨歌》，每幕开头均设有一段叙述故事的旁白，从杨妃入选后宫，到马嵬坡下香消玉殒，到结尾唐明皇与杨妃于蓬莱仙岛再结连理，旁白几乎贯穿全剧。

处于中间交流系统的叙述代理，可以是剧中角色，能够自由进入故事或跳出故事，向观众直接叙述。如"又见河南·戏剧幻城"中的火车站剧场，已死的李十八向观众讲述自己的成长及死亡故事。还可以是立于台上，不参与剧情，而专门负责与观众交流的叙事者，如"只有河南·戏剧幻城"《覆斗书场》中的说书人，全程立于台上，向观众讲述故事、评议剧中人物。

最后一类叙事者是隐含的叙事者，即处于内交际的剧中角色。在"只有河南·戏剧幻城"中，隐含叙事者是一位到河南寻根的少年。该幻城内的主剧场与小剧场尽管演出内容不同，但都围绕着这个少年的寻根之旅展开。幻城中的三大主剧回顾了河南的名人史、粮食史，与幻城入口处黄土城墙上的"百家姓"遥相呼应。河南作为百家姓的发源地，几乎每一个中国人都能找到自己与这片土地的联系。小剧场的《俺要回家》《候车大厅》《天子驾六遗址院》等故事则从不同角度叙述了这位少年在回家旅途中的见闻。每个剧场、每一场戏、每一个装置，都是在对这个寻根少年讲述故事，同时，少年也不断与剧中人、与向他讲故事的人，交流、对话，从而串联起整个剧场群落，完成整个故事的讲述过程。跟随少年的脚步，观众亦完成了一场寻根之旅，并在这场贯穿了21个剧目的对话中，领略"土地"与"寻根"的命题。

---

1 刘艳卉：《经典叙事学视角下的编剧叙事研究——历史、框架与问题》，《戏剧》（中央戏剧学院报）2023 年第 2 期。

# 结　语

从 20 世纪的旅游演艺，到 21 世纪文旅戏剧的多元发展，文旅戏剧展现出了它强劲的生命力和发展势头。在文旅产业高速发展的今天，文旅戏剧已成为各旅游地吸引游客的文化名片。然而，目前学界对于文旅戏剧的相关研究还处于初始阶段，文旅戏剧仍被放置在旅游演艺中讨论。

本章就从文旅戏剧的创作入手，结合相关概念，梳理并探讨文旅戏剧的诞生过程及定义；结合国内文旅戏剧的实际情况与具体作品，梳理文旅戏剧的类型及创作流程；根据文旅戏剧的特性及实施应用空间，探讨其文本创作技巧。本章节主要着眼于目前已发展成熟并引起较大关注的文旅戏剧案例，不难看出的是，尽管国内的文旅戏剧产业发展繁荣，也出现了诸多高质量、高口碑的作品，但大多数文旅戏剧的营收现状仍然严峻，面临着业态单一、贬值及运营风险等多重考验。在进一步完善文旅产业链、规避风险的同时，还应从文旅戏剧本身的内容与质量入手。向传统戏剧借鉴经验，向新兴的戏剧形式及娱乐形式汲取营养。使文旅戏剧在发挥商业价值的同时，又能够达到艺术的高度，真正实现"文化"与"旅游"的双向奔赴。

# 附　录

## 一、文旅戏剧与传统戏剧对比表格

| 比较维度 | | 文旅戏剧 | 传统戏剧 |
|---|---|---|---|
| 创作目的 | | 为旅游者提供的文化休闲、娱乐项目，以展现、宣传旅游地的地域文化，促进旅游产业发展为目的 | 以艺术表现、故事叙述和情感表达为主，注重艺术审美 |
| 文本特点 | 内容 | 根据旅游地的地方特色与地域文化来寻找相关故事、提炼主题 | 编剧根据自我表达需要或者其他相关方要求确定 |
| | 情节 | 多选取能够彰显地域色彩、地方文化的历史事件、民间故事及传说，在此基础上进行虚构，或依据所要表达的地域主题进行全新创造 | 引发冲突、刻画人物性格与情感，推动矛盾发展 |
| | 结构 | 通常根据文本的实施空间与观演方式来选择合适的戏剧结构 | 以创作目的和表达需要为依据选择适合的戏剧结构 |
| 呈现 | 台词 | 融合使用方言、民歌等具有地域色彩的语言形式，追求艺术性与戏剧表现力的同时兼顾地域特色 | 台词经过精心打磨，追求语言艺术性和戏剧表现力 |
| | 表演 | 更强调感染力，兼顾艺术性，通常严格遵循剧本与导演的安排；部分拥有互动环节的剧目，允许在剧本框架内进行即兴表演与创作 | 艺术性强，通常需要严格遵循剧本和导演的安排 |
| | 舞美设计 | 根据导演要求，由专业人员依据演出场地进行舞美设计，既可与旅游地自然景观结合，也可使用大型人造布景。偏好于利用舞美营造奇观 | 根据导演要求，由专业人员进行舞美设计 |
| | 观众互动 | 观众可以作为旁观者，也可以参与其中沉浸式观演，或成为剧中人 | 观众通常处于旁观者位置，主要进行情感与审美体验 |

## 二、文旅戏剧文本案例

### 1. 桂林　山水实景演出《印象·刘三姐》节选 [1]

编剧：梅帅元

### 印象之一：白色·仙境

书童山小舞台。

一束定点光照出一位白纱女子飘逸的舞蹈，恍若梦境。

仙境般的音乐中，舞台前区灯亮，一片水雾升起。20 位白衣女子飘然而至。

白衣女子沐浴之舞，闪烁于波光中。

众女子烘托出"漓江女儿"裸浴的场面。

山、水、人，构成"天人合一"的印象。

灯暗。小岛散开，消失在黑暗中。

### 印象之二：红色·山歌

音乐突然从天上回到人间，热烈而浓郁。黑暗中无数的火把和竹排由右岸朝水中浮岛划来。浮岛上正放着电影《刘三姐》对歌片段。

渔民们举着火把上浮岛，拥挤着观看电影。

观众席前的小舞台灯亮，出现男女两组对歌场面。

音乐由电影中变成现场对歌，电影与渔民们成了现场对歌的衬景。

江中，一条象征着爱情的红绸被拉起来，一男一女牵着红绸两端渐渐靠近，缠到了一起。

歌声中止，无数的绣球由小舞台飞向观众。

灯暗。

惊天动地的鼓声。

强烈的灯光在鼓声中再亮起，渔民们已下到水中，拉动埋伏于水中的红绸。无数的红绸从水中升起，飞过江面，起伏交错，纠缠不清。

火一样的爱情覆盖江面。

场景转换。天空中，探照灯束的爱情之舞。

---

1　梅帅元：《歌海》2016 年第 1 期，第 134 页。

## 印象之四：蓝色·岁月

夜色，江水深蓝。

竹林、木楼、月亮、在歌唱中来到我们面前。

一位老渔妇在小船上织着网，织着织着，江上升起无数的小白网。

织着织着，网又化成了一江渔火，闪烁在岁月的尽头。

这一幕像是老渔妇的回忆，虚幻而缥缈。

当"连就连"的歌唱响起时，老渔妇转过身去，留给观众一个苍凉的背景。
从她身后转出一对天真的孩子，他们在小船上扮家家玩。

一只只小白船向他们游来。

歌声，浪漫而纯真。

渔火，灿烂又苍凉。

## 2. 张家界　大型实景音乐剧《天门狐仙·新刘海砍樵》节选[1]

编剧：张仁胜

### 第一场　节选

【黑夜。

【夜空上渐渐缀上颗颗闪烁的星光——银饰闪亮的苗族姑娘们梦也似的浮
　在半空——美若天仙的歌队出现。

歌　队　谁知道这里有多么神奇，

　　　　谁见过那只雪白的狐狸，

　　　　谁走进那座梦想的天门，

　　　　谁听说那对歌唱的夫妻。

【远远的狐狸世界，山顶的一块岩石被照亮了，一只白狐静静地卧坐上
　面，眺望山下。

【远远的土家村落，木楼的一扇窗户被照亮了，一个小伙子静静地坐在窗
　前，眺望山上。

歌　队　刘海哥你是我的夫哦，

　　　　胡大姐你是我的妻喽，

---

1　张仁胜：《歌海》2021年第1期，第139—141页。

刘海哥你就带路往前走哦，

胡大姐你就随着我来行哪，

走哦，行喽，

走哦，行喽，

得儿哎得儿哎得儿哎哎哎哎哎。

【岩石、窗户与白狐狸及小伙子隐去。

**歌　队**　谁知道这里有多么神奇，

谁见过那群火红的狐狸，

谁拥有那颗魔幻的宝珠，

谁成了那个狐王的娇妻。

【歌队隐去。

【热烈的音乐大作，蓝蓝的月光下，一个绚烂无比的狐狸世界骤然出现，

一排又一排母红狐狸涌上，跳着仪式感强烈的舞蹈。

【王位之崖上出现一个巨大的五彩光环，握着权杖的狐王在强烈的逆光中

渐渐显形，三十只狐王妃随上。

【所有的红狐狸卧下，仰望着山巅的狐王。

**红狐狸们**　啊，王，

至高无上！

啊，王，

今夜谁是你的新娘？

……

## 第二场　节选

【又大又红的太阳在白狐狸身后升起，山上所有流淌的水面都倒映着彩霞

的斑斓。

【白狐狸走到水边，水边出现了它的倒影，它在水里的倒影流出了比水更

晶莹的眼泪。

**白狐狸**　多么明媚的一天

只有我的忧伤漂浮在无边的黑暗。

多么宁静的山川，

只有我的慌乱像那狂涛中的小船。

多么美丽的容颜，

只有我的眼泪像秋雨中的屋檐。

只求占有的狐王啊，

什么都会给我，永远不会给我相恋的甜美和爱情的缠绵。

阳光多么温暖，天底下没谁知道我的心寒。

【白狐狸忧郁地卧在岩石上面，眺望山下。

【音乐骤然土俗而欢快，蒙住村庄的黑暗像幕布一样被越过山巅的阳光掀
　开了，每栋像风情画一样的吊脚楼的烟囱都升起了，随着音乐节奏快乐
　舞动的炊烟，一个个婆娘急匆匆地冲到吊脚楼的晒台上把着儿子撒尿，
　清亮的童尿在清晨的阳光下形成抛物线。

　……

【六十个到河边洗衣服的妹伢们端着木盆从自家吊脚楼出来，沿着村前蜿
　蜒而陡峭的石板路朝河边婀娜而来，走到河边，她们用棒槌在石头上齐
　整地捶打出清亮的声音。

【一个汉子嘹亮的桑植民歌传来。

汉　子　葛根牵藤把树缠，

去年缠姐到今年。

去年缠姐姐还小，

今年缠姐正当年。

缠呀缠，

缠来缠去缠团圆。

【多情的妹伢们兴奋起来，挥舞着棒槌唱起了桑植民歌《棒棒儿捶在岩
　板上》。

妹伢们　郎在高山打一望喽喂，

姐在哟河里哟洗衣裳哟喂，

洗衣棒棒儿捶得响哟喂，

郎响几声哟姐未张哟喂，

唱支山歌丢个信喽喂，

棒棒哟捶在哟岩板上哟喂。

【妹伢们站了起来想看看唱歌的人，却忽然止步——只见一担柴禾来到山
　中的独木桥上，看不见脸的担柴人三寸丁高度的身子在独木桥上蠕动，

　　　　　妹伢们顿时朝山上"啐"了一口，叉腰唱起湘西的《风趣歌》。

**妹伢们**　矮三郎，矮三郎，

　　　　　从头到脚三寸长。

　　　　　喊你碾坊去赶鸡，

　　　　　鸡公啄伤你鼻梁。

　　　　　喊你田边看稻谷，

　　　　　麻雀和你打一仗。

　　　　　你想缠姐好商量，

　　　　　嘴巴够到姐嘴上。

【樵夫刘海从柴担后忽然露出脸来，一直走着矮子步的刘海嬉皮笑脸地站直了身子，原来他是一个壮实的汉子。

【身手矫健的刘海顺着一根藤从山上飞快地滑下河边，瞬间来到妹伢子们面前。

**刘　海**　爽快多，

　　　　　亲嘴哥子够得着。

【妹伢子与刘海打闹着。

**妹伢们**　刘海哥，穷快活，

　　　　　三十老婆讨不着。

　　　　　白天打柴扛扁担，

　　　　　晚上拿它哄被窝。

【妹伢子们捂着嘴，端起木盆一哄而散，快活的刘海又朝山上走去。

【白狐狸在岩石上一直好奇地看着快乐的刘海。

【三十只狐王妃出现在悬崖上，她们像一群快乐的音符从悬崖飞落河边。

【河边的荷叶上滚动着珍珠一样晶莹的露珠，狐王妃们在水边摇动着漂亮的大尾巴，以河水为镜欣赏着自己，一会儿，每只狐狸摘下一片滚动着露珠的荷叶，然后举着碧绿的荷叶迈着整齐而优美的狐步向山上逶迤而去。

第 **4** 章

# 剧本杀编剧技巧

## 第一节　剧本杀的创作背景

### 一、剧本杀的定义：从桌面游戏到剧本杀

如果有人无意间走进这里，也许会大吃一惊。推开一扇门，房中红烛摇曳，新娘戴着红盖头正与人拜堂，而在仅仅一墙之隔的另一个房间却在上演中世纪的骑士传说，与此同时，房间的另一边又隐约传出来自其他房间的小丑尖笑……在这不过几百平方米的空间里，容纳了一个又一个形态各异、千奇百怪的小"世界"。这不是剧场舞台或拍摄现场，而是——剧本杀的世界。

剧本杀，起源于英国一款名为"谋杀之谜"（Murder Mystery Game）的派对游戏。正如这个名称所包含的"murder"与"mystery"的词义，这款派对游戏主要围绕一场凶案展开，参与游戏的玩家们分别扮演侦探和凶手的角色。侦探的任务是通过在凶案发生地（即派对现场）收集线索，破解谜题推理出真凶；凶手的任务则是伪装侦探身份混淆视听，误导其他玩家指认他人为凶手，逃出生天。1935 年，游戏《陪审团》上市，是"谋杀之谜"第一次以盒装游戏发行。在这款游戏中，玩家扮演陪审员，可以阅览谋杀现场的场景报告、检察官和被告提交的证据、犯罪现场的照片和选票，根据这些线索来判定谁有罪，并宣读最终判决。1948 年，"谋杀之谜"以桌面游戏的形式对外发行，这款名为《clue》的桌面游

戏设定在一座大厦中，大厦主人遭人杀害，大厦内的玩家都是嫌疑人，最先找出凶手、凶器及行凶房间的玩家获胜。可以看到，这个时期"谋杀之谜"的游戏版图尚停留在桌面这一平面二维空间当中，仍属于桌面卡牌策略游戏。

到了 20 世纪 80 年代，在欧美国家中，一种名为"LARP"（Live action role-playing game）的实况角色扮演游戏开始兴起，它需要玩家来到特定地点，真实扮演游戏中的角色来进行游戏，且需要玩家根据背景规则创作剧情对话，通过真实的动作、对话与其他玩家进行互动，并推动故事发展。"LARP"脱离了桌面游戏的空间局限，将玩家的可活动范围扩大，并强调了玩家交互中即兴创作的成分。如今的剧本杀正是建立在"谋杀之谜"与"LARP"两款游戏的结合之上。2013年，依托于"谋杀之谜"形式的美国真人秀《Who Dunnit》（谁是真凶）播出，随后大火，这使"谋杀之谜"开始走出自己的小众圈层迎向大众，同年，该真人秀中最广为人知的作品《死穿白》（death wears white）被引入国内，其英文剧本为中国国内剧本杀提供了最基本的范式，剧本杀就此在中国生根发芽。

"谋杀之谜"被引入中国后，在很长时间里仍属于特定圈层中的小众游戏，直到 2016 年真人秀节目《明星大侦探》开播，其新颖的节目形式与明星的号召力，为剧本杀积累了一大批年轻受众，随后"谋杀之谜"在国内迅速发展，其爱好者根据当时的现象级游戏"狼人杀"为"谋杀之谜"冠以新的名字，即剧本杀。

纵观近年来剧本杀在国内的发展，总体上呈现出两个趋势，一是在数字化趋势下，剧本杀呈现出的从线下到线上再复归到线下的逆态发展路径。随着"古登堡银河系"[1] 的落幕，人们生活的中心逐渐转向由电子媒体搭建的世界。在"元宇宙"概念日益受各行业关注的当下，用数字化构建云上平台成为趋势，唯一没有被数字化剥夺的，是人的肉身感官体验，如嗅觉、味觉及身体交互的具身性。身体在感知行为中具有不可或缺的作用，剧本杀需要玩家身体的在场扮演，从而构建出一个可供沉浸的理想世界。当剧本杀从线下活动转为线上后，玩家只能通过语音、视频的方式进行交流，这一过程中，身体的在场被舍弃，人们的交互也沦为数字化处理后的信息切片，这自然脱离了人们选择剧本杀的初衷。因而，剧本杀以极快的速度完成了对线下的复归。第二个趋势是剧本杀内容的类型化，从2013 年第一部翻译引入的英文剧本《死穿白》到今天，剧本杀经历了近十年的高

---

1　古登堡银河系：是由加拿大学者马歇尔·麦克鲁汉（Marshall McLuhan）提出，用以描述以书籍为主要传播媒介的时代。载自［德］汉斯·蒂斯·雷曼：《后戏剧剧场》，李亦男译，北京大学出版社 2022 年版，第1 页。

速发展期，在这期间，剧本杀推出的新本已达每年近千部。在市场扩大、剧本需求激增的背景下，剧本杀开始大量堆砌一些同质化的内容或元素，呈现出了类型化的特点。

剧本杀的兴起并非偶然。美国作家阿尔文·托夫勒在其著作《未来的冲击》中预言道："我们正由'肚皮'的经济转变为'心理'的经济。"[1] 在读图时代下，物与物的快速更迭使人与物的持久性联结被消解，取而代之的是短暂性、临时性的心理化趋势，这反映在产业上，则是体验业的飞速崛起。可以说，剧本杀近年来的发展正是对这一预言的回应。剧本杀何以在短短几年内就成了时下年轻群体间最流行的娱乐方式？除了《明星大侦探》这一现象级综艺节目为其背书外，剧本杀从身体层面（扮演）与心理层面（推理、沉浸）为体验者带来的无痛的快感，是他们选择剧本杀的一大原因。通过剧本杀，消费者可以短暂脱离现实生活，在几个小时的时间里，化身成为剧本杀故事中的人物，以这个全新的身份进入一个虚幻世界，体验一场不一样的爱恨情仇。

从体验的角度来看，消费者在剧本杀中进行的扮演行为与戏剧有着千丝万缕的联系，可以说，剧本杀流行的背后潜藏着人们对戏剧的需要。然而与传统戏剧相比，剧本杀中扮演行为的主体已悄然发生变化，人们不仅要在黑雾包裹的观众席里静静感受麦克白的欲望纠葛，还要亲自执起剑，亲自洗去手上的血污，成为舞台上的麦克白。

值得关注的是，从线上图片式推理到线下桌面游戏再到如今的实景互动演绎，剧本杀不仅满足了玩家浅层次的娱乐需求，还进一步满足着玩家更深层的需要，成为当代年轻人欲望的缩影。而今，许多从业者将剧本杀视作一种推动人与人之间深层交流的媒介，因而出现了文旅与剧本杀的融合、应用戏剧与剧本杀的融合等等，这些跨媒介的交互都显示出了剧本杀蓬勃的生命力。尽管脚步笨拙，但剧本杀仍在不断朝着戏剧艺术靠拢，在越来越多的人选择将业余时间交给剧本杀的今天，它已然在年轻人的生活中搭建起了一座通往戏剧的桥梁。

## 二、剧本杀的类型

剧本杀作为一种以商业为导向的文娱活动，具有经济和文化的双重属性，创作内容及其方向不断受市场的影响，当同一方向的元素积累下来，就聚合成为风

---

1 ［美］阿尔文·托夫勒：《未来的冲击》，黄明坚译，中信出版集团 2018 年版，第 203 页。

格各异的类型，剧本杀的创作也就呈现出了类型化的特征。事实上，类型化是大多数文化消费品的共同特征，它的功能在于使特定的主导观念能娴熟地找到表现自身的范式，同时便于消费者识别并购入符合预期的产品。以目前的剧本杀市场来看，主要有三种类型：还原类、推理类、机制类。

## 1. 还原类剧本杀

还原类剧本杀是一种通过让玩家从不同角度收集、分析人物剧本中的信息，还原故事的发生过程并挖掘真相的剧本杀类型。该类型侧重于让玩家体验一个故事的发展历程，相较于其他类型的剧本杀，该类剧本杀的故事会更为纷杂和庞大，通常会涉及多个人物、事件。

编写该类剧本杀，需要先以一个非核心事件为起点，利用这一事件初步串联玩家间的人物关系，将他们聚集到一个共同的故事中。然后，再借由玩家各自的人物剧本中的内视角信息，进一步拓展人物关系与故事细节，不断引入新的事件，最后所有事件都将指向同一个方向或同一个人物，继而完成整个故事的书写与还原。

还原类剧本杀弱化了推理元素，多以分享故事的方式作为还原真相的手段，因此，还原类剧本杀需要设计复杂的人物关系，用人物连接故事，以此实现情节的聚合。人物关系的设置通常有两种，一种是人物互相认识，关系错综复杂；另一种是人物间并不完全相识，但存在一个共同认识的角色，且该角色通常隐于局外，玩家们将通过分享与该角色的故事，完成视角的拼凑。就还原类剧本杀而言，后者的人物关系设置可以更好地编织出一张有关中心事件的大网，使故事的还原更具层次，有环环相扣、剥丝抽茧之感。以剧本杀《止痛片》为例，它以一起"女明星被害案"为切入点，每位玩家需依次分享剧本第一幕的信息，由此引出"友谊之光"与"半神计划"两个故事，再通过还原这两个故事，牵扯出背后更大的秘密。犹如大海中的冰山，玩家在案件开始时只能看到冰山的一角，而还原的过程就是挖掘隐藏在海平面下的整个冰山的过程。

## 2. 推理类剧本杀

推理类剧本杀强调推理的过程，旨在让玩家通过解决谜题来体验推理所带来的智性愉悦，它侧重于对案件谜题的开掘，故事往往围绕一个核心案件展开，找到真相并抓住凶手是该类剧本杀通关的唯一途径。如果说还原类剧本杀旨在让玩家去复盘整个故事的情节脉络，那么推理类剧本杀则是要玩家通过不同线索、证据去抓住故事中的"重要一瞬"，即凶手犯案的一瞬。从这一点出发，编剧可以将凶案拆解为"时间线""凶器""行为动机"这三个方面。

"时间线"是指案件发生时各个人物的行动轨迹。编剧需在一个固定的空间中，设法使人物间的行动轨迹产生重叠，以此形成互为佐证的视角，将视角转换为线索或证据，引导玩家靠近真相，推理出犯罪嫌疑人。假设死者死在了房间甲，推理类剧本杀就需要创造 a\b\c\d\e 五个人物在不同时间进入或经过房间甲的故事，如 a 在 18:00 进入房间甲，在死者的水里下药；b 在 18:15 进入房间，刺了死者一刀，慌忙逃离时被 c 看到；c 在其后进入房间发现死者的水杯被打翻在地，腹部流血不止，惊吓逃走；d 在 18:45 进入，发现濒死的受害人，将他勒毙；e 于 20:00 进入并发现尸体，遂离开。在该时间线中，作为侦探的玩家可以通过梳理时间线排除他人嫌疑，而作为凶手的玩家则可以编造时间线混淆视听。

当然，仅仅依靠"时间线"去引导玩家推理，剧本杀的趣味性会大大减弱，因此，还可以用犯罪现场的关键——"凶器"去破解谜题。"凶器"的设置有两个重点，首先是不可替代性，即它一定是在场所有疑似凶器中，最具可行性的；二是迷惑性，即除了真正的凶器外，会有一些混淆局面的其他"凶器"出现。如上述所举例子中，玩家 a 所替换的药，药的起效时间为 45 分钟，起效时间与凶手 d 的行凶时间刚好契合。

第三个方面"行为动机"，即人物对死者作案的动机。通常在剧本杀中，故事中的每个人物对死者都怀有杀人动机，或因情感或因利益，这种人物关系的设计是为了将玩家聚焦于同一事件中，避免有被边缘化的感受。在均有作案动机的前提下，可以从人物动机的强烈程度与紧迫程度来入手设计，使案件的推理更具层次感与趣味性。仍以房间甲案件来看，死者死于 a 的药物还是 b 的刀伤，或是 d 的勒毙，在时间线或者凶器线索并不十分清晰时，可以通过动机的紧迫程度来进一步锁定真凶，如 a 的动机是为了帮亲人复仇，d 的动机是今天内杀死死者才能保命，那么 d 的动机无疑会更强烈，作为侦探的玩家可以据此找出凶手。

3. 机制类剧本杀

机制类剧本杀是所有类型剧本杀中最具游戏性的，它一定程度上体现了剧本杀对桌面游戏的吸收与融合，"竞技"与"对抗"是该类剧本杀的重点，即机制类剧本杀一定会决出一个最终胜利方。

机制类剧本杀又可以进一步细分为阵营类与纯机制类。阵营类剧本杀会将玩家分为两个以上的阵营，阵营有明有暗，玩家需利用个人技能为所属阵营争取胜利。纯机制类剧本则更偏向于个人的胜利，玩家可自由地与其他玩家结成阶段性同盟，并不断转换对抗目标，直至游戏结束。

　　无论哪种类型的机制本，都需赋予玩家以特定的技能与属性，相应地，编剧的重心也会从故事的书写转为竞技机制的创编。技能设计需满足以下三个方面：第一个方面，技能设计需展现玩家所扮演的人物的性格特点，如暴躁易怒的角色擅长鞭子或火攻；技能还需结合人物经历设计并与之匹配，如从小被家暴的人物，在遇到施暴者时会加强攻击。第二个方面，人物技能需要有"培养"的空间，换言之，人物技能要随着故事的深入而逐步提升，并非一蹴而就、始终不变。机制本的技能养成方式通常有两种：一种是问答方式，剧本杀主持人通过问答考察玩家对故事情节或故事人物的理解，答对者即可获得技能增长点，这种方式既能强化剧本杀的游戏性，又保证了玩法仍扎根于故事剧本；另一种是纯粹的游戏方式，即在故事的过渡衔接环节之间插入小游戏，用游戏决定场上资源分配，但这种游戏通常与剧本杀的故事关联较弱。第三个方面，技能设计还要保持均衡，即每个玩家的技能不会出现太大的差异。围绕这三个方面完成技能设计，机制类剧本杀的重点部分就已初步建构完成。

### 三、剧本杀的特征

#### 1. 沉浸式的互动体验

　　彼得·布鲁克在《空的空间》中曾谈道："我可以选取任何一个空间，称它为空荡的舞台。一个人在别人的注视之下走过这个空间，这就足以构成一幕戏剧了。"[1] 这句话蕴含了戏剧的三个基础要素：演员与观众、舞台空间、在场性。当我们以这样的眼光审视如今的剧本杀时，我们会惊奇地发现这一新型社交活动竟已悄然向戏剧靠拢，更准确地说，剧本杀的"扮演"要素使玩家的身份在"观众"与"演员"之间不断切换，这也正是自布莱希特打破戏剧的第四堵墙后，观演关系重构的一种形式上的显现。

　　在当代戏剧中，人们逐渐意识到"观看"一词指向的是主体与客体的分离，"体验"代替了"观看"行为，观众从坐着看故事的人逐渐变为故事的参与者，镜框封锁的舞台随即敞开了，演员与观众开始交汇，观演关系也在这一过程中重新建立。当戏剧实践者将观众放在愈发平等的位置上后，观众被纳入剧场中，拥有了更高的自由度。

---

1　[英] 彼得·布鲁克：《空的空间》，刑历、小风等译，中国戏剧出版社 1988 年版，第 3 页。

以沉浸式戏剧《不眠之夜》为例，它没有划定的表演区域与观众席，观众可以自由移动，并选择一个视角去观看故事的发生。当观众戴好发放的面具，踏入它的舞台空间——面积6000平方米、涵盖90个房间的酒店时，观众观看着，同时也被观看着，他们顺理成章地成了这出戏的一部分。然而，以《不眠之夜》为代表的探索类沉浸式戏剧，并没有从根本上将观众放置在与创作者同等位置的交流层。与传统戏剧相比，它固然使观众获得了更高的自由度，但当观众被捆绑的双脚得到解放后，取而代之的却是新的束缚——让观众戴上遮掩个体特征的面具。观众虽然有了自行选择跟随任意一条故事线行进的自由，却需臣服于剧场的新规则，成为缺失主体性的群体中的一员，即观众的作用依旧只是"观看"，缺乏真正的"行动"，且不会对故事的发展及结局产生丝毫影响。

如果说在探索类沉浸式戏剧中，观众仅完成了"观众—群体"的身份转换，对戏剧情境的构建仍停留在表层的外部凝视，那么在剧本杀中，玩家是在"玩家—角色""玩家—观众"两个身份中来回转换，一定程度上实现了观演融合与观演分离的自然切换。假使沉浸式戏剧是击碎了舞台与观众间的第四堵墙，剧本杀则更像是将第四堵墙上那扇隐形的门打开，邀请玩家走进这堵墙内，剧本杀由此展现了沉浸体验以外更深一层的尝试，即让玩家们在情境中实现交互。

首先，在剧本杀中，每场容纳人数一般为5—8人，较少的人数保证了每位玩家均有足够的互动空间。其次，剧本杀的扮演性强化了沉浸与交互体验。玩家所扮演的人物不再是沉浸式戏剧中掩藏在面具下的无名氏，而是拥有丰富前史的具体人物。这在满足玩家情感需求的同时给予了玩家在此情境中合理存在的身份——他们不再是故事的闯入者，而是与情境共生的具体的人物。事实上，剧本杀中的玩家扮演指向的是玩家对"舞台"所属权的掌控，无论是否实际获得，玩家仍能得到独属自己的表达时间和绝不会离席的观众（其他玩家），玩家在扮演时所得到的他者的观看和自我的阐述，又强化了玩家以"我"为中心的感知。剧本杀犹如一个容器，容纳了青年人旺盛的表达欲望，并对其释放的主体意识进行回应。

更进一步的沉浸体验是在演员演绎时，如剧本杀《蛊魂灵》中的一幕，玩家们被困在老宅中，分坐在房间四周；一声诡异的笑声后，饰演丫鬟的演员突然身体颤抖，屋内灯光忽明忽暗，在一阵雷声的轰响后，灯光骤灭，玩家们顿时陷入黑暗之中；此时亮起一缕微弱的烛光，被附身的丫鬟手持蜡烛含着血泪向众人哭诉，时而指着坐在首座的玩家，时而指向坐在西南角的玩家，指名道姓地痛骂他们的所作所为；这时玩家需要与丫鬟即兴表演才能获取线索让自己逃脱险境。该幕从房间布局、灯影切换、声效控制再到演员演绎都处理得十分精细，给人以身临其境之感。玩家虽然大部分时间都坐在椅子上观看，但表演空间与观众席融合在一处，演员的情绪紧贴着他们的每寸皮肉，而他们扮演的角色又裹挟在演员的一声声怒斥中，观演双方在同一情境中构成了潜在的交流，而这一过程，又何尝不是戏剧所强调的"在场性的不可复制性"？

当然，剧本杀在形式上与观演融合的贴近，并不意味着它会产生更理想的美学效果。给予观众选择权意味着创作者允许并接纳在场的失控，如谢克纳所言，"演员与外人（outsiders）之间的裂缝经常是大到难以克服的"[1]。而更重要的一点是，剧本杀还有着难以剥离的游戏性。

### 2. 游戏性与文本的融合

从游戏发展而来的剧本杀，在融合了戏剧、文学等要素的同时，仍保留着它的"游戏"本质，这种游戏性特征体现在剧本杀的文本层面，具体又表现为两个方面。

首先，是剧本杀的题材及其文本内容对于非现实的、虚构元素的追求。其一，剧本杀在故事的时空设定上，通常与玩家所处的现实世界保持着一定的距离。从空间上看，剧本杀常常将故事的发生地点设定在异国他乡，或是虚构的世界，以使参与者从心理层面将游戏空间和现实空间隔开，纯然以人物的视角全神贯注地投入故事。从时间上看，剧本杀的故事通常发生在过去或未来，如古代、民国等。即使有些剧本以当下时间为轴展开，随着故事的发展，其时间也通常会跨越几十个年代。其二，剧本杀的故事常常会包含一些超自然元素，诸如精神力、穿越、鬼怪等奇幻设定。通过虚构，创作者可在一定程度上摆脱现实条件的束缚，创造出一个更自由且新颖的游戏世界。赫伊津哈在他的著作《游戏的人》中谈道："我们不妨认为游戏是一种自主行为，特意置身'平常'生活之外……它推动了社会团体的形成……（这些团体）用伪装或其他手段强调自己异于平常世界。"[2]游戏的玩家期望于在虚拟世界中获得现实世界里无法感知的体验并利用故事中人物的所知所感在这个异世界中构筑自己人生的另一种可能，让流动的情感、隐秘的欲望在这个隔离于日常生活的世界中释放，以得到一种精神层面的自由。剧本杀创作

---

1　David Z. Saltz, "The Art of Interaction: Interactivity, Performativity, and Computers", The Journal of Aesthetics and Art Criticism, 55. 2（1997）: 125.

2　［荷］约翰·赫伊津哈：《游戏的人——文化的游戏要素研究》，傅存良译，北京大学出版社2014年版，第15页。

者对于非现实的虚构元素的追求，正是其游戏性在文本层面的一种具象体现。

其次，是剧本杀对于"规则"的依赖。规则是构成游戏的重要元素，也是剧本杀得以运行的基础。所谓规则，即"在一个全然虚拟的世界架构中，通过清晰、无疑义的因果逻辑来推动叙事进程，并在叙事抵达终点的过程中，不断重复确证诸种熟悉的情感、欲望或价值观"[1]。可以说，剧本杀依靠规则才得以建立起一套封闭、自洽、自得其乐的系统。规则又是故事建构者与故事参与者之间思维连接的开始，对规则的绝对遵守才能让故事行进在编剧预设的道路上。

当然，摆在剧本杀面前的还有一个不容忽视的问题——剧本杀究竟是戏剧还是游戏？从目前剧本杀的呈现来看，剧本杀中确实存有戏剧的影子，但从剧本内容来看，剧本杀是对人的行动的摹仿，不是对现实世界的摹仿，它所搭建的世界更接近于它的青年受众群体们所想象的那个理想世界。尽管这类世界观中的部分人物和情感与现实世界存在着一定的联结关系，但其整体上仍带有显著的亚文化的特质，即剧本杀摹仿的不是真实的世界，而是没有生活与之对照的虚构的"超真实"，是"影子的影子"。可以说，剧本杀杂糅了戏剧与游戏，是戏剧化的游戏，也是游戏化的戏剧。就创作而言，如果将剧本杀的内容仅聚焦于娱乐，那么属于戏剧的那一部分也只会徒留一个戏剧的空洞形式，甚至会反过来影响玩家体验。因此，创作者应在保证剧本杀基础的游戏性的前提下，尽可能地平衡其娱乐性、文学性与艺术性。

### 3. 模式化：剧本杀的商业性质

哲学家鲍德里亚认为，20 世纪以来，人们从对"物"的消费进入了对"符号"的消费，而符号消费为消费者提供了一种自我实现的途径。剧本杀就是这一消费观念下的产物。剧本杀自 2013 年引入国内市场以来，经历了一段高速扩张的发展阶段，其自身也从一款简单的桌面游戏逐渐发展为一种融合了社交功能、戏剧形式、推理元素的新型消费类文娱产品。根据艾媒咨询的研究报告，2021 年中国剧本杀的市场规模已达 170.2 亿元，预计 2022 年规模将达到 238.9 亿元，同比增长 40.4%。[2] 这种高速发展的趋势背后，正是剧本杀商品化的结果。

剧本杀的商业性质使剧本杀剧本一度呈现出模式化特点。一件商品在市场中保持竞争力的重要因素是其更新迭代的能力。为保持玩家对剧本杀的新鲜感，刺

---

1 李壮：《论电子游戏的叙事和文化逻辑》，《南方文坛》2019 年第 1 期。

2 艾媒咨询官方公众号：《2022—2023 年中国剧本杀行业发展现状及消费行为调研分析报告》，https://mp.weixin.qq.com/s/b_d-H6Q2zwY0mh-KhrTv4A，2023 年 1 月。

激玩家的持续性消费，制作方通常会要求编剧在极短时间内创作出新的作品，在巨大的产出压力下，剧本杀的创作逐渐由类型化转向模式化。其中，文本的类型化是指将大量重复元素进行整合，形成一种具有鲜明风格的范式，与玩家达成不言自明的共识，它强调的是重复性制作的可能。同时，类型化又并非是简单的重复，而是对类型元素的创意性组合。相比之下，模式化则更接近于机械的复制，依照这种标准生产出的作品也会有较为严重的同质化倾向。剧本杀中典型的"三刀两毒"就是模式化创作下的产物，即剧本中的每个玩家都参与了对死者的行凶，或用刀或用毒，对死者造成致命一击的就是凶手。这种近乎流水线的创作方式背离了剧本杀为玩家提供智性愉悦的初衷，剧本杀原本开放交互的形式也在这种肤浅的、套路化的内容下近趋凝滞。

除此之外，剧本杀的商业性质还会直接影响剧本杀的创作。首先，它迫使编剧将剧本体量控制在一个定量范围内。剧本杀的时长通常在 4 到 6 小时之间，这一时长设计既是出于沉浸交互的需要，又与剧本杀作为商品的定价有着紧密联系。从消费者心理来看，当剧本杀时长过低时，剧本杀动辄百元的人均消费就显得较为高昂，与其他文娱产品相比竞争力也相对不足。唯有让剧本杀拥有更丰富的综合性功能（如社交、沉浸体验）才能承载价格所对应的价值，因此，制作方往往会让编剧在一个剧本杀中嵌套多层故事，让剧本杀的时长保持在 4 小时以上。以剧本杀《屋》为例。玩家在第一幕是参加赌神大赛的嘉宾；第二幕又切换为相亲活动的参与者；第三幕再次转变成为精神病院的病患；第四幕则变为在剧场观看话剧的观众；到了第五幕真相揭晓，6 位玩家均是在一场剧院火灾中丧生的普通观众，因逃脱无望，于是在死前的最后几分钟进入了一场集体幻梦之中，并尝试通过这段虚幻的梦境与生前那个艰难生活的自己达成和解。前四幕中所有的身份转变，均是 6 位死者寻找自我的过程。玩家在层层反转的故事中得到了充实的游戏体验，对于剧本杀相对高昂的定价也就更容易认可并买单。当然，出于盈利的考量，剧本杀的时长往往也需要控制在 6 小时以内，一方面是对参与者所能接受的时间成本及游戏舒适度的考量，另一方面，单次游戏时间过长也会影响场次数量，进而影响门店盈利。如一场时长 6 小时以内的剧本杀，店家可在一天内安排下午、晚上共两场，而 6 小时以上的剧本杀在一个空间内一天只能开设一场，因此，为保证盈利，剧本杀店家会选择时长适中的剧本购入，当下游需求反馈到编剧层面，又影响了剧本杀创作的体量大小。

## 第二节　剧本杀的创作流程

剧本杀的商业性质促使编剧将玩家的消费体验放在首位考虑，因此，剧本杀的创作也不会像戏剧、电影那般，先确定一个故事的主题或题材，再由此入手展开创作，而要先选择所要编写的剧本杀类型要素，明确其风格，规划并创作故事，而后再由故事入手，将其拓展成为一套完整的剧本杀剧本。

### 一、确定一个故事

确定剧本杀的故事，需要从类型、元素、风格这三个层面着手。剧本杀主要有还原、推理、机制这三种类型，不同类型的剧本杀在创作上也各有侧重，如在还原类剧本杀中，故事占据着绝对中心的地位，而推理要素与竞技性则被置后。选定类型，可使编剧在创作环节中迅速抓住侧重点，并在该框架之内，选择并设计与之匹配的元素、风格及谜题类型，确定并规划剧本杀故事。

1. 剧本杀的三种元素

剧本杀以玩家体验为第一要素，它通过封闭式空间将玩家聚集在一起，运用文字、演绎等视觉、听觉符号的传达，营造一种迥异于日常生活的特殊氛围，让玩家处于或喜、或悲、或怒、或怖的持续性情绪中，达成精神上的宣泄。从这个角度出发，可以将剧本杀常见元素分为三大类：情感、恐怖、欢乐。

（1）情感元素

重情感的剧本杀往往通过营造沉浸氛围来触动玩家情感，以让玩家释放自我情绪为目的。它的推理要素被弱化，情感要素被推至首位，旨在以故事中浓烈的情感打动人心，故事情节也往往围绕情感展开，并依靠情感的转变来实现人物的成长。情感蕴含着每个人物当下的前史，它作为一种驱动力贯穿在人物的每一次行动中，从这一角度来看，只要含有故事的剧本杀都会涉及对情感的书写，而相比其他类型，情感类剧本杀会更着重给予每位玩家均等而充沛的情感体验，情感不再仅仅是潜藏在人物行动中的要素，而是玩家们所希望得到的一项游戏体验。

剧本杀的玩家综合通过阅读、观看、扮演三种行为，立体而多维度地参与到故事当中。因此，在剧本杀中融入情感元素，就要在文本上以文字为媒介与玩家进行交流，通过细腻的笔触、细节的设计、张弛有度的叙事节奏让玩家认识、了解并理解自己将扮演的人物。从玩家需求出发，要先确定每个人物身上承载的情感类型。能够引起普罗大众共鸣的通常有四种情感类型：家国、爱情、亲情、友情。鉴于剧本杀中存在多个主人公，情感无法仅围绕一个中心人物展开，因而对情感类型的选择、编排也有多种形式。第一种是在同一个人物身上铺设多种类型的情感。如剧本杀《甜蜜蜜》中，每个人物身上都有爱情与亲情两条感情线。爱情线被设置为明线，亲情线被铺设为暗线，两种情感融合在人物故事中，使玩家在体验爱情的酸甜苦辣之余，也能在故事的最后为无私奉献的母爱而动容。融合使用多种情感类型的方式，避免了单一情感要素下剧本走向单薄，可为玩家带来更丰富、更具层次的情感体验。另一种情感的书写是展现同一类型情感的多个侧面，仍以剧本杀《甜蜜蜜》为例，6 位玩家分别扮演同一对爱人的不同时期，分别是少年、青年、中年这 3 个具有代表性的年龄阶段。在故事开始，参与该剧本杀的 6 位玩家尚不知晓各自扮演的人物的真实身份，只将人物当作互无关联的个体，在他们根据人物的境遇诉说对爱情的所思所想时，则带出了人物在各个人生阶段的情感困境。如少年时期学业与懵懂爱情的冲突，青年时刚结为伴侣的摩擦，中年时生活一地鸡毛的怨怼。从青春走向年迈，从伴侣变为怨偶，在真实身份揭晓的一刻，玩家才发现他人的故事正是自己的过去，自己的现状亦是他人的未来。《甜蜜蜜》情感设置的巧妙之处在于，编剧将同一对爱人的感情经历按照不同的时间阶段切分为 3 个故事、3 对人物，并将其放置在同一时空，以此展现不同境遇下同一对爱人对爱情截然不同的看法。在不断的冲突与碰撞中，完整展现出一段情感的开始与终结，这种前后的巨大落差所带来的悲剧意味，也更加打动人心。

剧本杀需要通过玩家的扮演行为，来完成情感从输入到输出的过程，这种"扮演"是一种弱行动的叙述性扮演。玩家作为自己的叙述者，通过"讲述"的方式向在场的其他玩家传达其所扮演的人物的经历，戏剧的那种充满动作性与戏剧张力的台词，到了剧本杀中则被弱化为个人的独白性阐述。然而尽管如此，剧本杀在情感上仍有着独特的感召力，它用"在场"将所有玩家囊括进同一情绪氛围中，通过对同一事件的聚焦，联通彼此的情绪知觉，并刺激玩家给予即时性反馈，故事生发出的情感也在这种交互中得以流动与持续。

（2）恐怖元素

重恐怖的剧本杀旨在通过离奇的情节、阴森恐怖的情境，营造一种惊悚的氛围，给玩家带去迥异于日常生活的刺激体验。某种程度而言，恐怖类剧本杀的受众与恐怖片的受众在心理上的追求是一致的，他们渴望通过外在的感官刺激，达到对负面情绪的发泄。正如罗伯特·所罗门所说："愉悦并不存在于恐怖之中，而在恐怖缺席的地方。"[1] 人们深知故事是虚拟的，审美距离使人们能随时从恐怖氛围中抽离出来，这种惊悚的感官刺激也主要作用于人的表层心理，当情绪得以发泄，反而更能获得心理上的治愈与平静。因此，相较于在现实中直面恐怖事件，经由文学、剧本杀、电影等载体所体验的恐怖元素更能为人们带来审美愉悦。那么，如何在剧本杀中加入恐怖元素？

其一，灵活运用恐怖元素。编剧克里斯汀·孔德拉特从恐怖情节中归纳出了11种原生要素：痛苦、死亡、丑陋、惩罚、邪恶力量、失去所爱之人、被遗弃的孤独感、未知、地狱、人类的极限、自身的堕落。每一种要素都是一个情节的发展因子，而不是简单的可堆砌使用的要素。以"邪恶力量"为例，"邪恶力量"是指一些超自然的恶灵，如剧本杀中因怨而生的女鬼。当然，对于强调恐怖氛围的剧本杀，仅在文本上加入恐怖元素远远不够，还需设置一个超自然的邪恶力量，并将它实体化，通过演员的实际演绎展现在玩家面前，以制造惊吓。同时，在重恐怖的剧本杀中，需要结合故事内容设计多个恐怖搜证环节，使玩家与故事中的恶灵深入接触，以达到恐怖的效果。

其二，设置一个封闭式空间。封闭式空间是指"人物（角色与观者）的视野被空间层次内容部分或全部的遮挡，总体形成一种阴暗的、狭小的空间效果"[2]。封闭式空间的设置主要有两个作用：首先，从心理效用出发，场景的单一和空间的逼仄会使处于该空间的人在心理层面感到束缚和压抑，人的力量被大大挤压，阴森诡谲的氛围随之而来。其次，从叙事作用来看，封闭式意味着空间受到限制，在单一的叙事环境下，情节会变得更加紧凑，能促使人物行动，以行动之"变"打破封闭空间的凝滞。

（3）欢乐元素

重欢乐的剧本杀旨在给予玩家轻松有趣的剧本杀体验，在剧本体量上，这类剧本杀往往短小精悍，不会过于冗长，相应地，人物关系的设置也更为简单。在谜题的设计上，推理的元素被放置在欢乐之后，犯案手法与推理手法不再追求绝对的客观逻辑，而是充斥着天马行空的想象，甚至"寻找凶手"也不再是玩家的最高任务，玩家只需在欢乐的氛围中体验人物酸甜苦辣的生活即可。总而言之，在欢乐本中，可玩性与喜剧性是创作的重心，基于此，该类剧本杀的创作可以从

---

1　李艳：《艺术恐怖何为？——卡罗尔的美学之思》，《河南教育学院学报》（哲学社会科学版）2010 年第 5 期。

2　周登富：《银幕世界的空间造型》，中国电影出版社 2000 年版，第 105 页。

以下两个方面切入。

首先，利用喜剧的创作手法，在剧本杀中插入喜剧式演绎。以《欢迎来到万事屋》NPC（Non-Player-Character）安倍警官与小林警官的开场演绎为例，其喜剧效果主要通过三个方面来实现：一是人物性格的强对比。上司安倍警官是一个看似滑稽实则严肃的人物，与之相反，下属小林警官是一个看似严肃实则滑稽的人物。性格相左的两个人物出现在同一个舞台上，碰撞出了别样的火花。如小林警官多次根据安倍警官的行动刻意播放背景音乐——开场时播放嚣张跋扈的出场音乐，破案时播放《名侦探柯南》的背景音乐，严肃的气氛与人物滑稽的行动形成对比，喜剧效果随之产生。二是通过失误、重复等技巧制造喜剧效果。如小林警官在第一次播放线索音频时，失误将涉及上司安倍警官的音频放出，音频中安倍警官的形象与其在玩家面前的形象形成反差，由此产生诸多笑料。又如小林警官介绍案件信息时会多次出现失误，安倍警官则会叫停并指出其错误，小林警官又会从头开始重述案件信息，这种多次重复又错漏百出的形式，制造出了强烈的喜剧效果。三是利用夸张的肢体语言制造喜剧效果。如小林警官在每次播放线索音频后，都会与安倍警官同时以千奇百怪的姿势指向犯罪嫌疑人（玩家）。或通过肢体语言配合特定情节或台词，如小林警官谈到某位嫌疑人疑似用死者对芒果过敏这点来犯案时，安倍警官在一旁做出手剥芒果——吃掉——过敏死亡这一连串动作配合小林警官台词中的信息，夸张的表情与动作消解了死亡的严肃，因而显得格外滑稽。

其次，挖掘故事内核。一味地堆砌喜剧元素往往会使作品沦为思想贫瘠的庸俗之物，真正好的故事需要在喜剧性的表达之下构建故事内核，使故事在滑稽可笑之外仍有可思可想之处。在《欢迎来到万事屋》中，玩家在故事的前两幕中扮演不同的角色，穿梭在不同的剧本中，他们时而是无所事事的游民，时而是聚光灯下的明星。到最后一幕，当嬉笑与欢乐褪去后，玩家才发现自己的真实身份——一场大地震的幸存者。这场地震使他们失去了至亲至爱，为了逃避现实生活，他们选择将地震当天发生的事情全部忘记，并来到万事屋寻求治疗。悲剧性的内核为故事增添了厚度，也使前面嬉笑怒骂的喜剧性表达不流于浅薄。

## 2. 剧本杀的主要风格

在剧本杀中，"风格"是指故事内容所背靠的国家及时代背景，其中，时代背景又作为一种隐性标签而存在，向玩家昭示着这个故事的一些"倾向"与"可能"，而不是作为一个简单的背景板。常见的剧本杀风格主要可以分为"中式""日式""欧式"三个大的类型。

"中式"风格即指以中国为背景的剧本杀,"中式"风格又会以时代为尺,进一步细分为"古代中式""近代中式""现代中式"。"古代中式"即发生在中国古代的故事,部分剧本杀会以真实存在的历史事件为背景展开故事,但更多剧本杀会倾向于自由度更高的"架空"形式,借用古代的时代背景、民俗故事等展开想象,如创造一个武侠世界,让现代都市青年跨越历史,在剧本杀中感受江湖儿女的爱恨情仇。"近代中式"则更接近青年人记忆的"历史",这类剧本杀通常会从时局多变的民国时代取材,借由当时的社会变革,展现人物在新旧冲突下情感与思想的变迁。"现代中式"则是最贴近青年群体当下生活的一类,它会更聚焦于社会当前或青年群体中存在的问题与困惑,如现代剧本杀《屋》对青年人当下精神状态的关照,并以扮演精神病人的方式让参与者审视自己的内心困境。

"日式"风格是以日本为故事背景的剧本杀类型。与"中式"剧本杀的贴近真实历史、真实生活不同,"日式"剧本杀更多体现的是当代年轻群体在接受日本文化影响后,从日本文艺作品中二次孵化出的想象中的日本社会,这类作品也常常包含着一些非主流要素,如变态心理、混乱的伦理关系、血腥暴力等。这些区别于现实生活的场景构建,在一定程度上是为了满足人们的猎奇心理。

"欧式"是指以欧美国家为故事背景的一类剧本杀。创作者会借由欧美历史上的重大历史事件为锚点,将参与者带回历史上的某个时刻,使其在宏大的历史背景下体验跌宕起伏的人生历程。如《瓦尔纳的遗作》中的"女巫事件",《无声之海》中的"美苏冷战"等。除使用真实历史事件之外,还可以从欧美历史中选取特殊的时间节点,并根据该时代的风格特点来虚构故事。如以中世纪为背景的剧本杀,在文本与演出上均会呈现出哥特式的黑暗、惊悚特点。以剧本杀《花衣魔笛手》为例,故事以格林童话为切入点,由此延伸出各种荒诞、变态、惊悚、猎奇的情节,同时集合了怪诞的马戏团、神秘的教会、商人工会等具有哥特色彩的元素。正因为故事的背景设定在欧洲中世纪这一遥远的时代,那些远离日常生活的风格要素得到了更为合理化的呈现,也为参与者提供了自由联想的空间。

### 3. 剧本杀的谜题设置

剧本杀的故事往往围绕一个"谜题"展开,强调的是破解谜案的过程,旨在让玩家通过解决谜题,体验推理所带来的智性愉悦。如何设计有新意的谜题,如何铺设悬念并吸引玩家逐步推理,是剧本杀创作的关键。我们可以将"悬念"看作一种开放性结构,它通过文本中所呈现的未定性状态,来加深玩家与文本的联结。换言之，"悬念"可以邀请玩家主动地参与到解谜的过程当中。它是一种精心设计的"失衡"，其不稳定的状态促使玩家介入到故事之中，透过玩家的能动作用帮助故事完成从开放到聚合、从不完整到完整的过程。在谜题被侦破的一刻，文本内原本失衡无序的状态才得以达到平衡。剧本杀受推理小说影响颇深，其谜题的设置也吸取了诸多推理小说的设计手法。

（1）"本格"与"变格"

借用推理小说中的概念来为谜题进行分类，可以按照推理方式分为本格推理与变格推理。

"本格"推理，是指推理小说中以正统推理为主的类型，它以解谜为最高原则，其本质是逻辑的推演，所以本格类剧本杀会铺设大量的细节，以严丝合缝的逻辑推理与环环相扣的线索导向，完成对谜题的推导。以剧本杀《讲台的异梦》为例。在支线案件"斜屋温泉凶杀案"中，凶手利用凶案发生地的地理位置及物理原理，营造出死者从温泉上方观景台失足坠亡的假象，为自己制造不在场证明。由此，编剧设计了锁定真凶的关键线索，如，死者在收到信件后才出发前往观景台，通过地图线索和剧本内容可知，送信需要经过长长的木质走廊，极易发出响声。在送信时间段，每位玩家都听到了响声，意味着送信人经过了所有房间，因此送信人一定居住在距离死者最远的房间。又如，嫌疑人中有人的手上有冻伤痕迹，这是温度急剧降低后造成的伤痕，可以此指向对应的物理原理。可以看到，本格推理虽然多为发生在日常生活之外的离奇案件，但无论是犯案手法抑或破案关键，都紧扣严密的理性逻辑。

"变格"推理是在本格的基础上演变而来的一种新类型，注重案件的离奇与反转，不将解密看作最终任务，因此，变格本中常常会包含一些超自然元素，如都市怪谈、灵异、死而复生、时空穿梭等。这并不意味着变格本的设定是全然的天马行空，它仍需遵循故事的世界观所规定的规则框架，并保证谜题的发生及推演都在该框架范围之内。变格推理首先需设定一个迥异于日常世界的世界观，它是情节发生的基础。仍以剧本杀《讲台的异梦》为例。故事以一个虚构的小城"东和县"为背景，此地有一个广为流传的神秘传说——每个人心中的执念都会化作言灵，当人成长到18岁时，言灵会彻底成型并主宰这个人一生的命运。《讲台的异梦》正是基于言灵这一世界观设定来编织故事，故事的核心人物在此背景的设定下一次次复生，导致同一时空中出现多个不同年龄段的同一人，故事因此诡谲离奇，充满反转，但整体上又遵循着这个虚构世界的逻辑规则。

除围绕一种推理类型来设计谜题之外，还可以灵活融合本格与变格两种推理类型，设计多重谜题。在剧本杀中，一个主线案件往往还会包含多个支线案件（又称次案件），次案件既作为谜题而独立存在，在情节上又与主线案件有着千丝万缕的联系。次案件作为主要情节的一个切片，能帮助玩家一步步接近主线案件的真相。在设置主线案件与次案件的谜题类型时，一般有两种方式：一是主案件与次案件皆为本格或变格推理类型；二是主案件与次案件分属不同的推理类型，如主案件为变格推理，次案件为本格推理。剧本杀《讲台的异梦》就属于后者，用一个主案件来串联四个次案件。其中，主案件是以言灵传说为基础的变格推理故事，涉及死而复生、时空穿梭等变格元素；次案件的设计则主要采用本格推理的手法，将客观的物理知识（热虹吸效应）加入到案件当中，强调逻辑推理。本格推理与变格推理的融合，能使玩家在长达几个小时的剧本杀过程中不断切换思维模式，保持着高度参与的状态。同时，本格对逻辑推理的强调，能给予玩家更强的掌控感，在天马行空的变格推理中加入本格推理所特有的理性元素，可使故事的整体节奏趋于协调。相较于单一的推理模式，复合式的推理模式与谜题设计也更受玩家欢迎。

综上，本格本与变格本所包含的要素大不相同，在为剧本杀设计谜题时，需根据所选推理类型及其各自的特征进行创作。

（2）"核诡"与"叙诡"

谜题具体是由什么构成的？借用伏尔泰对戏剧艺术的精到总结，"每一场戏必须包含一次争斗"[1]。那么对于剧本杀而言，则是"每一场剧本杀必须包含一个诡计"，是"诡计"构成了谜题。剧本杀中主要有两种诡计——"核诡"与"叙诡"。

"核诡"即核心诡计，它是贯穿整个剧本杀故事的主线，既是解开谜题的关键，也是谜题产生的源头。如电影《楚门的世界》，核诡就是主人公生存的世界是一场精心设计的电视真人秀，整部电影都围绕这一点生发开来。假若在电影开始时楚门就已知道这个世界的真相，那么整部电影就将不复存在，可以说，核诡是剧本杀故事成立的基础。

"叙诡"，是叙述性诡计的简称。叙述性诡计中的"叙述"主要是指故事的叙述者，编剧会利用叙述者的"不可靠性"，将其设计为实施诡计的幕后推手。在叙述性诡计当中，编剧会通过对故事结构、叙事技巧、人物视角等方面的处理，将

---

1 顾仲彝：《编剧理论与技巧》，上海人民出版社 2016 年版，第 74 页。

部分事实刻意隐藏起来，或误导玩家，待玩家被引入预先准备好的情境中，再通过关键信息的揭露完成反转，达到让玩家惊奇的目的。常见的叙述性诡计有三种：

其一，人物叙诡，是指通过对人物的年龄、性别、外貌等身份信息的处理，误导玩家对人物产生错误认知。如剧本中"面容姣好的高个子女人"，实际上是个男性。又如利用双胞胎的设定，通过双胞胎外貌、年龄等方面的相似性给玩家造成他们是同一个人的假象。其二，时间叙诡，是将故事中的时间概念加以模糊或混淆，如一个故事发生时间、所持续的时间长度、不同时间节点变更的标志。以剧本杀《讲台的异梦》为例。该作含有多条时间线，分别为 2005 年、2023 年、2033 年，编剧在第一幕的人物剧本中让玩家经历 2023 年发生的故事，在第二幕又转换为 2033 年，将不同时间发生的故事混合在一起，让玩家误以为各个事件发生在同一个时间节点当中，并用这种方式掩藏起玩家们的真实身份。其三，空间叙诡，指围绕故事的发生地点设计诡计，如对故事的发生地不做明确说明，将两个或者多个相近的空间拼贴在一起，或模糊化处理，让玩家误以为仅存有一个空间或所处空间被转换。

在剧本杀中，核诡往往只有一个，而叙事性诡计则可以多类型并存。以剧本杀《月落洼》为例。该作综合使用了人物叙诡、时间叙诡、空间叙诡这三重诡计。《月落洼》的时间设定在民国，地点在一个名为时珞庄的宅院中，5 位玩家所扮演的人物是时珞庄庄主安季奚的远房亲戚，5 个人物均自小在时珞庄长大。以其中一个人物"安梧"的视角来看，扮演"安梧"的玩家将通过自己的故事剧本接收到诸如："有时候你觉得自己重复过了某一天……""你确实有了两段'8 月 16 日'当天的记忆……"[1] 等误导信息，并产生了自己可以穿梭时空的错觉。而故事的进展又反过来印证了这一错觉。如在后续剧情中，安梧于 9 月 20 日在时珞庄发现了其他人的尸体，他决意在时间倒转之时将众人救下，果然在接下来的剧情中，安梧回到了 9 月 15 日命案发生之前，先前死去的伙伴们仍旧"活着"。如此扑朔迷离的故事走向，正是在三重诡计的共同作用下产生的。案例中的时间叙诡，建立在人物叙诡与空间叙诡的双重基础之上。在《月落洼》的前史故事中，时珞庄背后的庄主安季奚是个科学狂人，为了研究影响人性格行为的因素，他特意寻找了 5 对双胞胎做对比研究。他首先借由月落洼的特殊地形，在北面和南面分别建造了一座时珞庄，并将 5 对双胞胎分别安置南北两座时珞庄中养大。同时，为了方便

---

1 刘斯宇：《月落洼—安梧》，北京智乐源文化发展有限公司 2019 年版，第 3 页。

记录样本信息，他将北时珞庄的时间提前了一个星期。扮演安梧的玩家对另一座时珞庄的存在一无所知，当同伴死亡，安梧再度从昏迷中醒来，实际上已被调换到了另外一座时珞庄，并遇到了尚未死去的"同伴"——同伴的双胞胎兄弟姐妹。两座高度相似的时珞庄是实现空间叙诡的基础，5对被分开并隔绝养大的双胞胎是人物叙诡的基础。安梧视角下的时空穿梭错觉，则是利用了两个高度相似的空间，刻意模糊时间，以此营造出时间错置的效果，在此基础上，安梧个人的故事剧本不断给予玩家以"时空穿梭"的误导，当安梧在不知情的情况下被调换到另一座时珞庄，再次遇到与同伴相貌一模一样的5人时，"时空穿梭"的假象则被"证实"，时间叙诡就此完成。可见，时间叙诡是在空间、人物的双重诡计基础上得以成立的，三者相辅相成，使故事的谜题被掩藏在重重疑云之下，扑朔迷离却又有着严密的逻辑链条。

总结而言，多个叙述性诡计的运用，可为剧本杀的谜题增添趣味与难度，在故事情节上制造意料之外又情理之中的反转。

## 二、建构剧本杀故事

在明确剧本杀的类型、元素、风格、谜题之后，一个剧本杀故事所需的基本元素及大致的内容梗概也已初步确定下来，在此基础上，需进一步选取并锁定故事的核心事件，这个核心事件通常紧扣着剧本杀的主题立意，并贯穿于剧本杀的全部环节。当核心事件选定，剧本杀的所有人物剧本、组织者剧本、搜证卡等故事文本均要围绕该事件进行编织。其中，分派到各个玩家手中的人物剧本是剧本杀的主体部分，从创作角度来看，人物剧本是基于剧本杀故事的核心事件，从人物各自的视角出发，拆分并延伸出多条人物故事线。人物剧本的创作则可以从视角拆分、细节填充两个方面来讨论。

### 1. 拆分故事信息视角

剧本杀的故事梗概通常采用的是"全知视角"，要将全知视角转化为多个内聚焦视角，则需从故事梗概中提取关键信息，捕捉这些信息点所对应的人物视角并为各个人物分配信息点，初步建立人物关系。下文将结合一个简单的故事梗概，解析文本拆分的方法与流程。

今天是情人节，但明德的心情并不愉快，他因工作出现重大失误面临着裁员危机，想到沉重的房贷他十分焦虑。虽然心情不佳，可想到今天还是妻子的生日，他前往花店为妻子准备礼物。排队时，明德听到前面一份鲜花订单送花人是自己隔壁的邻居曾立仁。联想到妻子最近对他的态度越来越冷淡，还有那无端热情的邻居，明德的心沉入谷底。他立刻返回家中，在家中等待，不多时，果然有配送员上门，并将一大束鲜花放在他家门口。鲜花中附带的贺卡上甚至写着"宝贝"等暧昧话语。愤怒的他敲响了邻居家的门，却无人应门，于是他跑去杂货铺购买了一瓶农药，晚上妻子回到家，两人争吵，第二日丈夫明德被发现死在家中。

根据这个故事梗概，可首先将故事中可发展成事件的信息点单独抽取出来。这个故事梗概中可抽取出8个信息点：妻子生日、裁员危机、家门口收到鲜花、怀疑妻子出轨、敲邻居门、杂货铺购买农药、夫妻关系冷淡、两人争吵。

信息点抽取完成，则要为拆分出的信息点找到与之匹配的人物视角，即谁有可能会获得这些信息。如"妻子生日"这一信息点，除夫妻本人之外，两人的朋友、妻子的同事等均有可能知晓。"家门口收到鲜花"这个信息处于公共空间发生，是各个视角都有可能获取的公共信息。"裁员危机"这一视角较为私密，可能来源于明德生活或工作中会接触到的人，如同事、好友，或者是有机会听到他打电话的小区保安。"怀疑妻子出轨"，出自丈夫明德的猜疑，为了求证，明德也许会向妻子同事、好友旁敲侧击，可由此拆分出妻子同事、好友等视角。明德"敲邻居家门"出自旁观者视角，可能是邻居或小区保安。"杂货铺买农药"则可能出自杂货铺老板视角，或目击这一事件的邻居等。"夫妻关系冷淡""两人争吵"则属于在邻居的视角下可能会获取到的信息。

为所有信息点找到合适的人物视角，则需进一步梳理并均衡每个人物能够获得的信息量。在这个案例中，依照信息点与人物视角的匹配程度，可初步分配为：妻子的朋友掌握"妻子生日""怀疑妻子出轨"两条信息，小区保安掌握"裁员危机""敲邻居家门"两条信息，邻居掌握"夫妻关系冷淡""两人争吵"两条信息，杂货铺老板掌握"购买农药"一条信息。然而，这种分配方式并不完全均等，不均等的信息会导致边缘人物的产生，剧本杀的每个人物都要由玩家来扮演，为保证每个玩家体验均等，在创作环节就需保证每个人物所获得的信息量是均等的。因此，在初步分配之后，要根据各个角色所得到的信息量及剩余的信息点进行二次分配，将多出的信息匹配给缺少信息的人物。二次分配是基于信息均等的考虑，可能会导致信息本身与人物之间缺乏关联或关联不紧密，在这种情况下，可以利用信息错位的方式，进一步调整信息与人物的匹配关系，既能平衡信息量，又可以制造悬念效果。如将原本属于邻居视角的"两人争吵"归于杂货铺老板，再将公共视角信息"家门口收到鲜花"分配给邻居，原本单纯的人物关系也随之发生了变化——与杀人案没有直接关联的杂货铺老板，却对死者的家庭隐私了如指掌；疑似死者妻子"秘密情人"的邻居，却要利用送花这种方式刻意披露这段应该保密的关系。信息错置使两个人物同时具备了杀人的嫌疑，人物与死者之间的关联更加紧密且更富戏剧张力。对于编剧而言，信息点与角色的匹配关系建立完成，剧本杀的人物关系雏形也就初步建立起来。

## 2. 填充故事细节

信息拆解与信息点匹配完成，则需围绕人物将这些信息点进一步扩充成具体事件，结合人物关系，填充故事细节以完善人物的个人故事，推导人物行动线。在剧本杀中，由于每个人物都承担着一个共同的身份前提——犯罪嫌疑人，对人物身份设定的扩充就是合理制造其杀人嫌疑的过程。

以前文案例中的"邻居（曾立仁）"为参照对象。将人物放置在现有的人物关系中加以考量，曾立仁作为死者的邻居，与死者夫妻在地理位置上靠近，死者清楚地知道邻居姓名，双方应有一定日常接触；死者因一束鲜花就怀疑妻子与邻居有婚外情，一方面昭示了死者夫妻关系紧张，一方面则暗示妻子与邻居存在一定的接触，且邻居身上还可能具备了招致死者嫉妒的其他客观条件。结合人物所掌握的信息点来看，"家门口收到鲜花"一条信息，说明曾立仁在案发当日曾回到家中，然而作为邻居，曾立仁却未能在事发当晚听到夫妻争吵。根据这些信息，则可以尝试对人物故事进行简单的扩写，如下：

> 你叫曾立仁，今年30岁，虽到而立之年还未成家，但有一份稳定的工作，日子过得还算凑合。你的隔壁新搬来了一对夫妻，妻子叫文婷，十分漂亮但穿着总是很朴素。她的丈夫似乎不常在家，有好几次，你碰见她一个人抬着大堆的快递，忍不住帮她抬回家，她极有礼貌地回赠了些小礼物给你，一来二往你和文婷成了朋友。从她口中你得知她的丈夫明德是个工作狂，虽然文婷一再强调丈夫为家庭付出许多，但看着她并不算精致的衣服和逐渐憔悴的脸，你从心底里觉得这对夫妻的关系并不和睦。不过，明德与你不太对付，哪怕你对文婷没有做出任何越轨行为，他对你这个单身的男邻居依旧没有什么好脸色，有一次你只是帮文婷提了会儿购物袋，他竟误会你故献殷勤，想对你大打出手。你从来没被人这么对待过，一时气急与他扭打起来，缺乏锻炼的你简直像个出气筒一样被明德压在地上打，好在小区保安及时赶到，避免了事态升级。

自此以后你和文婷的关系也变得尴尬起来，她几次道歉你都没有理会，但偶然间听到小区其他人谈起，明德像是换了个人一样，最近常常送文婷花和礼物，惹来周围人一阵艳羡。

这天正值周末，有严格时间观念的你像往常一样九点整出门买菜，开门时正巧碰见隔壁的夫妻出门，你瞧着明德脸上罕见的笑容，暗自感慨这人转了性。过了大概半小时，你的电话响起，是外卖员通知你网上订购的鲜花即将派送到家，于是你驱车返回。刚到小区门口，你看到明德紧皱着眉往家中跑去，似乎十分生气，你下意识避开不想触霉头，将车停在楼下并在车里待了会儿。果然，过了几分钟你听到一阵砸门声，而后明德怒火中烧地离开了小区。你暗自庆幸还好在车里待了一会儿，上楼后你发现自己买的那束花被丢在了楼道中间，万幸贺卡还在。你忍不住吐槽起外卖员不靠谱，却也没时间多想，因为今天是你和新女友度过的第一个情人节。你急忙换衣服出门，直到第二天才返回家中。

基于人物关系、信息点进行推导与扩写，邻居的基本身份信息初步明确。接下来，需要设计人物的杀人动机，强化以死者为核心的人物关系网，制造人物与死者的对立关系，保证每个人物身上都有疑点，以此增加推理难度，促进玩家间的互动。

设计人物犯罪动机主要通过两步，一是在已有的个人故事信息中挖掘矛盾，将矛盾转化为人物的行动动机，二是强化矛盾。仍以邻居曾立仁为例，在已有的人物个人故事中，死者明德善妒易怒，因怀疑邻居曾立仁对妻子有不轨之心，与其发生过肢体冲突，这一冲突可以成为曾立仁的杀人动机之一。而当挖掘出的动机不足以支撑人物做出凶杀行动时，编剧需进一步强化双方的矛盾冲突。首先，抓住人物间的主要矛盾，设计具体细节。以曾立仁与死者的关系来看，两人的矛盾主要围绕死者妻子文婷展开，从死者的视角来设计，可以据此制造曾立仁对文婷有好感的证明，如曾的手机中有文婷的照片。从曾立仁的视角来设计，则可以从死者的行为入手，如屡屡遭遇死者刁难，在公共社交平台遭到造谣辱骂等，导致二人积怨渐深。除了可以将人物的个人故事进一步丰满之外，这类证明二人对立关系的事件又可以作为线索卡，通过搜证环节披露给其他玩家，以强化该人物嫌疑。

综上，通过信息点扩写、充实人物关系、推导人物行为逻辑并为人物找到合适的动机后，原初的故事梗概就形成了多个不同视角的切片。碎片化的信息使每个玩家都处在受限的视角当中，直接驱动了玩家间交互行为的产生，并通过持续的交互行为来获取其他视角的信息。

### 三、从故事到剧本杀

完成故事的基础架构、人物设定与核心事件后，编剧则需在故事的基础上梳理出剧本杀的整体流程——即参与者将完成的该剧本杀的所有环节，如分发剧本、演绎环节、阅读环节、搜证环节、公聊环节、复盘环节等安排。剧本杀流程一般包含在组织者（主持人）剧本中，并在实际的游戏流程中由组织者所整体把控。剧本杀各个环节的设计指向的是对剧本杀演出氛围的营造与情感走向的把控。不同类型的剧本杀因其所需要的效果不同，在流程上也会有所区别。

以重还原、情感类的剧本杀为例。该类剧本杀着重于让参与者在还原故事中体验多重情感，所以流程的第一项是"匹配角色"，确保参与者在整个故事体验中拿到贴合自己的角色。角色的匹配主要分为两种方式，一种是通过测试题分角色，剧本杀组织者需根据参与者做出的选择给出角色判断，避免玩家拿到雷点角色。第二种分配方式是参与者主动选取，即玩家根据角色的基本概况来自由挑选。总体来说，该类剧本杀的角色分配主要从三个维度来判断，一是参与者对不同情感的重视程度与顺序排列，同样是情感的沉浸，但每个角色会各有侧重，因此参与者需要对例如"亲情线""爱情线""家国线""友情线"等情感线进行排序，组织者需按照玩家对各个情感类别的感知程度来匹配角色。二是参与者的情感雷区，如某位参与者对姐弟恋十分抵触，那组织者在分配角色时就要避免为该参与者匹配这类角色。三是参与者的性格倾向，重情感体验的剧本杀有一鲜明特点，它需要参与者在向内沉浸情感后再向外输出，就如同在一出戏中，情感的张力需由对手演员互相"给戏"，假设某位参与者不擅长社交或情感输出，那应当避免对方拿到主要输出的角色，以防影响其他参与者体验。

为参与者匹配相应角色后，剧本杀组织者会发放人物剧本，并以剧外的主持人或剧中人物的身份开场，引入互动式演绎帮助参与者进入角色。在阅读第一部分的个人剧本后，各位参与者将以角色身份开启第一次故事内互动，与其他玩家初步建立情感关系，这个环节的形式通常为参与者依次自我介绍并简述自己与其他人物间的关系。介绍结束后，剧本杀流程来到游戏环节，设置游戏的目的是快速拉近参与者的关系，并进一步强化情感。而为了契合剧情的发展，使游戏环节不至于突兀，游戏的设计还需参照剧本杀故事的时代背景，如背景设定在中国古代的剧本杀，游戏通常有投壶、诗词接龙、猜灯谜等。而现代剧本杀则会有诸如猜歌名、绕口令等游戏。值得一提的是，一些时代背景极具特色的剧本杀，游戏有着极佳的效用，如《古惑仔》中的"抢地盘""赛马"等游戏，这些带有浓厚港式风格的游戏环节能够帮助参与者快速沉浸到故事的时代中。

游戏环节结束后，组织者组织第二次人物剧本的阅读。此次人物故事着重于人物情感的起伏，即原有的人物关系开始发生转变，随着人物关系的变化，场上的参与者逐渐形成对抗关系，矛盾开始激化，由此完成情节上的突转。在对抗关系中，每个人物的剧本故事将会或明或暗地将矛头指向一个共同的敌人，接下来，凶案发生，共同敌人身亡。与推理类剧本杀不同的是，情感类剧本杀的案件中，"凶手是谁"并不重要，凶案的目的除了推动剧情的发展外，更重要的是让剧中人物作出选择，以此完成情感上的又一次强化与升华。如从角色甲看来，案件是由他的爱人所为，那么他要抉择是保护自己所爱还是为公正发声。当剧本杀进入结局阶段，也到了人物情感最沉浸的环节，与传统戏剧不同，剧本杀的结局会依据参与者的选择产生不同的剧情走向。首先组织者会向各位参与者发出提问，以故事人物身份出发，应该作出何种抉择，如面对身为杀父仇人的爱人，是选择相忘于江湖还是拔刀相向。根据参与者的选择，组织者将故事引向最终结局。结局的呈现通常为演绎与人物"输出"相结合，所谓"输出"是指参与者基于自己对人物的理解、对故事的感受，对与自己有情感纠葛的对应人物输出自己的想法，参与者既是作为故事的人物身份，也是作为原生的自己去审视，在双重感知下以情感催动故事达到最终的高潮。

梳理到此处，可以看到的是，重还原、情感的剧本杀在流程上每一个环节都服务于对人物情感的强化。同样地，重推理的剧本杀在其流程上则侧重于让参与者体验到层层递进、抽丝剥茧智性愉悦；而重机制的剧本杀，则会用小机制与大机制的结合，如3—4个游戏小机制完成阵营的分布，再用大机制安排参与者开启竞争，达到一种竞技式的刺激体验。总而言之，不同类型的剧本杀会有其不同的游戏流程，而流程中所有环节的设置都作用于对参与者的感召，以带领参与者一步一步走入故事世界，完成或情感或推理或竞技的感官体验。

# 第三节　剧本杀的创作技巧

剧本杀的创作立足于它独特的呈现形式，不仅有对故事的处理，更需要去关注在演出过程中如何让参与者与故事融为一体，而不是仅仅作为一个苍白的旁观者。因此，在剧本杀的创作过程中，还需要一些创作技巧去辅助剧本杀创作，使整个游戏流程更加丰富。

## 一、交互性开放文本的写作策略

在剧本杀中，故事的"主人公"与"读者"通过扮演的方式超越了简单的阅读行为重叠在一起，构成了主人公与读者先产生内部交流、再一同与作者产生交流的交际过程。这一过程中所包含的群体互动与集体创作的成分使它打破了传统文学中围绕主人公设置的封闭统一体，文本呈现出了交互性的特点。因此，在探究剧本杀的创作时，对"交互性"的认识是绕不开的一环。

在戏剧领域，交互通常是指演出过程中舞台上的演员与舞台下的观众所产生的互动。正如马丁·艾思林所说，在戏剧活动中，作者和演员"是整个过程的一半，另一半是观众和他们的反应。"[1]正是由于观众的存在，表演才得以开始并进行。戏剧演出中的互动主要集中在以下三个方面：一是舞台上的演员的互动，主要指演剧时角色之间根据剧情发生的互动；二是演员与观众的互动，指演出时演员引导观众进入故事、成为剧情中的一员，或者演员暂时离开剧中情境，与现实的观众发生互动；三为观众之间互动，指观众基于剧情的共鸣与交流。传统镜框式舞台中，由于"第四堵墙"的存在，主要的互动存在于第一方面，第二与第三方面是次要的。而在新的观演关系中，当观众被放置在舞台上成为角色的那一刻，不仅观众与演员之间的第四堵墙被拆除，横在观众与观众之间隐形的隔板也被随之拆除。剧本杀的文本即建立在观演融合的基础上，其所追求的交互性，是建立在观众与演员及观众内部这两个层次的互动，因而，它要求文本呈现开放的姿态，以容纳参与者介入甚至操控事件的发展。借用数字媒体专家珍妮特·穆瑞（Janet Murray）对电子叙事中作者的看法，"作者就像是一位舞蹈指导，他提供节奏、背景及表演的步骤。交互者利用可能的步骤和韵律指令表，在作者设定的众多可

---

1　[英] 马丁·艾思林：《戏剧剖析》，罗婉华译，中国戏剧出版社 1981 年版，第 16 页。

能的步骤中即兴创造一段特别的舞蹈"[1]。剧本杀亦是如此，编剧需要在文本中创造交互的空间，设计交互的节奏，拟定各个分支情节下的预期效果，然后敞开叙事的大门，迎接参与者的到来。

迪克森·史蒂夫在《数字表演：新媒体历史中的戏剧、舞蹈、行为艺术和装置艺术》中将交互性分为四类："导航"(navigation)、"参与"(participation)、"对话"(conversation)、"协作"(collaboration)。[2] 其中，"导航"是最简单的交互形式，典型的导航交互是互联网中鼠标的一次点击。"参与"则是一种功能互动，它是更深入交互的基础。从"对话"开始，进入了一种有意义的互动模式，在"对话"中，观众和作品之间建立了一种显性而复杂的互动关系，观众开始参与设计好的选项和序列模式。而当互动者成为作品的作者或是共同作者时，第四类交互性"协作"就开始了，这是一种超越客体的互动，是一种文化参与。这四种类别的交互层层递进，逐步深入，每深一层的交互，意味着观众拥有了更多的自主权，并能为作品创造更多价值。根据这个标准来看剧本杀，剧本杀无疑给予了参与者较高的自由度。在剧本杀中，作为玩家的参与者，在剧本杀故事中拥有具体的人物身份，他们的存在本身就是故事的一部分，这使剧本杀的玩家区别于沉浸式戏剧或即兴戏剧的观众，拥有与文本内容天然的联结，而剧本杀所包含的自由推理、即兴表演等环节，又一度将玩家提升到了与编剧共创的位置。综合来看，剧本杀似乎触碰到了更深层的交互模式。然而必须承认的是，建立于文本之上的交互很难让参与者在真正意义上实现与创作者的平等对话。

一方面，剧本杀的交互性更偏向一种娱乐化功能，它既要给予参与者足够的自由度，以释放他们过剩的精力和创作热情，也需要控制叙事的发展，使活动过程形成一个和谐整体。因此，剧本杀的交互性是提供给参与者一种可操纵叙事的"错觉"，如故事发展的方式、情节推进的节奏，虽然是通过参与者之间的内部交互和参与者与表演者间的外部交互这一动态过程中生成，但这一切的背后，是编剧"化身"——组织者控制着故事按照编剧预设的轨道运行。另一方面，交互中玩家的即兴扮演本身指向的是一种不可控状态。即使面对同一个情境，不同的玩家也会给出截然不同的反馈，如对婚姻关系敏感的玩家，在面对剧本杀《甜蜜蜜》

1　Janet Horowitz Murray, Hamlet on the Holodeck: the Future of Narrative in Cyberspace, New York: The Free Press, 1997, p.153.

2　Dixon, S. Digital Performance: A History of New Media in Theater, Dance, Performance Art, and Installation. MIT Press. (2007), p.563.

中夫妻从年少相爱到中年离散的情节时会潸然泪下，但一些没有类似经历的玩家，将无法对这种情感产生共鸣。因此，如何让故事中的叙事轨道顺利运行，如何在剧本杀文本中实现更高层级交互，如何引导玩家积极参与文本内容的建构，则成为剧本杀编剧需解决的重要问题。

为引导参与者全方位投入故事并完全沉浸到剧本杀的流程当中，在具体的创作上，可以通过三种方式来实现，分别为：任务设置；匹配适合的角色（为玩家匹配更易产生共鸣的人物）；构建交互式的演绎空间。

## 1. 任务设置

剧本杀具有鲜明的游戏性，规则是剧本杀世界运行的基本条件。为确保规则的绝对执行，剧本杀文本的创作参考了电子游戏叙事中"输入—反馈—输出"的算法链条，"和戏剧、小说、电影等叙事艺术创作不同，数字游戏的情节树状图需要设定能够使算法作出回应的'关键词'，必须按照算法的运行逻辑细致而琐碎地分解人物动作、选择和行为的每个细节，才能确保算法的运行和情节链条的畅通"[1]。因为剧本杀区别于电子游戏，是一种以参与者身体感官的实在交互为基础的线下活动，它无法用数字算法完成规则的运行。因此，任务的设置代替了算法，而发放任务的职责也由算法系统转交给了剧本杀的组织者（主持人）。组织者发放任务，引导参与者行动的方向，以任务的触发和完成去驱动情节的动态发展，并控制叙事的交互和故事的节奏。以任务在游戏流程与情节发展中所承担的功能为依据，可将剧本杀中的任务分为：介绍型任务、抉择型任务、推理型任务。

介绍型任务，即玩家以自己所扮演的人物的视角，向其他玩家介绍自己目前所获知的重要信息。这类任务通常在剧本杀的第一幕中使用。第一幕作为故事的开端，玩家仅阅读了属于自己的人物故事，对其他玩家所扮演的人物及人物关系并不了解。为了让在场的玩家快速建立联系，"介绍自己"成为最直接的互动方式，因此，该阶段个人任务的形式通常表现为："请向大家介绍你自己，尽量隐瞒你与死者的矛盾，并弄清其他人和死者的关系。"介绍型任务能有效引导玩家完成从阅读到口述、从受述者到叙述者的转换。当每位玩家开始介绍自己，玩家"个人"与"人物"的身份逐渐融合，其所扮演的人物与在场的其他人物产生交互，存在于二维世界的故事人物也开始走向立体。

抉择型任务，指在故事发展到某一特定节点时，玩家需根据当前情境作出选

---

1　孔德罡：《玩家视点、"具身化"和时空"拟真"：游戏学和叙事学视域下的游戏叙事学》，《上海文化》2022年第 2 期。

择的任务。同一个剧本中往往会包含多种抉择型任务。以剧本杀《是且仅是》为例。故事中的 6 位主角因身陷灵异事件而来到寺庙寻求高僧帮助。要被除恶灵，则要先弄清灵的由来。扮演"高僧"的组织者会先让参与者描述自己遭遇的灵异事件，并根据事件信息提供相应线索，由各位玩家一起推理。玩家将通过探索灵物的故事对灵物产生深入了解，唤起各种情感。而当玩家得到有关灵物的所有信息时，高僧会抛出一个抉择型任务，询问玩家"是否决定除灵"？玩家的选择不会影响故事的整体走向，但会陷入情感的两难抉择。在另一种抉择型任务中，玩家的选择将会直接影响故事的发展。仍以《是且仅是》为例。在该剧结尾，高僧的妹妹出现，声称高僧是导致玩家遭遇灵异事件的罪魁祸首，只要将高僧珍藏相册交给她，高僧的法力就会丧失，众人就能获救；而高僧却否认了妹妹的说法，并揭露妹妹才是凶手。此时，6 位玩家需在限定时间内作出决定：是否将相册交给妹妹，这将会导向故事的不同结局。由此，抉择型任务通常设置在故事发展到高潮时，人物陷入的抉择越艰难，越能使参与者沉浸在人物情感中，在心理层面上进入深层交互。抉择型任务为参与者创造了一个能够发挥主观能动性的情境，不同选择指向不同分支情节的设置，使剧本杀文本呈现出显著的开放性特征，叙事也更加流动。

推理型任务，是剧本杀的主要任务类型。推理型任务的基本形式是让玩家破解一个谜题，如"找出凶手，并破解凶手的杀人动机和杀人手法"。剧本杀往往由多个案件串联，它们分属于主线事件的不同侧面，一个谜题的解决指向下一个谜题的发生，直至最后真相的揭晓，所以，推理型的任务通常会设置在每个案件之后。在剧本杀中，推理型任务主要有三方面的作用，首先，推理型任务的发布构建了一个供集体讨论的公共空间，使玩家从故事中短暂地抽离出来，以非角色的视角观察已发生的故事，通过理性思考去推理解决事件的谜题。破解谜题的过程是公共交流的过程，亦是玩家之间交互的过程。其次，推理型任务对情节的发展起着推进作用，且给予了玩家参与到情节之中的体验，每一次破解谜题都是情节上的一次突进。第三，推理型任务确保了玩家间信息的同步。任务的发布是向所有玩家发出的提问，它单方面暂停了叙事，引导玩家去探讨当前故事中的所有细节，只有当每位玩家将该谜题画上句号后，叙事才会继续。可以说，推理型任务确保玩家在各个阶段都能保持公共信息的同步，为玩家进入深层交互奠定了基础。

## 2. 匹配适合的角色

剧本杀实现交互的重要前提，是引导玩家打破观演壁垒，成为故事的表演者。

区别于经过排练、导演指导的专业表演，剧本杀玩家的扮演行为是一种实时阅读与即兴表演的融合。因此，让玩家快速"入戏"，是使扮演成立并构成交互叙事的关键。其中，"情绪"是一个不可忽视的重要元素，玩家依赖情绪的变化，理解和追踪情节的发展，情绪波动越大，往往越能投入其中。把控玩家情绪的重要一步，是为参与者挑选适合的角色，用人物故事调动情绪。

一般情况下，剧本杀的组织者会向玩家介绍每个人物的基本信息，如"男，30岁，金融投资者"、"女，21岁，应届毕业生"等，玩家会根据自身的性别、年龄、职业等相关信息选择贴近自己的角色。这种简单直接的匹配方式尽管给予了玩家自主选择人物的空间，但组织者可提供的人物信息有限，玩家很难在一开始就找到适合自己的人物。如何尽可能让玩家匹配到贴合自己的角色？

第一种方式是利用测试题为玩家匹配角色，即根据测试中玩家表现出的倾向，为玩家选择合适的人物。以剧本杀《屋》中的人物"笑笑"为例。她的故事可以简单概括为："笑笑是一个普通上班族，上班时总爱笑脸迎人，无论同事找她帮多少忙，她都笑着答应。她有一个秘密，每次饭后总会去卫生间催吐，因为曾经的她身材肥胖，她害怕再变成原来受人嘲讽的样子。"由此，我们可以将笑笑的性格特点归纳为：讨好型人格、身材焦虑。继而针对这些性格特质的心理导向和外在表现来设计测试题，如下：

（1）你觉得付出是：

A. 等价交换、有来有往才能长久。

B. 所谓付出就是给对方想要的，即使自己不想的。

C. 换来人际交往的一部分。

（2）下面哪个词和你最有关系：

A. 减肥　　　B. 房奴　　　C. 父母的面子　　　D. 工作狂

当有玩家作出的选择与人物"笑笑"的"讨好型人格""身材焦虑"这些特点越相近时，说明玩家与角色的重合度越高，越能与角色产生共鸣，组织者即可将该人物匹配给这位玩家。

第二种匹配方式是以游戏的形式。如剧本杀《甜蜜蜜》中，开场时组织者会给每位玩家分发6张卡片，包括结婚戒指、宠物、全家福、奖状、风筝、轿车，分别代表承诺、陪伴、家人、荣誉、自由、财富。玩家需根据自己的喜好为6张卡片排序，根据卡片在自己心中的重要程度，每轮舍弃一种卡片，三轮过后，每位玩家手中只剩3张卡片。组织者会根据玩家最后剩下的卡片信息判断该玩家的情感倾向，以此分配不同角色。值得注意的是，设计提问或游戏时，最忌讳单刀直入，编剧需要贴近玩家的潜意识，隐而不漏地获取信息，如《甜蜜蜜》的匹配方式，组织者并不会直接告知玩家每张卡片的含义，排除外部因素的干扰，玩家会更容易表达出自己的心声，透露真实的取向。

### 3. 构建交互式演绎空间

从剧本杀的舞台呈现来看，它的演绎空间形态无疑是特别的，它脱离出剧院的厚重帷幕走向日常生活中的狭小房间，在"空的空间"中上演着虚拟世界的欲望与幻想。在这独特的"小剧场"环境下，剧本杀所构建的交互式演绎依循着空间上的特性，主要从两个层面构建，一是视听下的感官交互，二是沉浸式的观演交互。

（1）视听下的感官交互

视听下的感官交互是一种通过身体的听觉、嗅觉、触觉等五感进行的浅层交互，也是建立深层交互的基础。身体的感官是人们了解事物的首要媒介，它支配着人的感知行为，因此，无论在 VR（Virtual Reality）还是在沉浸式戏剧中，交互往往都会从人的感官通感入手，在视听之下完成与玩家\观众的首次"对话"。与两者不同的是，剧本杀虽聚焦于线下空间中人与人的实在肉身体验，但受狭小的演绎空间的限制。考虑到演出成本的控制，一场剧本杀往往只能在单个房间中进行，沉浸式戏剧《不眠之夜》中占地 6000 平方米的酒店作为演出"舞台"，在剧本杀看来近乎是天方夜谭。除了舞台空间，剧本杀也无法如剧场演出那般使用繁重而精美的舞台布景，大多数情况下，道具代替布景完成了对场景的简单阐释。在重重限制之下，剧本杀的视听交互似乎成为难题，不过，狭窄的空间既是缺点也能转化为优势，空间的压缩将玩家与舞台包裹在同一氛围中，反而会放大感官神经的反应。

首先，剧本杀可以通过音效和灯光营造场景氛围，引导玩家浸入故事。如在剧本杀《黑羊公馆》中第二幕的演绎，房间的灯光突然全灭，不远处传来小孩嬉笑的声音，天真的童声在幽暗的空间中尽显诡异，随后红色的灯光突然亮起，伴随惊悚的音乐，一个拿布娃娃的双马尾少女出现在玩家面前，极近的物理距离给玩家带去了极强的心理压迫，仿佛下一刻女孩就会冲进房间。其次，剧本杀还通过服装、空间、道具的设置来加强感官交互。以故事所处的年代安排服装与空间布景，结合故事所处时代背景加入道具，使玩家产生身临其境之感。这种听觉元素和视觉元素的设置，为剧本杀的参与者打造出了一种奇观化的视听体验，兼具沉浸与娱乐效果。

（2）沉浸式的观演交互

在交互式演绎空间的构建中，观演交互是较感官交互更深一层的交互，也是剧本杀的主要交互环节。在第一节中我们曾谈到，剧本杀中的新型观演样态指向对沉浸式的追求，沉浸通过拉近玩家与展示物之间的心理审视距离，达到让玩家增强情感投入的目的，而沉浸是观演交互的基础。如何打造沉浸式体验？美国心理学家米哈里·契克森米哈赖所提出的"心流"（Flow）概念能提供一定启示。所谓"心流"，是指人所达到的一种"最佳体验"，当人处于心流状态时，会陷入对事物的完全沉浸中，从持续性的、全神贯注的忘我状态里感到精神上的愉悦。米哈里在其著作《发现心流》中总结了产生"心流"体验有八个要素：

（1）面临一份可完成的工作；

（2）全神贯注投入其中；

（3）有明确的目标；

（4）得到即时的反馈；

（5）能深入而毫不牵强地投入行动中；

（6）充满乐趣的体验使人觉得能自由控制自己的行动；

（7）进入忘我状态；

（8）对时间的感知消失。[1]

"心流"形成的过程就是让玩家走向沉浸的过程，从"心流"的建立中，可以挖掘出引导玩家投入沉浸的方法。"心流"生成的第一步，是发布一个有难度但可完成的工作作为人物的任务目标，即设置任务，以此推进人物从"静止"到"行动"。其次，周围环境需要对人物的行动作出即时性反馈，使人物获得一种操控人生的满足感。随后，行动的层级由浅入深，在持续性的专注中，人物进入忘我状态——"心流"构成。

回看"心流"生成的整个过程，"行动"与"获得反馈"是两个关键步骤，将它们放置在剧本杀活动中来看，参与者们在游戏中产生的观演交互行为正是由"行动"与"反馈"所构成的。前面谈到，剧本杀中观演关系从分离走向融合，剧本杀参与者的身上承载了"玩家""观众""表演者"三重身份，这些身份会随着情节的展开不断切换。其中，交互式演绎空间中主要涉及的是参与者"观众"和"表演者"的两重身份，这也指向了剧本杀演绎的两种模式。

---

1　［美］米哈里·契克森米哈赖：《发现心流：日常生活中的最优体验》，陈秀娟译，中信出版社 2018 年版，第 126 页。

第一种是当参与者以"观众"身份在场时，发生在表演者之间的演绎，这就构成了近似亚里士多德式戏剧演出效果——观众无法介入情节，只能成为分隔在冲突之外的旁观者。与戏剧不同的是，首先，剧本杀的表演是片段化的表演，这使原本封闭的情境出现裂缝，情节的连贯性被打破，改为以"任务——演绎——任务"的方式连接情节。其次，观众无法在行动上介入情节，但仍以角色的身份存在于情境之中。以剧本杀《欢迎来到万事屋》为例。该剧开场通过两位警官的嬉笑怒骂带出剧本杀的故事情境，营造欢乐氛围，并向玩家交代基础信息与现阶段任务。玩家尽管以角色的身份在场，但并不能介入或干涉演员当前的演绎。如剧中小林警官的演绎，表演者对在场的玩家进行了一连串的质问，并没有给玩家预留出即兴回答的时间，但通过演绎的交互，每位玩家逐渐剥离了自我的身份，开始以角色的身份融入故事，从对角色的认知导向情感的联结，从而更高效地沉浸到故事当中。

第二种演绎模式是当参与者以"表演者"身份在场时，即"玩家扮演"，可进一步分为台词演绎型和即兴演绎型。

台词演绎型是指玩家根据"个人剧本"中的固定台词进行演绎，故事的发展与情境的建构都将沿着编剧预设的方向行进。剧本杀的玩家在扮演角色时通常是"即看即读"的即兴状态。阅读行为与扮演行为的同时发生，意味着玩家没有充足的时间来领会台词中蕴含的冲突与戏剧张力，因此，该类型的演绎更偏向于让玩家初步感知自己的扮演行为。以剧本杀《屋》为例。在第一幕"相亲大会"上，玩家先以"观众"身份观看了一段演绎：一对情侣见女方父母的情节，女方父亲在物质上对男方提出诸多要求，男方机智应对，现场气氛从剑拔弩张变为欢声笑语。在帷幕落下的一刻，玩家扮演随即开始。一男一女两位演员来到玩家身边：

　　男　哟，看上我们家姑娘了，算你们有眼光，那这彩礼钱你们是怎么想的呀？（手指指向对面三位男玩家）

　　三位女玩家　这彩礼钱你们怎么想的呀？（学男 DM 手势指向对方）

　　女　你们家姑娘是不错，但我们家小张也不差呀。彩礼钱肯定要给，就按规矩，10 万包三金。（用手向下摆出三）

　　三位男玩家　按规矩，10 万包三金。（学女 DM 手势）[1]

　　…………

---

1　大妖小怪：《屋》，猫嘎工作室 2022 年版。

在这段演绎中，玩家按照性别跟随不同的 DM 上演了一出结婚谈彩礼的戏码。在台词的设置上，编剧让玩家不断重复演员的最后一句话，重复的话语既强调了台词的重心，也由此组成了男女玩家间的一次对话。在接下来的演绎中，演员退到幕后，玩家作为表演者被推至前台。

　　**女玩家一号**　女强人这个词，在相亲时候怎么听都不像夸奖，好像叫了女强人，女人的特性就没了，就一定要配个普通男子。

　　**男玩家一号**　关键是这个男人老实，相亲时听到这样的话，通常女孩母亲会告诉她，老实好呀，听话，不会乱来，服你管。有时，老实也叫接盘侠。

　　…………

　　**女玩家一号**　女强人配老实男，普通女孩配经济适用男，贤惠女配直男，这一切都安排妥妥当当，之后，就会幸福了？会吗？

　　**男玩家一号**　我们今天为什么要坐在这里？不就是为了被爱吗？为了一个屋子里能装下两个人，更像大家认可的生活吗？[1]

当场演绎是借由台词中蕴含的困惑、愤怒等情绪，辅助玩家更深入去理解自己所扮演人物的所思所想。它将玩家集体朝向外部的目光收回，让他们在扮演中望向自己，并望向彼此，使在场的玩家不再拘泥于人物或故事本身，而去理解"女强人""老实男""普通女孩""经济适用男""贤惠女""直男"这些角色在当代社会的婚恋问题，将个人问题普适化。

相比台词演绎型，即兴演绎没有设定固定台词，编剧将给定一个情境，并以任务的形式发布给玩家，让玩家根据任务目标与情境内容即兴发挥。以《云使》中角色"雪使者"的个人剧本为例。

　　在第二幕 1898 年的照片世界中，你的身份是"孤女"，父亲是一个为国为民的好官，他在重审一桩冤案时被人杀害并伪装成自缢。看到父亲尸体时，你正在读他几天前寄来的信，信中透露的讯息让你知道父亲的死并不简单，但碍于权贵，家中无人可替你父亲申冤，你无奈之下扮作男儿身只身前往京城，终于找到人重审此案，现在，这桩案件的相关人等（其他玩家）都到了现场，只等拍案升堂。[2]

在接下来的升堂情节中，扮演"雪使者（孤女）"的玩家要开棺验尸时，饰

---

1　大妖小怪：《屋》，喵嘎工作室 2022 年版。

2　梵兔：《云使》，慢热 tuo 工作室 2021 年版。

演衙役的演员会上前询问玩家是否愿意开棺验尸，无论玩家同意与否，衙役都会再劝一句，"若开棺验尸了，恐怕会叨扰了李大人的在天之灵啊！"此处的劝阻实际上是以退为进，诱使玩家说出必须开棺的理由——为了父亲生前的清誉，为了涤荡朝廷的腐败之风。这是人物成长的关键时刻，需要玩家自己去体悟，用自己的行动去展现人物的果决勇敢。再如剧本杀《屋》中玩家的一个表演任务，编剧给出了参与表演的"演员"（医生、小小鸟、公主）、"环境"（公主婚礼）、"情境"（公主认定小小鸟是被诅咒的王子，准备嫁给他，医生谎称小小鸟是自己的情人，大闹婚礼）、"动作"（举办婚礼、抢夺新郎）。扮演医生、小小鸟、公主的三位玩家要依据编剧给出的故事大纲即兴演绎。

即兴演绎充分挖掘了玩家的扮演能力，给予了玩家足够自由的演绎空间，使玩家在自我创造中真实自然地借由所扮演的角色完成自我表达。这也正是剧本杀的独特之处，它用故事与谜题搭建了一个平台，鼓励玩家通过扮演行为与逻辑思维推理，去开拓自我的边界。

## 二、组织者的在场

组织者，顾名思义，是组织整场剧本杀的重要人物，组织者又名"DM"（Dungeon Master），该名取自桌游《龙与地下城》中"地下城主"这一角色，在该桌游中，地下城主的工作是引导玩家体验游戏关卡，从它的名字引用而来的剧本杀组织者，在剧本杀中也承担着相应功能，即引导玩家参与、衔接故事、情境演绎等。以一场剧本杀的运行过程为例，组织者将会以故事中某个人物的身份亮相，向各位到场玩家介绍该剧本杀的故事背景、故事类型、角色信息等。在分配好玩家角色后，组织者与相关演员进行开场演绎，此时，剧本杀活动正式开始。接下来，组织者将不时配合剧本内容发布任务、验收任务，以此推动故事进程，并根据玩家的完成情况提供一些辅助帮助，如在玩家难以解谜时，适时给予更多关键线索。当玩家推理出最后真相时，组织者与相关演员准备结局演绎，再向玩家复盘完整个故事，该剧本杀结束。

### 1. 组织者与叙述者

从组织者的含义来看，它在剧本杀中存在的意义与"叙述者"在小说、戏剧中存在的价值十分相似。何为"叙述者"？它是叙述作品中必不可缺的人物，既是作者创作出的人物，也是作者的代言人，作者通过"叙述者"与读者产生交流。

从叙事学的角度来看，美国文学批评家韦恩·布斯在其著作《小说修辞学》

中提出了"戏剧化的叙述者"这一概念，他认为当叙述者没有被赋予任何个人特征时，就是"非戏剧化的叙述者"，反之，当叙述者变得生动立体时，则为"戏剧化的叙述者"，它摆脱了仅作为作者代言的扁平形象，为叙述作品加入了动态的鲜活能量，使叙述变得多变而富有生机。

回到剧本杀的角度，其组织者含有三重身份，第一层是作为剧本杀编剧在场的化身，它承载了叙述、指挥、组合等多种功能。第二层是作为故事中的人物，在叙述者功能之外，它具有自己的主体意识。第三层是作为演员的个人存在，当演员从个人成为组织者时，扮演与叙述的行为开始同时进行，在文本空白、演绎空间留白的瞬息，需要组织者拿出作为演员的即兴能力去填充这些区域。可见，剧本杀的组织者与布斯提出的"戏剧化的叙述者"概念十分相近，下文就基于这一概念，探讨剧本杀组织者的分类。

2. 组织者的分类

借用布斯的概念，"戏剧化的叙述者"又可细分为"纯粹的旁观者"与"叙述代言人"两类，处于旁观者位置的叙述者不会影响到故事情节的发展，而作为叙述代言人的叙述者则会对事件发展过程产生一定程度的影响。以布斯的理论来看剧本杀的组织者，组织者都借用人物身份介入到故事层面，皆属于"叙述代言人"，而依据组织者对故事的介入程度，可以分为"次要叙述代言人"与"主要叙述代言人"。

次要叙述代言人是指组织者在该剧本杀故事中担任次要角色，人物的行为对故事的情节走向不会产生过多影响。其存在的主要功能是串联故事，并辅助玩家完成推理与演绎，组织者往往会根据故事的发展而灵活变换身份。举例来说，在剧本杀《欢迎来到万事屋》中，组织者在第一幕以警官的身份亮相，盘问各位嫌疑人（玩家）并下达命令（任务），要求众人在半小时内找到真凶。在第二幕中组织者身份转为颁奖典礼的主持人，组织各玩家完成颁奖仪式，并在典礼即将落幕时将他"发现"的凶案告知玩家，开启下一轮推理。

主要叙述代言人是指组织者在故事中担任主要角色，人物行为对情节发展起着至关重要的作用。以剧本杀《是且仅是》为例。组织者身份是月隐寺的高僧，其存在的目的是为6位玩家解决困扰他们的灵异事件，随着一个个灵异事件的解决，真相逐渐被揭露，原来高僧（组织者）才是致使6人来到这个世界的罪魁祸首。可以看到，在《是且仅是》中，组织者会先以故事边缘角色出现，随着剧情的推进逐步显露他与情节密切的关联，组织者身份的转变带来了情节上的反转。

又如剧本杀《讲台的异梦》，组织者在最初以老师的身份出现，随着情节的推进，老师的真实身份逐渐揭露，这一人物与故事中心形成聚合。综合两个案例来看，组织者的身份均经历了一个从次要到主要的转变过程。除制造情节上的反转效果之外，更重要的是，剧本杀中玩家将处于绝对主角的位置。这意味着剧本杀所构建的演绎空间与推理空间要在最大程度上交予玩家去呈现自我，如果组织者的身份在一开始就显现出其在故事中的核心地位，则会压制玩家的自我表露。

3. 组织者的功能

剧本杀的组织者与叙述者十分相近，引用法国叙事学家热拉尔·热奈特对叙述者功能的分类，在一场剧本杀的运行过程中，组织者主要承担着叙述、引导、交互这三种功能。

首先是叙述功能。叙述功能是组织者最基本的功能，无论组织者以"次要叙述代言人"还是"主要叙述代言人"的身份出现在剧本杀中，当组织者成为故事的讲述者时，即开始发挥叙述功能。组织者的叙述功能贯穿剧本杀始终，在不同阶段发挥着不同效用。在剧本杀的开场，组织者作为戏剧化的叙述者向玩家传达当前所处的故事背景和人物关系等相关信息。如在剧本杀《黑羊公馆》中，组织者化身公馆的管家，一身黑色燕尾服，手持煤油灯，站在庄园门口接待着意外到来的各位访客（玩家）。设置这个人物的作用在于，通过他的叙述营造可怖的氛围，并向玩家透露这座庄园的相关信息，以便让玩家更快进入情境之中。到剧本杀进程的中间阶段，组织者的叙述功能主要在于交代故事的关键信息，此阶段的玩家已对故事有了大致的了解，但对核心谜题还处于未破解状态，这时组织者作为一种推进因素介入其中，利用自己的全知视角，通过对未知故事的叙述，将玩家限制性视角下遗漏的信息补全。在剧本杀的尾声，组织者的叙述则开始侧重于还原整个故事，将谜题的真相、故事的细节、玩家行动的重点等信息事无巨细地传达给各位玩家。

其次是引导功能。组织者作为把控剧本杀节奏的关键，需要根据玩家当下的反馈实时干预玩家行动，引导故事的叙事进程按照编剧预设的道路前进，当玩家无法推进对谜题的破解时，组织者可在原有的线索之外适时给出更多的信息以辅助推理。如《讲台上的异梦》的第一起案件，当玩家难以通过手中已掌握的信息找到真相时，组织者会向玩家提供案发地点的图纸线索，让玩家察觉案发时的站台距离是破解案件的一大重点。

第三种功能是交互功能。前文谈到，剧本杀组织者会以故事内人物的身份介入情节。双重身份的嵌套使组织者与玩家的距离跳脱出泾渭分明的从属关系，而变为处于同一故事中的更为紧密的人物关系。在整场剧本杀中，组织者始终以故事内人物的身份行动，因此，无论在发挥叙述功能或是引导功能时，组织者都是以所扮演人物的行为逻辑与玩家进行着实时交互，这种交互能保证玩家持续沉浸在故事情境之中。

### 三、叙事视角的设置

不同于推理小说中作者带领读者通过侦探的视角追踪案件，剧本杀强调所有玩家的共同参与，因此，剧本杀分化了悬疑案件中侦探与凶手势均力敌的两相对立关系，将核心人物的视角信息均匀分散到给故事的其他人物，这就涉及叙事视角的处理。叙事视角，是指叙述者叙述故事时切入的角度，不同的视角会展现不同的信息。故事通常由叙述者透过"某个'折射体''透视''视角'的中介作用"[1]表达出来，这一中介作用即指叙事视角。在剧本杀的创作中，全知视角与限知视角是最常见的两种叙事视角。

1. 组织者的全知视角

全知视角是一种无固定视角的全知叙述模式，它会从多方面、多角度、多维度去透视整个故事，罗兰·巴特将它称作"全面意识"。该视角下叙述者所知所感的范围会大过故事人物，即"叙述者＞人物"，叙述者既可以从宏观角度俯瞰世界，也可以从微观之处深入，把握每个人物的思想活动。

剧本杀中的全知视角有且仅有一个，即剧本杀的组织者，他通过对故事的整体把握，选择透露或隐瞒视角信息，让故事的每个环节衔接在一起。前文谈到，剧本杀的故事围绕着推理展开，与推理小说中在情节的推进里披露真相不同，剧本杀中会将文本内待明真相的"未定性"部分延伸出来，发散出一个可供各个玩家交互的平台，叙事在此处被暂停，玩家所扮演角色的受限视角与组织者的全知视角在此刻开始角斗。在具体呈现上，组织者通常会以两种身份参与其中。

首先组织者会以局外人的身份出现，其对情节的发展、人物的行动与内心活动了如指掌，并不会主动干涉故事内部的力量斗争，仅提供受限视角之外人物不可知的信息。以剧本杀《请将我深埋》为例。玩家被困在一个密闭空间，在组织者的全知视角中，他知道该密闭空间的真实情况和逃脱办法，但因缺少故事内人

---

1 ［以］雷蒙·凯南：《叙事虚构作品：当代诗学》，赖干坚译，厦门大学出版社 1991 年版，第 83 页。

物身份的介入，组织者只能在场外引导玩家搜索现场，让玩家根据搜索时的所见所闻推理出逃脱方法。通过该案例可知，当组织者以局外人身份参与其中时，全知视角下作为信息中介的权威性被强调，存在于组织者和玩家间的共识是，组织者给予的信息皆为真实可信的，相应地，玩家也要向组织者反馈自己在受限视角下所掌握到的真实信息，组织者成了可靠的全知叙述者。

其次，组织者伪装成一个受限的视角，即以故事中的人物身份出现。仍以《请将我深埋》为例。当组织者用旁观者身份引导玩家从密室逃脱后，故事进入新篇章，组织者转而以故事中警视厅的理事官身份亮相，与各位玩家共同调查一起骇人听闻的连环杀人案。从警察这一视角出发，他对 6 位玩家所扮演的人物知之甚少，仅对案件相关信息有所了解。与之相对的，玩家也处于限制性视角当中，仅能通过个人剧本了解自己所扮演的人物的相关信息。换言之，组织者的人物视角与玩家的人物视角恰好形成互补。如组织者以警察身份向众玩家提供了连环杀人案的调查报告，而玩家作为受害者家属向警察身份的组织者提供受害者的更多信息。这种将组织者伪装成受限视角的形式主要出于两个方面的考量，一方面，当组织者将视角聚焦于故事中的某个人物身上时，视角得以人格化，组织者能与其他人物（玩家）建立起更直接、紧密的联结，以从故事内部推动情节发展。另一方面，人物视角虽然受限，但扮演该人物的组织者其原生视角仍是全知的，即组织者是伪装成限制性视角参与其中，因此组织者与玩家产生的对话，在实际上指向了玩家与其他玩家的对话，组织者对玩家讲述内容一目了然，真正的倾听者是在场的其他处于受限视角的玩家。从抛出谜题到引导推理，再到最后还原故事真相，组织者以剧中人的身份一步步在各个环节中加入叙事当中，以伪装的受限视角在故事中充当着一个假性受述者。假性受述者借由与玩家的对话，来促成玩家与玩家的交互，以形成信息传输贯通的交际回路，在与玩家交互中逐步补全有限视角的空缺。

### 2. 玩家的限制视角

"限制视角"是指选择一个人物作为视点人物，仅从他的心理感受或思想情感出发，用该人物的眼光观察故事中的世界。相较于"全知视角"从多个角度透视故事，"限制视角"仅通过视点人物了解故事的有限部分，对于其他人物的行动与心理，只能交由限制视角下的人物感受判断，无法直接得知。

热奈特在《叙事话语·新叙事话语》中，将这种"有限视野"（限制视角）称为"内聚焦"。它又可分为三种形式，其一是"固定式"，视角只固定在一个特定人物身上；其二是"不定式"……其三是"多重式"，是指采用……或在叙述中轮流采用几个人物的视角来表现同一件事的不同阶段。[1] 其中，多重式内聚焦的叙事方式为创作者提供了一个灵活的创作空间，创作者可以选择事件里不同阶级、不同阵营的多方人物，利用每个人物特定视角下的感知信息，从多个方面搭建出立体的故事内容，使故事的叙事更富有节奏和层次，同时，因为每个人物所知的信息有限，当他们作为不可靠叙事者依次出场时，他们所叙述的内容发生重叠、碰撞，乃至对立，迫使读者深入挖掘并厘清其中的可靠信息，为故事增添悬疑色彩。

以剧本杀《欢迎来到万事屋》为例。在导演之死的案件中，根据死者最后的行动线可知，凶手最有可能实施犯罪的地点在宴会厅和休息室。编剧将 6 名嫌疑人均等地分配在两个地点，每个人物的视角仅透露了该视角人物的行为，以及该人物在凶案现场意外旁观到的他人的行动痕迹。如在久元里美的视角下，她准备了一杯下了泻药的香槟，但导演还没有喝就去了休息室，但久元里美并未目睹这一事件，于是该事件便成了人物视角被限制的盲区。同一时刻，另一人物松土润则在休息室中目睹了导演精神迷离的状态，该信息即作为补充，填补了久元里美因视角盲区产生信息空白，然而松土润的视角仍是受限的。因此，只有集合了 6 位玩家所扮演的人物的视角，才能还原导演之死的整个过程。

在多重内聚焦所提供的限制视角下，玩家有且仅有阅读自己所扮演人物这一特定视点信息的权利，且这一阅读行为被限定于在场共时发生，这意味着，当扮演角色 A 的玩家想要了解角色 B 时，只能通过扮演角色 B 的玩家来口头转述。转述行为给予了原文本被再次加工的机会，加强了故事叙述的"不确定性"，使一个视角置于故事层，一个视角置于话语层，形成"经验自我"与"叙述自我"的双重视角的融合，玩家也在这个过程中参与了创作。

总的来看，限制视角的使用是切割文本信息、制造谜题的有效叙述手段。同时，多重视角的运用使剧本杀实现了多个"主人公"的共同在场。首先，视角的多重给予了每个人物丰富的叙述话语空间，使玩家能透过文本了解人物的心理活动和所知所感，并拥有了替故事人物发声、实现自我表达的机会。但是，在这一限制性人物视角下，人物处在信息绝对受限的状态中。一方面，玩家仅能知晓该事件中一个人物视角下的信息，如同拼图中的碎片，只有联通各人物视角才能将拼图完成，这驱使着玩家自发与他人进行交互。另一方面，案件所织就的主线情

---

1　［法］热拉尔·热奈特：《叙事话语　新叙事话语》，王文融译，中国社会科学出版社 1990 年版，第 129—130 页。

节将各个主人公串联在了一起，多个"内视角"的声音得到充分的表达，玩家借由人物在交互中对话，其观点、情感、视角上的差异在碰撞中形成冲突。可以说，文本内的人物在被玩家阅读后，仍处于未完成的状态，只有当每位玩家参与到交互当中，突破"内视角"的限制后，才趋于完成。

　　全知视角与限制视角的交汇，在情节上推动着悬念的产生与破解。剧本杀的故事围绕一个主要谜题发散，相应地，玩家的行动围绕着破解谜题而展开。当玩家处于限制视角时，仅能感受一个人物对事件的看法，它不似全知视角拥有对故事的整体把握，能够从一个宏观角度厘清谜题的每一个节点。所以，剧本杀必须用限制性人物视角让玩家处于被遮掩的视野中，产生困惑并萌发出推理的心理动因，同时也必须安插一个具有全知视角的组织者，带领并引导玩家，将每个限制视角下的故事细节缝合在一起，推进谜题的破解。

# 结 语

　　凭借真人角色扮演带来的沉浸式交互体验、推理解谜带来的智性愉悦及浓厚的社交属性，剧本杀得以突破原有的小众圈层，在年轻群体中迅速风靡开来。伴随大众娱乐需求的高涨，剧本杀乘着东风，在国内文娱消费市场上开疆拓土。经过近几年的高速发展，剧本杀的产业链日渐完备，市场体量庞大，市场消费需求仍然旺盛。与剧本杀产业繁荣现状相对的，是剧本杀创作滑向流水线式的模式化生产，优质剧本仍然稀缺。纵观剧本杀产业，创作环节属于整个产业链的上游，从编剧创作的角度系统地梳理剧本杀的创作方法，亦是十分必要的。

　　从西方的派对游戏"谋杀之谜"，到进入中国市场发展成为一项新型娱乐社交活动，剧本杀经历了一段迅速的本土化发展历程。本章结合剧本杀自身的特点及国内剧本杀的实际情况，运用案例分析的方式，从剧本杀创作入手，明确其基本类型与特征，利用编剧创作理论以及相关的文艺理论，进一步探讨剧本杀的创作流程与创作技巧。剧本杀市场体量庞大，剧本翻新速度较快，本章节的探讨难免还有不足之处。在探讨剧本杀创作的同时，也应注意到，剧本杀前期的快速生长，尽管为其赢得了庞大的市场体量，但也暴露出了行业内诸种问题。除剧本创作的模式化之外，剧本杀中难以回避的血腥、暴力、迷信、猎奇等元素，对于年轻消费群体的影响仍属未知。

　　如今，剧本杀的发展步伐已有放缓的趋势，与前期快速生长相对的，是剧本杀行业的日渐规范。作为产业链上游的创作者，也应跟随着行业发展的趋势，为中国剧本杀的未来，探寻一条更良性的、可持续的发展道路。

# 附　录

## 一、剧本杀与传统戏剧对比表格

| 比较维度 | | 剧　本　杀 | 传统戏剧 |
|---|---|---|---|
| 创作目的 | | 以线下真人角色扮演的游戏形式，为玩家提供智力对决与情感宣泄的舞台，在娱乐目的之外，还有鲜明的社交属性与商业导向 | 以艺术表现、故事叙述和情感表达为主，注重艺术审美 |
| 文本特点 | 内容 | 围绕凶杀案展开，玩家扮演凶案中的角色，以推理、还原真相为主要玩法。内容囊括角色个人剧本、主持人剧本（游戏流程）以及与凶案有关的图文线索卡等 | 编剧根据自我表达需要或者其他相关方要求确定 |
| | 情节 | 主要呈现与核心案件相关的各个角色的背景故事、案件发生前后的行动线，以及玩家间的推理与博弈过程 | 引发冲突、刻画人物性格与情感，推动矛盾发展 |
| | 结构 | 以游戏流程为根据，安排故事进展，并由组织者（DM）整体把控 | 以创作目的和表达需要为依据选择适合的戏剧结构 |
| 呈现 | 台词 | 剧本仅规定部分台词，其余大多根据剧本给定的背景故事与游戏任务，以玩家即兴的方式进行 | 台词经过精心打磨，追求语言艺术性和戏剧表现力 |
| | 表演 | 对于穿插在游戏过程中的演员演出而言，具备一定的艺术性，但以渲染气氛、传递信息为主；对于玩家间的即兴表演而言，则更强调博弈、娱乐与情感宣泄，不强调艺术性 | 艺术性强，通常需要严格遵循剧本和导演的安排 |
| | 舞美设计 | 通常在 1 到 2 个小型固定场所内进行，可由专业人员对该空间进行整体舞美设计，并为玩家设计特定服装，也可以进行简单的空间布置或干脆不进行舞美设计 | 根据导演要求，由专业人员进行舞美设计 |
| | 观众互动 | 玩家兼具"观众"与"演员"双重身份，参与并主导剧情进展 | 观众通常处于旁观者位置，主要进行情感与审美体验 |

## 二、剧本杀剧本文本案例

### 1. 角色剧本

## 《罪恶都市》4号玩家剧本

编剧　坚果

### 第一幕　小丑游乐场？

突然间的心悸感让你清醒了过来，那种感觉仿佛是要失去了什么重要的人一般。可是除了不停地头痛以外，你什么也想不起来，是失忆了吗？我是谁？我为什么会来这里？这里又是哪里？

灰暗的天空，周围是一座座工程肥料组成的废墟小山，没错，你也在其中一座小山上。不舒服的触感刺激着你的肌肤，让你无从下脚。最难受的是，稀薄的空气让你感觉快要窒息了。你勉强半站起来，试图寻找一些东西让自己想起来些什么。摸了摸口袋，有个钱包，你翻出了一张夹在钱包最里层的照片，是一张全家福照片，中间的人是你，那么两边的就是你的妻子和女儿吗？一阵暖流涌上心头，她们一定对自己来说非常重要，也许你就是为了她们，才来到这个鬼地方的吧？不经意间，一封邀请函掉了出来——受邀参加小丑游乐场的游戏？还夹着一张4号扑克牌。右下角写着什么……"疯帽子"游戏公司。

咦？你注意到胸口处有个相同号码的号码牌：4号。这代表了我是第四个来到这里的人吗？

突然你听到有脚步声在废墟上"嗒嗒嗒"，感觉是个身手非常敏捷的人，竟然在这种凹凸不平的废料上也能飞奔那么快。脚步声越来越近了，一个身着战斗服的身影快速闪过，他似乎扭头看了一眼你，冷哼了一声。你很想叫住他，但是突然停了下来。

你不要命了吗，那家伙一看就不是善茬，小心点！

心里突然出现声音，但说得很对，在这个未知的地方还是谨慎一点的好……

你往那个身影跑去的地方看了很久，仿佛隐约看到一块大空地平台，是个不错落脚点，怪不得这家伙要急忙飞奔过去。

就在你决定往那个方向动身之时，后方不远处又有脚步声，你扭头看见一个娇小的身影快速躲进了盲区，应该是个女孩子。

"呃，我看到你了，我没有恶意……你不用躲着我。"你连忙解释。

半分钟后她走了出来，警惕地看着你，却也不接你的话茬。她果然是个女孩子，大概 20 岁左右，胸前是 6 号号码牌。

"我刚刚看到那边有片大空地，我们可以去那边落脚"，你伸手指了那个穿战斗服的家伙飞奔的方向。她"嗯"了一声，默默跟在你后面。一路上你看她似乎一直在保持警惕，也就没有再找她搭话，自顾地思索自己丢失的记忆。

不赶紧回忆起来的话太危险了，更重要的是要好好思考如何保全自己，就算牺牲其他人也没有关系，哈哈哈哈哈。

心里莫名出现的想法可太邪恶了……不知道走了多久，终于来到空地区域，空间很大，大概能容纳几百号人吧。不远处还有一片爆炸后遗留的残渣，冒着烟，味道令人作呕。空地上已经站着几个人了，但是彼此之间都保持着距离。也难免，不但丧失了记忆又在这种陌生的地方，大家显然心里都是不信任对方的。一个穿动漫服装的戴眼镜的男孩似乎看起来还比较和善，你决定后面可以和他一起。

除了蹲在角落不愿靠近且在瑟瑟发抖的双马尾女孩之外，在这片诡异空间唯一的空地上，大家面面相觑、各怀心思。

**你的任务：**

分享来到这里发生的事情，找寻自己的记忆，并判断共有几个人被抓了进来。

2. 结局小剧场

## ［罪恶都市之王］结局：谜语先生

是的没错！一切都在我的计算之中！我果然是全宇宙最聪明的人！

只有不断地发掘谜题、不断地解开谜题，才能越来越接近事物的真理！在黑暗中，唯有真理才能点亮前方的路。前方的路一定一定不会再有痛苦与迷惘。

我的妹妹也一定会从地狱中解脱出来……

这座城市的人都听好了！我是谜语先生，事实证明，在众多尝试与解答之中，我的思想是最优解。我将会指引大家开辟一个充满智慧的未来。在那里，没有未知，没有疑惑，没有惊讶，更没有惊喜。因为所有事物的发展规律都将掌握在我们自己手里，我们就是上帝。

**罪恶终将绽放艳丽的鲜花，世界与我们同在！**

## ［罪恶都市之王］ 结局：邪恶联盟

**小丑小姐**　亲爱的布丁，这座城市是我们的了！

**小丑先生**　哈哈哈哈哈，那只臭蝙蝠输了！脸上来点笑容吧伙计们！顺便一问，你愿意为我死吗？

**小丑小姐**　我愿意！

**小丑先生**　哦不，不，不，那太简单了，你愿意为我活吗？

**小丑小姐**　是的是的　布丁，你是我灵魂的信仰，是肉体的归宿，我爱你。所有挡在你面前的，我都会斩尽杀绝，包括我自己。

**小丑先生**　真乖，你看啊，我只是制造一点小小的骚动，打乱原有的秩序，然后一切就变得混乱了，而我就是混乱的代表。哦对了，你知道混乱的意义吗？你不知道，它能带来公平，没错，是公平！

**小丑小姐**　混乱就是公平，有能力的人才会脱颖而出。

**小丑先生**　罪恶终将绽放艳丽的鲜花，世界与我们同在！


3. 机制设计


# Joker
## 角色 "Joker" 机制

（血量: 10、攻击力: 1）


技能 A——**小丑战士**　召唤一只【血量为 1，攻击力为 1】的小丑战士，能够随 Joker 进行追击伤害（追击伤害算作伤害次数）。


技能 B——**哈哈哈哈**　牺牲自己两点血量，永久增加 1 点攻击。


限定技（全场只能用一次）——**小丑皇　降临！**　立即召唤两只【血量为 1，攻击力为 1】的小丑战士，如果此时场上有四只小丑战士，则会立即融合为【血量为 4，攻击力为 4】小丑皇，能够随 Joker 进行追击伤害（追击伤害算作伤害次数）。

说明: 1. 每回合至多释放一次主动技能和一次限定技能;

　　　2. 每回合只能进行一次普通攻击;

　　　3. 限定技随时可以发动。


阵营: 邪恶联盟

获胜条件: 场上只剩邪恶联盟存活

第 **5** 章

# 电子游戏编剧技巧

　　游戏作为一种人类行为活动，几乎贯穿了整个人类文明的发展历程。古有骑射、投壶、蹴鞠、双陆……今有各式各样的棋牌与体育运动，种类丰富多样。可以说，在依托于电子与数字媒体的游戏形式——电子游戏诞生之前，游戏就已经有足够丰富且久远的历史了。这些游戏大多数都是纯粹的"游戏"形式，似乎与戏剧无甚关联。无论体育赛事还是围棋对决，都是由游戏机制引发的参与者的竞争和对抗，参与者均遵循一定的游戏规则；游戏结果一般表现为可量化的数据；游戏过程充满随机性；参与者在竞争与博弈中获得游戏快感和愉悦感。戏剧则依托于一个相对固定的文学剧本，并最终由演员登台、面向观众完成戏剧演出。引用亚里士多德对于悲剧的定义则为："悲剧是对于一个严肃、完整、有一定长度的行动的摹仿；它的媒介是语言……摹仿方式是借人物的动作来表达，而不是采用叙述法；借引起怜悯与恐惧来使这种情感得到卡塔西斯（净化、宣泄等）。"[1] 对比来看，游戏与戏剧是截然不同的。

　　随着游戏产业的发展，尤其电子游戏的出现，游戏开始广泛吸收并利用戏剧元素，以期为玩家打造更深度的情感体验。电子游戏不仅可以讲故事，甚至还可以用简单的故事获得不亚于戏剧、电影等传统叙事媒介的艺术效果与情感渲染

---

1 《中国大百科全书·戏剧卷》，中国大百科全书出版社1989年版，第466页。

力。然而电子游戏又并非是一个专门用来讲故事的媒介，它的核心本质是"玩"（play），这也正是游戏与传统叙事媒介的关键区别所在。首先，电子游戏是一套游戏机制的总和，玩家借由机制展开游戏活动，而非以叙述故事为目的。即使在以故事为核心的游戏类型中，玩家也必须通过与游戏机制互动来参与并完成叙事。其次，电子游戏建立在"交互"的基础上，相应地，编剧在为游戏创造故事时就需要遵循交互的规则。何为交互？游戏大师克里斯·克劳福德（Chris Crawford）将其定义为"发生在两个或多个活跃主体之间的循环过程，各方在此过程中交替地倾听、思考和发言，形成某种形式的对话"。[1] 一部常规的戏剧作品，其文本与舞台呈现都是相对封闭的，观众通过观看来产生思考与情感上的共鸣，但并不参与其中。游戏则相反，无论玩家是想要获取完整的游戏剧情还是要通关，都需要在规则与机制规定的范畴内自主地采取行动，而非被动观看。交互的特点又直接影响着游戏的编剧方法。最后，游戏性与交互性都将回归到"游戏体验"这一核心目的当中，即游戏的各个要素均要服务于"体验"。尽管游戏业界出现了诸多具备浓厚艺术价值与深邃人文表达的作品，但我们仍无法否认，游戏的核心本质是娱乐，玩家玩游戏的初衷也大多是为了获得直接的娱乐和情感体验。因此游戏编剧会相对地更重视娱乐性与商业性，而非以艺术表达为核心目的。

游戏性、交互性与体验感，决定了电子游戏与传统叙事媒介在创作上的差异，但这并不代表电子游戏就完全抛开了传统叙事媒介所积累下来的创作规律。游戏设计师杰西·谢尔谈道："新科技使故事与游戏以有意思的方式混合到一起，但却极少有元素在本质上是全新的，多数设计只是把已有的众所周知的元素用心地混合在了一起。"[2] 循着这一思路，本章将从编剧角度出发，立足于电子游戏自身的特点，结合戏剧编剧技巧，深入探讨电子游戏编剧的诸个方面。

在参照案例选取方面，本章主要以单机游戏为主，其他游戏如手游、网游为补充。在游戏类型的选择上，本章不拘泥于某一特定的内容、玩法类型，而主要以侧重剧情的角色扮演类游戏（Role-playing game, RPG）和冒险类游戏（Adventure Game, AVG）及其子类型为主，其他剧情推动向、富含故事要素的作品为辅，必要时还需结合非剧情类的电子游戏来对照讨论，以期得到一个更立体开放的研究视野。

---

1　[美] 克理斯·克劳福德：《游戏大师 Chris Crawford 谈互动叙事》，方舟译，人民邮电出版社 2015 年版，第 24 页。

2　[美] 特雷西·弗雷顿：《游戏设计梦工厂》，潘妮、陈潮等译，电子工业出版社 2016 年版，第 115 页。

# 第一节　电子游戏的创作背景

一部电子游戏作品，是融会了多种文学艺术形式与技术手段的综合体，相应地，其创作流程也包含了多个部分，比如：玩法层面的机制、关卡、数值设计等；视听表现方面的美术、CG 动画、音乐、音响设计等；故事层面的世界观架构、角色设定、脚本故事等。各个部分又非孤立地存在，而是一个相互协调的有机整体。作为电子游戏创作流程中的一环，游戏编剧则主要负责故事层面各个要素的创作，除了赋予游戏以独特的人文内涵与价值意义外，还为其他设计部门提供着内容上的支撑。编剧的工作也主要围绕着游戏的故事层面展开，具体而言，是指游戏的世界、角色与故事三个大的板块。这三者与戏剧、电影、小说等传统叙事媒介中的背景设定、人物及故事情节有诸多相似之处，但基于电子游戏交互的前提，叙事的主导也就由传统的作者、编剧转变为玩家，因而三者的具体内涵与性质也产生了相应的变化。在进入创作环节之前，明确三者的定义、内涵及特征亦是十分必要的。

## 一、作为互动载体的游戏世界

"世界"是故事与游戏互相结合的平台。[1] 自电子游戏诞生之初，就存在一个与游戏机制[2] 相配套的"虚拟背景"。1962 年，麻省理工学院的蒂夫·拉塞尔等学生开发制作了世界上第一款虚拟电子游戏《太空大战》，该游戏以宇宙星图为背景，两个玩家可各自操控一艘太空船，互相发射火箭直至击毁其中一方的太空船。1980 年由日本南梦宫（Namco）公司开发的街机游戏《吃豆人》，设计了电子游戏史上第一个真正意义上的"角色"，游戏以迷宫为背景，进入迷宫的吃豆人与四只"幽灵"展开追捕和逃亡。1985 年，日本任天堂公司开发制作的《超级马里欧兄弟》，设定了一个更加完备的虚拟背景——蘑菇王国——来搭载游戏机制。在游戏开始时，酷霸王侵略了蘑菇王国，用魔法将王国内的居民变成了砖块、岩石等物体，而唯一可以解除诅咒的公主被酷霸王劫走；为了帮助蘑菇王国解开诅

---

1　张新军:《故事与游戏：走向数字叙事学》，载《游戏符号学文集》，四川大学出版社 2020 年版，第 103 页。

2　"游戏机制是游戏核心部分的规则、流程及数据。它们定义了玩游戏的活动如何进行、何时发生什么事、获胜和失败的条件是什么。"游戏机制与游戏规则不同，规则是清晰而明确的，是"能够印刷成册的说明指南"，而机制则是对玩家隐藏的，需要玩家在游戏过程中自己去挖掘，二者是相关联的概念。如《超级马里欧兄弟》，救出公主是规则，而游戏过程中玩家可以跳跃、奔跑、吃蘑菇等，这属于游戏机制。[美] 欧内斯特·亚当斯、乔瑞斯·多尔芒:《游戏机制：高级游戏设计技术》，石曦译，人民邮电出版社 2014 年版，第 1—3 页。

咒，马里欧兄弟踏上了拯救公主的旅程。游戏过程即马里欧兄弟跨越重重障碍，而找到公主即为通关。可见，无论是简单的宇宙星图、迷宫，还是设定完备的蘑菇王国，电子游戏中的这个"虚拟背景"始终都发挥着一个最基础的作用：为玩家提供一个规定性的活动舞台与行动目标。它同时是承载游戏机制的"底座"，为游戏玩法提供着合理性依据，并且在一定程度上彰显着一个游戏作品的风格特点。

伴随技术的发展，电子游戏具备了更广阔、多元的创作空间，与之相配套的这个"虚拟背景"也呈现出更加复杂的样貌。发行于 1974 年的桌上角色扮演游戏（Tabletop Role-playing game，TRPG）《龙与地下城》是角色扮演类游戏的鼻祖，具备完整而翔实的世界观设定，通过与游戏配套的设定说明书[1]来展示，发展出一套完备的虚拟世界体系。游戏中虚拟世界的图景，则主要依托于玩家个人的想象力在脑海中呈现。当游戏转向电子与数字媒介，游戏设计师们综合利用技术与美术手段将这个只存在于想象中的虚拟世界切实构建落地，将其转变为某种程度上可见、可交互的"真实"世界。基于此，电子游戏中的世界也开始发展壮大起来。从早期的《古墓丽影》《最终幻想》《仙剑奇侠传》等作品，到近年的《塞尔达传说：旷野之息》《荒野大镖客：救赎》《死亡搁浅》《黑神话·悟空》等一系列3A 大作[2]，电子游戏所呈现的虚拟世界越来越逼真，内容包罗万象。如今电子游戏的"世界"已不再像最初时那样作为一个简单的背景而存在，"世界"在承担它原有的基础功能之外，也肩负起了更核心的叙事作用与美学功能。

以创作角度为切入点讨论电子游戏的世界构建，首先要从电子游戏的"世界观"开始。什么是电子游戏的世界观？谈论这个问题，可以先将电子游戏这个前提条件暂且搁置在旁，看剩下的那个核心概念：世界观。

世界观在哲学层面是指人认识世界的问题，即人对于世界的本质及其基本规律的认识，其中也包括人对自身的认知。进入文学范畴，世界观这一概念通常与"架空世界"即"虚构世界"相关联。"架空世界"多见于奇幻小说。1938 年，《魔戒》系列小说作者 J. R. R. 托尔金在一场题为"论仙境故事"的演讲中提出了"第二世界"理论。相对于由神创造的现实世界即"第一世界"，第二世界由人创造，是吸收了第一世界的本质而进行一定程度虚构的幻想世界，如《魔戒》中的中土

---

1 《龙与地下城》三宝书，即《龙与地下城玩家手册》《龙与地下城城主指南》《龙与地下城怪兽图鉴》。

2 3A 大作：AAA 游戏，即高成本、高体量、高质量的游戏作品。

世界。在 TRPG 游戏《龙与地下城》出现之后，"虚构世界"的概念进入游戏领域。在 1980 年代的日本，以动画、漫画、游戏、轻小说为主的御宅族系文化蓬勃发展，来自美国的 TRPG 游戏将其"世界观"以出版物形式输入日本，于是世界观一词便在动画、漫画、游戏等领域内传播开来，逐渐"根深蒂固"，业内创作者们开始广泛使用"世界观"这个词汇，并发展成为"业界共有"。[1] 日本学者大塚英志将流通于该领域内的"世界观"解释为："为使虚构世界假想现实化而形成的具体的信息总量。"[2] 而在这之前，业内的创作者们通常使用"设定"一词来指代类似的概念。大塚英志在讨论角色小说时，认为角色生活在特定的故事世界中，必然有一套与之相适应的观看和接受世界的方法，而这一点在创作世界时最容易被忽视，因此，设定一词才会逐渐被世界观这个概念所取代。[3] 概言之，世界观不仅包含了对虚拟世界表象层面的建构，还包含着一套起着统摄作用的底层逻辑（运转规则），这个逻辑决定人物的行为方式和思想方式。其涵盖面要比"设定"更广泛，更深邃。

从创作层面讲，构建电子游戏的世界，也就是构建电子游戏的世界观。即根据游戏的主题与风格，对于游戏中的世界进行系统的、基础的背景设定与内容架构，包括自然地理环境、政治、经济、历史、文化等要素，其中暗含着一套与之相符合的、自洽的运转逻辑或规则，决定了世界中的角色如何思考，如何行动。如中式古风仙侠世界中的角色，可以使用仙法御剑飞行，但若将同一行为放在欧美式的未来科幻世界中则很难兼容。电子游戏的世界观最终会以可感可见的表层形式及体现着其内在逻辑的机制、故事等层面综合呈现出来。

透过世界观的呈现方式，我们又可以窥见世界观在电子游戏中所发挥的具体功能与作用。世界观在电子游戏中的呈现方式具体可以概括为以下几种：

其一，世界性故事是具象化的世界观。世界性故事，是指游戏世界中所包含的一切可感可见的信息，包括世界环境（地理、建筑、生态等）、角色外形与衣着、音乐音响等内容。如欧美风格的未来科幻世界与中式古风武侠世界，二者在外部环境、角色衣着造型、场景配乐风格等方面，必定会呈现出截然不同的面貌，并可以被玩家直接感知。世界性故事还包含着世界性文本，即以各种形式散落在

---

1 ［日］大塚英志：《角色小说的制作方法》，豆瓣用户"屋顶上的现代视听文艺研究社"译，译文来自 https://www.douban.com/note/825989764/?_i=2598671JIh8Xvc。

2 ［日］大塚英志：《"御宅族"的精神史：1980 年代论》，周以量译，北京大学出版社 2015 年版，第 163 页。

3 ［日］大塚英志：《角色小说的制作方法》，豆瓣用户"屋顶上的现代视听文艺研究社"译，译文来自 https://www.douban.com/note/825989764/?_i=2598671JIh8Xvc。

世界中的碎片化文字信息，供玩家探索、收集与考据。如顽皮狗（Naughty Dog）工作室开发的《最后的生还者1》，游戏内有大量散落在城市废墟中的遇难者信件、日记本、便条、漫画书、杂志等形式的文字信息。再如FS社（From Software）公司开发的游戏《血源诅咒》，在道具说明中大量附加城市历史、主线故事前史等信息。总的来说，世界性故事赋予世界以具体的面貌，其中所包含的世界性文本，既可以对游戏流程中无法顾及的背景信息做必要的补充，又可以为玩家营造出一个更加立体鲜活的世界环境，是游戏世界观最直观的体现。

其二，游戏故事体现着世界观。游戏故事，指在游戏流程中所有的主、支线剧情，主要是由编剧编写的脚本故事。这类故事是在世界观规定的逻辑框架内构建完成的，因此也反映并体现着世界观。在一个游戏的开局部分通常需要设置引导环节，指引玩家对游戏世界进行初步了解，尤其对于接下来玩家要在这个陌生世界里所面临的危机。部分游戏采用直接解说的方式向玩家介绍世界观的大体状况，部分游戏则在开局时插入一个戏剧化情境来达到展现世界观的目的。如《上古卷轴：天际》，游戏开局时玩家在一辆行进中的马车上醒来，通过非玩家角色（Non-Player Character, NPC）拉罗夫与盗马贼之间的对话，玩家得知自己在越过天际省省界时被帝国军抓获。马车上运载的另一个因犯是叛军风暴斗篷的领袖，而马车行进的方向是位于海尔根的刑场。随后，马车抵达目的地，玩家跟随拉罗夫一行下车接受帝国军盘查，意图逃跑的盗马贼被帝国军杀死。轮到玩家，游戏进入角色自定义环节（选择种族、外貌、性别等）。通过帝国军，玩家得知自己并不在抓捕名单内，而帝国队长仍下令执行处决。在紧急关头，复苏的巨龙袭击了海尔根，玩家得以脱身，并跟随逃跑的NPC进入主线第一个任务"死里逃生。"故事由此开始。对于初入游戏世界的玩家而言，借由这一开场，可以迅速了解到该世界为"中土"式的幻想世界，存在龙与魔法，存在精灵、兽人、猫人等虚构种族；统治着这个世界的帝国军手段铁血，且叛军四起。借由这个包含着激烈外部冲突的故事情境，游戏在营造悬念感与危机感的同时，一并向玩家展现了游戏世界的规则、现状、主要矛盾、氛围等信息，后续故事也在该框架内进行。概言之，世界观为故事提供逻辑框架，因此故事也是世界观的具体反映与体现。

其三，游戏机制是世界观的反映。机制规定着玩家在游戏世界中所能采取的所有互动行为，如游戏中常见的走、跑、跳跃、飞行、战斗等操作。机制还是一套精密的规则系统，涵盖了影响游戏运作的一切要素，定义了玩游戏的活动如何进行、何时发生什么事、获胜和失败的条件是什么。[1] 可以说，机制体现的是游戏的运转逻辑，是世界观的具象表现之一。以上海米哈游公司开发的游戏《原神》为例，游戏世界是一个存在"元素力"的幻想大陆，世界中有七位神明，分别执掌"风、火、水、雷、草、冰、岩"七种元素力，当人类出现某种强烈的渴望时，神明会投下视线并以"神之眼"的形式将力量赐予人类，不同神之眼的使用者可以驱使一种特定的元素力。在这个框架之下，玩家使用道具"风之翼"在世界中飞翔，是风元素力的体现；玩家操作火属性角色点燃篝火、燃烧草木，是火元素力的体现；当玩家在战斗中先后使用火属性与水属性角色时，则会触发蒸发反应……诸如此类的机制，皆是世界观的反映。

电子游戏的世界观为游戏的内容及玩法提供着基本的逻辑支撑，并赋予游戏世界以具体的面貌。而由此形成的这个可感可见的游戏世界，又为玩家提供着行动的舞台，并承载着一切可供交互的元素，是玩家与电子游戏进行交互的基本载体。

综上，我们围绕电子游戏世界观的定义、内涵以及功能特点对电子游戏的"世界"板块进行了整体的概述。在这个板块中，游戏编剧则主要负责世界观的文字类创作。在创作环节之前，还需明确所要创作的世界观的类型。电子游戏的类型纷繁复杂，各类游戏世界观的面貌也天差地别。依照世界观的内容，从创作的视角进行一个大致的划分，主要可以分为以下三个类型：

基于现实的世界观。这个类型的世界观通常与现实世界保持一致，直接沿用现实世界的框架和运转逻辑，或者根据需要做部分提炼和浓缩，保留了现实世界的历史和文化背景，较少虚构。如R星游戏圣迭戈工作室（Rockstar San Diego）开发制作的《荒野大镖客：救赎》，游戏以1899年的美国西部为背景，游戏的舞台（地图）参照了美国西部多个地标城市并在游戏中进行了不同程度的还原；复杂的历史图景以碎片化的形式分布于世界各处，如新兴起的黑手党、远渡重洋的华人劳工、在南方遭到种族歧视的黑人等；西部城市的生态系统，如地貌、植被、动物、气候等，均参照现实而打造；游戏中的狩猎、驯马、体力提升等细节玩法也参照了现实的逻辑。通过游戏，玩家回到美国西部最后的辉煌时代，成为主角亚瑟，展开最终的亡命之旅，玩家在旅程中经历时代变迁、命运起伏。这类世界观接近于真实生活的逻辑，因而更容易制造出一种虚拟人生的幻觉。

---

1 ［美］欧内斯特·亚当斯、乔瑞斯·多尔芒：《游戏机制：高级游戏设计技术》，石曦译，人民邮电出版社2014年版，第1页。

基于现实进行部分虚构的世界观。这类世界观是在现实世界的基础上，根据游戏所欲表现的题材对现实世界进行虚构性的延伸和改造。其运转逻辑、所依托的社会文化背景、人的行为方式等基本与现实保持一致。虚构与幻想元素的加入是对原本世界的补充。以《刺客信条》系列为例。游戏首先虚构了一个先于人类文明的"第一文明"，并将该文明设定为人类的造物主，由此将实际存在于人类世界的真实历史囊括进游戏的架空世界观之内。在该世界观的逻辑框架之内，玩家可以通过与"祖先记忆"建立连接，跳转回人类历史上的某个特定时间点，参与到真实的历史事件中，以新的视角回看历史，并创造新的故事。其世界观既根植于真实世界，又极富想象空间。

架空的世界观。这类世界观与现实世界几乎没有关联，近似于托尔金所提"第二世界"理论。创造者可以保留现实世界中某些宏观的规律，如生老病死、国家概念、宇宙空间等，也可以抛弃这些规律，设定一套完全属于虚构世界的全新规则。因没有现实世界环境和条件的拘束，此类世界观也有着更大的想象和创作空间。[1] 这类世界观的工作量相对较大，几乎是一个"从无到有"的过程，世界本源、文明历史、世界运作规律等诸多构成世界基本面貌的内容，都要从零创造。较为经典的例子有《博德之门》《上古卷轴》《塞尔达传说》系列等。相较于前两种类型，这类世界观有着更高的自由度，旨在为玩家打造一片充满想象力与无限可能的新世界。

综上，在如今的电子游戏产业中，我们可以看到各种天马行空、神秘瑰丽的幻想世界。以这个虚拟的游戏世界为载体，玩家可以短暂变换身份，踏上任意一段冒险之旅。这个虚拟的世界不仅是玩家与游戏进行交互的载体，也开始承载一个游戏的人文价值，并且在现实与虚幻之间开辟出一条跨次元、跨媒体的缝隙，为玩家提供了一个"可供他们在幻想中驰骋的地方"，一个纯粹的"个人的乌托邦"。[2]

## 二、媒介式的游戏角色

角色，是存在于游戏世界中的重要交互要素。作为虚拟空间中的虚拟形象，电子游戏角色具有"媒介"的性质。换言之，游戏角色首先是玩家与游戏世界建

---

1 党志浩、赵一飞：《架空世界对于游戏世界观建构的影响探讨》，《新媒体研究》2020 年第 17 期。

2 ［美］杰西·谢尔：《游戏设计艺术》(第 2 版)，刘嘉俊、陈闻等译，电子工业出版社 2016 年版，第 348 页。

立联结并进行交互的"媒介"。电子游戏的角色与戏剧艺术中的"人物"十分接近，这二者又通常是使用同一种技巧创造出来的，有诸多相通之处。[1]但由于游戏角色的虚拟与媒介特性，就使得其无法完全与戏剧"人物"画上等号。

作为虚拟空间中的虚拟形象，电子游戏的角色常常会超越"人"的范畴。日本游戏设计师佐佐木智广曾谈道：在"游戏世界中，发挥重要作用的角色不一定是人类，有些作品里甚至主人公都不是人类。"[2]这种情况在电子游戏中并不鲜见。陈星汉的系列作品《花》《流》《云》，主角分别是非人的花瓣、水生有机体和云朵。除此之外，游戏角色还可以是近似人类的虚构种族，如精灵、兽人等；或者类人生物，如陈星汉《光·遇》的主角"光之后裔"；甚至可以是物品，如《原子之心》中的冰箱诺拉与手套查尔斯。诚然，在戏剧与影视作品中也不乏非人的形象，常见于奇幻、玄幻、科幻等题材领域，然而无论人物的视觉形象如何夸张变形，其本质仍是充满人格意味的。游戏角色则更加复杂多样。

作为媒介的电子游戏角色，尤其是供玩家操纵的角色，可以是完全去人格化、高度符号化与抽象化的。在经典游戏《俄罗斯方块》与《贪吃蛇》中，玩家操纵的对象是从高空落下的方块、不断吞噬目标并变大的贪吃蛇。我们很难从中找到能称得上是人物个性与人物形象的元素。在另一经典游戏《超级马里欧兄弟》中，马里欧具备了与人相似的外貌及标示其水管工身份的造型，视觉上充满个性化特点，但仍未涉及"人物性格"要素。马里欧所做出的走、跑、跳、吃蘑菇、顶砖块等行为，均是玩家意志的体现，它是玩家手中的"提线木偶"，是玩家在虚拟世界中的分身。正因如此，马里欧是否有专属于自己的性格与思维，对玩家而言没有那样重要。在传统剧作理论中，塑造一个戏剧人物是要"塑造出各具特色、栩栩如生的个性形象"，这个形象需要具备"时代和社会的印记，即具有典型意义的'这一个'"。[3]显然，提线木偶式的角色是无法满足这个标准的。

媒介与虚拟的性质，使电子游戏角色有别于传统叙事媒介中的人物，而在这两种特性之中，媒介的属性又是游戏角色最核心的特性，是直接影响游戏角色塑造的关键因素。电子游戏的主角就是建立在媒介的基础上进行塑造的。

"主角"是指由玩家操作并扮演的主体，在游戏叙事过程中占据主导地位。主

---

1　[美] 特雷西·弗雷顿：《游戏设计梦工厂》，潘妮、陈潮等译，电子工业出版社 2016 年版，第 109 页。

2　[日] 佐佐木智广：《游戏剧本怎么写——游戏编剧新手的入门指南》，支鹏浩译，人民邮电出版社 2018 年版，第 41 页。

3　姚扣根、陆军编：《编剧学词典》，文汇出版社 2017 年版，第 80 页。

角一般而言只有一个，在部分游戏中也存在两个或多个主角。《双人成行》需要两个玩家分别操作男女主角同时行动，《最后的生还者 2》需要玩家轮流操纵两个主角分别行动，在《十三机兵防卫圈》中，玩家需要轮流操纵的主角则多达 13 个。这个由玩家所操控的"主角"，又被称作"化身"。

何谓"化身"？查阅《辞海》可知，化身是一个梵语词汇，为佛教"法、报、化"三身之一。化身是指佛为超度解脱世间众生，能随三界六道的不同状况和需要变化应现为种种身。"当玩家控制他们在游戏里的化身时，就发生了与原词所指的类似变化。"[1] 加拿大媒介理论研究者马歇尔·麦克卢汉观察到，人们在与无生命物体互动时会产生一种不可见的自我认知。人会将自己的身份与认知注入到没有生命的物体当中，如两车相撞时，被撞的人会说"他撞到我了"而不是"他撞到我的车了。"在这个例子中，车是人"身体的延伸"，吸收了人自身的意识，于是人变成了车。[2] 这与玩家和化身的关系异曲同工。化身是玩家投射自我与移情的媒介。

基于投射和移情的需求，化身角色的塑造也呈现出两种不同的倾向，业内游戏设计师分别称之为"白板式（或白纸式）"化身与"理想式"化身。就"白板式"的化身而言，顾名思义，化身角色是一块白板或说是一张白纸。美国漫画家斯科特·麦克劳德提出，一个卡通的人脸形象，线条越是简单，就能够用来表示越多的人，线条越是复杂越是接近写实的风格，其所传达的信息就越是具体。这是因为前者只抽象并保留了人脸最基本的特征，因而更具有普遍性。游戏的白板式化身亦是如此。

白板式化身可以是一个完全由玩家代入的躯壳。除拥有明确的行动目标外，这个躯壳形象精简，无台词无自主行动，角色的背景故事多以隐喻的方式存在于游戏过程中，需要玩家自己探寻发现。如《风之旅人（Journey）》《光·遇》《小小梦魇》与《囚禁（Inside）》等游戏的化身角色。

另一种常见的白板式化身是通过弱化角色个性、接纳玩家多样性的方式来实现的。对角色个性的弱化主要表现为如下几点：其一，用统一的身份代号指代角色姓名，如猎人（血源诅咒）、褪色者（艾尔登法环）、博士（明日方舟）、旅行者（原神）等。其二，模糊化身角色的性别特点，如《塞尔达传说：旷野之息》的主

---

1 ［美］杰西·谢尔：《游戏设计艺术》（第 2 版），刘嘉俊、陈闻等译，电子工业出版社 2016 年版，第 356 页。

2 ［美］斯科特·麦克劳德：《理解漫画（第 3 版）：解析漫画艺术的奥秘》，万旻译，人民邮电出版社 2015 年版，第 38 页。

角林克，其性别虽为男性，但外在形象却充满中性化特质，玩家在游戏流程中可以获得不同性别气质的衣装并对林克进行自由装扮，使他的外观进一步向自己预期的性别靠拢。[1] 其三，将化身角色设定为"失忆"状态，使其宛如新生儿降世，对自身与周围的世界一无所知，与初生于游戏世界的玩家保持同步。其四，在游戏流程中，化身角色的台词较少以配音的方式演绎，转而用系统内静态的台词选项来代替。玩家通过点击台词选项的方式与其他角色产生对话，而这些供玩家选择的台词选项又大多会削弱性格色彩而强调目的性，或者尽可能向玩家思维靠拢。

白板式角色往往更便于包容玩家的多样性需求，体现在电子游戏中则主要是指个性化选择和自定义创造。个性化选择，是指游戏能够为玩家提供多个化身角色，使玩家在有限范围内按照自己的喜好进行选择。在《原神》中，主角是一对兄妹，玩家可以选择成为哥哥（男旅行者）或者选择成为妹妹（女旅行者）。自定义创造，则是指游戏为玩家提供的自定义装扮功能，当游戏内只有一个化身角色时，玩家可更改自己化身的外观，以区别于其他玩家。部分游戏允许玩家进行完全的自定义创造，即常见的"捏脸""捏人"系统。系统会为玩家提供数据库，玩家依据数据库给定的属性与数值区间进行自我定制，化身的职业、年龄、外貌、身形、种族甚至是配音声线都可以自定义，是自由度最高的一种化身类型。

综合而言，白板式角色并非严格意义上的"白板"。设计师们综合利用个性弱化与自定义等手段，将化身的初始状态调整为白板式的，使玩家先代入角色，再跟随游戏流程的指引重新找回身份、记忆与使命，充分发挥化身的媒介属性，是打造代入感与沉浸感的一种方式。

与白板式相对的另一类化身角色，是经过个性化塑造的化身。角色的身份职业、背景故事、外在形象、台词风格都包含着浓厚的个性化色彩，相对地，留给玩家自定义的空间也被大幅压缩。玩家与这类化身的关系则更多是"观察"或"扮演"，而较少作为"我"的身份存在。玩家与化身之间保持着一定的距离。相比作为投射媒介的白板式化身，个性化化身更多的是作为移情的媒介。

个性化的化身也包含两种塑造倾向。一种是"理想式"的化身，主要是指玩

---

1 在《时代周刊》的采访文章"Next Link May Not Be a Girl, But He's Androgynous by Design"中，《旷野之息》主创人员青沼英二谈道："在《黄昏公主》之后，我回到了一开始的蓝图上，决定林克应该是一个更加中性的角色。"文章来自 https://time.com/4369537/female-link-zelda/。

家想要成为的那类角色。[1]这类角色或拥有充满魅力且近乎完美的形象、高贵的地位，或拥有某种超群的力量等。如《漫威蜘蛛侠》的蜘蛛侠，《巫师》中的杰洛特，《古墓丽影》的劳拉。另一种是性格复杂丰满、鲜明立体的化身。这类化身接近于戏剧式的人物，可以是在理想式化身的基础上，对角色性格侧面进行深入开掘，并赋予角色成长历程。如《古墓丽影》系列的第九作，重新讲述了女英雄劳拉的故事，完整展现了劳拉在一场冒险中由青涩的考古系学生蜕变为果敢冒险家的成长历程。还可以脱离理想化身的定式，从一个并不完美、有缺陷与心魔的形象开始，使其在游戏流程中经受考验、受挫并完成成长转变。在《最后的生还者1》中，男主角乔尔在一场席卷美国的病毒灾难中失去了女儿，并逐渐蜕变成一个冷漠自私的走私客。20年后，乔尔意外接手了护送小女孩艾莉的任务，被迫踏上一段凶险的旅程。旅途的前半段，乔尔对于艾莉始终持抵触态度，而二人却在矛盾中逐渐建立起默契与感情，乔尔也不得不重新面对过去的伤痛，当旅途抵达终点时，乔尔重拾父爱，再度选择成为"父亲"，人物孤光也在此显现。其他游戏形象如《荒野大镖客：救赎》的亚瑟·摩根，《对马岛之魂》的镜井仁等，都是这种类型的角色。

电子游戏中的其他主、次要配角均是围绕化身角色而设的，这类角色在叙事中占据着次要地位，其存在的主要目的是与玩家进行交互、服务于玩家的游戏体验。配角或为玩家提供引导与帮助，或为玩家提供行动目的与动机，或为玩家制造障碍等，首先强调的是功能上的作用，其是否具有性格，性格是否立体鲜明，要依视游戏需要或故事的发展需求而定。除此之外，配角还为玩家提供着情感上的价值，并服务于游戏体验。在游戏世界中还存着一批并不起眼的角色，即背景式NPC。部分NPC并不需要参与交互，而主要是作为背景式的点缀，几乎没有台词，固定出现在同一个位置，如游戏世界中的居民、动物等角色。另一部分NPC则是功能性的存在，需要配合玩家任务并重复参与战斗，由AI操作，如《生化危机》系列里随处可见的丧尸。背景式NPC的存在是为了让游戏世界更加真实立体，本质上仍是服务于玩家的。

媒介式的化身角色，是玩家通往电子游戏世界的入口。借由化身，玩家与世界中的虚拟角色们建立连接，这种连接的紧密程度几乎超越了以往任何一种叙事媒介。玩家们将自己喜爱的角色视作真实的存在，自发地倾注热情并以大量的二

---

1 ［美］杰西·谢尔：《游戏设计艺术（第2版）》，刘嘉俊、陈闻等译，电子工业出版社2016年版，第357页。

次创作来为角色续写新的故事，这些生活在虚拟世界中的角色们也因此具备了某种生命感。这是电子游戏的魅力所在，又是电子游戏探索更深层次的叙事可能性的路径所在。

### 三、多层次的叙事文本

故事，在常规的电影、小说、戏剧作品中通常是固定的，其承载故事的叙事文本也呈现出相对封闭的状态，由创作者完成并全权把控。小说、戏剧与影视的接受模式分别是"读者阅读"与"观众观看"，而电子游戏的故事则需要通过"玩家玩游戏"来获得，其叙事文本也是相对开放的。"一个没有人参与/玩的游戏，绝对称不上游戏，游戏文本的概念本身就包含了游戏者的参与和活动。"玩家"直接参与了游戏文本最终状态的形成。"[1] 当不同的玩家游玩同一个游戏时，即使该游戏的脚本故事极其单一且固定，只要玩家在操作过程中出现任何细微的差别，最终导出的故事一定是不相同的。如《超级马里欧兄弟》，游戏讲述的故事是马里欧跨越障碍，拯救桃子公主。在此基础上，假设A玩家操作流畅，顺利闯关并抵达终点，B玩家操作频频失误，磕磕绊绊抵达了终点，那么当游戏故事与A、B玩家的游戏经验分别结合起来时，最终得到故事就是各不相同的。这种由玩家所创造的故事是独属于玩家个人的故事。严格意义上说，电子游戏的叙事文本是游戏设计师预设的故事与玩家故事的总和。游戏设计师泰南·西尔维斯特从电子游戏叙事出发，将电子游戏叙事文本划分出三个层次。

其一，是由游戏编剧所主导的"脚本故事"层，即游戏编剧所创作的文学剧本，经由开发人员加入美术、音乐等其他游戏资源组合而成并最终呈现在游戏内部的最终成品，如游戏内任务序列，过场动画，角色间的对话树等。其二，是综合多个游戏设计部门所创作的"世界性故事"层，是世界观的具象表现，包括游戏内建筑、角色衣着、道具与物品中所附加的叙事信息。其三，是由玩家与游戏系统互动过程中所产生的个人故事，称作"浮现故事"层。为更直观地展现三者的特点与不同之处，下文将结合西尔维斯特的相关定义，利用表格的形式展开对比。

[1] 宗争：《游戏符号学的基础——"游戏文本"与"游戏表意"问题探索》，载《游戏符号学文集》，四川大学出版社2020年版，第34页。

表 5-1-1 电子游戏故事的叙述工具 [1]

| 电子游戏故事 | 脚本故事 [2] | 世界性故事 | 浮现故事 |
|---|---|---|---|
| 内涵 | • 是直接嵌入游戏的事件，并且总是以相同的方式展示（可重复播放）。包括常规的脚本故事与软脚本 | • 是指一个地方发生过的故事，包括这个地方的过去（历史）及相关联的人。这些故事是通过建筑物，以及身在其中的事物来进行叙述的 | • 是指在游戏过程中，玩家通过与游戏系统（主要指机制）进行交互而产生的故事 |
| 表现形式 | • 常规脚本故事：游戏内过场动画（暂停游戏进程，进行播片），会屏蔽一切游戏内交互行为<br>• 软脚本：播片时不会完全屏蔽与玩家交互的界面。保留了一定的交互性 | • 世界环境：自然风光、建筑风格、特定的布景……<br>• 角色外观特征：种族、肤色、面貌、体格、年龄、衣着……<br>• 包含了特定信息的物品：书籍、信件、内置影音、照片、装备、道具…… | • 玩家完成游戏任务的操作及自由游玩的过程，包括：策略、战斗、解谜、收集、探索、建造等各类游戏活动 |
| 创作者 | 游戏编剧 | 游戏编剧、美术、音乐、关卡策划等多个设计部门综合创作 | 玩家 + 游戏机制 |

结合表 5-1-1 可见，脚本故事与世界性故事是电子游戏中较为固定的两个叙事文本层，由玩家与游戏系统互动所产生的浮现故事是相对不可控的叙事文本层，三者共同构成了电子游戏的叙事文本。然而并非所有的游戏都具备这三个层次，在仅仅只有机制的游戏中，就只存在浮现故事一个层次，如棋牌、体育运动等。在同时拥有三个叙事文本层的电子游戏中，每个层面的叙事文本所占据的地位也各不相同。

在大多数以剧情为主要推动力的电子游戏中，脚本故事无疑占据着核心地位。

---

1　泰南·西尔维斯特谈道："故事叙述工具是一种能够在玩家的脑海中形成故事情节的装置。"如小说的叙述工具是文字，漫画是画面，电影是图像与声音，博物馆则是一个可供探索的空间……游戏除了可以包含上述所有媒介使用的叙述工具，还有一个独有的工具，即游戏机制。出自［美］泰南·西尔维斯特著《体验引擎：游戏设计全景目标》，秦彬译，电子工业出版社 2015 年版，第 83—91 页。

2　脚本是一种编程语言，是使用一种特定的描述性语言，依据一定的格式编写的可执行文件。脚本故事，是以编程语言将剧本和各类游戏资源（美术、音乐、视频等）组合起来并最终呈现在游戏中的结果。

如《最后的生还者》系列、新《战神》两部曲等，以及包括互动电影、视觉小说在内的特殊游戏类型。在这类游戏中，各个分散的脚本故事是一个接一个的情节点，多个脚本故事串联在一起构成序列，即情节段落。脚本故事序列呈现在电子游戏内部，通常体现为任务序列。而一个完整的任务序列通常包含着由玩家所主导的浮现故事。只有玩家达到一定条件，如在玩家在对话树中进行"选择"与"点击"，在战斗中取得胜利或得到某种密钥等，才可以从这一情节点抵达下一情节点。诚然，玩家直接参与了游戏文本最终状态的形成，但玩家起到的仍是一个推进的力量，并不妨碍已搭载好的脚本故事内容与顺序。甚至可以说，游戏编剧在创作脚本故事时，是以默认玩家可以抵达目标情节点为前提的，无论过程如何。在这类游戏中，世界性故事所起到的作用主要是打造一个更立体生动的世界，它是脚本故事发生的具体情境，对脚本故事起着补充性的作用，通常不会越过脚本故事承担主要叙事功能。

在部分弱化脚本故事、侧重游戏性的剧情类游戏中，世界性故事与浮现故事的地位得到提升，与脚本故事平齐，甚至超越脚本故事占据主导地位，如《血源诅咒》《风之旅人》《囚禁》《她的故事（Her Story）》等。这种方式可以视作是游戏设计师平衡故事性与游戏性的一种手段，而在此之外还有另一重意义，即电子游戏"故事性"的取得是多渠道的，并不完全依赖于脚本故事。

综上，电子游戏的世界、角色与故事三个板块在整体上互相影响，互相协调，而又各具其特点。这些特点彰显着电子游戏这一媒介的特性，并实际渗透在创作的每一个环节当中。

## 第二节 电子游戏的创作流程

从编剧视角看电子游戏的具体创作流程，可以立足于电子游戏的特点并结合传统剧作理论，依次从主题风格、世界观搭建、角色塑造、情节结构四个主要部分展开探讨。需要说明的是，这并非是一个完全固定的创作流程，在实际的创作中，需视具体情况来灵活调整。

### 一、确认游戏的主题与风格基调

主题和风格是游戏编剧创作的两个锚点。主题指引着世界观与故事的建构方向，风格赋予世界观以特定的面貌和基调，二者又对电子游戏的各个层面起着统合性的作用。

就主题而言，"在文艺作品中，形式的各种因素都是为表现内容服务的，作为文艺作品内容因素的主题思想，是作品的灵魂。结构的最终目的，是完整的、深刻的表现思想主题"。[1] 反过来说，在文艺作品的创作中，主题起着统摄性的作用，为创作者选择何种形式，如何组织材料及如何表达提供方向性的指引。这一点放在电子游戏中同样适用，与文艺作品不同的是，游戏的主题包含着"体验"，是告诉玩家这个游戏是关于什么的。[2] 如塞尔达系列的"击败魔王，拯救公主"就是一个基于体验的主题。部分游戏题材本身就包含着体验，如末世求生类游戏，在体验的基础上，主题也可以是来自故事层的。如《最后的生还者1》，故事层主题为"压倒一切的爱"，末世求生的环境在此成为凸显故事主题的具体情境。

电子游戏的世界观体现着主题，主题又统摄着游戏的故事层、机制层及美学表达等诸多分散的元素，使其构成一个整体，发挥着结构性的作用。以突袭（Sucker Punch）游戏工作室开发的《对马岛之魂》为例。游戏意欲表达一种独特的武士道精神，其世界观以日本武士时代为背景，故事以发生于 13 世纪末的对马岛战役这一历史事件为切入点，讲述一个恪守武士道信念的武士镜井仁，在面对正面无法战胜的强敌时，不得不改变原有的信念，以违背武士道精神的方式践行自己的道。为与武士道的克己、名誉、忠义等精神相呼应，在视觉表达上，游戏整体运用日本剑戟片的艺术风格，场景设计充满东方意境与日式物哀美学色彩，

---

1 谭霈生：《论戏剧性》，北京大学出版社 1981 年版，第 223 页。

2 ［美］杰西·谢尔：《游戏设计艺术》（第 2 版），刘嘉俊、陈闻等译，电子工业出版社 2016 年版，第 61 页。

如游戏中大量的红叶、芦苇、彼岸花、神社等元素；在机制层面，设计师在战斗系统中设计了正面对峙与暗杀两种机制，以表达对武士道精神的恪守与背弃；在主线流程之外，限定玩家自由探索的边界，将游戏内置的休闲活动限定在砍竹子、静坐省思、作俳句、吹尺八等具有修炼身心意味的小游戏中。武士道的主题渗透在游戏的每一个层面当中，而上述这些元素又共同构成并体现着游戏的世界观。

就风格而言，风格与主题相似，对游戏中的各个元素起着统合的作用。风格首先规划了世界观的整体基调，为游戏世界找到它独特的人文风貌与氛围。《血源诅咒》的创作团队以"探索未知"与"死斗"为主题，以恐怖小说《德古拉》与克苏鲁神话作为该作品的基本风格。讲述吸血鬼故事的《德古拉》有浓厚的哥特式恐怖色彩，克苏鲁神话体系的核心则是超出人类认知的"不可名状"的恐怖，二者都带有一种阴郁、神秘而血腥的基调。为了得到这种效果，配合主题的"死斗"与"未知"，游戏将舞台放置在一个维多利亚时代式的衰败城镇中，在此基础上又吸收大量欧洲中世纪的宗教元素，如林立的哥特式建筑、幽暗崎岖的城镇道路、充满浓厚宗教色彩的背景音乐等，以此配合克苏鲁风格的神祇与怪物，彰显神秘、怪诞色彩。

除了直观可见的人文风貌，世界观的风格还与游戏故事互相统一。《血源诅咒》的故事层面讲述了来自拜尔金沃斯的学者从古神墓穴中发现可以帮助人类突破自身极限、实现飞升的"古神之血"，学者劳伦斯建立治愈教会并开始向民众推广"血疗"，而血疗却导致了兽化病的泛滥。故事的基调与世界观的风格在此高度统一，或者可以说，世界观作为故事的具象化呈现，也成了游戏叙事的一部分。另外，世界观的风格基调也规定并影响着角色的行为方式，"人物是其生理特征和环境在特定时刻加诸于他的影响的总和"[1]。在《血源诅咒》中，雅南人（Yharnam）的排外、嗜血、怪诞与神经质，都是由这个弥漫着阴郁气质的世界观所塑造出来的。再如《对马岛之魂》中恪守武士道精神的镜井仁，也是由特定时代、文化与其武士的阶级身份所造就的。

综上，在创作的初期阶段，通常要先依据游戏的内容类型或核心玩法，提炼出一个基于体验的主题，确定世界观风格，为后续具体的世界观搭建、角色和故事创作找到大致方向，并利用主题与风格，统合电子游戏包括叙事要素在内的诸个层面。

---

1 ［美］拉约什·埃格里：《编剧的艺术》，高远译，北京联合出版公司2013年版，第39页。

### 二、搭建电子游戏世界观

进入到世界观搭建环节，首先需要进一步明确世界观的构成要素，选定所要构建的世界观类型与体量，由主题与风格确定大致的构建方向之后，则可着手搭建世界观。

电子游戏的世界观有诸多构成要素，从宏观到微观，每一项要素下又可以分化出诸多子要素，引用李瑞森、焦昆在《游戏概论》中的总结（如图 5-2-1）可以对这一点有更直观的感受。若综合参照各类游戏策划资料可以发现，不同的设计师会给出内容完全不同的设计表格。由于游戏类型与体量的不同，世界观构建的侧重点也会存在各种细微的差别。对于内容宏大的架空世界观要从开辟鸿蒙，创世造物开始，而对于体量较小、内容相对简单、世界观规模有限的游戏来说，则一个近前史式的背景设定就足矣。由此，下文将以世界观在游戏中所起到的作用为切入点，从广义的层面对世界观的构成要素做一个大致的总结。

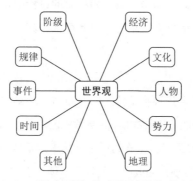

图 5-2-1 《游戏概论》游戏世界观的构成要素[1]

在电子游戏中，世界观规定了游戏世界的外在特征、运转逻辑与故事层的叙事框架。就外在特征而言，世界观的构成要素主要包括了世界的类型定位、时代定位、自然地理环境、生态系统、历史、政治、社会、科学与文化状态、生活于该世界的角色及其族群与派系等内容。就世界观的运转逻辑而言，主要指宏观与微观的世界的运转规律与规则，宏观如世界本源、世界秩序等，微观如战斗方式、交通方式（如现实题材的骑马、乘车，奇幻题材则允许飞行，乘坐魔法载具）等细节上的逻辑。就叙事框架而言，世界观还要包括贯穿于该世界的核心矛盾、角色关系、角色团体势力与正反阵营、世界现状与当下所面临的具体危机等。这

---

1 李瑞森、焦昆编著：《游戏概论》，人民邮电出版社 2016 年版，第 130 页。

些内容是构成游戏世界的基石，定义了这个世界并赋予它合理性。尽管游戏类型各不相同，所创造的世界观也可大可小，但仍可在这个基础框架范围内找到对应。

在世界观搭建环节中，鲜少存在真正意义上的从无到有，而是基于历史材料、现实材料、文学材料或者一些特殊概念之上，并以此为出发点，通过资料的累积、思维的发散与再创造，将一系列材料与创意相互组织并系统编织起来的过程。具体的创作细节因作品类型、设计团队而异。本部分将主要围绕现有的几种世界观搭建方法，进行总结概述。

其一，是在既有世界观体系的基础上，进行整合、拼贴与再创造。部分游戏的世界观是对已有世界观体系的模仿与改造。神话体系是游戏中常常运用的世界观体系之一，如索尼圣莫妮卡（SCE Santa Monica Studio）工作室制作的《战神》系列分别是以希腊神话、北欧神话作为蓝本改编而来。从神话到游戏，中间还有可能经过小说的创造，如托尔金在《魔戒》中打造的中土世界，是吸收了北欧神话元素所创造出的新的世界观体系。后出现的 TRPG《龙与地下城》正与托尔金的中土世界一脉相承，由此开始，剑与魔法的世界观也开始被电子游戏广泛应用，代表作品如《上古卷轴》系列、《博德之门 3》等。

其二，延续文学典籍与小说所创造的世界观体系。如游戏科学公司制作的《黑神话：悟空》，其世界观脱胎于《西游记》，是对原作世界观的重新解读。再如品类繁多的"三国"游戏，其世界体系均来自中国传统文学典籍。除此之外，小说中的世界观也常常为电子游戏所运用，如《古剑奇谭》系列、《新笑傲江湖》等游戏的世界观均脱胎于武侠小说。还有部分世界观脱胎自小说，但经过众多爱好者的解读与大量二次创作，逐渐发展并形成了一套自律的、由爱好者共有的世界观体系，较为典型的如"克苏鲁神话"体系，体现在游戏中的例子如《血源诅咒》《死亡搁浅》等。

其三，从现实或历史中取材，以新的视角进行再创造。可以根据游戏所要表达的主题，在现实或者历史节点中选取具体情境，用新的视角赋予原材料以新的意义。法国育碧公司开发的游戏《刺客信条：大革命》，就是以 1789 年的法国大革命作为原材料创作而成的。游戏将这场真实存在的革命归纳到圣殿骑士与刺客兄弟会的恩怨争斗之下，将革命与路易十六之死设定为由圣殿骑士阴谋煽动的事件，以报复百年前法国国王对于圣殿骑士的迫害。游戏主要的时间线从法国工人攻占巴士底狱一直持续到路易十六被砍头，完全使用了历史的逻辑并进行了新的解读，世界观严密而充满历史厚重感。

最后，世界观还可以建构在某种概念或理念的基础上，挖掘概念本身所具备的多重意义。常见的有表达对毁灭性战争与核灾难恐惧的"废土"概念，在电子游戏中的经典作品是由黑岛工作室（Black Isle Studios）开发的《辐射》系列，后常见于末世求生题材的游戏，如《地铁》《生化危机》等；表达对理想世界的憧憬并常常伴随其反命题的"乌托邦"与"反乌托邦"概念，如无理性制作室（Irrational Games）开发的《生化奇兵》系列；还有充斥着机械生命的科幻元素与朋克文化相融合的概念，如蒸汽朋克、赛博朋克、原子朋克等，具有代表意义的电子游戏作品如《赛博朋克 2077》《原子之心》等。

总结而言，来自神话、小说、现实材料的世界观，其本身就是一套成熟的世界观系统，具有丰富的解读空间。除电子游戏之外，我们也常常可以在文学艺术创作中见到类似世界观体系的影子。电子游戏对于这类世界观的摹仿，一方面是摹仿其成熟的世界观体系，以迅速建立起一个合理可信的游戏世界，另一方面，玩家对这类故事十分熟悉，因此更容易唤起联想，增强代入感。来自特定概念与理念的世界观，其背后通常已具备了一套理论框架，不同的概念与理念均有其标志性的组成元素，为电子游戏的世界观架构提供着基本的创作素材与理论上的支撑。

## 三、设计电子游戏角色

### 1. 以角色设定勾画角色轮廓

为电子游戏设计角色，通常需从基础的角色设定入手。角色设定具体包括角色的基本信息，如年龄、身份、职业、外形特点、性格特点、背景故事等，还有角色的内在特征，如价值观念、欲望、缺陷与弱点、动机及性格成因等。

在电子游戏中，角色的外形一般昭示着角色的本质，玩家可以通过角色外形迅速分辨并把握角色身份、性格、类型等。角色的基本信息设定为角色的外在形象提供着设计蓝图。以索尼圣莫妮卡工作室开发制作的《战神》系列为例。该系列的前三作改编自希腊神话。神王宙斯从预言中得知自己会被一个生有红色印记的凡人战士杀死，于是派出战神阿瑞斯到人间寻找。主角奎托斯与弟弟在斯巴达城平静地生活着，直到陌生的神明出现带走了生有印记的弟弟，并在他的右眼留下了一道伤疤。为坚定夺回亲人的信念，奎托斯在自己身上文下与弟弟相同的印记，并逐渐成长为一个战无不胜的斯巴达勇士。在一次惨烈的征战中，奎托斯向战神阿瑞斯求助并承诺献上自己的灵魂。暗藏篡位野心的阿瑞斯意欲打造一个服务于自己的战斗机器，于是回应了奎托斯的请求，帮其赢得战争，并赐予他一对能够连接灵魂的武器"混沌之刃"。奎托斯的意识被双刃占领，开始大肆杀戮。在阿瑞斯的阴谋下，奎托斯误杀妻女，亲人的骨灰化作诅咒笼罩在奎托斯身上。为摆脱这段痛苦的记忆，奎托斯开始为奥林匹斯众神服役。在杀死阿瑞斯后，奎托斯登上战神之位。众神并未兑现与他的承诺，而弟弟被夺走的真相也逐渐揭晓，神王宙斯开始忌惮奎托斯，设计夺走他的神力并将其杀死。后奎托斯为泰坦神族救起，由此踏上弑神复仇之路。在第三作末尾，成功弑神的奎托斯意图用奥林匹斯之剑终结自己的性命，结局生死未卜。结合图 5-2-2 来看，《战神 3》的奎托斯肌肉发达，孔武有力，对应着他凡人战神的身份；红色印记与白色骨灰笼罩的皮肤，对应他拯救弟弟的信念与缠绕在他身上的诅咒；捆缚在双臂上的铁索，狂暴易怒的性格，对应其出卖灵魂换取混沌之刃的背景。到《战神 4》，该系列迎来转型，未如愿死去的奎托斯独自流亡至北欧，与女神劳菲结合生下儿子，奎托斯开始尝试放下过去并成为一个好父亲。在继承前作的基础上，《战神 4》改变了奎托斯的年龄外观，胡须、略逊于前作的身形、双臂上用绷带遮挡的烙印，均赋予了这位凡人战神从未有过的沧桑气息与"人"的意味，以适应新的身份，体现成长与改变的主题。

图 5-2-2　《战神 3》奎托斯角色图 [1]

---

1　图片转引自 INDIENOVA，游戏库，《战神 3》封面秀，https://ld0.indienova.com/game/god-of-war-iii。

图 5-2-3 《战神 4》奎托斯角色图 [1]

角色的内心欲求、弱点、价值观念等深层内在因素，支撑着角色在故事中的行动逻辑，决定了角色的命运走向。仍以《战神》为例，在第三作中，奎托斯受尽愚弄，以屠尽奥林匹斯众神为终极目标，复仇的欲求直观明确，游戏流程也集中于大量的血腥战斗之中。到第四作，奎托斯为实现妻子的遗愿，不得不与儿子踏上新的旅程。角色的弱点是罪孽的过去与自身狂暴的性格，角色的欲求是摆脱过去的束缚，成为一个好父亲。于是本作中的奎托斯在一定程度上淡化了前作狂暴嗜杀的性格，为了防止儿子重蹈自己的覆辙，奎托斯不得不学着控制怒火并教导儿子，在改变中成长。可见，角色的深层内在特征支撑着角色的行动，昭示着角色的性格，同时对游戏故事的叙事方向也起着指引性作用。

在基础设定阶段，角色还是一个相对静止的概念，要让角色生动起来，还需将角色置于特殊的关系网中，使其面临挑战、威胁与冲突，最终通过角色的行动加以展现。

## 2. 围绕主角规划角色关系网

角色不会孤立存在。罗伯特·麦基在论及故事创作时谈道："是主人公创造了其他人物。其他人物之所以能在故事中出现，首先是因为他们与主人公的关系，以及他们每一个人在帮助刻画主人公复杂性格维方面所起的作用。" [2] 在电子游戏中也是如此。不同的是，游戏的主角是玩家，因此游戏中的角色关系就要围绕玩家

---

1 图片转引自 IGN 中国，Jonathon Dornbush：《〈战神〉PC 版专访：圣莫妮卡工作室进一步扩展佳作可及性——PC 版如何为工作室未来项目打下基础》，2022 年 1 月 18 日，文章来自：https://www.ign.com.cn/zs2018game/36619/interview/zhan-shen-pc-ban-zhuan-fang-sheng-mo-ni-qia-gong-zuo-shi-jin-yi-bu-kuo-zhan-jia-zuo-ke-ji-xing。

2 ［美］罗伯特·麦基：《故事——材质·结构·风格和银幕剧作的原理》，周铁东译，天津人民出版社 2014 年版，第 441 页。

来构建。结合电子游戏发展初期的那些经典作品来看，《吃豆人》是吃豆人躲避四幽灵的追击；《超级马里欧兄弟》是马里欧挑战酷霸王制造的重重障碍；《坦克大战》是玩家战队对战敌军战队。这些游戏都包含了至少一组矛盾关系主体，即玩家操纵的角色与阻碍玩家达成目标的障碍或对手，这对矛盾关系主体是电子游戏最核心的配置。随着电子游戏的发展，尤其是叙事向游戏中，角色的配置也呈现出丰富复杂的态势，但"玩家-对手/障碍"这对核心的角色配置仍然不变，只是在此基础上加以丰富。

设计并安排角色阵营，统合多个角色，依照角色在故事中发挥的功能来分配，是比较高效的方法。按功能划分角色阵营，可以整体地分为敌对阵营与合作阵营。

敌对阵营是指为玩家创造障碍、阻碍玩家达成目标的所有势力。包括对手角色与对立角色。对手角色是指对玩家造成最大威胁的反派角色，是玩家难以战胜的存在，在电子游戏中常常由阶段性 BOSS 和总 BOSS 组成。对手也可以由谜题或障碍构成的环境，如《光·遇》最后一关"伊甸之眼"，玩家要在落石雨中不断前行并自我献祭，直到死亡。对立角色是对玩家威胁较小的敌人，常常是 BOSS 或者敌对阵营中的爪牙，如《最后的生还者》系列中变成怪物的感染者、杀人截道的猎人、疤脸帮成员等。

合作阵营是指为帮助玩家追逐目标的助力角色或可支配角色，是与玩家建立情感链接的角色阵营，包括导师、盟友与伙伴等角色。其中，导师角色是向主角传授技能、提供道具、启发主角成长的智者，如《双人成行》的哈金博士，《血源诅咒》的老猎人杰尔曼。盟友角色是地位次于伙伴的助力，与玩家并不总是立场相同，但出于各种原因而追逐同一个目标，身处同一阵营，或在某一阶段为主角提供帮助，如《最后的生还者 1》中为乔尔、艾莉提供车辆的比尔，半路同行的亨利两兄弟等。伙伴角色是除主角之外最重要的角色，他们是主角忠实的追随者与帮手，与主角具有相同的目的。伙伴还可以兼顾"引导"的功能，引导玩家熟悉操作，讲解世界观背景，向玩家提供必要的信息提示，如《原神》的向导派蒙。伙伴角色还可以是主角的爱人与亲人，如《刺客信条：大革命》主角的爱人爱丽丝、《战神 4》主角的儿子阿特柔斯。伙伴角色也可以是动物、宠物或者特殊的功能性道具，如《旺达与巨像》中旺达的马、《死亡搁浅》中山姆携带的布里吉婴儿。伙伴角色是玩家在孤独旅程中的同行者，是玩家与游戏世界建立情感的纽带。好的伙伴角色可以激发玩家动力，制造更紧密的情感链接。

一个角色可以是多种功能的集合体。《双人成行》中的"爱情之书"哈金博士，为婚姻即将破裂的小梅与科迪提供感情指导，迫使他们共同经历考验，是导师与对手角色的集合体。角色也可以在正反两种立场之间转换，当与主角有着深厚感情的导师或伙伴角色成为敌人时，将有机会为玩家制造出强烈的情感体验，这个时刻也会成为主角命运的关键拐点，是角色发生转变的契机。《对马岛之魂》的主角镜井仁在父亲过世后跟随身为城主的舅舅志村一起生活，舅舅向仁传授武艺和武士道精神，二人情同父子。当强大的蒙古军队来袭，为了保卫家园，拯救被蒙古军关押的舅舅，镜井仁不得不背弃武士道而选择暗杀，逐渐与昔日的亲人走上立场相悖的道路，最终刀剑相向。

以主角为中心规划角色关系网，分配角色功能，可使各个角色在故事中的定位更加清晰，角色关系的发展变化亦可以作为游戏关卡布置的参照性节点。

## 四、配合游戏流程组织情节结构

电子游戏要通过玩家游戏的方式来完成叙事，因此其情节结构需匹配游戏流程来加以组织。电子游戏流程一般表现为线性流程与非线性流程，对应到情节结构上可以表现为线性与非线性结构。在部分特殊类型的游戏中，原本线性的流程会因玩家的游玩方式而具备某种非线性的意味，如开放世界类游戏，单个任务是线性的，但允许多个任务同时并行。下文将以电子游戏原始的、基础的流程作为主要参照，将这种因玩家行为而改变叙事形式的情况作为补充，分别探讨电子游戏中的诸种情节结构方式。

### 1. 线性流程

与线性流程相匹配的情节结构为线性结构，通常以脚本故事为主。线性结构是各叙事媒介使用最广泛且最经典的结构方式之一，在电子游戏中是指脚本故事按照时间顺序、因果顺序排列组合，故事线整体清晰明确，具备完整的起承转合过程。在线性结构中，单个脚本故事是一个情节点，情节点搭配关卡，顺承地组合在一起，恰如戏曲剧本中的"以线串珠"结构，在游戏中被称为珍珠串式。

### （1）珍珠串式结构

线性结构中最基础且最为典型的是珍珠串式结构。珠子即非互动性质的过场动画，也就是脚本故事；珠子与珠子之间的线为玩家活动，是玩家带着脚本给定的目标所采取的行动，也即玩家实际的通关过程，以从上一颗珠子抵达下一颗珠子。这种模式的循环，构成了珍珠串式结构，具体表现为："过场动画，游戏关卡，过场动画，游戏关卡。"[1]

珍珠串式结构可以较好地平衡游戏玩法与故事，但关卡与过场动画的机械串联，容易在玩家与故事之间造成截然分明的区隔感。部分游戏通过大量引入软脚本的方式，有效缓解了这种区隔感。在《最后的生还者1》中，除过场动画之外，玩家扮演的乔尔与伙伴艾莉之间有大量的对话内容。如玩家与艾莉在越过障碍物时，玩家需要托举艾莉先越过障碍，艾莉寻找攀爬道具交给玩家，这一过程就伴随着简单的对话互动。"托举"这个动作几乎贯穿于整个游戏过程，类似的对话脚本也贯穿了游戏始末。这种对话脚本并不屏蔽玩家行动，通常是在特定条件下触发获得的，保证了玩家时时刻刻处于"戏"中，上下情节点与关卡之间的区隔被极大淡化。诸如此类的软脚本在该作中无处不在，使玩家行动与游戏故事达成了一种浑然一体的平衡感。

珍珠串式结构是创作剧情类游戏最常见且高效的方式，尤其对于着重突出单个英雄的剧情类游戏。它与传统的故事叙事结构相类似，通常借鉴并遵循了诸如电影"三幕式""英雄之旅"等经典结构的规则与创作技巧。以珍珠串结构作为基础，又可延伸出诸多变体。

（2）平行式结构

平行式结构可以视作是多条"珍珠串"平行发展的结构，这种结构在电子游戏中的运用相当灵活且广泛。

首先是双线并行的结构，表现为由不同角色各自引领一条故事线，各故事线平行进展，并在结尾部分重新合为一线。如《生化危机2》的"表里"设计，在游戏开端部分，浣熊市爆发丧尸危机，男主角里昂与女主角克莱尔在加油站偶遇，两人共同前往警局时遭遇事故，被迫分开，故事线由此一分为二，里昂线与克莱尔线平行发展。玩家首次选择的角色故事线为"表"篇，首次通关后可选择由另外一个角色主导的故事线，即"里"篇。表里两条线在细节上互相补充，只有将两条线索全部体验完毕后，玩家才可以掌握全部信息，了解故事全貌。这种处理方式在多周目游戏中较为常见。多周目游戏是指可以反复体验的游戏，首次通关为"一周目"，重复第二次通关为"二周目"，依次类推。多周目游戏的设计目的是延长玩家的游戏时间，为了避免玩家重复通关带来的乏味感，游戏设计师会在二周目做部分剧情上的调整。

---

1 ［美］杰西·谢尔:《游戏设计艺术》（第2版），刘嘉俊、陈闻等译，电子工业出版社2016年版，第307页。

其次，平行式结构还可是两条或多条平行的故事线交替发展，具体表现为多个角色各自引领一条故事线，围绕一个中心事件，故事线交替展现并在结尾部分汇集。如互动电影游戏[1]《暴雨》，故事围绕着"折纸杀人魔"绑架小男孩肖恩这一个中心事件展开。游戏内的主要三方势力为：肖恩父亲伊森，冒充私家侦探的真凶谢尔比，协助破案的 FBI 探员杰登。各自引领的故事线为：拯救儿子、销毁证据、破案救人。三条故事线交替发展，相互之间较少有直接影响。与之类似的还有同一制作公司出品的《底特律：变人》，尽管二者都存在大量分支故事，但整体的故事结构仍是多线交替并行的。

得益于电子游戏这一媒介的灵活性与包容性，平行结构几乎无处不在。如在支线任务繁多的开放世界游戏中，玩家可同时接取多个任务，同时开启多条故事线，并自行选择想要优先推动的故事线。这些故事线互不相关，也大多没有时间上的先后顺序，它们共同构成了一个"多线并行"的板块，作为主线故事的"子集"或者干脆与主线无关。平行结构在电子游戏中得到了类似于"平行时空"概念的延伸，大量偶然事件散布在玩家四周，多重可能性同时存在，这个时空将以何种节奏与面貌行进下去，均取决于玩家的选择。与这种构想类似的还有分支式结构。

（3）分支式结构

分支式结构是游戏设计师对某一故事线进行多重可能性的推演，提供尽可能多的选择，使玩家能拥有独特的剧情体验并组合出符合自己预期的故事，并试图通过这种模式来模拟充满着偶然性与复杂性的现实生活状态，高度强调了玩家"选择"的重要性。然而分支式结构较多体现在形式意义上，或说是玩法意义上的。分支结构整体上呈现为一种"叙事带"而非"叙事线"，即整体上具备线性的特征，但在局部上可呈现为"树状"或"网状"的形态。[2] 以《原神》角色"云堇"的邀约任务为例，如图 5-2-4 所示。每一个分歧点都可以视作是一个"存档点"，玩家可以根据"收集"的需要，反复跳转回到某个分歧点，继续向前推动剧情以抵达另一结局。以结局数量作为划分标准，该案例可以拆分出共计五条故事线，每一条故事线都是一个完整且独立的"珍珠串"，只不过是以分支树的形式拼接组

---

1 互动电影游戏：顾名思义，是指加入了互动要素的电影式游戏，这类游戏以剧情体验为核心，玩家通过选择不同的剧情选项来推动并决定故事的发展走向。这类游戏操作简单，常常是"点击"或简单的 QTE（Quick Time Event）模式，游戏性较弱。

2 陆文婕：《互动叙事中的叙事支点研究：结构、权重与语境》，《出版科学》2019 年第 5 期。

合到了一起。

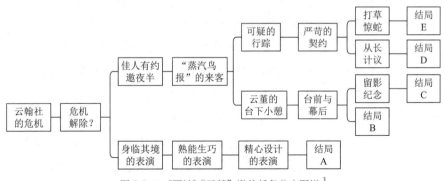

图 5-2-4　《原神》"云堇"邀约任务分支图谱[1]

　　由于该案例篇幅与体量都相对较小，分支选项是较容易控制的。而一旦分支数量增长，该模式的问题就会随之显现。如一条故事线在起始点时分为两种可能性，两种可能性下又各自分出两种，以此类推，将会演化出无数多的分支故事，而并非所有的故事线都能保证精彩。为解决这类问题，游戏设计师通常会设计诸多"聚合"点，收束该聚合点前的所有分支，以此来避免分支故事的无限增殖。如分支线索较为复杂的游戏《底特律：变人》，游戏内任务图谱分支繁多，但无论玩家如何选择，故事的整体走向仍处于可控范围内，最终所导向的结局也是相对有限的。

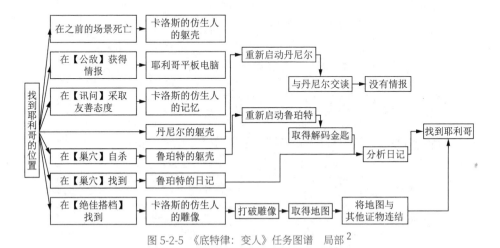

图 5-2-5　《底特律：变人》任务图谱　局部[2]

1　依据《原神》云堇邀约任务绘制。

2　根据《底特律：变人》"康纳：最后的机会"（繁体中文版）任务图谱整理。

另外一种方式是在珍珠串结构中加入适当分支，再以聚合的方式回归到珍珠串上。如《原神》中的大型世界任务"森林书"，该任务主线共包含四个章节，其中第二个章节"梦中的苗圃"包含四个主要分支任务与部分小型分支，玩家可从任意一个分支开始，直到完成所有主要分支，故事也将回归主线，进入第三章。这种方式既保留了分支式结构的自由性与灵活度，又保证了故事能按照设计师规定的节奏与走向发展，集合了分支式与珍珠串结构两种形式的优点。在大麻雀（Giant Sparrow）工作室开发的游戏《伊迪芬奇的记忆》中，其珍珠串上的分支并不属于严格意义上的分支任务，而是由主线延伸出去的一个枝杈。在该作中，主线为伊迪芬奇家族的最后一位成员，为了即将出世的孩子，回到荒弃的家族老宅探寻纠缠于芬奇一家的死亡诅咒之谜。游戏囊括了 13 个家族成员的故事，玩家在探索过程中触发故事，并分别代入各个角色的视角，亲身经历他们的死亡时刻。在 13 个死亡故事收集完毕后，故事线会再次回归到主角身上，并将故事推向高潮——伊迪芬奇家族最后一个成员的死亡及新生命的诞生。严格来说，该作每一个故事的触发顺序是固定的，但由于在主人公引导的故事线上串联了多个其他角色的故事，便营造出了分支的效果。简言之，该作的游戏流程是单向的，是由主人公引导的主线（寻找死亡之谜）贯穿始终，而这条主线又是由多个小故事依次串联、拼接而成，恰如一根葡萄藤上结出的多串果实，也即"树状"结构。

图 5-2-6 《伊迪芬奇的记忆》任务图谱[1]

---

1 图源自游戏截图。

总体而言，电子游戏中线性结构的运用接近于传统叙事媒介，尤其是电影艺术，二者在创作方法与技巧上有诸多共通点。线性结构的最大优势是能够保证故事按照一定顺序向前推进，容易为大多数玩家所理解并接受，是剧情类游戏中运用最广泛的结构类型。

## 2. 非线性流程

与线性流程相对的是非线性流程，在情节组织方式上表现为非线性式结构。非线性结构是指打破线性结构按时间顺序、因果关系组织情节的常规模式，就电影艺术来说，则指剧作架构整体呈现一种"被割裂的、离散的形态"。体现为"多视角（多线索）、非时序、偶然性、碎片化"等特征。[1]电子游戏对于非线性结构的运用与电影艺术有异曲同工之处，也有依据游戏自身特性而发掘出的其他非线性叙事方式。

（1）非线性脚本序列：打破叙事时序与因果顺序

第一种非线性结构方式是指游戏的脚本序列以非线性结构呈现。主要表现为打乱脚本故事原本线性的叙事时序与因果关系，以倒错、循环、碎片化等形式重新排布组合。这种模式在悬疑、恐怖题材的游戏作品中运用较多，代表作品如《寂静岭》《死魂曲》《心灵杀手》等系列。

2010 年由绿美迪娱乐公司（Remedy Entertainment）制作发行的《心灵杀手 1》及 2023 年的续作《心灵杀手 2》是非线性结构中较为经典的案例。游戏的脚本故事设定在一个偏远的美国小镇，小镇中存在着一个与"黑暗之地"相连的湖泊"巨釜湖"，湖底的黑暗力量可以借由艺术创作来影响现实世界。本作存在着"虚构"与"现实"两个世界，两个世界又可以通过"创作"互相影响。在第一作中，小说家艾伦·韦克被黑暗力量利用，其妻子艾莉丝也被黑暗力量困在湖底，艾伦最终通过创作救出了妻子，但作为代价，艾伦永远地被困在了湖底。在第一作的基础上，《心灵杀手 2》几乎将这种时空、因果错位的非线性结构手段运用到了至臻完美的程度。下文将主要结合该作来探讨脚本序列的几种非线性结构方式。

首先是叙事时序的非线性，表现为叙事线索的正常时序被整体打乱，以碎片化的形式重新拼接排布，或者虚构出一种反线性的时间规则，如时间穿越、时间循环、多时空并置等，进一步模糊时间的概念，以此取得扑朔迷离的悬疑效果。《心灵杀手 2》同时具备了上述两种特点。游戏延续前作故事，讲述了被困于

---

1 於水：《从非线性叙事电影到交互叙事电影》，《当代电影》2012 年第 11 期。

湖底的小说家艾伦·韦克，为了逃离黑暗之地并杀死自己的邪恶分身"划痕"先生，不断用创作的方式将自己的意识投射到湖底之外。艾伦首先以自己曾经的小说人物"名侦探凯西"为主角创作了一本名为《源起》的小说，虚构出一个旧式的"纽约"并成功利用黑暗力量将自己投射其中。为了找到逃脱之路，艾伦在这个虚构的纽约城中不断循环。通过一个偶然打开的"叠界"，艾伦见到了一位自称是 FBI 探员的女警萨贾·安德森。"叠界"消失后，艾伦接到了一通神秘电话，得知他需要通过一本名为《回归》的小说原稿来逃出黑暗。而他的邪恶分身"划痕"先生早已完成了《回归》的原稿，并将结局设定为一切都会被黑暗吞没。为了阻止"划痕"，艾伦将萨贾·安德森作为主角写入《回归》，并在书中设计了一桩"邪教杀人案"。小说成功投影到现实世界，女警萨贾与伙伴凯西由此来到小镇，并在艾伦的引导下找出驱散黑暗之力的"神奇开关"，将艾伦从黑暗之地召回现实……脚本故事共设置了两条线索，一条是艾伦引导的"源起"线，另一条是萨贾引导的"回归"线。由于艾伦在源起线中创造了《回归》，萨贾又是在邪教杀人案发生后才进入《回归》所规定的旅程，因此按照时间顺序排列，源起线应当早于回归线。结合表 5-2-1 可见，游戏是以"回归"为起点切入故事，并使用双线交织的方式来组合故事。在双线合并前，脚本故事的叙事时序整体呈错位发展的状态。

表 5-2-1 《心灵杀手 2》故事线梳理表 [1]

| 《心灵杀手 2》故事序列 | 故　事　线 |
| --- | --- |
| 1. 邀请 | 回归 |
| 2. 心脏 | 回归 |
| 3. 深夜 | 回归 / 源起 |
| 4. 凯西 | 源起 |
| 5. 阴魂不散 | 源起 |
| 6. 当地女孩 | 回归 |
| 7. 毫无机会 | 回归 |
| 8. 我们的歌声 | 源起 |
| 9. 665 号房间 | 源起 |
| 10. 古老众神 | 回归 |

---

1　结合《心灵杀手 2》游戏流程整理。

| 《心灵杀手2》故事序列 | 故 事 线 |
|---|---|
| 11. 划痕 | 回归 |
| 12. 召唤 / 回归 | 回归 / 源起 |
| 13. 面具 / 赞恩的电影 | 源起 |
| 14. 消失 | 源起 |
| 15. 麋鹿节 | 回归与源起双线合并 |
| 16. 归家 | 回归 |

就单条故事线来说，"回归"线尚有时间规律可言，而建立在艾伦意识上的产物——"源起"线，则完全重构了时间的概念。由于艾伦不断书写"源起"的故事，反复将自己投影到虚拟世界中，艾伦的每一次"读档重来"，都意味着这个世界开启了一次新的"时间循环"。这种循环关系不是简单地从头再来，而呈现螺旋式的状态，即源起线上的每一个循环故事是一个独立的平面，循环的终结并非"删除"，而是在上一个循环的基础上重新开启下一个循环。多个平面模块叠在一起，整体呈螺旋上升状态，类似于电影《盗梦空间》不断以"套层"模式深入的梦境。这些处于螺旋中的平面模块还会以"并置"的方式出现。举例来说，序列12讲述艾伦在循环的终点回到湖底作家小屋，发现自己的邪恶分身"划痕"已完成了《回归》原稿，艾伦试图修改却被破门而入的"划痕"杀死，重新开启新一轮循环；序列14中，艾伦意外发现"划痕"一直在威胁妻子艾莉丝，失去理智的艾伦闯入作家小屋，发现另一个自己正试图修改原稿，艾伦开枪将其杀死后，惊觉自己就是邪恶的分身"划痕"。两个分别处于不同的时间循环线上的序列，以"并置"的状态短暂拼接到了一起，使游戏本就混沌的时间概念更加繁冗复杂。源起线也因此呈现出一种支离破碎之感，直观再现了主角艾伦混乱的精神状态，并将悬疑效果逐步推向顶峰。

其次，在非线性脚本故事中，常规的因果关系也可打破重组，呈倒置、错位状态。如萨贾在序列12使用神奇开关进行召回仪式，但艾伦并未被成功召回。实际上萨贾的召唤仪式并未失败，只是被召唤回现实世界的艾伦出现在了更早的时空，即序列3萨贾勘察巨釜湖时，意外在湖边发现失踪13年的艾伦这一时间点。综合来看，序列12为"因"，序列3则为"果"，因果关系呈倒置状态。上文所举序列12与序列14，也呈同样模式。在这种模式中，较早出现的"果"是一个隐蔽的悬念伏笔，而最后出现的"因"，则成为悬念揭晓的时刻，当二者形成闭环时，玩家将会得到一个美妙的"发现"时刻。

总结而言，打破脚本故事线性的叙事进程，对正常的叙事时序与因果关系进行非线性重构，会使脚本故事呈现出一种破碎、无序状态，即使游戏流程是线性推进的——《心灵杀手》系列的任务序列也即故事序列是固定的，能以相同的流程重复通关——其脚本故事仍给人以支离破碎之感，呈现出显著的非线性特点。对于游戏尤其是悬疑、恐怖游戏而言，这种结构的意义并不只局限于制造某种独特的审美体验，而是将收集、拼接逻辑碎片，推理、重现故事的过程，纳入游戏的核心体验之中，成为其"游戏性"的一部分。

（2）以碎片化的世界性故事代替脚本故事

电子游戏的第二种非线性叙事方式是淡化脚本故事，将脚本故事的诸多关键信息拆分成世界性故事，散落在游戏世界中。对于重视故事的玩家，可自行勘察、推测并还原出被淡化的故事；对于重视游戏性的玩家，则可以略过故事而专注游戏本身。

以 FS 社开发的《血源诅咒》为例，游戏本身并没有一个明确的线性故事脚本，承载着脚本故事的"过场动画"几乎被压缩到了可以忽略不计的程度，而可以划入脚本故事范围内的 NPC 对话，大多呈现出一种高度隐喻式的风格，导致玩家不能直接从中获得清晰明确的信息。在这个前提下，设计师又刻意弱化了线性引导，在不求助于游戏攻略的前提下，玩家并不能按照某种顺序或流程一次性找到那些能够提供信息碎片的 NPC，只是依靠偶然的"发现"来得到一部分信息。信息的完整性与相互之间的关联性又被进一步削弱。这些特点综合在一起，使游戏本就模糊不清的故事更加晦涩难懂。

以雅南兽灾为例，游戏开局，玩家来到雅南寻求血疗，却发现雅南正处于一场诡异的兽灾之中，为了接受血疗，玩家必须签下契约成为猎人，由此展开猎杀之旅。在猎杀途中，玩家可从 NPC 阿尔弗雷德处得知雅南血疗的源头来自治愈教会，而治愈教会的领导者劳伦斯曾是拜尔金沃斯学院的学者。在多年以前，拜尔金沃斯的学者从雅南地下的古神墓穴中发现"神圣媒介"，此又是血疗术的根源。至此玩家仍无法明确兽灾与血疗的关联，但若结合道具说明以及世界散落在世界内的文本，便可以窥见真相的一角。本文节选了部分片段，如下：

表 5-2-2 《血源诅咒》道具文案（节选）[1]

| 《血源诅咒》道具与便条 | 道具文案 |
| --- | --- |
| 血瓶 | 患者的血受到祝福，这是雅南独特又平常的治疗方式。持续输血会使人感到生气勃勃。难怪大部分的雅南人都是血的重度使用者 |
| 顺时针变形 符文 | 拜尔金沃斯符文工匠卡尔所留下的秘密符号。发现"血"，实现了他们进化的梦想。变形与随之而来的暴行和偏差，仅仅是个开端 |
| 大教堂区（便条） | 血之仪式的继承者，同时也是血疗的供应者。请你将手放到祭坛的神圣血液上，并铭记劳伦斯大师的格言于你血肉中 |
| 解药 | 用来治疗衰败血疾，许久以前这种难缠的疾病摧残了旧雅南。这些药丸只有暂时减缓症状的效果。衰败血疾最后导致了怪兽灾害的扩散 |
| 雅南中部（便条） | 狩猎一开始，治愈教会就遗弃了我们，并阻断通往大教堂区的大桥。在那晚的月光下，旧雅南燃烧殆尽 |

由图表可见，大量与兽灾真相有关的细节都被隐藏到了世界性故事文本当中，以草蛇灰线的形式与脚本故事互相呼应、信息互补。这种碎片化的世界性故事几乎无处不在，游戏中的每一个道具（符文、武器、药品、服装等）都是一个信息碎片，这些碎片共同构成了一条隐晦的叙事链。玩家因此得到了一个宽广的想象空间，并被赋予自由解读的权利。这种因解读故事而产生的玩家间的互动又延伸到了游戏之外，带动了玩家的跨媒体互动热潮，这也间接成了游戏流程的一部分。

在电子游戏中，尤其是开放世界类游戏，世界性文本具备着显著的"数据库"的属性。如该案例中的道具库，就是内置于游戏的无序档案，供玩家查阅、考据并以正常的叙事顺序进行排列组合。可以说，这是电子游戏这一媒介的特性与优势。在一些特殊的作品中，这种数据库模式则演变成为一种主要的叙事方式。

（3）一个特殊案例：《她的故事》的数据库叙事

2015 年由《寂静岭》前设计师萨姆·巴洛（Sam Barlow）开发的独立游戏《她的故事》，充分利用电子游戏媒介的特性，做了一次特殊的叙事尝试。游戏以

---

1 资料来自游民星空《〈血源〉全武器装备及物品图鉴、套装图鉴》（图鉴为《血源诅咒》繁体中文版），https://www.gamersky.com/handbook/201607/787429.shtml。

一台老式电脑显示器作为操作界面，游戏主角隐于屏幕之外，玩家对于自己所扮演的角色一无所知，只能从显示器中已打开的警方内部数据库中寻找线索，而数据库搜索框中已存在一个初始关键词"MURDER"。玩家将依据搜索得出的至多五个视频片段，依次浏览并依据视频内容尝试推理可能的关键词，继续搜索，得到新的视频片段，如此循环往复，直到看完所有视频，才能理清谋杀案的真相，发现"我"的身份与目的。与前几种非线性叙事方式不同的是，《她的故事》不存在事先搭载在游戏内的完整叙事链条，是完全的数据库形式。

何谓数据库？2001 年，媒介理论家列夫·马诺维奇在他的著作《新媒体的语言》中提出了数据库的概念。他认为数据库是一个计算机时代中产生的概念，"在计算机科学中，数据库被定义为数据的结构化集合"。与强调叙述的小说和电影相比，新媒体更倾向于数据库形式。[1] 叙述与数据库体现的是两种截然相反的逻辑："数据库将世界呈现为一个项目列表，并拒绝为这个列表排序。与此相反，叙述是在一系列看似无序的项目（事件）中创造出一个因果轨迹。"[2] 然而，用户可以利用数据库来实现叙述。基于这种可能性，马诺维奇进一步提出了数据库电影的概念。数据库电影，其基本逻辑为"聚合"（词汇）与"组合"（造句），即数据库本身为无序的信息的综合，操作者需依据一定的组合关系将其进行重组。数据库电影的制作者只提供数据库以及特殊的引导策略，叙事过程由观众来主导。因此相比"导演"而言，数据库电影的制作者则更像是一个电子游戏设计师。[3]《她的故事》正是借助于电子游戏这一媒介，将诸个故事碎片转化为数据库数据的形式，配合以隐性的引导策略，实践了数据库叙事。

就其形式而言，游戏过程始终在一个警方数据库内展开。数据库中共计 271 条视频，是从七个不同时段的完整审讯视频中截取下来的碎片，以无序的形式存在于数据库内。就其引导策略而言，游戏首先利用"搜索引擎"作为数据库入口，结合侦探游戏的玩法，引导玩家利用视频中出现的高频词与关键词作为跳转节点；每一个视频碎片都有明确的时间标识，视频中女演员的衣着也有显著变化，又提供了一条有可能的叙事顺序轨迹。玩家只需不断检索，不断尝试，并依照引导的提示将所有碎片拼凑完整。其次，可以"多任务窗口并置"的操作界面，又充当着数据库的补充。当玩家集齐所有视频，显示器桌面的聊天对话框随之更新，玩

---

1　［俄］列夫·马诺维奇：《新媒体的语言》，车琳译，贵州人民出版社 2020 年版，第 222 页。

2　同上书，第 229 页。

3　韩晓强：《数据库电影叙事：一种操作性媒介图解》，《当代电影》2021 年第 1 期。

家将通过对话信息得知自己的身份与目的：作为视频中女人（杀人犯）的女儿，前来调查母亲与她的双胞胎姐妹身上曾发生过的悲剧故事。除此之外，桌面上还搭载了一款名为"镜子游戏"的棋牌类小游戏，是玩家除了搜索之外唯一能进行的娱乐活动。这款棋牌游戏又与谋杀案中的双生姐妹的命运遥相呼应，形成了一种奇妙的互文效果。

2018 年的电影《网络谜踪》是一部采用数据库叙事方式的电影作品，然而该作仍然保持着高度线性的特征。电影以电脑桌面作为入口，各个事件的顺序经过精心编排，由主人公引领观众进入并在各个节点当中有序跳转。而《她的故事》利用游戏这一媒介，完全取消线性叙事顺序，将叙事主导权完全交由玩家，更深入地实践了数据库叙事的理念，探索了游戏叙事的另一重可能性。

综合而言，电子游戏对非线性叙事结构的运用，一方面是通过对脚本故事（剧本）的结构来实现，另一方面则依托于游戏的媒介特性来实现，而后者的探索已向我们展露出游戏在叙事上尚待挖掘的巨大潜力。

# 第三节 电子游戏的创作技巧

电子游戏的设计师们不断向传统叙事媒介汲取创作经验，以运用于游戏创作。而要与电子游戏的创作实际相契合，就需依据游戏自身的情况，吸收传统编剧技巧的同时加以灵活运用。本节将沿这一思路，展开探讨游戏世界、角色与故事在具体创作细节上的诸个问题。

## 一、世界观搭建的注意事项

世界观构建是一项精密而庞杂的工作，在搭建过程中，需从几个方面来加以检视。

世界观的真实性。世界观的真实是基于合理性的真实。游戏设计师杰西·谢尔曾举过一个生动的例子：如果玩家的背包可以装得下微波炉，但却装不下烫衣板，玩家会感到沮丧进而怀疑这个世界的真实性。[1] 这是因为"装得下微波炉"这个行为会给玩家一种规则上的暗示，即游戏内的背包被设定为一个可以容纳万物的百宝袋，因此，如果违背了该行为背后的规则，就会造成逻辑上的割裂感。此外，世界观还要与游戏故事达成合理兼容，世界观设定规定了世界中什么事可以发生以及如何发生，无论设定多么现实或荒诞，其因果原理一旦确定，就不能更改。[2] 超出这个范围之外，世界观与故事的可信度就会遭到破坏。

世界观的完整性。在包括电子游戏在内的文创作品中，偶尔会出现忽略、中途删除或增补原本的世界观设定或剧情内容，这种现象常被玩家戏称作"吃书"，伴随这种现象而来的是整体的逻辑漏洞与情节上的前后割裂。而这种现象在电子游戏中并不鲜见，尤其是世界观宏大且需长线运营的游戏。在电子游戏创作的初期阶段，世界观作为底层设定，起到的是框架性的作用，奠定着整个游戏的基础逻辑，后续故事展开和游戏玩法的开发都要依据这个框架来拓展。因此游戏的基础逻辑、规则和叙事的宏观框架要尽可能设计完整，诚然难以达到尽善尽美的程度，但游戏内搭载的诸种玩法及其他内容、后续的更新与拓展，都应尽可能与该框架保持兼容，前后统一，以避免明显的割裂与拼接痕迹。世界观的完整要求的是对宏观布局的把握，而非要求所有设定都事无巨细。玩家初次进入游戏世界，

---

1　[美] 杰西·谢尔：《游戏设计艺术》(第 2 版)，刘嘉俊、陈闻等译，电子工业出版社 2016 年版，第 319 页。

2　[美] 罗伯特·麦基：《故事——材质·结构·风格和银幕剧作的原理》，周铁东译，天津人民出版社 2014 年版，第 73 页。

需要建立的是对这个世界的基础认知，向玩家灌输过于复杂的信息，反而会造成过高的认知壁垒。

世界观的延展性。作为游戏的基础框架，世界观还需要具备一定的延展空间。尤其对于需要长线运营与开发续作的游戏而言，世界观可挖掘的空间越小，对故事的容纳潜力以及挖掘空间就越局限。高瞰的《去月球》三部曲，体量较小，之所以能不断开发续作，很大程度上得益于它充满延展性的世界观。在该系列游戏的世界中，一家名为西德蒙格的机构发明出了可以修改记忆的仪器，用于为弥留之人提供愿望满足服务，该机构中的两位博士通过仪器进入委托人的记忆世界，不断回溯他们的人生经历并找到合适的时间节点进行记忆改写，达成委托人期望的圆满结局。"记忆修改机器"与"遗愿满足"两个核心世界观设定，无疑为游戏提供了相当广阔的叙述可能性。

## 二、电子游戏角色的塑造技巧

### 1. 依据角色类型调整塑造侧重点

在电子游戏中，有部分特殊类型的角色在塑造上有其独特的注意事项与侧重点。首先是性质比较特殊的角色——化身。

化身是游戏的主角，同时是玩家与世界产生交互的媒介，相比便于玩家投射的白板式化身，经过个性化的化身与玩家保持着一定的距离，主要通过移情效果来与玩家建立链接，这也就需要将"化身认同"问题纳入创作中加以考虑。一个可以拿来类比说明的作品是2020年由顽皮狗开发的《最后的生还者2》。该作在内容上是前作故事的延续，而在游戏开头部分，前作男主角乔尔被新女主埃比虐杀而死，这一情节在玩家之间引起了巨大的争议。由于未在恰当的时机合理解释事件的前因后果，玩家对于新主角埃比也缺乏了解，致使埃比从亮相之初就伴随着一定的负面色彩。在后续剧情中，埃比与新旧伙伴、爱人之间的纠葛也未得到细致的刻画，角色形象的树立与转变相对也缺乏说服力。该作游戏流程在20到30个小时之间，其中有约半数的时间需要玩家操纵埃比行动，对于难以认同该化身的玩家来说，则是极度考验耐心的。诚然，一个电子游戏的体验感由多个因素综合决定，但不可否认的是，玩家对于化身的认同程度影响着他们与角色的联结程度，进而影响着玩家的游戏动力与游戏热情。区别于戏剧艺术对主人公内心真实的挖掘与复杂个性的忠实刻画，电子游戏编剧在为玩家打造化身角色时，还需将化身认同问题纳入考量范围内。

另一种是在类型上较为特殊的角色，即"二次元角色"，其具备着一套独属于自己的角色衡量标准与塑造方式，与这类角色相关联的游戏类型我们可以粗略地称之为"二次元游戏"（二游）。需要说明的是，这是一种基于美学风格的分类，而非内容上的类别。

二次元游戏，是"二次元"文化与电子游戏相结合的产物。次元，即"维度"。二次元，是指区别于三维真实世界的二维、平面世界，泛指由 ACGN——动画、漫画、游戏、（轻）小说——所组成的虚构世界及亚文化圈子。[1] 在日本，ACGN 爱好者们被统称作御宅族。二次元游戏，则是指运用日式动漫、漫画美学风格，以角色创作为主的电子游戏，如国产游戏《阴阳师》《碧蓝航线》《战双帕弥什》《原神》《崩坏》系列等。另外，美少女游戏（GalGame）与乙女游戏基本也都属于二次元游戏。

一个可以观察到的现象是：二次元玩家群体可以在对游戏故事一无所知的前提下，通过角色立绘、PV（宣传短片）等内容来迅速识别角色身上的特定属性并投入热情。在这里，角色与故事的关联关系发生了明显的变化，角色可以独立于故事之外，与故事各自分别存在。吸引玩家的不仅仅是游戏故事本身，而主要是角色身上那些可被识别的特定属性，即二次元文化中"萌要素"。

"萌要素"的涵盖面十分广泛，主要是图像的形式，即角色的外观设定，如二次元角色中常见的呆毛、兽耳、双马尾、女仆装等视觉要素；还包括与特定萌要素搭配的角色属性、口头禅、背景故事等元素。以二次元角色类型中的"猫娘"为例，顾名思义，猫娘是猫的女性拟人体，具备猫的外在特点与性格特点。《原神》中的角色"迪奥娜"就是典型的猫娘系角色，其在外观上呈现出身材娇小的萝莉形态，有猫的耳朵与尾巴，有模拟猫叫的台词，在性格设定上呈现明显的傲娇属性。上述所有这些特点都属于萌要素。

"萌"的概念出现在 1980 年代末的日本，是指御宅族群体"对漫画、动画、电玩游戏等的主角或偶像所产生的虚构欲望。"到 90 一代，御宅族们对于作品的故事层面及故事所传达的意义不再关心，转而就与故事无关的片段、（角色）图画或设定进行消费，并随自己的喜好强化那些片段的情感投射，这种新型消费行为，被称作"人物萌"。[2]"萌"的要素在御宅族系市场与大量的"二次创作"环节中被

---

1　黎杨全：《走向跨次元批评——对当前"二次元"概念的反思》，《中国文学批评》2023 年第 4 期。

2　［日］东浩纪：《动物化的后现代——御宅族如何影响日本社会》，褚炫初译，大鸿艺术股份有限公司 2012 年版，第 61 页。

不断生产、检验并逐渐符号化。在这个过程中，萌要素的创作技巧不断累积，最终形成了体系庞杂的"资料库"。当御宅族系文化市场中出现了极具影响力的新角色时，其所包含的萌要素会自动被消费者们分解并登录于资料库中，成为新的角色创作素材，如此循环往复，萌要素的资料库也不断更新与充实。在御宅族系文化里所流通的"角色"，就是从资料库中抽取出一系列要素，并依据作品的销售策略所生成的输出结果。[1]"是一种更有效率的达到情感满足的萌要素方程式。"[2]日本学者东浩纪将这种现象称作"资料库消费"。

图 5-3-1　《原神》迪奥娜、绮良良、琳妮特角色立绘 [3]

　　萌要素的资料库化造就了二次元角色塑造的诸种特点。其一，萌要素具备可拼贴、组合的特性，一个角色通常是多个萌要素的组合。仍以前文所引《原神》迪奥娜为例，围绕"猫娘"这一造型元素来看，可以在同一游戏中找到绮良良、琳妮特两个角色。她们都不同程度地具备了猫的外形特点，绮良良甚至有与迪奥娜相同的模拟猫叫的台词。在三者之间形成显著区别的是性格属性与背景设定，以标签表示：迪奥娜（傲娇、萝莉、调酒师），绮良良（元气、少女、妖怪"猫又"），琳妮特（三无、少女、魔术师）。由此可见，三者是在"猫娘"要素的基础上加上其他不同萌要素的组合。其二，角色的性格属性常常变相规定了角色的性格特点、行为逻辑与台词风格，是一套高度凝练的行为方式的总和。如傲娇系角色的外冷内热、嘴硬心软；元气系角色的活力热情；天然呆角色的迟钝、笨拙与纯真；腹黑系角色外表亲善，内在富于心计；三无系角色冷若冰霜、沉默寡言等。

---

1　［日］东浩纪：《动物化的后现代——御宅族如何影响日本社会》，褚炫初译，大鸿艺术股份有限公司 2012 年版，第 71 页。

2　同上书，第 135 页。

3　图片均源自"原神"官方微博。

角色的行为举止无时无刻不体现着自身的属性。总结来说，萌要素是二次元角色的魅力所在，尽管各项萌的属性都具备着可拼贴的特点，但并不意味着二次元角色仅仅只是符号与符号的简单相加，尤其对于游戏而言，仍需通过精心的塑造，才可将抽象的符号转化为立体的角色。

除此之外，二次元游戏角色也不排斥理想化、完美式的塑造。如《崩坏3》的"爱莉希雅"，形象完美无瑕，一度成为玩家群体中爱与美好的代名词。再如曾在国内掀起热潮的《恋与制作人》《未定事件簿》《时空中的绘旅人》《光与夜之恋》等乙女游戏，塑造了多个理想式的恋人形象。这些角色几乎没有缺陷，也并不以追求真实性为目的，或者可以说，区隔现实，创造虚幻的美好，激发玩家情感的共鸣与满足，才是这类游戏的核心目标。

由于萌要素成了角色塑造的重要组成部分，才使二次元游戏角色明显区别于其他类型游戏。但除此之外，二次元游戏在角色创作上仍与其他游戏类型遵循着相似的规律与技巧，如角色具备功能性、成长性等。综合而言，二次元游戏角色是在传统人物塑造方式的基础上融合二次元文化而形成的产物，在塑造这类角色时，就需要依据二次元文化的特色灵活调整塑造侧重点。

2. 以任务目标引导角色成长

在传统叙事媒介中，"人物"通常具备着一定的成长性，这种成长几乎都来自性格层面。电子游戏角色同样也具备着成长要素，一方面体现为"数值"类的成长，如 RPG 类游戏的角色培养系统，角色成长即等级和天赋技能上的突破与升级；另一方面则体现为角色性格层面的成长。本部分以后者为主，探讨引导角色实现性格成长的技巧与方法。

在电子游戏中，"目标"是给玩家的可追求之物，它定义了玩家在游戏规则之内所要尽力去完成的内容。[1]玩家操作角色，通过一个接一个的任务来抵达目标。任务是玩家追逐目标的具体行动，是由游戏设计师事先规定好的角色行动路线。任务围绕总目标来设计，总目标是一条贯穿于游戏始末的行动线索，玩家所做的一切努力都是为了抵达这个目标。合理设计目标，安排任务，可以引导角色行动，于行动中带出角色性格、完成角色的成长与转变。

游戏目标可以只单纯地作为玩家行动的前提，但当总目标与被操作角色的内心欲求紧密关联在一起时，透过任务过程可以见出角色的性格与成长路径。

---

1 ［美］特雷西·弗雷顿：《游戏设计梦工厂》，潘妮、陈潮等译，电子工业出版社 2016 年版，第 69 页。

一般而言，游戏的总目标与主要角色的内心欲求是正相关的。《双人成行》的两个主角希望自己能从玩偶形态变回人，《对马岛之魂》的主角想要拯救家园与舅舅；《战神3》的主角想要弑神复仇……角色表达的是强烈的"想要"的欲望，立场坚定不移，但要抵达目标并不容易。当角色在追逐目标的过程中经受压力与考验时，角色的行动与选择，往往能刻画出角色的内在真实。[1] 在《双人成行》中，小梅和科迪是一对婚姻破裂的夫妻，而女儿罗斯却希望他们可以修复关系，当罗斯的眼泪落到两只玩偶身上，小梅和科迪的灵魂被意外地封锁在了两只玩偶内，要想变回人，他们必须通过爱情之书哈金博士的考验。然而这对父母并不想经受考验，于是他们合力扯坏了罗斯心爱的小象玩偶，逼迫罗斯落泪并以此解除魔法。这一行动把二人糟糕的父母形象刻画得十分鲜明。当角色克服障碍，抵达目标时，也意味着角色本身发生了某种成长转变，最直观的转变通常是"力量"上的积累与增加，但当目标与角色内心欲求关联在一起时，会使角色具备性格上的成长与转变。仍以《双人成行》为例，小梅与科迪强迫女儿落泪但并未成功解除诅咒，二人不得不接受通过考验来抵达终点，而这些考验必须借助于双方的配合才能顺利通过。当他们再度携手迎接挑战时，角色性格层面的转变也随之发生。

游戏的总目标与角色内心欲求也可以是矛盾的，矛盾之处在于目标是角色心魔的体现。2013 年由顽皮狗游戏工作室开发的《最后的生还者1》是游戏界公认的佳作，该作塑造了一个令人印象深刻的主角"乔尔"，他对于目标的抵抗正是出于对自己心魔的回避。下文结合该案例展开讨论。

表 5-3-1 《最后的生还者1》任务序列（2022 年 PS5 重置版）

| 《最后的生还者1》任务序列 | 内 容 梗 概 |
| --- | --- |
| 1. 家 | • 虫草菌病毒暴发；<br>• 乔尔与女儿莎拉、弟弟汤米逃出城市的途中遭遇镇压感染者的军人，莎拉中枪，在乔尔怀中死去（**心魔显现**）<br>【不再是父亲】<br>• 灾难蔓延至整个美国大陆，对抗军队与政府的"火萤"组织出现 |

---

1　[美] 罗伯特·麦基：《故事——材质·结构·风格和银幕剧作的原理》，周铁东译，天津人民出版社 2014 年版，第 437 页。

| 《最后的生还者1》任务序列 | 内 容 梗 概 |
|---|---|
| 2. 隔离区 | • （20年后）成为走私客的乔尔与伙伴泰丝前往第五区寻找罗伯特，要回被私吞的枪；<br>• 找到罗伯特，得知枪被转卖给了火萤组织；<br>• **乔尔、泰丝与火萤组织交易，护送小女孩艾莉前往国会大厦，交给火萤组织。（总目标，任务开启）**<br>【抵抗态度，不想再次成为父亲】 |
| 3. 外围 | • **抵达国会大厦，发现火萤组织已经撤退（得知艾莉对虫草菌免疫，需前往火萤实验室帮助进行疫苗研究）；泰丝感染，军队追来，泰丝为掩护二人而死亡；**<br>• **乔尔必须护送艾莉去杰克逊镇寻找汤米，向他了解火萤的下落**<br>【被迫接受，仍持抵触态度】 |
| 4. 比尔的小镇 | • 到北边的小镇找朋友比尔弄一辆车；<br>• 找到车，离开小镇，踏上前往杰克逊镇的旅程 |
| 5. 匹兹堡 | • 被猎人追击，车子废弃，遇到落单的亨利、山姆两兄弟；<br>【艾莉翻阅比尔私藏的成人杂志，乔尔阻止；态度出现转变】<br>• 前往城外无线电基站，找亨利所在的组织汇合 |
| 6. 郊区 | • 亨利的组织已经离开；<br>• 山姆感染变异，亨利不得已射杀弟弟，随后自杀 |
| 7. 汤米的水坝 | • **秋天，乔尔与艾莉徒步抵达杰克逊镇；**<br>• 乔尔希望汤米能送艾莉去找火萤组织，艾莉得知后，骑马逃走，汤米与乔尔寻找艾莉；<br>• 找到艾莉，二人争吵；乔尔最终改变主意，决定继续护送艾莉；<br>【艾莉戳破乔尔对过去伤痛的回避，乔尔不再抵触；关系转折点】<br>• **得到火萤线索，前往火萤实验室——东科罗拉大学** |
| 8. 大学 | • **抵达东科罗拉大学，火萤组织已经撤退到盐湖城；**<br>• 二人遇袭，乔尔受重伤 |
| 9. 湖畔度假村 | • 冬天。艾莉外出打猎，用猎物与陌生人交换抗生素，被盯上；<br>• 艾莉为昏迷的乔尔注射抗生素，艾莉被抓，险遭侵犯；<br>• 乔尔苏醒，救出艾莉<br>【乔尔安慰艾莉："my baby girl"；感情加深】 |

| 《最后的生还者 1》<br>任务序列 | 内　容　梗　概 |
| --- | --- |
| 10. 终点 | • 春天。**抵达盐湖城；二人遇袭，被火萤组织救回；（总目标完成）**<br>• 乔尔得知火萤的研究方案要以艾莉的生命为代价，**决定毁约，杀死火萤成员与执行手术的医生，救回艾莉；（突转，克服心魔）**<br>• 艾莉麻醉醒来，乔尔谎称免疫者对疫苗研究无用，火萤已放弃研究；二人踏上返程<br>【乔尔再次成为父亲】 |

　　结合图表，可见乔尔的内心欲求与"将艾莉送往火萤组织"这一总目标并不完全契合，直到游戏进程过半，乔尔才放下抵触并接受了该目标，而到游戏结尾，乔尔完成总目标后，游戏剧情发生突转，乔尔毁约并从火萤组织手中夺回艾莉。综合来看，乔尔对于目标的抵触，是角色心魔的体现。结合第一序列来看，在灾难爆发之初，乔尔带女儿莎拉踏上逃亡之路，莎拉却在途中意外丧命。其后出现的艾莉与莎拉年龄相仿，接受目标意味着乔尔需要再度与一个女儿般的孩子踏上危险的旅程。乔尔对目标的抵触，实际上是出于对"父亲"身份及职责的回避。以人物的逻辑回看整个游戏流程，便可发现角色的每一次态度转变，都是出于对心魔的认知转变。在第七序列中，乔尔意图将艾莉托付给汤米，艾莉不愿与乔尔分开，在争吵中提起他过世的女儿莎拉，戳穿乔尔一直在回避的过去。此举深深刺痛了乔尔，促使他用更尖锐的方式回击：

　　　　乔尔　你不是我女儿，我也不是你爸爸，我们最终会分道扬镳。[1]

　　该情节展现了乔尔对艾莉持回避态度的根源，是乔尔首次直面心魔的关键节点。游戏结尾发生的突转，也正是乔尔克服心魔并再次选择成为"父亲"的结果。从抵触到转变到最终克服心魔，乔尔这一形象在任务流程中完成了个人成长，角色弧光由此显现。

　　综上，围绕角色内心欲求设立游戏目标，以游戏目标为中心安排角色行动线，可充分激发角色行动力，使角色在任务流程中展露性格，实现成长。当角色命运与游戏主线剧情深度联结在一起时，游戏故事也将更富于感染力。

---

1　出自 2022 年《最后的生还者 1》PS5 重置版，简体中文版游戏台词。

### 三、电子游戏的故事建构策略

游戏，究其本质，是一套规则与机制的综合体，但多数游戏并不仅限于这种抽象的展现方式，它们融合使用声音与图像，用虚构的情节将机制包装起来，以此来让玩家相信游戏机制并不只是一个由各种规则组成的人造系统。[1] 游戏的故事建立在机制的基础上，冲突的安排与情节节奏的设计也都与机制有着密切的联系，下文将结合游戏机制展开探讨。

#### 1. 冲突围绕玩家体验打造

谈及游戏，大多数人都会首先联想到激烈的竞技场面，像体育比赛，各式各样的棋牌类游戏，以及充斥着大量战斗元素的电子游戏。而竞技又具有"对抗"的性质，似乎正是一种显而易见的"冲突"表现，那么这种冲突与剧作意义上的"戏剧冲突"有何不同？

"戏剧冲突"，是"表现人与人之间矛盾关系和人的内心矛盾的特殊艺术形式，它来源于拉丁文 conflitus，可译为分歧、争斗、冲突等等"。[2] 戏剧理论家谭霈生认为，"冲突"的展开，其内在的、根本的动力，来源于人物独特的性格，来源于独特的人物关系。而在冲突中，又能见出人物性格与性格的发展过程。照此来看，电子游戏中的冲突并不全然符合"戏剧冲突"的特征。首先，在电子游戏中，冲突未必来源于人物性格与人物关系；其次，冲突也多具备竞技性质，并不一定具备戏剧性，且这种竞技又多是在玩家与游戏机制、玩家与玩家之间产生的；最后，冲突的发展也并不一定能造成角色或玩家的性格发展。但若说电子游戏中没有戏剧冲突的元素，又与我们实际的经验并不相符。《对马岛之魂》中镜井仁与舅舅的决斗，《最后的生还者 1》结尾乔尔对艾莉的欺骗，都具备戏剧冲突的特征。这是由于电子游戏建立在"交互"的基础上，冲突的主体就不再是由编剧操控的人物形象，而主要是由玩家操纵的角色，因此，游戏的主要"冲突"就需要围绕玩家来设计。竞技性的冲突、机制性的冲突都可以实现这个目的。而在剧情类游戏中，体验剧情成为游戏流程的一部分，因此在这类游戏的预设故事中我们可以找到戏剧式的冲突。换言之，电子游戏中的冲突可以包含戏剧冲突，但并不以这种冲突形式为主，而普遍以外在的机制性、竞技性冲突为主。

戏剧冲突围绕剧中人物展开，通常表现为戏剧化的人与人的冲突，即外部冲突；人物内心冲突，即内部冲突；人与自然环境与社会环境之间的冲突等。与戏

---

剧冲突相对的，游戏设计师在游戏中表现冲突元素时，构建的是另外一组类别，即："玩家与玩家的冲突，玩家与多个玩家的冲突，队伍与队伍的冲突，玩家与游戏系统的冲突"。通过这种方式，可以把游戏的情节和系统更加自然地整合到一起。[1] 其中，大部分非多人在线式的剧情向游戏中，冲突多体现在故事层面的玩家与非玩家角色、非故事层面的玩家与游戏机制两个部分当中。由于本节着重讨论故事建构，因此本节也将研究的重点放在此类游戏中。

按照冲突类型，剧情向的电子游戏中通常体现为：玩家角色与外部环境的冲突，玩家角色与非玩家角色的冲突，发生于玩家角色自身的冲突。

就玩家与外部环境的冲突来说，主要是指对玩家达成游戏目标起到威胁或阻碍作用的特殊环境，通常借由游戏机制来实现。在末世求生类游戏中，危机四伏的世界环境几乎是玩家面临的最大的威胁，如《最后的生还者1》遍布感染者与虫草菌孢子的美国大陆、《生化危机2》丧尸危机爆发的浣熊市等。外部环境冲突也可以是折损玩家资源与生命值的特殊环境，如《原神》天云峙地区的雷暴、雪山的极寒天气及须弥雨林中的"死域"，玩家身处其中，会随着时间的流逝而损耗生命值。外部环境冲突还可以直观地表现为谜题系统与资源管理系统：前者如游戏中各式各样的解谜玩法，玩家必须先解开谜题才能够继续前进或者得到某个道具 / 信息；后者则是对玩家所能获取并使用的游戏资源设置限定条件，如《塞尔达传说：旷野之息》为游戏内的各类武器规定了"耐久度"，达到耐久度武器就会损坏且不能再次使用。《最后的生还者》系列与《生化危机》系列也都不同程度地使用了这类资源管理机制，为玩家战斗设置了潜在的障碍。

就玩家角色与非玩家角色的冲突来说，是指与玩家目标相悖，对玩家造成障碍的敌手，二者之间的冲突通常以直观的战斗、竞技形式体现。在剧情类游戏中，玩家所扮演的角色与伙伴、盟友角色之间的冲突常常具备着戏剧冲突的诸种品质。在《最后的生还者1》中，玩家所扮演的乔尔与决裂多年的弟弟再度相见，乔尔意图摆脱艾莉并将护送她的任务交给汤米，而已经拥有新家庭的汤米并不愿接手。兄弟二人爆发争吵，再度牵出当年的旧事。在灾难初期，乔尔曾为了自己与弟弟的生存不惜杀人越货，汤米对于哥哥的行事作风难以接受，导致二人决裂。当乔尔借此讥讽汤米不知回报，兄弟二人积压已久的冲突就此爆发。在这个案例中，矛盾的"结"由脚本故事规定，但矛盾的解决过程并未以对话、过场动画的方式"演绎"出来，而是转移给了玩家。当乔尔与汤米的矛盾发展至顶峰，游戏插入了

---

1　［美］特雷西·弗雷顿：《游戏设计梦工厂》，潘妮、陈潮等译，电子工业出版社 2016 年版，第 116 页。

一场突发事件：猎人来袭。于是在接下来的游戏流程中，由玩家重新扮演乔尔，与弟弟汤米并肩作战。当战斗环节结束，汤米自然而然改变了主意，答应了乔尔的请求，兄弟二人握手言和。矛盾的解决过程是由玩家来完成的。兄弟二人的冲突转化成为玩家、盟友和敌人之间的冲突，冲突模式也从戏剧式冲突转化为机制性冲突，也即战斗。这种处理方式既展现了角色间的冲突，又完成了角色及角色间关系的转变，并保证了玩家不被"置身事外"，成为看客。

就发生于玩家角色自身的冲突来说，其一，是指玩家自身所掌握的能力、技巧与超过其能力、技巧所能应对的障碍之间的冲突。如《超级马里欧兄弟》中，玩家要操控马里欧跳跃、奔跑，以持续地越过多变的障碍，当玩家的熟练度与反应能力未达到游戏规定的标准时，就会不断失败，并给玩家带来挫败感。RPG 类游戏的角色成长系统，是这种冲突在游戏机制上的客观体现。如玩家要在战斗中取得绝对性的压倒优势，得到酣畅淋漓的战斗快感，就必须花时间来研究并升级角色技能与装备，解决关卡带来的阻碍。

其二，发生于玩家角色自身的冲突，还可以是具象化、机制化的角色"内在冲突"。《对马岛之魂》的主角镜井仁信奉正面对决的武士道精神，但敌人过于强大，他不得不改变信念，成为潜伏于暗处并以刺杀取胜的战鬼。设计师对应武士道与战鬼两种信念分别设计了正面战斗与潜行暗杀两种玩法，同时，正面战斗的玩法难度设置较高，容易失败，而潜行刺杀的战斗体验就相对更具爽快感。透过这些机制，游戏将镜井仁对于武士道信念的动摇，同步映射给了玩家。由英国 ZA/UM 工作室开发的游戏《极乐迪斯科》，将这种机制化的角色内在冲突发展到了新的深度。游戏将 RPG 角色培养系统中的"技能树"替换成"思维阁"。在该游戏中，玩家所扮演的是一个失忆的警察，受命前往马丁内斯的褴褛飞旋餐厅调查一桩谋杀案。"思维阁"即主角脑海中的诸种思维的集合，游戏中共计 53 种思维，主角最多可启用 12 种，并可以使用"内化"功能学习吸收所选思维。在游戏中，这些"思维"可以与主角大脑直接对话，互相辩驳，而当其中几种思维的等级升高到一定程度后，就会具备迷惑性，误导玩家查案方向。该作将主角的内心冲突与角色成长机制合二为一，是主角内心冲突的直观外化。

总结来说，电子游戏故事层面的冲突要搭配游戏机制来加以展现，无论在何种冲突形式中，玩家都要作为冲突的参与方而非观看者。由于电子游戏的冲突要围绕玩家而设，因此在部分游戏中，冲突的形式也就难免有简单化、表面化的倾向。

## 2. 情节节奏对应情感曲线

罗伯特·麦基在论及故事创作时曾做过这样一个类比："一部交响曲可以分

为三个、四个或者更多乐章逐次展开，故事也是通过乐章来讲述的，故事的乐章被称为幕。"幕即是故事的宏观结构。[1] 这个宏观结构规划着故事的整体情节节奏。如戏剧的开端、发展、高潮与结局，电影的三幕式结构，英雄之旅模式等。在大多数电子游戏中，构成宏观结构的是任务序列，同样，游戏也具有与戏剧、电影相类似的节奏曲线。

日本游戏设计师佐佐木智广将游戏情节节奏的规划总结为"序、破、急"。"序"为开端，"破"为高潮之前的部分，"急"为高潮与结局。在其他游戏设计类著作中也常常可以见到类似的曲线，尽管在局部上有细微的不同，但整体的走势都比较类似（如图 5-3-2）。这个曲线通常被游戏设计师们称作"情感曲线"或"兴趣曲线"。我们可以在戏剧、电影，在流行歌曲的结构，甚至在游乐园中过山车的路线里都可以找到类似的曲线。[2] 这种情感曲线本质上都是由情节节奏的变化所带来的情感体验上的变化，并以此来有效把控观众的兴趣与情感反应。与戏剧、电影不同的是，电子游戏的情感曲线不仅仅是由故事层所营造出来的，更重要的还有机制层。在那些没有故事的游戏类型中，调动玩家情感变化的主要是机制。就叙述故事的电子游戏而言，游戏情感曲线的形成，是故事层与机制层互相匹配的结果。下文将结合案例展开讨论。

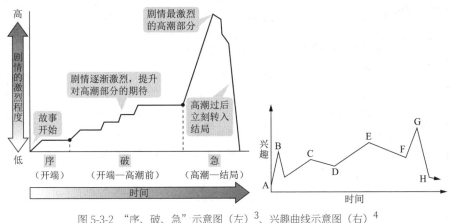

图 5-3-2 "序、破、急"示意图（左）[3]、兴趣曲线示意图（右）[4]

1 [美]罗伯特·麦基：《故事——材质·结构·风格和银幕剧作的原理》，周铁东译，天津人民出版社 2014 年版，第 247 页。

2 [美]杰西·谢尔：《游戏设计艺术》（第 2 版），刘嘉俊、陈闻等译，电子工业出版社 2016 年版，第 291 页。

3 [日]佐佐木智广：《游戏剧本怎么写——游戏编剧新手的入门指南》，支浩鹏译，人民邮电出版社 2018 年版，第 8 页。

4 [美]杰西·谢尔：《游戏设计艺术》（第 2 版），刘嘉俊、陈闻等译，电子工业出版社 2016 年版，第 289 页。

　　陈星汉与其团队在开发《风之旅人》时，以情感曲线为中心结构游戏流程，将英雄之旅的模式运用其中，在游戏的表层世界观下，展现了一个人从生到死的人生历程。[1] 其精神续作《光·遇》将英雄之旅模式运用得更加纯熟。与前作一脉相承，《光·遇》的故事也比较简单，主要讲述了繁荣的天空王国被黑暗侵袭，无数光之居民被变成石头，灵魂困于原地，天空之国由此覆灭。玩家作为"光之后裔"诞生于失落的天空王国中，在游历昔日王国的旅途中，寻找被黑暗石化的先祖们，点亮其熄灭的心火，拯救这些被困住的灵魂。在旅程的尽头，玩家踏入黑暗的腹地，牺牲自己拯救更多被困的灵魂，直到自己心火熄灭，堕入黑暗之境。在黑暗之境深处，玩家将重新见到最初的自己，与自己拥抱，并重获新生，在祖先的指引下飞向星河……该作与《风之旅人》相同，在游戏的主体流程中隐去了文字与台词，有少量的过场动画，故事则主要由动画、场景与机制共同讲述，故事脚本看似削弱或处于消失状态，但实际上仍起着统摄性的规定作用，整个游戏流程就是一个完整的故事。下文将综合机制与场景中包含的故事信息，将游戏主体流程视作一个整体，以此对照游戏的关键机制模式，以及英雄之旅的结构模式，分析如下：

表 5-3-2　《光·遇》游戏流程与英雄之旅对照表 [2]

| 《光·遇》任务序列 | 内容梗概 | 英雄之旅模式 |
| --- | --- | --- |
| 遇境 | • 一颗流星划过，玩家在遇境中央苏醒 | • 正常世界 |
| 晨岛 | • 跟随先祖召唤，进入晨岛，得到飞行斗篷，收集光之翼以飞得更远；解救石化的先祖，穿越晨岛；<br>• 抵达云海中的神庙，向长老神像祈祷，长老为玩家指明方向，通往正式旅程的大门打开 | • 冒险召唤<br>• 见到导师（长老）<br>（得到飞行斗篷，开始收集光之翼） |
| 云野 | • 进入云野，解救石化的先祖，抵达天空中的神庙；<br>• 点亮祭坛蜡烛，向长老祈祷，通往下一个旅程的大门打开 | • 越过第一道边界 |

---

1　《〈风之旅人〉设计师分享团队开发游戏的过程》，李姬韧译，资料来自游资网: https://www.gameres.com/246044.html。

2　根据《光·遇》主线流程整理。

| 《光·遇》任务序列 | 内容梗概 | 英雄之旅模式 |
|---|---|---|
| 雨林 | • 进入雨林，持续淋雨会熄灭心火，冒雨前行，解救先祖；<br>• 重启通往神庙的路，抵达神庙。点亮祭坛蜡烛，向长老祈祷，通往下一个旅程的大门打开 | • 考验<br>（雨水会少量损耗光之翼） |
| 霞谷 | • 进入霞谷，畅快滑沙、飞翔，抵达霞谷尽头的圆形竞技场，打开神庙大门；<br>• 点亮祭坛蜡烛，向长老祈祷，通往下一个旅程的大门打开 | • 接近最深的洞穴<br>（洞口，险境的边缘） |
| 暮土 | • 被狂风卷落暮土；冒险穿过冥龙巡逻的远古战场；<br>• 抵达神庙，点亮蜡烛，向长老祈祷，通往下一个旅程的大门打开 | • 磨难（中间点）<br>（被冥龙袭击会大量损耗光之翼） |
| 禁阁 | • 进入禁阁，层层上升，抵达禁阁顶层；<br>• 进入祭坛，点亮蜡烛，向长老祈祷，通往最后世界的大门打开 | • 报酬<br>（收集到了足够的光之翼） |
| 暴风眼 | • 进入暴风眼，在狂风中艰难前行，躲避冥龙；<br>• 抵达通往伊甸之眼的甬道（一旦进入，不可返回，无法终止） | • 返回的路 |
| 伊甸之眼 | • 在红石雨中前进，将光之翼分给沿途被石化的灵魂；光之翼消耗殆尽，玩家心火熄灭，斗篷消失，死亡；<br>• 重生，得到斗篷和少部分光之翼；与破除石化的灵魂一同飞向星海 | • 死亡与复活<br>（失去所有光之翼，失去飞行斗篷；重新得到斗篷和少量光之翼） |
| 星海 | • 玩家与被解救的先祖们在星海中飞翔；<br>• 抵达星海尽头，与被拯救的先祖与灵魂告别，一扇回归的大门在面前敞开；<br>• 朝终点进发，先祖将更多的光之翼赐予玩家，玩家穿过终点大门 | • 携万能药回归<br>（先祖赠予更多光之翼） |
| 遇境 | • 空中划过一颗流星，玩家重回遇境，再次醒来 | • 正常世界 |

结合表 5-3-2 可知，故事层的情节节奏与英雄之旅的模式几乎保持同步，已经具备了一个充满吸引力的情节节奏曲线，而游戏机制与情节起伏也表现出了同步变化的状态。举例来说，在玩家得到了飞行斗篷并畅游云海之后，便抵达第三个关卡"雨林"，情节走势由高转低，节奏由舒缓至紧张。在机制上，雨林中的雨水可以熄灭玩家心火，缓慢消耗玩家所收集的光之翼，玩家需不断停下来避雨、回能，游戏节奏断断续续，并伴随程度较轻的紧张感。当玩家穿越雨林，转入第四关卡"霞谷"，情节走势再度升高，伴随该关卡中"滑沙"的机制，游戏整体节奏转快，玩家在前一关受到压制的飞行欲望在此关卡中得到释放。情节节奏呈"起、伏、起"的运动过程中，机制层所营造出的情感体验也呈现出"舒缓、紧张、释放"的变化过程，二者是高度匹配的。

从整体情节节奏来看，情节的起伏程度与游戏难度也保持着同步状态。在情节上，"暮土"作为一个中间点，是玩家首次体验到"失去"的关卡，也是在进入"暴风眼"之前所有关卡中最为压抑的情节点，反映在游戏机制上，该关卡内共有五个节点需要玩家设法通过冥龙盘踞的巢穴，如果不慎被冥龙捕获，将会永远失去一部分光之翼。经过"禁阁"短暂的平静，玩家踏入最后的旅途，所要付出的代价越加沉重，最终玩家献祭自己拯救被困的灵魂，直至死亡。随着情节的持续走低，关卡的难度也在逐级递增。在"暴风眼"中，游戏在冥龙的基础上增加了更同样功能的碎石雨，到"伊甸之眼"，碎石雨几乎不间断地出现，玩家每前进一步就伴随着剧烈的损耗，机制层的"失去"与故事层的"失去"在此达成统一。

由于电子游戏无法仅仅通过观看来获得全部的情感体验，即使是以体验剧情为主要玩法的视觉小说，也需借助于玩家基础的交互行动"点击"来推动故事发展。因此，电子游戏也就无法只依赖于故事层面的情节节奏来创造完整的体验，而要匹配一系列游戏机制，与机制所唤起的情感曲线互相契合并共同作用。而这种游戏机制配合脚本故事、世界性故事共同叙事的方式，也造就了电子游戏独特的叙事形式。

尽管电子游戏不是一个专门用来讲故事的媒介，但越来越多的游戏，尤其是剧情向游戏，正在带领整个产业探索并开拓独属于电子游戏的在叙事领域中的未来。

# 结　语

从电子游戏诞生之初到今日，其累积下来的作品已浩如烟海，游戏产业仍在高速发展当中，与电子游戏相关的课题也在被不断讨论与研究。本章从游戏的编剧角度入手，立足于电子游戏交互叙事的特点，结合传统剧作理论，利用案例分析的方式，围绕世界、角色、故事三个游戏编剧的板块，明确相关概念，梳理电子游戏的创作流程，并对电子游戏的具体创作技巧进行了初步探讨。

在电子游戏并不漫长的发展史中，其立足于自身的特性，不断从其他文学艺术领域汲取营养与经验，更新迭代，自我成长。电子游戏在博采众长的同时，也为传统的叙事媒介带来了新的启发。长久以来，电子游戏在大众认知中还归属于一种小众的亚文化，或者作为一种纯粹的娱乐与消遣方式，并常常与暴力、色情、沉迷等充满贬义色彩的词语挂钩，然而伴随着《死亡搁浅》《伊迪芬奇的记忆》《风之旅人》《地狱之刃》等作品的出现，电子游戏已开始改变大众对它的固有认知。2024 年，首部国产 3A 大作《黑神话：悟空》走出国门，在世界各地的游戏爱好者之间带起了一股西游热潮，又让我们进一步看到了电子游戏在文化传播领域的巨大潜力。这些气质独特、制作精良的作品也向大众昭示着，在娱乐与消遣之外，电子游戏在艺术与人文表达方面亦有着无限的可能性。

# 附　录

## 一、电子游戏与传统戏剧对比表格

| 比较维度 | | 电子游戏 | 传统戏剧 |
|---|---|---|---|
| 创作目的 | | 为玩家提供娱乐、竞技体验，并以此营造审美与情感满足，实现商业目的 | 以艺术表现、故事叙述和情感表达为主，注重艺术审美 |
| 文本特点 | 内容 | 根据游戏的核心玩法、主题与风格来创作故事，主要体现为脚本故事（任务流程及角色对话）与世界性故事 | 编剧根据自我表达需要或者其他相关方要求确定 |
| | 情节 | 是为达成游戏最终目标而设置的各个具体的任务事件，其中包括了玩家为达成目标而采取的所有游戏行动。任务事件可繁可简，既可以详细规定玩家的每一次行动与对话，也可以只给定一个任务目标或指令而不规定任务过程 | 引发冲突、刻画人物性格与情感，推动矛盾发展 |
| | 结构 | 根据游戏的核心玩法与叙事倾向（游戏性与叙事性的权衡），来选择合适的叙事结构，一般表现为线性与非线性两种结构类型 | 以创作目的和表达需要为依据选择适合的戏剧结构 |
| 呈现 | 台词 | 台词经过精心打磨，有艺术性与戏剧表现力。非玩家角色的台词通常强调个性，部分台词具有较强的引导性与指向性；专为玩家而设的对话选项则更强调目的性而相对弱化个性 | 台词经过精心打磨，追求语言艺术性和戏剧表现力 |
| | 表演 | 游戏中的 CG 动画通常由专业演员依据剧本和导演的指示进行演绎，并借由美术与技术手段呈现在游戏内部，兼具感染力与艺术性；玩家操纵角色，借由游戏机制在游戏世界中采取的一系列游戏行动，严格意义上也属于"表演"，与前者相比则更强调功能（推动叙事）与游戏属性 | 艺术性强，通常需要严格遵循剧本和导演的安排 |
| | 舞美设计 | 根据游戏风格、内容与玩法，由美术、技术等专业人员进行设计。其形式既可以是二维平面图像也可以是逼真的 3D 立体建模空间；从小型箱庭到大型无缝地图，内容无所不包 | 根据导演要求，由专业人员进行舞美设计 |
| | 观众互动 | 玩家是能动的参与者，通常作为"主角"，主导并推动游戏剧情的进展 | 观众通常处于旁观者位置，主要进行情感与审美体验 |

## 二、角色设计文档与文本案例节选

### 1. 角色设计文档

## Atomic Sam 设计文件 2.0 版（节选）[1]

Richard Rouse; Steve Ogden

#### 1.1　主角

**Atomic Sam**

　　玩家操纵的 Atomic Sam 是一位 10 岁的小男孩，在整个游戏过程中，他身着火箭背囊，利用自己的聪明才智避开无数机器人和人类敌手的袭击，还要穿过一些危机四伏的地方，所有这一切都是为了找到他的父母。Sam 身高三英尺，身穿一条棕色马裤和一件红色飞行服，其中后者镶有金色的饰物。此外，他还有一条棕色的皮带，皮带上系着用途各异的小袋。Sam 脚穿一双硕大、笨重的银色"月球鞋"。背上套着一台赖以飞行的原子能火箭背囊。这是一种小巧紧密的装置，比他的肩膀窄几英寸，位于皮带和脖子之间，两端一共留有几英寸的空隙。Sam 头发黑短，戴一副 1930 年式样的飞行护目镜。Sam 的个性与大多数前途光明的 10 岁男孩相仿：乐观、聪明。不过，这是 Sam 有生以来第一次离开父母，因此，面对必须独自探索的世界，他多少有点不知所措。

#### 1.2　朋友

**Xeraphina**

　　在 Benthos，Sam 将遇到一位名叫 Xeraphina 的 12 岁女孩。Xeraphina 是一对艺术家的女儿，从小在 Benthos 长大，从未去过地面，那儿是她极其向往的地方。Xeraphina 能利用父母发明的一种独特的翅膀在城市上空翱翔，并协助 Sam 与机器敌手搏斗。Xeraphina 身穿一套轻便的紧身制服，披一条半透明的绿色披肩，当她在空中飞行时，披肩就会随风飘舞。她的翅膀是由透明度更差的物质制成，颜色为暗绿色，翼展达八英尺。翅膀结构牢固，安装在她的肩胛骨上，当她飞行时，翅膀就会轻轻扇动。她的脸上总是挂着亲切的微笑，棕色的长发在脑后挽成圆髻，插上一支小小的画笔，以免散开。

#### 1.3　敌人

**Max Zeffir**

---

1　案例转引自［美］理查德·劳斯三世：《游戏设计：原理与实践》，尤晓东译，电子工业出版社 2003 年版，第 386、411—417 页。

Zeffir 是 Zeffir Zoom 公司的创始人和拥有者，是这个星球上最富有的人。Zeffir 靠一家生产拉链的公司即 Zeffir 拉链公司起价，随后他竭力转向几乎所有其他行业。他的公司包括飞机制造公司 Zeffir Zeppelins、服装公司 Zeffir Zest 及 Zeffir Zeitgeist 新闻网等。

此外，Max Zeffir 还是 Sam 父母的雇主，而且，情况表明，正是他绑架了 Sam 的父母，目的是使他们保持沉默。在游戏结尾，Sam 将最终与 Zeffir 展开决斗；在这场觉都中，Zeffir 将证实自己是一个十分强劲的敌手。

当玩家最终与 Zeffir 相遇时，他身着一套 1920 年"铁路大亨"特有的黑色细条纹西服，头戴一顶超大号的大礼帽。Zeffir 蓄着一撮又黑又细的小胡子，脸上挂着不怀好意的奸笑。Zeffir 将在他的 Negativity Platform 上与 Sam 展开搏斗……

### 1.4　其他角色

**Electric Priestess**

Electric Priestess 就是那位帮助 Sam 了解父母下落的神秘女人，她给 Sam 提供了不少有关那一世界的宝贵信息。直到故事结尾，玩家才会明白这位 Priestess 原来就是 Max Zeffir 的妹妹，同时也是他的首席研究员之一。一次，由于 Zeffir 的疏忽大意，他们乘坐的齐柏林飞艇发生意外，在这次事故中，Priestess 失去了一条腿。Electric Priestess 仍然爱着自己的哥哥；不过，由于 Zeffir 变得日益贪婪，疯狂地聚财敛富，Priestess 对他也不无反感。Priestess 身穿一件翠绿色长袍，一顶大黑帽遮住了她的部分脸庞。她只剩下一条腿，另一条由笨重的机械假肢代替。

### 2. 文学剧本示例

#### 文字冒险类游戏　案例节选[1]

佐佐木智广

CG01"黑屏"
我做了一个梦。▼
CG02"房间（夜晚）"
我抱臂坐在枕边。▼

---

[1]　案例转引自［日］佐佐木智广：《游戏剧本怎么写》，支鹏浩译，人民邮电出版社 2018 年版，第 18—19 页。

被窝里仰面躺着一个女人。▼

　　CG03"躺着的女人"

她平静地说。▼

女："我▼就要死了。"▼

　　BGM01 开始

女人一头长发铺散在枕上，轮廓柔婉的瓜子脸卧于其中。▼

雪白的脸颊中恰到好处地透着温温血色，嘴唇自然也是鲜红。▼

看着怎么都不像将死之人。▼

然而她刚刚却用平静的语调断然说着自己死期将至。▼

我也对此毫不怀疑。▼

于是我探过身子，低头俯视着她，问：▼

　　CG04"女人闭着眼的俯视照"

男：是吗，就要死了吗？▼

　　动画：CG04"女人闭着眼的俯视照"中的女人睁开眼睛

女：当然。▼

那是一双莹润的大眼睛，两排长睫毛之间一团漆黑。▼

洗黑的眸子中鲜明地映出了我的样貌。▼


注：

▼：文字冒险类游戏中"点击继续阅读"的标志。

CG：Computer Animation，借助 CG 技术制作的游戏内场景、人物、剧情相关的动画或图片。

### 三、《极乐迪斯科》故事脚本示例[1]

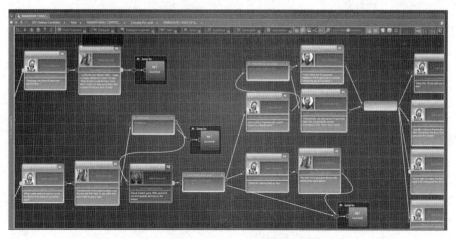

图 5-A-1 《极乐迪斯科》对话树 节选

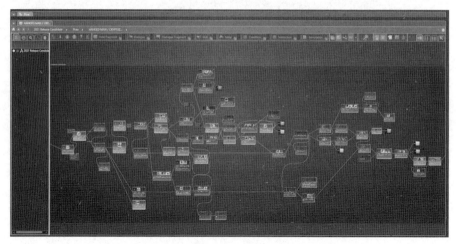

图 5-A-2 《极乐迪斯科》情节板块 节选

---

1 图片转引自《极乐迪斯科》编剧访谈文章，https://www.articy.com/en/showcase/disco-elysium/。

第 **6** 章

# 微短剧编剧技巧

## 第一节　微短剧的创作背景

### 一、国内微短剧的发展历程与概况

在当今社会泛娱乐化的大背景下，短视频平台的用户群体及其商业空间持续扩大，已逐渐成为网络主流。在这种趋势下，网络短剧应运而生。经过不断地探索和发展，短剧现已成为继网络剧、网络文学之后的又一新兴内容载体。一般而言，单集时长在 1 分钟至 15 分钟之间，具备连续剧情或固定主题内容的系列视频，均可称之为"短剧"。在行业内部，"微短剧"是对短剧概念的进一步细化与深化，它主要聚焦于短小精悍的视频平台，借助网络视频的多元化融合，形成了全新的影视化模式。微短剧既继承了传统电视剧与网络剧集的特色，又有其突破创新之处。

2013 年，万合天宜与优酷共同出品的网络微短剧《万万没想到》，以幽默风趣又倒霉悲催的社会底层小人物王大锤作为主人公，展开了一系列啼笑皆非的故事。极具创意的内容使《万万没想到》系列短剧平地起高楼，成为当时最为火爆的现象级大 IP。而后几年，中国的微短剧产业一直在不断探索并缓慢发展着，其间出现了不少具有讨论热度、内容精彩的影视短剧作品，但微短剧依然没有迎来属于它的井喷突破口。

2020 年前后，短视频平台高速发展，人均使用时长高达两小时，超越即时通信。在这一背景下，微缩了传统剧集的特征与卖点、适配用户碎片化消费需求的微短剧，依靠强情节与大特写，在流量争夺战中，成功吸引了用户的关注。到 2020 年 12 月 8 日，国家广播电视总局重点网络影视局备案后台在网络剧、网络电影、网络动画片三类以外，新增了"网络微短剧"这一新类目作为第四种网络影视。这代表着微短剧被正式认可。[1] 自此，各大视频平台开始逐渐将目光真正地投向微短剧市场。短视频平台率先把握微短剧的发展时机，并将发掘优质的创作内容放在核心位置。快手短视频早在 2019 年就推出了"光合计划"和"快手小剧场"，2020 年到 2021 年又相继推出"星芒计划"、加强版"星芒计划"和"剧好玩计划"等。抖音短视频也先后以"新番计划""剧有引力计划"等项目助推网络微短剧发展，推出了《做梦吧！晶晶》《夜班日记》《我和房东奶奶》等热门作品。其他视频平台紧随其后，2020 年腾讯微视推出"火星计划"来扶持精品微短剧创作，并同时与阅文集团合作，引进各种网文 IP……各视频平台的激励计划都从不同程度鼓励短视频创作者转向剧情创作与内容质量的打磨。为了进一步刺激微短剧内容创作，吸引更多编剧进入行业，各视频平台打造出了一条独属于微短剧的竞争赛道，微短剧的制作也开始走上系统化与流程化的发展道路。由于用户的数量、黏性和活跃度直接影响着微短剧的市场收益，各大视频平台方在打磨内容、提高制作水准之外，也开始积极培养用户的微短剧追剧习惯。包括腾讯、优酷、爱奇艺等在内的长视频平台，均将微短剧纳入平台会员分账体系。

顺应互联网发展潮流，综合各类激励手段，微短剧品类的产值迎来了井喷式增长。在短视频平台，微短剧的播放量正在成倍增长。根据快手数据显示，快手短剧日活用户高达 2.6 亿，其中有超过 50% 的用户的观看量在每日 10 集以上，短剧的观看需求和观看数量都占据了多数份额。对于抖音平台而言，2021—2023 年平台内用户的短剧追剧市场相比以往整整增长了 3 倍有余。放眼整个行业，微短剧品类的产值已经超过网络电影，且仍保持着惊人的增长速度。到 2022 年前后，微短剧发展出了一种极富商业潜力的新型成长方式，即无需借助大型视频平台，转而将用户分流到各个小程序进行微短剧观看与消费，这类微短剧统称为"小程序短剧"。行业内流传着"一部爆款足以养活数十个看剧小程序"的说法，这也是其商业潜力的有力印证。

---

1　转引自《资讯 | 微短剧备案审查再度发力》，https://mp.weixin.qq.com/s/C3-d7QgMgr3zTFY_stAI8w，2020 年 12 月 15 日。

经过近十年的发展与积淀，微短剧已成为当下内容消费市场上不可多得的风口。根据骨朵数据研究院与快手大数据研究院公布的微短剧行业数据来看，2020年各大综合视频平台共上线微短剧 272 部，占比超过该年网剧总数量的 48%。[1] 截至 2020 年 12 月 16 日，快手小剧场共收录微短剧 20000 多部，其中播放量破亿的微短剧就超过 2500 部。[2] 可见，微短剧已成为各种流媒体平台争相发力的新领域。在微短剧被纳入监管视野后，重点网络微短剧上线数量从 2021 年的 58 部增长到了 2022 年的 172 部。在 2023 年上半年，短剧的数量不仅持续性增长，更有柠萌影视、华策影视、正午阳光等头部影视公司出现在了抖音微短剧制作的名单中，可以看到的是，头部影视公司也注意到了微短剧的发展潜力并开始相继入局。乘着这一趋势，未来可能会有更多具有专业性的、身处于不同影视制作环节的头部公司加入微短剧产业。

微短剧何以拥有如此迅猛的发展潜力？原因是多方面的。

其一，就微短剧自身来说，其题材、内容来源广泛，IP 改编的前端资源十分丰富，原创难度较小。微短剧的创作门槛也相对较低，创作周期短且高效迅速，吸引了更多编剧涌入行业。创作者基数不断扩大也助推行业进步，形成良性的循环发展模式。

其二，从短视频创作者的角度来看，作为公共社交媒体的短视频平台以其高曝光率的优势为更多的内容创作者提供了展示平台，将"自媒体"的优势发挥得淋漓尽致。只要拥有制作媒体内容的设备及基本的制作技能，创作者就可以将自己的视频作品发布到各大短视频平台，在流量池中分得一杯羹。短视频平台对于各层级创作者展现出的包容性，实现了短视频创作的百花齐放及内容的快速更迭与翻新。创作者可以通过独特的叙事方式、创意剪辑及视觉效果来吸引流量，甚至也可以依靠自己独特的个人风格在创作者行列中占据一席之地。与此同时，各类简单易操作的视频制作软件及短视频平台自带的视频制作工具，又为普通视频创作者提供了便利，一定程度上降低了视频创作的专业门槛。

其三，在制作方面，微短剧投资体量轻盈、拍摄与后期制作的周期短，面向观众的时间战线短。与传统的影视内容相比，微短剧的优势极其明显，越来越多

---

1 骨朵数据研究院：《行业极寒，短剧突围 | 2020 年网络剧集白皮书重磅发布》，https://mp.weixin.qq.com/s/qVifKgLYMeuXmSa6S0xT6w，2021 年 4 月 18 日。

2 快手大数据研究院：《快手短剧：〈2020 快手短剧生态报告〉》，参见快手大数据研究院官方公众号，https://mp.weixin.qq.com/s/2yxqM9QK4-dL0z0PfPZ1nw，2020 年 12 月。

的大型视频平台和影视制作公司愿意投入资金和精力到微短剧行业中。

其四，就微短剧行业的整体风向来看，国家及各视频平台颁布、制定的相关政策，均将微短剧这一新赛道放在了发展主力的位置。这种政策性的指引，必将会在微短剧行业掀起一股新的发展变革，以迎接微短剧风口的到来。

如今，我们正处于微短剧市场增长的时代风口，紧抓微短剧的发展潮流，关注微短剧的内容导向就显得尤为重要。一部投入资金再巨大、制作再精良、技术再高级的微短剧作品，若没有稳扎稳打的故事基础，便如空中楼阁，市场的接纳程度必然是受限制的。从传统影视行业中汲取经验，重视编剧在内容创作中发挥的决定性作用，以更具专业性的态度与眼光打磨优质内容，对于微短剧的长远发展至关重要。因此，将微短剧创作纳入编剧创作理论的视角下加以考察与探讨，也是十分必要的。

## 二、微短剧的定义、类型及生产模式

### 1. 微短剧的定义

微短剧即指网络影视剧中，单集时长不足 10 分钟的剧集作品。[1] 国家广播电视总局"重点网络影视剧信息备案系统"中的标准表述是：具有影视剧节目形态特点和剧情、表演等元素；有相对明确的主题，用较专业的手法摄制的系列网络原创视听节目。[2] 到 2022 年，国家广播电视总局补充了网络微短剧的概念，即为"单集时长从几十秒到 15 分钟左右、有着相对明确的主题和主线、较为连续和完整的故事情节"的剧集作品。[3] 尽管微短剧的概念经过了二次补充，但这一概念的外延仍较为模糊，涉及对短视频、网络剧等一众互联网影像表现形式的区分。有学者根据国家广播电视总局对网络微短剧的表述，认为网络微短剧既可以解释成"剧情化的短视频"，又可以视作"迷你化的网络剧"。[4] 这两种解释尽管无法完全涵盖微短剧，但昭示了微短剧的基本内涵与特征。

就迷你化的网络剧而言，主要指剧集以专业制作团队为主导，内容上保留着

1　国家广播电视总局《微短剧："小体量"中展现"大格局"》，https://www.nrta.gov.cn/art/2023/12/24/art_3731_66456.html，2023 年 12 月。

2　尤达：《短视频剧情化与网络剧迷你化——网络微短剧精品化发展的迷思与探索》，《中国电视》2022 年第 3 期。

3　国家广播电视总局办公厅：《关于进一步加强微短剧管理　实施创作提升计划有关工作的通知》，文章来自 http://www.nrta.gov.cn/art/2022/12/27/art_113_63062.html，2022 年 12 月。

4　尤达：《短视频剧情化与网络剧迷你化——网络微短剧精品化发展的迷思与探索》，《中国电视》2022 年第 3 期。

网络剧的诸种特征，但体量压缩在极短的范围内。根据目前学界对于网络剧的研究成果来看，可以将网络剧的特征大致概括为：重视互联网思维与网感；制作成本低廉；以网络平台为主要投放与传播途径，可以反复播放；具有即时性、互动性、短小精悍等特点。[1] 在内容上，为适应网络受众群体，"网络剧的内容更加紧凑、节奏较快，叙事更加碎片化和凡俗化""题材更加现实和多元化"。[2] 这些特征在微短剧中都被不同程度地保留了下来，但由于微短剧的体量极短、极微，如那些仅仅只有 2 到 5 分钟的剧目，并不具备网络剧那样充足的体量与时间以正常铺展剧情。为适应自身微、短的体量，并兼具吸引力，微短剧探索并发展出了一套独属于自己的创作模式。除此之外，网络剧的互动性特点在微短剧中的体现也更加鲜明。这种互动性更多指的是重视受众的需求与反馈，并根据这种需求与反馈来创作剧本、调整内容，使"受众不仅仅是接受信息的受众"，而变成"主动创作者与参与者"。[3] 微短剧普遍的商业化、娱乐化及游戏化倾向，正是这种互动特性的直观体现。

就剧情化的短视频而言，情况则相对复杂。剧情类短视频的创作者非常广泛，既可以是普通的短视频平台用户，又可以是网络红人、专业制作团队。在内容方面，可以简单概括为在短视频的基础上加入剧情，即依托于短视频平台，具备剧情化特点的短视频作品。然而并非所有的剧情化短视频都称得上是微短剧。根据国内短视频平台的现状，可以将剧情化的短视频概括为以下几种情况：

第一种剧情化的短视频是借由简单的剧情和角色扮演来输出某种观念、达到娱乐目的或者商业目的，这类剧情化短视频故事性薄弱，且大多也并不以讲故事为创作目的，尚不属于严格意义上的"剧"。这类视频的创作者涵盖面最广，包括普通的短视频平台用户、网络红人及其团队、专业影视制作团队等。因创作者层次不同，这类视频的拍摄与制作水准也参差不齐。在内容方面，这类视频通常围绕一个话题，包括社会热点议题、网络热梗、段子，甚至是广告产品等，虚构出一系列情景并加以演绎。如网络红人"Papi 酱"的一系列作品，侧重于对社会现象的评议与价值观点的表达；活跃在抖音平台的"王七叶""郝凡"等创作者，则侧重于围绕一个广告产品，设计简单剧情并加以演绎。还有一部分剧情化短视频，

1 《中国大百科全书》第三版网络版，https://www.zgbk.com/ecph/words?SiteID=1&ID=145250&Type=bkzyb&SubID=43666。

2 于希：《中国网络剧的内容生产与传播机制研究》，山东大学学位论文，2013年，第19—20页。

3 于希：《中国网络剧的内容生产与传播机制研究》，山东大学学位论文，2013年，第20页。

是对经典影视作品或社会现象的简单模仿、再现或解构。这类视频多以普通创作者或网络红人为创作主体，视频内容具有一定的剧情特征，但大多仍出于娱乐性的目的。

第二种剧情化的短视频通常具备轻量的故事情节，但讲故事本身仍不是重点，而主要是借由故事输出情绪或某种价值观念，唤起观众共鸣来吸引流量。这类视频通常以较为专业的制作团队或网络红人为创作主体。视频有相对固定的主演团队演出，主角一般具有鲜明的人设。在内容方面，单个视频有明确的故事主题；单集内通常讲述一个或多个事件，有简单的冲突与人物关系；故事整体而言仍较为简单，是对社会现象、情感关系、家庭关系等现实情况的浓缩表现，而较少戏剧化的提炼。视频与视频之间在内容上没有直接的关联，但不同的创作者通常会有专门的创作主题，因此所有视频也都会围绕同一个主题创作。如八千传媒旗下账号"一杯美式"所创作的剧情类短视频合集《听闻爱情十有九悲》。该系列以一对情侣为主角，以情感为主题，每个视频着重表现一个情感话题，演绎了情侣间各种分分合合的故事。可以说，这类剧情化短视频已经初步具备了微短剧的形态。

第三种剧情化的短视频则表现为专业制作团队、网络红人及其团队所制作的微短剧，或者是手持热门原创 IP 的普通创作者结合专业团队所共同制作的微短剧。这类作品主要发布于短视频平台，本质上仍是借由故事传达某种情绪或价值观念，但故事性得到加强。不仅有正规的剧名，其内容也不再是对某种现象的浓缩体现，而经过了戏剧化的提炼，有完整且短小精悍的故事情节、人物关系与矛盾冲突。如活跃在抖音平台的剧情创作者"乔七月""姜十七""陈翔六点半"等。以"乔七月"为例，该创作者以情感类话题为主，创作了《恰好此时泛着光》《她似骄阳耀眼》《朱府家规》等多部微短剧。这些微短剧多围绕婚姻、两性关系、女性成长等元素展开，整体体量较小，如《朱府家规》只有五集。故事整体表现出主题明确，内容完整；剧情发展迅速、多有反转；单集剧情短；集与集之间有连续性，或呈单元式组合等特征。这一类剧情化的短视频已属于微短剧范畴。

综上所述，"迷你化的网络剧"这一提法，并不能完全涵盖微短剧的特征，而"剧情化的短视频"又具有多种情况，无法一概而论。因此，在国家广播电视总局对微短剧的概念的基础上，还可做进一步的补充。即微短剧主要依托互联网，尤其是视频网站与短视频平台进行传播，其内容和形态均有鲜明的互联网特性，既吸纳了短视频微、短的体量特征及其便捷高效的传播与翻新速度，又吸取了网络剧的叙事特点，并为适配新的表现形式而不断调整与精进，最终发展而来的一项新型影视类目。

微短剧的特征也十分鲜明。从内容体量上看，微短剧的单集内容在几十秒到15分钟之间；集数安排较为自由，从几集到上百集不等。从题材上看，微短剧的题材较为多元，由于重视娱乐性与商业性，因此也十分注重甚至主动贴合目标受众群的需求及审美趣味，这种趋势反过来又促使微短剧的题材类型进一步细分化。从叙事内容及特点上看，微短剧剧集有相对明确的主题与主线，故事情节完整，整体呈连续式或单元组合式；微短剧的故事情节大多经过了戏剧化提炼，表现出重反转、节奏快、浅显易懂等特征；在人物塑造方面，微短剧偏好使用扁平化的塑造手段，力求在短时间内迅速树立人物形象，为观众留下鲜明的印象，且人物关系设计通常也不复杂，追求一目了然。传统影视剧严密的情节逻辑、复杂的人物关系设计、较为深入的艺术思考与价值表达，对微短剧来说并非必须。最后，由于微短剧制作成本低、制作周期短、传播效率高、翻新速度快等优势，微短剧也更容易发展"系列剧"与"衍生剧"。

## 2. 微短剧的类型

如今，国内微短剧行业已踏入规范化的发展阶段，伴随其内容形态的加速分化，可根据微短剧的展现形式及投放平台粗略地将其划分为三种类型：

第一类是5到15分钟左右的微短剧，主要在长视频平台投放，且大多以横屏的形式出现，类似于"短片连续剧集"或者"Short film"合集的概念，不乏制作精良的作品。从编剧的角度来看，这类微短剧更像是将一部电视连续剧或者剧情短片进行高度浓缩后的结果，对情节设计与人物塑造均有一定要求。如腾讯平台播出的《通感恋人》，优酷播出的《另一半的我和你》，爱奇艺播出的《全资进组》系列等。除此之外，部分作品还格外重视剧情上的矛盾冲突设计与风格化呈现，力求打造出具有独特类型感和风格特征的微短剧作品。如悬疑类微短剧《云端》《不思异·录像》《夜猫快递》等，均有显著的风格化特点。

第二类是3分钟以下的微短剧，主要在抖音、快手等碎片化特征更为明显的短视频平台或者专门播放微短剧的视频平台投放，通常以竖屏的形式呈现，但并不唯一。这类微短剧的内容一般较为简单，重视反转；题材丰富多样，与网络文学关联密切，类型分区明晰，有着精准且垂直的受众群；创作方法偏模式化，如女性向题材的"先婚后爱"，男性向题材的"重生逆袭"，均包含着一套固有的情节模式。这些特点也间接体现出了这类短剧的主要目标，即以最大程度、最快速度为观众带来感官与情感的满足。如女性向题材复仇短剧《引她入室》、古装甜宠

《如梦令》等，男性向题材的穿越逆袭剧《史上第一纨绔》、重生逆袭剧《1987 今夜不眠》等。

第三类是小程序剧，主要依托于看剧小程序，基本以竖屏形式呈现，单集时长在 3 分钟以内的剧目占多数。小程序短剧是从一部完整的短剧集中精挑细选出一部分情节内容（往往是 100 集内容中的开头 8—10 集），先投放至短视频平台，被激发起兴趣的观众则会进入小程序平台以观看正式剧集，而要观看剩余的完整内容，则需付费解锁。可以说，小程序短剧具有一定的"广告"功能，宣传的主体即完整内容本身，其遵循的是一种极简的商业逻辑，即以量取胜。由于剧作成为小程序短剧吸引观众的首要元素，剧情设计就显得格外重要，而原本已高度模式化的微短剧编剧技巧也在此被进一步提纯。[1]

### 3. 微短剧的生产模式

对应不同的创作者群体，互联网的内容生产模式被分为"用户生产内容（UGC）"与"专业生产内容（PGC）"两种。微短剧的生产模式则是二者的综合体，被称为"专业用户生产内容模式"，即 PUGC 模式。

通俗来讲，UGC（User-generated-content）模式主要指普通用户自行创作或制作的互联网内容，如普通用户自主创作并发布的抖音短视频、知乎问答、豆瓣影评等等。依托于各种以内容创作为主的公共社交平台，人人都能以创作者的身份发布作品。在系统和人工审核通过后，这类作品将会在平台中展示出来，进入公众视野。PGC（Professionally-generated-content）模式则是指由专业机构、团队或者专家产出具有专业性的内容，例如知识平台或在线教育平台的付费课程等等，这类模式对于内容的真实程度、领域划分，以及版权所有都有着明确的条例与标准。UGC 和 PGC 两种模式融合在一起，便形成了最符合微短剧创作需求的 PUGC（Professional-user-generated-content）模式，即"专业用户生产内容"模式。PUGC 模式要求在保留创作者个性的同时，提升内容生产的专业性，结合了 UGC 的广度和 PGC 的深度，提供了更多的变现可能。视频内容的产出者从单一的草根型用户转变为熟悉互联网语境、专注视觉文化生产、熟悉影视类制作体系的专业型用户。他们或是网络红人、KOL，或是 MCN 机构，也可能是短视频网站、网文小说等网络平台内的专业团队。

根据目前国内微短剧市场的情况来看，在 PUGC 模式下，微短剧的生产制作

---

1　杨伦、陈瑾羽：《取悦、程式与审美异化：小程序短剧作为剧作危机的征象》，《当代电视》2024 年第 2 期。

环节一般又倾向于以专业制作公司为主导。制作公司通常拥有成熟的拍摄团队与系统的制作能力，且不同的制作公司又各有其擅长的微短剧类型或重点发展的类型赛道，其审美侧重于拍摄需求也各不相同。基于这种情况，微短剧市场又发展出了两种生产合作模式。第一种是由制作公司组建专门的编剧团队，专门负责微短剧的文本创作，通常是由老编剧带领新编剧进行集体创作。第二种是制作公司对外寻找编剧，以项目制的方式合作。这部分公司通常具有很强的拍摄能力或市场推广与宣传能力，当公司内部拟定好拍摄题材或方向后，项目的制片人则会根据自己想要定制的主题或资源情况圈定大概范围，并寻找编剧单独合作。

整体来看，PUGC 制作模式很好地将具有短视频运营能力的业内人士与熟悉影视内容创作的专业人士结合在了一起，也将微短剧的各个制作与推广流程引向了更加专业化、体系化的发展道路。

## 三、微短剧的主要故事来源

在创作方面，微短剧有着极其丰富的故事来源，具体可以从 IP 改编和原创两个方面来讨论。

### 1. IP（Intellectual Property）改编

网络微短剧高度内嵌于网络文化当中，尤其与网络文学关联密切，其内容往往也紧扣着网络潮流及网络热点元素，具有强烈的网络文化特征。对于微短剧创作来说，成熟的网络文学 IP 是其最常见也最广泛的故事来源。

学者邵燕君认为"网络文学"是指在网络中生产的文学，具有多种形态。除了等同于"网络文学"的"网络类型文学"（网络小说），还有各种各样的"非主流"文学、小众"文学"，如"直播帖""微小说"等。[1] 对于微短剧而言，其改编选用的 IP 文本以网络小说即邵燕君所谈到的"网络类型文学"为主，并直接沿用了网络小说的分类方式。以中国内地的网文网站作为参照，网络文学大致可以分为以男性向为主的"男频类"和以女性向为主的"女频类"。

男频类是指面向男性读者群体的网络文学作品。这些作品通常以男主角为表现主体，故事情节偏向于冒险、战斗、科幻、玄幻、历史等元素。男频文倾向于强调男性角色的英雄主义、勇气、竞争、决断等男性特质，以满足男性读者的口味与幻想。典型的男频小说包括武侠、玄幻、科幻、军事小说等。根据男频文改

---

1 邵燕君主编：《网络文学经典解读》，北京大学出版社 2016 年版，第 2—3 页。

编的微短剧作品也会更倾向于吸引男性观众，或者是对于动作、冒险及科幻题材感兴趣的女性观众。

女频类则是指面向女性读者群体的网络文学作品。这些作品通常以女主角为表现主体或故事的主导者，故事情节偏向于强调爱情、家庭、友情、成长、情感等元素，倾向于探讨人际关系、情感纠葛、内心世界、家庭生活等主题。典型的女频小说包括古代或现代言情、都市情感、耽美及同人小说等。

需要注意的是，男频和女频只是一种分类方式，实际上，在许多网络文学作品中可以同时找到男频与女频的元素，网络文学的创作并不受到任何的性别限制，也不应该被性别所限制。男频与女频类目下的读者或观众群体也并不是固化统一的，而是以主要的受众群体作为参照进行的划分。这两种类型的网络文学作品在市场上都有自己的独特地位，反映了不同读者群体的需求和兴趣，并延伸到影视行业，逐渐成为行业内部对于题材定义的广泛指代用语。

尽管微短剧改编以网络小说IP为主，但其改编选用的IP并不一定都是网络小说，正如邵燕君所谈到的"网络文学具有多种形态"。微短剧选用的改编IP还可以是其他网络文学形式，如网络热帖、网络热梗、公众号文章、电子游戏等。甚至可以超出网络文学范畴，选取网络讨论热度较高的电影、电视剧、网剧等作为改编蓝本。其改编方式也比较灵活。

其一，可以忠实地还原原作内容，使原作剧情适应于微短剧的形式。其二，可以是在原作的基础上，对原作进行续写。即指在保留原IP故事精髓的基础上，通过增加新的情节和角色，将故事进一步延伸并拓展，既继承了原IP的精髓，又创造了新的故事，为原IP注入新的生命力。其三，可以是对原作进行二次创作。如利用与原IP相同的人物名、相似的情节或相同的故事背景，或在原作基础上增加或删改部分设定，进行全新的创造。二次创作后的故事背景和人物设定与原IP有一定的联系，但故事线却是全新的，甚至可以改写原作中的情节和人物的命运，相当于从原作延伸出的"平行世界"。通过这类微短剧，观众可以看到原作人物的另一种命运发展路线。

除上述几种改编途径之外，市场上还存在一种特殊的改编途径，即在热门IP下，创作新的故事。在电视剧《狂飙》火爆网络之后，微短剧的编剧紧跟电视剧热度，相继创作出了一系列同名微短剧剧集，如《狂飙之风云再起》《狂飙之天降巨富》《狂飙之我是安欣》《狂飙之傻婿觉醒》等。这些微短剧虽然在剧名上与原IP相似，但内容却与原作毫无关联，大部分属于借名之作，质量参差不齐。

由于 IP 是微短剧创作的主要故事来源之一，近年来各大平台也都在加大对 IP 内容的扶持力度，"IP 自制短剧 + 头部博主""短视频平台小剧场 + 网文 App" 等合作模式开始广泛出现。合作方式的丰富，又为微短剧的创作积累起了更丰厚的 IP 内容储备。

## 2. 原创剧集

除 IP 改编之外，原创亦是微短剧的重要创作途径。原创剧集意味着创作者在构思、创作的过程中具有独特性、独立性和创新性，作品体现了独特的个人创意、风格和视角。根据目前国内原创类微短剧的实际情况可以发现，原创类微短剧有两种截然不同的创作逻辑，一种是受网络文学影响并从中继承而来，另一种则更倾向于传统影视剧的创作逻辑。

就第一种创作逻辑来看，原创类微短剧尽管没有网络文学的 IP 文本作为支撑，但仍然深受网络文学的影响。学者邵燕君谈到，网络文学的核心是"网络性"，主要体现为以读者为中心的商业化类型写作、根植于粉丝经济、与 ACG（Animation、Comic、Game）文化连通等特征。[1]而网络文学类型化的写作模式，又是基于其"粉丝经济"的特性发展而来的，类型化的写作模式正是"为了满足读者某种既有阅读预期（如题材、情节模式、情感关系、语言风格等）的文学生产"。[2]这种能够满足读者期待的创作要素，在一个类型漫长的发展过程中被逐渐累积起来，形成了这个类型的创作惯例，一套"约定俗成的套路"，即"程式"。"所谓'程式化'就是为了保障其最优化地实现娱乐化功能的快感机制……按照这些套路，一个平庸的写手也能生产'大路货'，而再具个性化的作者也不能随意打破这些套路，否则就违背了与读者的契约。"[3]微短剧从网络文学——尤其是网络小说中继承了这些"程式"，并普遍运用于创作之中，因此，即使没有网络文学 IP 作为支撑，遵照这种模式生产出来的原创微短剧也大概率会与同题材的 IP 改编作具备相似的剧情元素及剧情发展模式。这种创作"程式"还发展出了一种变体，即对"程式"的解构。如腾讯视频播出的微短剧《全资进组 2》，是对当下古装言情剧中烂俗套路的解构。再如活跃在抖音平台的创作团队"七颗猩猩"，其代表作《重生之我在霸总短剧里当保姆》《重生之我在校园青春剧里当老师》等，

---

1　邵燕君：《网络文学的"网络性"与"经典性"》，《北京大学学报》（哲学社会科学版）2015 年第 52 卷第 1 期。

2　同上。

3　同上。

则是以普通人的视角，对霸总题材、青春偶像题材中那些不符合日常生活逻辑的桥段进行喜剧性的解构。这种看似"反套路"的解构模式迅速流行起来，并发展成为微短剧中的一个新类型，创造了新的"程式"。

就第二种创作逻辑来看，原创类微短剧还可以跳出陈规，少量利用程式或者不利用程式，转而用传统影视剧的方法重新构思并创作剧情。这类原创微短剧也往往更重视形式的创新以及价值内核的打磨。

2019 年在国内网站"哔哩哔哩"（B 站）上线的原创悬疑微短剧《不思异·录像》，以其新颖独特的形式获得了广泛的关注与较高的口碑。根据站内信息显示，该作至今已有近 7900 多万的播放量。该作体量适中，平均每集 10 分钟，单集一个主题，各集内容保持彼此独立。故事的各个主人公受邀来到一间录像厅内，对隐匿在镜头后的主持人讲述自己的故事，故事则以录像带的形式——伪纪录片式的闪回——穿插在问答过程中。整部剧集以紧张的叙事节奏、奇特的创意、刺激的剧情获得了广大观众的喜爱。在大多数微短剧制作商还在享受用稳定的内容换取流量红利的时期，《不思异》系列因它突出的创新性，为自己赢得了口碑与流量。后续在哔哩哔哩上线的《不过是分手》《抓马侦探》《夜猫快递》等原创微短剧，均表现出形式新颖，内容扎实的特点。除了从艺术表现形式及故事内容上创新，原创类微短剧还发展出了一种新的观剧形式，即"互动短剧"。这种形式吸收了电子游戏的叙事方式，其特征为，将一部微短剧的重要剧情节点拆分出来，并分别制作支线，观众在观看到特定节点时，则需要根据屏幕中给出的选项做出选择。根据观众的选择，微短剧的剧情也会走向不同的方向。代表作品有 2020 年在爱奇艺播出的互动爱情喜剧《只好背叛地球了》，同年在腾讯视频播出的《摩玉玄奇》，此外还有大量的用户自制剧。

这类遵循传统影视剧创作逻辑的原创微短剧，同时也十分注重主题内核的打磨。2023 年年底掀起全球讨论度的微短剧《逃出大英博物馆》，正是以它的立意与贴近时代的精神内核赢得了观众的喜爱。该剧集由两个知名网络红人执导拍摄并主演，于 2023 年 8 月 30 日在哔哩哔哩、抖音、小红书、快手、微博等互联网平台上线。该作讲述了从一盏大英博物馆出逃的中华缠枝纹薄胎玉壶，化身为可爱的少女，在命运的巧合下认识了在海外工作的记者张永安。在与少女的朝夕相处中，张永安逐渐相信了女孩玉壶化身的身份，并与女孩携手，踏上回归祖国的道路。《逃出大英博物馆》的剧情内容虽简单，但是其中蕴含的家国情怀却十分深刻。创作者将历史文物拟人化，塑造了一个纯真的少女形象，利用少女"回家"

的执念将"历史文物回家"这个道阻且长的话题进行了具象化呈现，在观众群体中唤起了广泛的情感共鸣。可见，深刻的主题立意亦是原创微短剧实现价值内核传达、实现破圈并达到传播广泛程度的关键。

在微短剧蓬勃发展的当下，市场对于原创内容的要求已从需要"作品"转型为需要"精品"。一部原创微短剧想要获得长远发展，就不能仅仅追求商业效益，而应注重内容的打磨，追求有意义的价值内核的传达，以及表现形式上的创新。然而，尽管微短剧市场对于原创内容越来越重视，但 IP 改编仍然占据着市场的主流。原创题材仍然有着诸多尚待挖掘的可能，对于原创题材的探索以及针对原创题材的垂直领域细分，也存在着尝试和探索的广阔空间。原创题材的未来，仍需要整个微短剧行业及从业者继续探索实践，在不断试错的过程中找到答案。

# 第二节　微短剧的创作流程

网络微短剧作为近些年才蓬勃发展起来的新兴产业，并非凭空诞生的"新事物"。在创作方面，微短剧既立足于传统编剧技法，又不断从网络文学中汲取创作经验，取各家之所长，试图摸索出一种能够适应自身表现方式及传播媒介特色的创作模式。经过近几年的高速发展，微短剧已开辟出了一片属于自己的庞大市场，并形成了一条完整的产业链，涵盖以版权方、投资方与制作方为主导内容生产环节（上游），以分销方、平台方为主导的内容分发环节（中游），以广告方与用户共同完成的消费环节（下游）。[1]沿着这条产业链我们可以清晰地看到，与戏剧、电影相比，网络微短剧有着更为鲜明的商品属性，其生产的最终目的亦指向用户消费，这也意味着微短剧的生产及销售策略在很大程度上是以满足"用户"为主，相应地，处于微短剧生产端的创作者就不得不让出一部分主导权，来确保自己的作品能够达到市场要求的商业化水准。为更高效地实现生产，保证商业效益，生产端的编剧一方面将传统编剧理论中能够有效调动观众情绪的技法加以提纯，另一方面是从已高度商业化的网络文学中抽取成熟的创作程式，将二者熔于一炉，在实践过程中不断调整并校准，在这一过程中，微短剧的创作模式逐渐固定下来。本部分就基于微短剧的发展背景与趋势，结合编剧理论及国内微短剧创作实践的具体情况，从微短剧的故事框架、人物塑造及情节结构三个方面入手，探讨微短剧的创作流程及创作思路。

## 一、规划故事框架

由于微短剧有鲜明的商业性特征，其内容创作的方向往往也与受众群体的喜好高度相关。微短剧的每种题材都对应着相对固定的受众群体，又根据受众群体的审美趣味及喜好进一步细分化，发展出一系列可供观众迅速识别、筛选及满足观看期待的类型标签，对创作者而言，这些标签就是一套高效的创作程式。题材与类型标签并不完全是包含与被包含的关系，部分题材本身包含着一定的类型标签。在网络文学的范畴内，题材本身也属于一种类型标签；同一个类型标签也可以运用于多种不同的题材。在微短剧创作的初期，就可以首先从题材及类型标签入手，根据目标受众选定题材，为微短剧的创作规划大致方向，再根据题材的需

---

1　郭全中、佟雨欣：《面向3.0时代的微短剧发展综述》，《新闻爱好者》，2024年第9期。

求，选择合适的类型标签，用类型标签构建微短剧的大致故事框架。在创作初期，对目标受众群的定位越垂直，对于题材及所要选用的类型标签的把握也就越精准，同时也意味着后期的创作效率越高，定位越准。

就题材而言，微短剧沿袭网络小说的分类方法，用"男频"与"女频"两个大的标准进行划分。在目前国内的微短剧市场上，以女性观众为主的女频类目中，古风、甜宠、都市、家庭四大题材占据着市场的主流，以男性观众为主的男频类目中，则悬疑、科幻、冒险、玄幻等题材最为热门。除此之外，还有部分微短剧作品没有明显的男女频区分，而体现出多题材融合的特点，但这类微短剧整体占比相对较少。由于在网络文学的范畴内，题材本身就是一种类型标签，可以互相组合拼贴，如都市言情、校园言情、古风言情，科幻冒险、科幻悬疑等等。沿袭网络文学分类方法的微短剧，也会呈现出类似的特征。

就其他类型标签来看，微短剧也承袭了网络小说的中常见的类型标签，主要是情节标签。情节标签又可以细分为两种：其一，是包含着一套规定剧情模式的情节标签，如"无限流""追妻火葬场""重生逆袭""种田""宅斗"等。以"无限流"为例，"'无限'即无止境之义……其精华在于一切皆有可能，有囊括所有类型、整合一切元素的冲动。"[1] 其剧情模式为，在现实生活的主角被某种神秘力量或者为了某个目的所驱使，进入一个无限轮回的空间，并与其他来到该空间的角色共同破解谜题、完成任务、不断轮回。这个可以无限轮回的时空极其自由，既可以是当代都市，也可以是古代宫廷，甚至可以是玄幻世界。只有当主角达成终极目标后，才可彻底摆脱轮回时空返回现实世界。该标签下的创作者与读者/观众均默认该标签所暗含的"无限轮回规则"，反过来又以该规则要求并审视该标签下的作品。解谜过关与多时空无限轮回就是"无限流"这一类型标签所包含的固定剧情模式。其二，是包含有某种特定剧情元素的情节标签，如"读心术""开挂""萌娃""相爱相杀""豪门"等。这类剧情元素标签不会像前一种标签那样对整个故事框架有决定性的作用，且在运用方面也极其灵活，如"萌娃""相爱相杀""豪门"三个标签就可以叠加使用。综合来说，情节标签涵盖的范围非常广，既有规定剧情模式的标签，又有较为零散的剧情元素标签。

题材与情节类型标签均可以作为搭建微短剧故事框架的支点。首先，可以是利用单一类型标签建构故事框架，主要利用那类本身就包含着一套既有剧情模式

---

1　邵燕君主编：《网络文学经典解读》，北京大学出版社 2016 年版，第 343 页。

的情节标签。快手出品的微短剧《镯中录》就采用了"无限流"的情节模式。该剧讲述了萌生自我意识的 AI 莫比乌斯叛逃，躲进自己建立的虚拟世界之中，意图毁灭人类，身为人工智能设计师的男女主角共同进入虚拟世界，联手解谜过关，最终找到莫比乌斯并将其销毁的故事。该作囊括冒险、奇幻、悬疑、动作等多种题材于一身，完全沿用了"无限流"多时空穿梭、过关解谜的故事框架。

其次，可以在某一题材的基础上，选取多个与题材贴合的情节标签，加以拼贴组合。以 2020 年播出的古装言情微短剧《一胎二宝》为例，该作第一集讲述了现代女主角意外魂穿到古代一个怀孕的女子身上，在即将临盆时被人押上花轿，嫁给传闻中残疾的九王爷。当花轿抬入王府，九王爷意图杀死女主，却发现花轿内的女主角早已不见踪影。在短短的 2 分钟的剧情内，就包含了替嫁、穿越、霸总、"带球"跑、萌娃等多个剧情元素标签，这也是言情题材下的热门标签。其后 70 余集的内容，也都是围绕男女主的情感主线，加以各类言情类情节标签组合而成的。

不论是题材类型标签还是情节类型标签，标签并非永恒不变。当一部内容新颖的微短剧或者常规影视剧集在市场上获得成功后，各制作公司、创作者会主动拆分、模仿并吸收这些剧目中的"爆款"元素，并运用到微短剧的创作当中，以达到"复制爆款"的目的。当一种新鲜的元素或剧情模式在商业上取得成功后，则会转变为新的标签，并继续为后来的创作者们所广泛运用。综合而言，不同的文本类型在当今微短剧市场都有着属于它们的固定领域，利用标签，只是为了更好地将作品与受众群体匹配，快速得到相对应的商业效益，而文本内容永远是编剧的王道。因此，在微短剧的创作过程中既要灵活利用类型标签，也应积极寻求突破与创新。

## 二、设计人物与人物关系

### 1. 人物设定：类型为主，兼容个性

微短剧由于体量短小，情节发展速度较快，通常只能够在极其有限的时间内展现人物形象，因此就需要为人物设计独特、鲜明且易于识别的个性、行为方式、语言习惯或者外在特征，使人物一出场就能给观众留下准确的第一印象，并使观众能够清晰地识别出人物在剧中的定位。为满足微短剧的这种表现需求，微短剧的创作者们会有意识地利用扁平化的手段来设定并塑造人物，而不苛求传统剧集那种深刻、复杂的人物形象刻画。因此，当影视剧的编剧们在努力为笔下的人物

"去标签化"时，微短剧的编剧却要反其道而行之。

英国文学理论家爱·摩·福斯特在他的著作《小说面面观》中提出了"扁平人物"与"圆形人物"的概念。其中，扁平人物又称"性格"人物，也称"类型人物或漫画人物"，即"按照一个简单的意念或特性而被创造出来……真正的扁平人物可以用一个句子表达出来。"具备易于辨认、易于读者记忆的优势。[1] 微短剧中的绝大多数人物也符合这一特征，其设计人物的关键方法正是将人物形象充分"标签化"。

在为微短剧设计人物时，可以选取部分人物类型标签加以组合，这个标签既可以是从网络文学庞大的标签库中抽取而来，又可以是对于现实社会某种刻板印象的提炼。从网络文学继承而来的人物类型标签，是继题材与情节类型标签之外的第三类标签。其涵盖范围相当广泛，包括表现特定人物身份的，如"法医""总裁""魔尊""仙君"等标签；表现人物关系的，如"师徒""替身""团宠""青梅竹马"等；表现人物性格的，如"傲娇""忠犬""废柴""绿茶"等；还有一类人物标签，本身就代表了一套完整的人物设定模式，如"美强惨"，指的是那种外貌优异、能力强大、有着凄惨身世或命运的人物类型，同类型的标签还有"龙傲天""白莲花""黑莲花"等。这类人物标签已在网络文学的实践中得到了充分地发展与积淀，易于识别，特点鲜明，各类标签均对应着一套人物的行为模式与关系模式，是一套成熟的人物创作程序。

除利用人物类型标签设计人物之外，还可以利用观众对某类社会群体、职业群体甚至是性别群体的刻板印象，为特定的角色赋予符合这类印象的性格特征。如奢侈品店的"柜姐"常常与"势利眼"绑定在一起，在微短剧《闪婚老伴是豪门》中，珠宝店柜姐对伪装成普通人的男主角与穿着朴素的女主角极尽白眼与嘲讽，正是这种刻板印象的体现。微短剧《另一半的我和你》则主要以当今社会男性与女性的日常生活状态为切入点，讲述了轻浮花心的男主角穿越到男女地位倒转的平行世界。该剧对现实世界中男性与女性的性别特质、社会处境作了进一步提炼与浓缩，以性别倒转的逻辑，将这些男性要素分配给女性角色，将女性要素分配给男性角色。男女主人公身上那种超出常规的性别特质，立即为观众留下了鲜明的印象。

综上，可以看到，这类标签与印象本身包含着一种已经被高度提炼过的人物

---

1　［英］爱·摩·福斯特:《小说面面观》, 苏炳文译, 花城出版社 1984 年版, 第 59—60 页。

性格特质，但在微短剧中，常常还需要将这类性格特质进一步放大化、夸张化，以将标签中蕴含的单一人物性格发挥到极致。以微短剧《我在八零年代当后妈》为例，女主角司念意外穿越回 80 年代，由于司家父母找回了幼年时被抱错的亲生女儿司思，司念作为假千金，不仅被父母赶出家门，还要代替司思嫁给乡下离异带娃的老男人。在该案例中，恶毒的司家父母与绿茶形象的司思，均是单一性格人物，对女主角的态度一味憎恨与敌对，不分青红皂白，甚至有超出常理之嫌。这种处理手法极大简化了人物的深度与复杂性，转而强调人物性格中那个能够高效推动情节进展的单一侧面，如反派需要坏到极致，楚楚可怜的"小白花"则永远柔弱善良。这种带有夸张色彩的扁平式塑造手段，能够迅速展现人物性格，为观众留下鲜明的印象，人物身上那些鲜明的性格色彩，又能够高效地唤起观众的情绪。微短剧中那些采用扁平式塑造手法的次要角色，也极少会有性格上的转变，人物命运也大致遵循善恶有报的简单逻辑，因此观众也就只需对角色倾注单一的情感或价值评价，收获情感满足或实现情感宣泄，而无须深入思考。这些创作上的趋向，均贴合微短剧快消费的特征，是微短剧"短、平、快"特点的具象体现。

　　尽管微短剧的人物设定以类型标签为主，但并不意味着微短剧排斥个性化的人物塑造。实际上，有相当一部分微短剧对人物的塑造是兼顾类型标签与个性化的，尤其是主要角色。在青春校园类微短剧《今天也晴朗》中，两对高中生的人设配置，是青春校园剧中常见的校草与平凡女孩的组合。尽管人物标签相似，但人物仍旧有自己独特的性格特点，如男主组的邢嘉亮阳光大方，谢迟沉默寡言却心思细腻，女主组的何田田开朗进取、偶尔莽撞，方以乐则亲切有趣、情感内敛。此外，微短剧也能够在短小的篇幅内实现人物性格成长的刻画，在微短剧《另一半的我和你》中，男主角高子芮在意外穿越到男女地位倒转的平行时空后，被迫体验了种种"女性处境"，逐渐开始换位思考，重新审视自己在现实世界中的所作所为，在剧集的结尾，高子芮回到现实世界，改变了原有的行事作风，完成了性格上的成长与转变。整体来看，这种刻画手法相对简单，尚且无法媲美长剧集所能达到的人物刻画深度，其目的也主要是以浅显易懂的方式，实现价值意义的输出。

## 2. 人物关系：简单高效

　　碍于篇幅限制与受众特性，微短剧很难像长剧集那样表现复杂、庞大的人物关系网，而主要以"简单""高效"为创作宗旨。

　　简单，即人物关系的简单化，具体是指微短剧的人物数量整体较少，人物关系相对简单且集中，人物关系的发展也较为单一，能使观众一目了然。以微短剧《引她入室》为例，该作共 58 集，单集两分钟左右。讲述了身为家庭主妇的女主角郑蓁，意外发现丈夫吴池出轨珠宝店店员贝翩翩，且夫妻双方的共同财产也被转移一空。为了夺回财产并让吴池净身出户，郑蓁雇用了单亲妈妈马红丽，让其扮演富婆接近吴池。为打造马红丽的富婆人设，郑蓁与孟氏集团总裁孟飞言赛车并成功借到一笔钱。马红丽用这笔钱买下吴池表弟的油画，顺利取得吴池信任，并抛出一个诱人的投资项目。为了入股，吴池拿出自己藏匿的夫妻共同财产，并哄骗贝翩翩挪用公款，事后又将其抛弃。郑蓁如愿收回所有财产，与吴池离婚，将其骗取的公款还给贝翩翩，贝翩翩因此幡然醒悟，转而与郑蓁和解。最终，郑蓁开始独立创业，与孟飞言互生情愫。马红丽得到报酬，治好了女儿的病。贝翩翩回归家族，与哥哥孟飞言联手，使吴池在业界声名狼籍，失去一切。以图谱的形式概括本剧的人物关系，如图 6-2-1 所示：

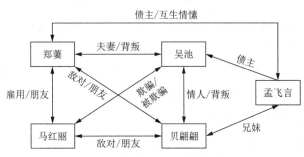

图 6-2-1 《引她入室》人物关系图
（图源：笔者自绘）

　　根据图谱可见，《引她入室》共五个主要人物，其中又以郑蓁、吴池、马红丽三人为主，且并未以单个人物为中心展布设人物关系网。人物关系集中，不排斥使用刻意的"偶然"因素，如吴池的出轨对象贝翩翩恰好是孟氏集团离家出走的千金、孟飞言的妹妹，而孟飞言又是分别借贷给郑蓁与吴池的债主。人物关系的发展较为单纯，常常是从一个极端转变到另一个极端。人物之间的矛盾设计与解决过程干脆利落，较少有深入的、复杂化的处理。以同题材长篇电视剧《回家的诱惑》作为对照，微短剧对于人物关系的简单化处理则更为明显。在《回家的诱惑》中，重要人物多达 13 个，除林品如、洪世贤、艾莉、高文彦 4 个主要人物之外，编剧还分别将林、洪、高 3 个人物的家庭成员纳入人物关系图谱，并加以戏剧化处理，使各方人物紧紧纠缠在一起，人物关系错综复杂。林、洪、艾 3 人之间的纠葛贯穿全剧，变化丰富。相对的，《回家的诱惑》全剧 68 集，TV 版 74 集，单集片长在 45 分钟左右，有充分时间与篇幅详细刻画这种复杂的人物关系，电视端的观众也乐于接受这种缓慢的节奏以及"一而再、再而三"的人物纠葛模式，而这种模式在以"短、平、快"为特色的微短剧平台却很难收获同样的效果。可以说，这些与剧目主题无直接关联或推动作用的人物，在微短剧中几乎都可以省略。由于微短剧发展速度快，无法深入展现人物的转变历程，因此也较少苛求深度，而主要强调形式的完整。

　　微短剧人物关系设计的第二个要点"高效"，是指人物关系的配置、人物的身份、立场、态度等方面的设计，均以激发矛盾，推动情节高速发展为主要前提，不严格讲求理性逻辑。微短剧角色的扁平化特点、简单化的人物设计，均是作用于"效率"的目的。以面向中老年女性市场的微短剧《闪婚老伴是豪门》为例，男主角雷志远作为豪门首富，为寻找一个能够携手共度余生且不贪恋财富的老伴，伪装成普通的空调修理工与清贫善良的小摊主石小秀相亲并闪婚，然而石小秀的儿媳与亲家却极其嫌贫爱富。可以看到该作的人物关系是围绕关键词，也就是本剧的核心矛盾点"贫富"来配置的。在后续的剧情中，石小秀独自参与孙子的满月宴，遭到儿媳与亲家夫妇的百般羞辱，甚至是暴力相对。反派人物的行为动机完全是出于其"嫌贫爱富"的人设，没有其他剧情上的、情理上的有力支撑，但这种设计却能够高效地创造激烈的外部冲突，无需事先铺垫，正反双方一接触，冲突就能即刻爆发。由于冲突建立在人物"嫌贫爱富"的性格基础上，后期矛盾的解决也相对容易。雷志远发挥首富身份的作用，剥夺了分配给亲家夫妇的工程项目，为石小秀撑腰出气，完成了豪门霸总"打脸"势利眼的经典桥段。人物之间的冲突，始终是"贫富"冲突，人物关系亦是根据贫富力量的差异配置而成的。

　　网络微短剧之所以受欢迎，与它轻松、短小且抓人眼球的观赏特点有着直接的关联，要创造这样的观赏体验，则需使剧情保持浅显易懂、一目了然，并以高频率的情感刺激维持观众的观赏兴趣。以此类需求为创作导向，微短剧的人物设计与人物关系配置，也就更倾向于以全剧的核心冲突为基准。其简单高效的创作原则，实际上是将内含在人物中的功能性要素加以提纯的结果，以更有效率的方式作用于情节发展及情感渲染。

### 三、根据结构形式编排情节

　　网络微短剧虽体量短小精悍，但仍有其内在结构。依据目前国内微短剧市场的实际情况，可以将微短剧的结构模式粗略地分为连续式、单元式、互动式三类。对应不同的类型，微短剧的情节编排方式也各有区别。

连续式，即连续型微短剧，这类微短剧一般有一个完整且连续的故事，集与集之间有紧密的情节上的连缀性，情节一般按照事件的先后顺序顺承排布。将整部剧集作为整体来观察，可以找到较为清晰完整的起承转合。相比常规的影视剧集，连续型微短剧的情节节奏极为紧凑，剧情相对单纯，情节发展速度快，近似于浓缩版电视剧。连续型微短剧可以涵盖多种题材，如言情、悬疑、冒险、家庭等等，相关作品如《引她入室》《另一半的我和你》《我在八零年代当后妈》等。另有一部分连续型微短剧，情节虽按照事件的先后顺序顺承排布，但集与集之间情节的连缀并不十分紧密，上下集有一定的时间跨度，可以视作是从整个故事的时间线上顺序撷取精彩片段，连缀而成，如喜剧题材的连续型微短剧《全资进组》，青春校园题材的《今天也晴朗》。

单元式，是指单集与单集之间没有内容上的连续性，每集内容相对独立，整部微短剧集是各不相同的单元连缀而成。采用单元式结构的微短剧类型主要包括单元短剧、情景短剧、段子剧等。就单元短剧而言，这类微短剧一般没有固定的主角，每集人物各不相同，单集内容相对独立，或者有一条贯穿全剧的线索，或者没有，但每个单元故事都围绕着一个共同的主题来结构，如美国的动画短剧集《爱，死亡与机器人》。在国内的微短剧市场上，采用单元式结构的微短剧作品大多以悬疑题材为主，相关作品如《奇妙博物馆》《不思异》系列。悬疑类单元短剧的结构十分相似，单集通常以某一个富有创意的概念入手进行结构，或者围绕一个悬念点结构故事，随着故事的发展慢慢解开，结尾又多以反转收场，十分考验编剧的创意能力。就情景短剧而言，这类微短剧一般有固定的主角团，每一集都是主角团的一个生活段落，集与集之间没有显著的连续性。主角团的关系会持续发展至剧集结束，最终完成一次人物关系或人物性格上的转变。情境类微短剧多用某个核心主题（一般为每一集的标题）或者设计一个核心矛盾来结构单集内容。如《大妈的世界》第一集"共享小李"，讲述了诈骗公司的销售小李为向小区大妈们推销保健品，主动上门做家务，反被大妈们利用的故事。情节主要围绕两个主人公与小区大妈争夺、分配小李的使用权展开。后续剧集也都延续这种结构形式，围绕不同的话题或矛盾展开，由两个主人公串联全剧。如果说情景短剧是围绕一个主题或一个核心矛盾来结构单集内容，段子型短剧则可以视作是围绕"段子"来结构的情景剧。段子，是一个相声用语，"指的是相声作品中一节或一段艺术内容，通常短小精悍、风趣幽默"[1]。这类短剧包含一定的剧情，但对剧情的要求不高，以笑点设计为主，内容偏无厘头，不要求严密的逻辑。其结构方式比较灵活，单集内容或用多个段子拼贴或者围绕单个段子来结构。拼贴式的段子剧表现为单集一个主题，呼应全剧共同的主题，如《报告老板》《万万没想到》等。这种短剧比较偏重创意点、笑点，也是网感最重的一类。需要说明的是，部分喜剧题材的连续式短剧，也会不同程度地表现出段子型短剧的特征，如连续式短剧《全资进组》，讲述男主角顾总带资进组拍戏，为完成自己古装大男主的梦想，不断强迫编剧魔改剧本的故事。单集内围绕一个或多个影视剧烂俗梗展开，以制造"槽点"，由男主"吐槽"，从而引发一系列笑料，可以说是融合了段子剧表现特点的连续式微短剧。

最后一种结构形式为互动式结构，即互动式微短剧，具体是指包含有多条故事线、以游戏模式推进、需要观众主动参与并实时交互的微短剧类型。在国内市场上，互动形式应用于影视剧集的案例可以追溯到 2008 年由香港导演林氏兄弟执导的《电车男追女记》，由于该剧的制作水平有限、观影形式过于新颖，在当时并未引起太大反响。[2] 到 2018 年，美国流媒体平台 Netflix 播出了互动剧集《黑镜：潘达斯奈基》（Black Mirror：Bandersnatch），开创了网络视频平台互动影视剧的先河，吸引大量国内观众前往体验。随后，国内也开始陆续涌现采用互动形式的网络剧集，如 2019 年在爱奇艺播出的恋爱养成类互动剧《他的微笑》、腾讯的《最后的搬山道人》等。[3] 这种新颖的观演形式很快延伸到微短剧领域，代表作品如 2020 年在爱奇艺播出的互动爱情喜剧《只好背叛地球了》、同年在腾讯视频播出的《摩玉玄奇》等。互动式微短剧的剧情大多是连续式的，只不过是在原有故事线的基础上增加多种剧情发展方向，即分支故事，并将每条分支线上的完整情节段落拆分成故事碎片，加入剧情选项（分歧点），以供观众参与交互。在这类短剧中，编剧通常会根据主角的行动线设置"任务"、安排多个互动节点，观众要代替主角作出抉择，推动剧情继续进展，直到该故事线完成。

在互动微短剧中，尽管能够容纳多种结局，但能抵达最终结局的故事线往往只有一条，如果未达到"通关"的目的，即顺利跳转到下一集，则可以选择新的分歧点重新开始，尝试不同的选项，直到通关。以腾讯平台播出的古装逆袭互动

---

1  董潇潇：《"段子剧"：视听时代网络草根文化的新形式》，《现代视听》2016 年第 4 期。

2  肖昕、戴岐凤：《受众视角下国产互动剧发展探析》，《电影文学》2023 年第 6 期。

3  同上。

短剧《摩玉玄奇1》为例，在第一集开篇，女主角"若琪"面向镜头袒露自己的进宫的目的："我一定会取代当今皇后。"交代全剧核心任务，故事由此开始。第一集讲述若琪以宫女身份进入杂役坊，偶遇皇后并受其羞辱的故事。该集共有两条主要故事线，四个剧情分歧点，依次为：选择想要追随的姑姑、是否帮助宫女藏匿赃物、是否如实回答皇后、是否揭穿账目问题。四个分歧点又分别衍生出五条支线，只有一条故事线可以抵达"正确"结局并跳转下一集，其余四条支线均以若琪的死亡而告终。剧情中的所有选项均紧扣女主角的行动线来设计。然而尽管编剧设计了多重分歧点，但能够顺利通向最终结局的人物行动线始终是固定的。

对比常规的网络互动剧来看，微短剧受制于自身体量，在"互动"方面的尝试实际上是十分受限的。爱奇艺出品的互动网剧《他的微笑》仅有一集，全集约260分钟，以剧情分歧点为划分界限，可以划分出多个情节段落，每个段落在几十秒到几分钟不等。讲述了身为男团经纪人的女主角千鸟，分别与四位男团队员恋爱的故事。观众在观看该剧时，将代入女主角千鸟，并代替其选择恋爱对象与恋爱故事线。四位男团成员各领一条完整的支线，观众选择与谁恋爱，则进入对应的支线。可以看到，《他的微笑》因体量较大，可以同时容纳多重行动线与多重故事结局，充分发挥了互动剧宽广的自由度。比较而言，互动微短剧《摩玉玄奇1》的自由度则没有前者那样高。总的来说，采用互动形式的微短剧在创作上运用了多重线索、多重结局，一定程度上发挥了互动形式的优势，营造了较强的代入式观感，但这种互动优势仍是有限的。除此之外，这种交互式的观演形式通常需要视频平台给予相应的技术支撑才能够顺利运转，其生产与实现成本远高于前两类微短剧。受制于此，互动式微短剧在国内市场上暂还未形成规模。

总体而言，三类结构形式在情节编排上均各有侧重、各有特色。微短剧的编剧需视自己选择的题材类型、所欲营造的观剧效果，来选择合适的形式，根据形式的特点，设计并合理编排情节内容。

## 第三节　微短剧的创作技巧

　　网络微短剧的创作模式在大量商业实践中得以迅速累积并固定下来，对照戏剧与传统影视剧来看，微短剧的发展速度无疑是惊人的，而与这一野蛮生长态势相生相伴的，是微短剧创作迅速转向工业化的生产模式。那些能够唤起情感刺激的编剧技巧与创作程式，在被提纯的同时也被大幅简化，成为一套更高效的、能够重复利用甚至便捷套用的僵化模式。处于生产链上游的内容生产者也显露出从迎合观众到取悦观众的倾向。尽管戏剧与传统影视剧也重视观众的地位，且"在编剧的艺术创作中，对于艺术本体的坚守和对观众期待的满足往往也是一体两面"[1]，但还远未达到微短剧这样近乎"一边倒"的趋势。近年来在微短剧市场上大量涌现的"爽剧"就是这种取悦倾向的显著表现。然而，无论何种生产策略，归根结底仍是对市场需求的回应，"爽剧"的流行既是取悦性生产策略推波助澜的结果，同时又是生产端转向取悦策略的原因本身。这一现象的背后，是微短剧的"情感服务"功能正在凸显，"爽"已不再是某一类剧集的独有的特色，而逐渐演变成为一种发展趋势。这种变化亦同步传递到生产环节，影响着微短剧的创作方式。

　　法国学者波德里亚在他的著作《消费社会》中指出："消费社会不仅仅意味着财富和服务的丰富，更重要的还意味着一切都是服务，被用来消费的东西绝不是作为单纯的产品，而是作为个性服务、作为额外赠品被提供的。"[2]"服务"意味着在最大限度内满足服务的对象。在现实压力日渐沉重的当今社会，人们参与文化消费的目的已不仅仅是为了获得消遣与娱乐，而更多转向对内心需求的满足与对精神压力的宣泄。在网络文学领域中盛行的"爽文"概念，即为它的受众群体提供了这样一条满足与宣泄的通道。爽文"是指读者在阅读专门针对其喜好和欲望而写作的类型文时获得的充分的满足感和畅快感。"爽文强调所有读者（包括"高雅读者"）的俗欲望都需要得到尊重与满足；所有读者（包括"低层读者"）都有高层需求，也都需要获得精神满足。而"爽文"创作者基于"粉丝经济"所创造出的符合"集体意志和欲求"的"虚拟世界"，又为这种精神需求与欲望提供了栖身之所。[3]在这个由网络文学创作者和粉丝共同构建起的虚拟世界里，所有"居

---

1　杨伦、陈瑾羽：《取悦、程式与审美异化：小程序短剧作为剧作危机的征象》，《当代电视》2024 年第 2 期。

2　[法] 让·波德里亚：《消费社会》，刘全富、全志钢译，南京大学出版社 2000 年版，第 178 页。

3　邵燕君：《从乌托邦到异托邦——网络文学"爽文学观"对精英文学观的"他者化"》，《中国现代文学研究丛刊》2016 年第 8 期。

民"都共同遵守着一套通行的规则，即那些约定俗成的创作范式，每一种范式都包含着一套有效的情感满足机制。乘着影视改编的风潮，原本在网络文学中盛行的"爽文"开始加速蔓延至影视行业，催生了一批与爽文逻辑一脉相承的"爽剧"，如长篇电视剧《延禧攻略》《庆余年》《赘婿》等。而伴随长剧集爽剧的涌现，观众的"爽感"阈值也在逐渐增高，微短剧凭借着体量短小、循环速度快等优势，实现了长剧集爽剧难以达到的"即时满足"效果，开始迅速在爽剧领域抢占优势。对于爽剧的需求反馈到微短剧产业链的上游，又直接刺激了爽剧的生产，在取悦的创作导向之下，微短剧受众的趣味被进一步固化，爽剧的受众范围也呈扩大趋势。可以观察到的是，尽管爽剧并不能涵盖所有微短剧，但对于"爽"的追求正在蔓延至整个行业，其受众群体也从青年转向更广泛的普通大众。"原本孕育于Z世代审美氛围中的爽剧，逐步成为具有普遍吸引力的文化形态。"[1] 原本包含着舒适、畅快意味的"爽"也具备了更丰富的内涵，开始指向更广泛的情感满足服务。

不可否认的是，要获得非功利性的高级审美愉悦仍存在门槛，而微短剧所涵盖的受众群极其广泛，相应地也会更倾向于满足人人都有的俗欲望或者相对浅层次的审美需求。依据这种需求，微短剧汲取各家之所长，结合自身特色，摸索出了一套能够高效实现情感满足的创作方法。然而微短剧并非止步不前的，在通往精品化的道路上，微短剧的创作者们也在为突破僵化的创作模式、快餐化的剧情内容而不断做出探索与尝试，与此同时，AIGC、虚拟拍摄等技术的强势融入也为微短剧的创作注入了新的能量。下文就结合微短剧的发展现状，从人物、情节、题材等方面入手，探讨微短剧用以实现情感满足的创作技巧及发展趋势。

## 一、塑造可代入的主人公

微短剧的情感满足机制能够迅速生效的基础是"代入感"的营造。以与微短剧关联密切的网络文学作为参照，学者杨玲将体验经济理论引入网络文学研究，并通过研究指出，与强调距离感、理性思考与批判态度的经典文学阅读相比，网络文学强调的是为读者创造身临其境的代入感，即共鸣（移情）体验。[2] 一个能够让读者"代入"的文本，就具备了某种"体验"的意味，只有在"体验"的过程中，读者才更有可能实现全身心的投入，[3] 蕴含在文本中的那套情感满足机制才越

---

1 汤天甜、姚梦奇：《爽剧的影像构建机制与情感破圈探析》，《当代电视》2024 年第 1 期。

2 杨玲：《体验经济与网络文学研究的范式转型》，《文艺研究》2013 年第 12 期。

3 杨玲：《体验经济与网络文学研究的范式转型》，《文艺研究》2013 年第 12 期。

能够精准地发挥功效。微短剧吸收了网络文学的这种创作倾向，其代入感的营造，主要通过主人公的平民化塑造来实现。

主人公的平民化塑造，是指在设计并塑造微短剧的主人公形象时，使主人公在身份层面贴近目标受众群，或者在精神面貌与思维方式上贴合目标受众群的心理与喜好，以模糊距离感，便于观众投射自我、代入主人公形象。以微短剧《我在八零年代当后妈》为例，该剧在 2024 年春节横空出世，上线当日充值额达 2000 万元，一度拿下抖音短剧热力榜榜首，热力值近千万，同时还登上了抖音热榜，成了当时的现象级"爆款"。该剧的女主角"司念"正是一个十分贴近普通观众的人物形象。

《我在八零年代当后妈》是一个含有穿越元素的言情题材微短剧。讲述了身为现代女大学生的司念，意外穿越回 80 年代，被司家养父母赶出家门，代替司家真千金嫁给乡下离异带娃的养猪场老板周越深，一边创业一边与周越深日久生情的故事。在人物身份设定方面，主人公司念的大学生身份十分贴近青年受众群体，极易唤起同龄受众的共鸣与认同。当下，"清澈的愚蠢""路见不平拔刀相助"等网络热梗与标签已成为大学生的专属，这些特点也在司念身上得到了具象化体现。如剧中司念面对未来丈夫的两个孩子时，内心反应是庆幸自己可以"无痛当妈"。在面对相貌出众的周越深时，司念也并不羞于表现自己的情感与欲望，与当代年轻人的恋爱观念及思维方式保持呼应。除此之外，主人公的思维方式与行为方式也可以不严格依照现实逻辑来设计，如该剧的女主角司念，其身为现代人，即使穿越回 80 年代，也仍然保持着现代人的思维逻辑与处事方式，但这种思维并非现实的，而是网络中流行的、贴合并满足观众期待与想象的。如在面对绿茶女配、恶毒养父母、跋扈富二代、刁蛮亲戚及难搞的小姑子时，司念绝不忍气吞声，而以心直口快的态度反击所有不公正的对待，一度成为观众的"互联网嘴替"。可以看到，主人公并不受现实社会人际交往规则的束缚，几乎不必承担也无须顾虑后果，只需听从本心、直抒胸臆。主人公的性格与行为方式迎合并满足了观众的期待，在唤起移情效果的同时又兼"宣泄"的作用，为观众提供情感和心理上的慰藉与补偿。

平民化的主人公并不意味着"平庸"，前文曾谈到，微短剧的人物——尤其是主要人物，仍然有成长转变历程，即人物弧光。相比于长剧集而言，微短剧的主人公更强调"成长"，且这种成长较多体现为外在的、可见的"回报"。在微短剧《我在八零年代当后妈》中，主人公司念利用自己的知识与现代思维开创了自己的卤味事业，凭借自己的实力获得了村民的认可。从被赶出家门代嫁女，到最后事业家庭双丰收的后妈，主人公完成了一场普通人的逆袭之旅。总的来说，贴近受众生活或贴近受众深层欲望与情感需求的主人公，是受众群体投射自我、代入剧情的基础。这种连接关系一经建立，就会形成投射与反馈的循环。当主人公凭借自己的力量（知识、资源、武力等）或者某种品质（道德、运气等）获得报偿时——报偿既可与其力量保持匹配，又可超出常规——观众也能够获得同步的心理与情感满足。

## 二、构建"期待—满足"的情节循环模式

一个可代入的主人公能够在剧情与观众之间搭起投射与反馈的桥梁，而要唤起观众的情感体验，仍需借由具体的情节内容来实现。微短剧短小精悍，偏好于在较短的时间内完成从唤起期待到满足期待的循环过程，其情节发展也大多遵循"期待—满足"的循环模式，同时，为创造"即时满足"的观赏效果，微短剧中"期待—满足"的循环速度普遍比长篇电视剧要快得多，这都使得微短剧在情节模式、冲突形式、情节节奏方面呈现出一定的独特性。

从微短剧的情节模式来看，微短剧主要借由高密度的、鲜明的情节变化来刺激观众产生情感的起伏变化，是"以情节叠加的'富裕感'加深观众对'有限时间内内容充盈'的心理诉求"，[1] 从而实现情感的满足。微短剧中普遍的强反转、强冲突就是这一创作倾向的具象表现。高密度的情节变化是指微短剧的情节在极短的篇幅（通常是单集）内产生多次显著的变化，或是创意型的变化，令人意想不到；或是反转型的变化，使情节起伏多变。这一特征在早期的段子型微短剧中十分常见，以万合天宜制作的《万万没想到》的第一季第一集为例，该集时长 3 分 20 秒左右，讲述了男主角王大锤参与拍摄一部低成本武侠剧，因剧组太过贫穷而发生的一系列啼笑皆非的故事。该集可以清晰地划分出四个剧情段落：王大锤与初级剑客对战；王大锤与高级剑客对战；王大锤与终极魔王对战；救出被困的公主，公主欲以身相许，王大锤自杀。四个剧情段落中又包含着至少三次转折。以第一个段落——王大锤初入剧组、战胜初级剑客来看，就分别包含了以下几个转折：王大锤发现自己的武器是儿童玩具剑，玩具剑能发出频繁的闪光特效；扮演初级剑客的演员登场，演员忘词、演技敷衍；王大锤使出绝招"九阳神拳"，剧组

---

1　张明浩：《从"延宕"到"即刻反馈"：剧集悬念叙事的创作新变及美学反思》，《中国电视》2024 年第 4 期。

用字幕代替特效；初级剑客不战而败。该剧情段落仅一分十几秒的篇幅，却接连发生了四次陡转，情节发展起伏不断，十分抓人眼球。对比长剧集来看，一分钟的篇幅可能尚未入戏，更不必谈情节的发展与变化，然而，这同时又是微短剧的问题所在，其往往要牺牲剧情和人物的深度，来换取这种高密度的情节变化。

随着国内微短剧的发展与成熟，微短剧行业也提炼出了一类既能保证变化丰富，又能够在有限篇幅内尽可能细致地展开剧情内容的情节模式，其中应用最广泛的是"先抑后扬"模式。这一模式主要从网络文学中继承而来，如网文中常见的"打脸""升级""逆袭""扮猪吃虎"等模式。在这类故事中，主人公前期往往身处劣势且受人压迫，后期则必然会凭借主角光环或某种机遇一转劣势，扬眉吐气，这都属于一种情节上的"先抑后扬"。随着影改的风潮，来自网络文学的这类模式开始广泛融入长篇电视剧集，代表案例如《甄嬛传》《延禧攻略》等。在电视剧《甄嬛传》中，女主角甄嬛在感情与宫廷权力斗争中双双失意，自请离宫前往甘露寺当尼姑的情节段落，是全剧中人物命运的最低点，后期甄嬛借腹中孩子重回宫中，受封熹妃，人物命运触底反弹，情节发展有明显的"先抑后扬"过程。结合该案例不难发现，先抑后扬能够为观众创造一种从"压抑"到"释放"的情感变化过程。当人物被命运弹压到最低点，观众在低点感受到的压力与憋闷，都将在人物命运"翻盘"的时刻得到释放，从而产生心理上爽快与振奋。微短剧将这种情节模式进一步简化与提炼，情节上压抑与释放的循环更快，密度更高，单集内就可以完成一次情节上的先抑后扬，如《我在八零年代当后妈》的第二集，前半集讲述了女主角司念被养父母赶出司家，同时还要代替养父母的亲女儿刘思思嫁给乡下老男人，主人公的命运走势持续向下。在后半集中，司念以乐观的态度接受一切，不仅卷走了属于真千金的昂贵化妆品与衣物首饰，还借着刘思思"打我一下出出气"的场面话，动手打人。人物命运走势虽未彻底扭转，但由人物行动带来的情感反馈是昂扬向上的，情节走势仍具备鲜明的压抑—释放过程。

微短剧还可以利用人物关系配置来促使情节产生压抑—释放的效果，比如编剧可以围绕人物在冲突中的博弈力量来配置人物关系。在微短剧中，冲突往往是剧中正面角色与反面角色的力量博弈，这种力量包括权利、性格、情感、资源、智力、武力等等。正反阵营力量悬殊，通常是由主人公所在的正面阵营掌握着能够碾压一切的力量与绝对优势。当正反阵营产生激烈交锋时，冲突过程即是压抑的过程，主人公利用自己或者正面阵营其他角色所掌握的绝对优势，在这场交锋中占据上风，直到胜出，即是释放的过程。值得说明的是，微短剧的部分人物类型标签本身就包含着对人物"力量"的暗示，比如"霸总"暗含着霸道、强势、财力雄厚的意味，"小白花"则是温柔脆弱。因此，这类标签也可以作为配置人物关系的参照。在微短剧《闪婚老伴是豪门》中，伪装成普通人的豪门首富雷志远是"霸道总裁"的变体，女主角石小秀是软弱善良的"小白花"形象，儿媳与亲家是恶毒且嫌贫爱富的形象。当石小秀被势利眼的亲家羞辱时，雷志远用自己首富的身份为其撑腰出气。豪门霸总"打脸"嫌贫爱富的势利眼的情节，正是由人物关系所促成的，亦符合观众对于这种人设搭配的固有期待。

从微短剧的冲突形式来看，为匹配高密度的情节变化与即时满足（反馈）的观赏效果，微短剧的矛盾冲突设计也侧重于浅显且激烈，矛盾冲突的密度也相对较高。为满足这些需求，微短剧编剧会更倾向于选用直观可见的外部冲突与简单的内心冲突，如正反双方的肢体冲突，源于简单的意识形态或观念差异的冲突、利益冲突等。那类源于人物性格的复杂而幽微的冲突形式通常需要时间和耐心来铺垫并揭示，似乎与微短剧即时反馈的目标相悖，而外部冲突更易抓人眼球，矛盾的解决流程也更为简单，能够保证新旧矛盾（也即看点）的高效更替。然而，这并不意味着微短剧只能表现浅薄的矛盾冲突，只是浅显、激烈的冲突更符合"效率"的需求。由于单集篇幅受限，部分微短剧会用多集连续甚至一整部剧集的篇幅来表现深层次的冲突。如《另一半的我和你》用整部剧集来呈现女性所面临的诸多困境与矛盾，刻画了包括女性在两性关系、社会、职场等方面的矛盾冲突。漫改微短剧《滚动吧小齿轮》则用整部剧集的篇幅刻画男主人公在工作与生活之间的挣扎和平衡，展现了一个平凡"社畜"从迷茫到发现自我的心路历程。相比于同类题材的长剧集来说，微短剧所能达到的深度相对有限，但结合案例可以看到，微短剧仍具备着表现深刻、复杂冲突的可能性。

从微短剧的情节节奏来看。长篇电视剧创作中的铺垫、延宕等必要手段，在微短剧创作中不是必须。微短剧更注重为观众创造即时的欲望与情感满足，需尽可能在情节上缩短从刺激到反馈的周期，因此，诸如延宕、铺垫一类会拖慢剧情进展的编剧技法被搁置一旁，取而代之的是直白的情节进展、高速推进的情节节奏。然而，部分微短剧在兼顾这些特征的同时，还采用串联、利用多个单集的方式来完成铺垫，制造悬念的延宕效果。以微短剧《引她入室》为例，在该剧中，女主角郑蓁雇用其保姆马红丽来设计引诱丈夫吴池陷入骗局，在计划实施的过程中，吴池为试探马红丽富婆身份的真实性，引荐马红丽高价购买表弟收藏的名画，该剧情段落最终以马红丽拿出巨款，吴池疑心打消为结局。该段落从第 22 集开始到第 25 集结束，总时长约 6 分钟左右，其中还包括了郑薹向借贷公司借钱、与债主孟飞言赛车并取得胜利等诸个小段落，也就是说，在短短 6 分钟内女主角共解决了借钱、赛车、打消吴池疑心三个问题，情节进展之快可见一斑。然而，女主角与马红丽能否携手渡过难关的悬念也因此得到了延宕处理，即在 22 集提出悬念，延宕至 25 集才初步揭晓悬念，中间的三集则是由多个关联在其中的小悬念组成。

综合来看，当高密度的情节变化、能够有效调节观众情感变化的情节模式、简单而激烈的矛盾冲突互相组合在一起时，能够帮助微短剧建立"期待—满足"的循环，高速推进的情节节奏又将这种循环以合乎微短剧即时反馈、即时满足要求的形式运转起来，以此来创造持续的吸引力与情感的满足和宣泄。这些创作技巧在一定程度上反映了微短剧的表现特色，但也暗含着微短剧有可能面临的粗制滥造与快餐化危机。不能否认的是，当某一种创作模式被提纯到极致，剩下的也仅仅是机械的功能框架，而一味追求高效率的即时满足，也难免会使微短剧滑向浅薄与贫乏。当前微短剧的诸多实践已经向我们证明了一个事实：微短剧短小、快速的表现特点，情感服务的功能属性，并不是它走向精品之路的障碍。微短剧创作亦不应局限于纯然功利的商业目的，而应在兼顾微短剧表现特性的同时，重视内容的打磨，合理利用编剧技巧，探索更具深度更多维度的情感表达方式。

## 三、创作题材的翻新与多元化表达

伴随微短剧市场的持续扩张趋势，其创作者群体与受众规模也在不断扩展，微短剧旧有的题材类型已无法满足新的发展形势，而开始出现创作题材多元化的趋势。一方面，除职业编剧之外，来自多个相关行业的创作者也开始参与到微短剧的生产环节当中来，创作者层次进一步丰富，促使微短剧的题材内容迅速迭代更新。另一方面，微短剧的受众范围正在持续扩大，受众群体的审美需求也呈现出丰富多变的态势，市场的变化反馈到生产环节，又直接推动了微短剧创作题材的翻新。

创作题材的翻新是指对微短剧市场上已有题材的翻新，其翻新手段也有多种。其一，可以是在旧题材的基础上融入新的元素，如融合了二次元元素的科幻题材微短剧《终钥之证》，融合元宇宙题材与虚拟人演员"柳叶熙"的微短剧作品《捏人》等。其二，可以是对旧题材的创造性拼贴。如微短剧《女男科医生》，立足于女性视角，以医疗主题作为故事主线，以轻喜剧与浪漫爱情故事作为外包装，是一部融合多题材要素的职场爱情类微短剧。其三，对旧题材进行新的诠释。如在现象级微短剧《二十九》中，两位女主角互为情敌，一度水火不容。按照同题材微短剧的固有处理方式，剧情可能会走"情敌互撕"或复仇爽剧路线，陷入千篇一律的套路之中，然而该剧的创作者突破常规，改变这类题材常用的"雌竞"路线，让两位女主角在相识相知的过程中化解隔阂，互相帮助，成为一种亦敌亦友的默契关系，表现了女性角色在婚恋关系之外，作为社会个体的丰富价值。

创作题材多元化则表现为题材类型的多元化与题材表达的多元化。就题材类型的多元化来说，可以是对尚未完全开发的旧题材进行再度挖掘。此前，女频类微短剧一直占据着市场的热门地位，男频类微短剧尚不成规模，但随着《赘婿》《庆余年》等男频长剧集的爆火，微短剧领域内的创作者与制作公司也开始注意到男频题材的发展潜力，仅仅几年的时间，男频类微短剧不仅大幅增长，其受众范围也已超出男性群体，而扩展到了更广泛的受众群体之间。武侠、仙侠、升级流、凡人流等男频网络小说中的热门题材，开始被大量应用到微短剧的创作之中。题材类型的多元化亦可以来自对新题材的发现。近年来，市面上已经出现了诸多表现医疗、法律、游戏与天文等新鲜题材内容的微短剧作品。除此之外，立足于中国传统故事与民俗传说的玄幻、民俗题材微短剧也在不断涌现，如在腾讯视频平台播出的微短剧《阴阳镇怪谈》《九叔传说》《我在东北做白事的那些年》等。就题材表达的多元化来说，主要是指对市面上已有的题材进行新的解读、更深层次的诠释。如女性向微短剧题突破了原有的以"言情"为焦点的创作成规，开始广泛关注女性成长议题，如《二十九》《引她入室》等作品。再如青春校园题材对青春期、校园暴力等现实问题的关照；未来科幻题材对科技发展与人类未来的深入剖析；悬疑惊悚的残酷真相背后，对于人性的探讨；聚焦于特定历史时期，对历史题材进行新的解读等。可以看到，微短剧这种对题材的新诠释更多的是对社会现实的关注以及进行深刻价值表达的尝试。

综上，从网络文学继承而来的那一部分题材已无法满足微短剧的创作需求与发展速度，而呈现出创作题材多元化发展的趋势。在这种情况下，微短剧编剧更应该发掘自身优势，拓宽视野与创作思路，在微短剧相对宽松的行业生态中发挥自己的创作优势。

## 四、新技术助力微短剧内容生产

近年来，随着人工智能的成熟与大范围应用，微短剧行业也在 AI 的冲击下不断迭代更新，逐渐发展出了一种新的内容生产方式——AIGC（AI Generated Content）以及虚拟技术制作方式。这些新型技术的出现也为微短剧的创作带来更多的可能性。

在微短剧的产业链上游，AIGC 可以直接应用于编剧的生产创作环节。在编剧的构思环节，AIGC 可以通过对大量文本数据的学习和分析，为编剧提供更加丰富新颖的剧情创意。例如要设计一个爱情题材的微短剧，AIGC 可以对大量的爱情影视剧剧集库进行分析，集合诸多爱情故事的案例，输出新的创意点。在创作与后续修改环节，AIGC 也可以在原本的文本基础上为编剧提供新的创作思路，如设置意想不到的反转情节、丰富冲突的深度与层次、创造有趣的角色互动等。AIGC 还可以根据微短剧平台用户的需求与反馈，不断优化和调整剧情设计，使编剧创作的微短剧剧本更加符合用户期望和市场需求，极大提高了编剧的工作效率与质量。

在微短剧的制作与拍摄环节。虚拟技术的应用与实践也已经进入了新的发展阶段。许多虚拟技术厂商以微短剧产业为切入点，尝试将虚拟科技运用到影视制作的工业化流程当中。所见即所得的虚拟制作与拍摄方式，大大节省了微短剧拍摄的时间与成本，编剧和导演对于拍摄场景的要求也能通过 3D 场景制作一一实现。借由虚拟技术，创作者可以更加自由地发挥想象力，将心中的故事完美地呈现出来，而无需担忧现实呈现的问题。目前市面上出现较多的互动游戏短剧，正是微短剧与新技术融合的最佳案例。

当下，国内部分知名平台与相关领域内的公司、大厂已在积极推进 AIGC 与虚拟制片等新技术的研发和应用，可以说，新技术进入影视行业已成为一种时代趋势。对于微短剧创作者而言，也应正确认识新技术带来的诸种变化。AIGC、虚拟技术不仅仅是一种新型生产工具，更是一种思维方式与全新的工作模式，合理利用新技术，可以帮助创作者打破传统的创作思维束缚，激发创造力，促使创作者创造出更多具有独特性与个性化的作品，进而在微短剧日渐激烈的竞争赛道上占取优势。

# 结　语

伴随互联网的兴起，网络微短剧开始在国内影视市场上萌芽生长，尽管它的成长速度不及其他网络视听或影视形式，但在这段相对沉寂的时期，微短剧不断兼收各家优势，从网络剧、短视频、网络文学与传统影视中汲取表达方式与创作经验，充实自身，并根据自身的表现特色，逐渐摸索出了一条自己的发展道路，迎来了属于自己的爆发式增长期。

本章聚焦于微短剧的创作方法和未来发展方向，以编剧理论的视角，结合网络文学相关概念与微短剧的实际情况，对微短剧编剧进行了初步的考察与研究。当下，微短剧的创作尽管出现了模式化、程式化的发展倾向，也还存在各种粗制滥造、打"擦边球"的现象，但行业内部始终在积极调整、规范业态，监管部门也在逐步健全对微短剧的管理与监督。未来，随着更多专业影视公司的加入，AIGC、虚拟技术的融合应用，微短剧行业也会加速走向专业化、规范化的发展方向，并再次迎来新的发展突破口。

# 附　录

## 一、微短剧与传统戏剧对比表格

| 比较维度 | | 微　短　剧 | 传统戏剧 |
|---|---|---|---|
| 创作目的 | | 引导并快速满足观众的情感与娱乐需求，以达到高效获取用户量、播放量与付费率的商业目的 | 以艺术表现、故事叙述和情感表达为主，注重艺术审美 |
| 文本特点 | 内容 | 短小精悍。多改编自成熟的网络文学IP，或根据时下大众的审美趣味及关注热点来重新创作 | 编剧根据自我表达需要或者其他相关方要求确定 |
| | 情节 | 倾向于选取相对简单浅显、富含冲突的人物关系及事件，以迅速建构、引爆并解决矛盾，推动情节高速发展，不强求人物刻画与表现深度，注重于创造即时满足式的观赏体验 | 引发冲突、刻画人物性格与情感，推动矛盾发展 |
| | 结构 | 根据不同的微短剧类型（连续式、单元式与互动式）来选择合适的结构形式 | 以创作目的和表达需要为依据选择适合的戏剧结构 |
| 呈现 | 台词 | 台词大多通俗浅显，语言具有较强的网络色彩 | 台词经过精心打磨，追求语言艺术性和戏剧表现力 |
| | 表演 | 通常遵循剧本和导演的安排，但不严格追求艺术性 | 艺术性强，通常需要严格遵循剧本和导演的安排 |
| | 舞美设计 | 大多由专业人员进行舞美设计与场景布置，部分剧目可以借由技术手段实现虚拟布景 | 根据导演要求，由专业人员进行舞美设计 |
| | 观众互动 | 观众处于旁观者的位置，但可以通过弹幕、评论等方式实现互动并获取实时反馈 | 观众通常处于旁观者位置，主要进行情感与审美体验 |

## 二、微短剧文本案例

1. 女频类微短剧文本案例：《我在八零年代当后妈》[1]

关键词：爱情，穿越，女性成长

剧情简介：女大学生司念穿越回 20 世纪 80 年代，遇到了离异带两个孩子的养猪场老板周越深，司念在与周越深相识相知并相爱的过程中，一边与难缠的亲戚们斗智斗勇，一边将自己的卤味事业做大做强……

## 《我在八零年代当后妈》

### 第一集

1-1　日　内　灵堂

人　物　司念，司辛，张翠梅，妹妹

字　幕　1987 年

司　仪　请所有来宾全体肃立，为司家的长女默哀。

宾客 1　这司先生可是国营化工厂的二把手，是城里有头有脸的人物，怎么女儿这么年轻就……

宾客 2　你没听说啊，司家跟一个农村种地的抱错了孩子，现在亲生女儿找回来了。死的这个听说要替真千金嫁给乡下离过婚的老男人，活活让养母给逼死了！

司　仪　一鞠躬。

　　　　【司念的脚动了一下，被正准备鞠躬的司辛看见。

司　辛　（惊慌拉住张翠梅）她好像动了一下！

张翠梅　（不耐烦）你看错了。

司　仪　二鞠躬。

　　　　【司念的手背动了动，司辛再次震惊，赶忙拍了拍身旁的张翠梅。

司　辛　她这回真的动了！

　　　　【司辛的动静让张翠梅尴尬，司仪咳嗽提醒。

司　仪　三鞠……

司　念　（坐起身）诶，吵死了！

　　　　【众人尖叫，张翠梅吓得坐倒在地。

---

1　据《我在八零年代当后妈》成片整理。

司　念　（迷糊）今天有课吗？我手机呢？

　　　　　【司念清醒了些，站起身睁开了眼，神情震惊。

司　辛　你是人是鬼！

司　念　你，你们怎么穿成这样啊！这是什么整蛊节目吗？

　　　　　【司念好奇地在灵堂内查看。

张翠梅　（害怕）你别过来！

　　　　　【司念看见花圈，好奇地查看上面的字。

司　念　一九八七？

　　　　　【司念不顾身上还穿着寿衣，惊讶地朝门外走去，一把拉开殡仪馆大门。

1-2　日　外　殡仪馆

门前人物　司念，路人甲

　　　　　【司念茫然地走到街道上，看着熙熙攘攘的80年代街道。路人甲骑着自
　　　　　行车经过，看了司念一眼，吓得人仰车翻。

　　　　　【司念跪在地上，双手问天喜极而泣。

司　念　（惊呼）我穿越了！！！

## 第二集

2-1　日　内　司念卧室

人　物　司念

　　　　　【司念打量着卧室里的物件。

司　念　这司家条件，真不错啊。这首饰、护肤品，样样都有，过这么好，死什
　　　　　么啊。不就是嫁给农村离过婚的老男人吗，我嫁！

司　辛　（VO）到家了。

张翠梅　（VO）来来来，思思。

　　　　　【司念警觉地朝门外看去。

2-2　日　内　司家客厅／司家卧室

人　物　刘思思，司辛，张翠梅，司念

张翠梅　快进来，这就是你的家了。

司　辛　闺女，司念她替你去乡下嫁给了那个老男人，以后啊，跟着爸妈在城里

享福吧!

**张翠梅** 思思啊,那个,傅厂长家的那个儿子傅炀,就是你的未婚夫了。

**刘思思** 这,这不太好吧。要是念念姐知道的话,不会又要寻死了吧?

【司念从门后的珠帘探出头,偷听着他们的对话。

**张翠梅** 哎呀,死就死吧,一个外姓人。她呀,配不上人家,还一个劲地倒贴,真丢我们老司家的脸!

【切司家卧室。司念轻轻带上门。

**司 念** 好歹 18 年情分,这养父母也太冷血无情了。

【切司家客厅

**张翠梅** (宠溺)哪像我们思思啊,这么乖巧可爱的,说不定啊,那个傅炀见她第一眼就喜欢呢!

**司 辛** 嗯!

**刘思思** 可是……我刚搬进来就住到姐姐的房间,会不会不太好呀!

**司 辛** 这有什么不好啊,我现在就让她把房间收拾出来,你搬过去住!

【切司家卧室

**司 念** 不拿,全便宜给了死绿茶。(拖出两个大箱子)我通通拿走!

【切司家客厅。司辛殷勤地给刘思思端来水果。

**司 辛** 来,闺女,我让你妈给你剥个大的。

**刘思思** 谢谢爸!

【司念提着两个大箱子从卧室走了出来,刘思思偷偷用余光瞥了一眼。

**刘思思** 念念姐,这件事情都怪我,你可千万别怪爸妈。你要是生气的话……你要不,打我两下出出气?

**司 念** (扇了刘思思一巴掌)行嘞!

【刘思思被打蒙,定格。

# 第三集

3-1 日 内 司家客厅 / 司家卧室

**人 物** 刘思思,司辛,张翠梅,司念。

【刘思思转头冲着司念生气。

**刘思思** 你,你真打啊!

**司 辛** 你!真打呀你。

张翠梅　（扶起刘思思）你怎么敢打我的女儿，你得疯病啦！

司　念　我是有病啊，我有密集恐惧症。我最害怕，心眼子多的人！

司　辛　你胡说什么！

司　念　我还有巨物恐惧症——我啊，最害怕，大—傻—B ！

　　　　【司辛惊得说不出话，张翠梅指着司念。

张翠梅　你！

司　念　这么明显的绿茶招数你们还看不出来啊，还好我不是你们二位亲生的，不然，遗传了你们俩的智商，我还不得哭死啊！

司　辛　你替思思享了 18 年的福，思思呢，替你受了 18 年的苦！你还有什么不满足的！难道还要我给你拿些盘缠，你才肯走吗？

司　念　（眼睛一亮）行啊，老登，来吧！

司　辛　什么？老、老、老登？

司　念　谢谢爹。

　　　　【司辛颤抖地将手伸进口袋。

张翠梅　你，真是一个喂不熟的白眼狼！起初我咋没看出你不是我亲生的呢！

司　念　不是吧不是吧，你们不会从没怀疑过，就您两位这样的会生出我这么秀外慧中聪明伶俐的小美人儿啊？

张翠梅　我……

司　念　（一把夺过司辛手里的钱）我可早就怀疑了！（拎起行李箱）闪开！

　　　　【二老气急败坏，刘思思假装孝顺安抚。

刘思思　妈。（对司辛）爸，爸……

　　　　【司辛坐下。

司　辛　当务之急，安顿好思思。

　　　　【刘思思转身，露出得意的笑。

刘思思　（OS）那些衣服，首饰，化妆品，都是我的了！

　　　　【刘思思开心地走到卧室，却发现里面被洗劫一空。思思震惊地检查房内物品，走到电灯前。

刘思思　（用力拍了电灯）这个贱人，灯泡都拆走了！

　　　　【电灯荡漾而去，在空中形成一个曲线后又被拉扯回来，撞到脑门，思思委屈得气急败坏。

2. 男频类微短剧文本案例:《血染大晏国》

关键词: 灵异, 复仇, 逆袭

剧情简介: 晏懿宸谋权篡位, 屠杀前朝皇帝满门。忠臣为保全皇族血脉, 施狸猫换太子之计, 幸存下来的前朝太子墨凡由此成了晏懿宸的第九子。然而晏懿宸并不器重他, 兄弟姐妹们也因为嫉妒墨凡的才能而处处欺压。墨凡对这个世界深感绝望, 计划着逃离皇宫。在墨凡 17 岁时, 皇族血脉的异能开始显现, 墨凡在月圆之夜的子时从亡魂口中得知了自己被灭门灭国的残忍真相。他决定利用鬼魂神灵血染晏国, 将暴君晏懿宸亲手屠在自己的刀下, 并建立新的王朝。

# 《血染大晏国》

## 第一集

1-1　夜　内　宫殿

**人　物**　先王、先王后、晏懿宸

　　　　【浓烟阵阵, 先王从死去士兵的腰间拔出佩刀, 指向步步逼近的仇人。

**先　王**　究竟是谁给你的胆量火烧皇宫?

　　　　【仇人揭下面具, 先王大为震撼。

**先　王**　竟然是你! (苦笑) 哈哈, 不仅弑君, 还想要灭了我们皇族, 你迟早是要遭到报应的!

　　　　【王后用身体保护先王。

**先王后**　主上待你不薄, 叛贼! 小人!

**先　王**　你带着几儿快逃, 快逃!

**先王后**　我和几儿怎能抛下你呢?

**先　王**　皇族不能没有血脉!

　　　　【先王向先王后手中偷偷塞了一枚玉佩。

**先　王**　快走! 你快走啊!

　　　　【说罢便在争斗中被一剑刺死, 仇人追向先王后, 凄厉的惨叫在殿堂外盘旋——

1-2　夜　内　墨凡寝宫

**人　物**　墨凡、先王、丫鬟

　　　　【墨凡从噩梦中惊醒, 丫鬟跑来。

丫 鬟　墨凡殿下，您又做噩梦了？

墨 凡　是……

丫 鬟　这次又梦到了什么？

【墨凡看向窗外，发现了先王的灵魂，大惊。

墨 凡　他怎么在那里！

丫 鬟　谁？窗外没人啊？

墨 凡　是梦里的人！

丫 鬟　墨凡殿下，您一定是做梦被吓到了，寝宫守卫森严，外面没有任何人闯入。

墨 凡　他在对我讲话，他有事情要告诉我！

丫 鬟　我这就让下人给您再煮一碗安神汤。

【丫鬟退下，墨凡怔怔看着窗户外的魂灵，先王突然开口讲话。

先 王　几儿，我的几儿！

墨 凡　不，我叫墨凡。

先 王　"几"字中沾了一点血，心中藏了灭门之恨，现如今是"凡"，又怎能忘记曾经呢？

墨 凡　你在说些什么？

先 王　我的孩子，不要相信任何人（指向窗外丫鬟出去的方向）——想要知道真相，就要把看到我的事情先守口如瓶，每个月圆之夜，死去的亡灵都可以与你对话。我们，终于可以看到希望了！

【丫鬟眼神诡异，端着安神汤推门而入。

丫 鬟　殿下在和谁讲话？

墨 凡　汤药放在这里吧，你先退下。

【抬头，发现魂灵已然不见。

## 第二集

2-1　日　内　宫殿

人 物　晏懿宸、太子、二皇子、墨凡

太 子　听闻昨日墨凡你又做噩梦了？

墨 凡　谢过太子殿下关心，墨凡本就年少体弱，夜晚常常被梦魇所困。（话锋一转）不过太子您的确神通广大，连弟弟我做梦被惊醒，都一清二楚啊！

太　子　（冷笑）自己的亲弟弟当然要自己关心。

二皇子　以为自己很有能耐吗？9个皇子里，数你最小，也数你最不受待见。

墨　凡　哥哥教训的是，墨凡不如诸位皇兄才华横溢、气度非凡。

二皇子　我麾下有一神医，今儿叫过去给你瞧瞧病。

墨　凡　不必麻烦哥哥了。

　　　　【二皇子把墨凡腰间的玉佩扯了下来。

二皇子　别拒绝我啊怪胎，梦魇之症不是小事儿，我害怕某一天深夜，你小子发疯，这可是我们当哥哥的失职。玉佩就当作给你看病的报酬了！

　　　　【墨凡攥紧拳头，满眼愤恨。

太　子　二弟，别逗他了，一会儿父皇就到。

二皇子　墨凡，哥哥可是在关心你，从小到大都这样，你是知道的。

　　　　【在场的几位皇子都陪着太子和二皇子大笑，墨凡趁机夺过玉佩，默不作声。

画外音　皇上驾到——

　　　　【晏懿宸身着龙袍，大摇大摆地坐上了王位，众人跪地。

众　人　吾皇万岁万岁万万岁——

晏懿宸　众爱卿平身。

众　人　谢皇上。

晏懿宸　近日来外族总是骚乱，藩国为了促进和我们的友好关系，害怕我们大晏国一不小心就打过去，把他们整个国家连根拔起，杀个片甲不留……

　　　　【话还没说完，众人大笑，夸赞大晏国国力雄厚，只有墨凡神情严肃。

晏懿宸　话说这藩国的确也出美人儿啊，个个都肤白貌美，水灵灵的……

二皇子　父皇喜欢，我们就打过去！把女人们都抢到大晏国来！

晏懿宸　人家可给我们把几位公主都送过来和亲了！把公主带进殿，你们都来挑一挑吧！

　　　　【三位异域风情的公主蒙着面纱进入宫殿，准备揭开面纱……

# 后　记

　　本书的参与人员以上海戏剧学院的博士（在读）和硕士（已毕业）为主，硕士撰写的篇章大多数在其硕士论文的基础上再度加工而成。其中"心理剧"一章由2023级博士生张加存撰写，"博物馆戏剧"由2023级博士生程宇月撰写，"剧本杀"由2020级硕士邹信禹及其先生刘宇共同撰写，"文旅戏剧"由2020级硕士赖星宇撰写，"电子游戏编剧"由17级硕士范金莹撰写，"微短剧"由2019级本科生崔梓萌撰写，全书统稿工作由范金莹同学完成。

　　本书由这群年轻人合作共同完成是出于以下考虑：

　　首先，新兴戏剧形态已经存在了一段时间，我们亟须展开相关研究。目前单篇的、针对某一新兴类型的论文或已有之，但从戏剧编剧的角度切入、着眼整体加以观照的"专著"付之阙如。若是等到分门别类的研究成熟，再展开整体的研究，我们将被实践远远地抛在后面，而且会丧失鲜活的第一手研究资料。

　　其次，这些年轻人虽然已经完成答辩，有的毕业离校、有的继续读博，然而他们十分珍爱自己的选题，答辩时评委给予的针对性意见仍启发着他们的思考。卸除答辩和交稿的压力后，随着时间的沉淀，他们对课题的认知也更深入和高屋建瓴。他们十分高兴有这样一个机会，能够继续完善硕士阶段的工作，再一次向戏剧这一巨人致敬。

　　最后，这些年轻人对于新兴的戏剧形态十分感兴趣，而且许多是名副其实的身体力行者。比如范金莹同学，曾在剧本评估机构担任评估师。她外表文弱内心强悍，对于游戏编剧、剧本杀、微短剧等均有所观察和思考，请她来担任我们全书的统稿是再合适不过的了。程宇月同学硕士期间在导师徐煜教授的带领下主攻博物馆戏剧，其作品《一人一戏梦》曾获得过大学生创业计划的金奖，在上海电影博物馆演出多轮。邹信禹同学从研二开始从事剧本杀的演出实践，她和她的先生携手并进、互相启发，如今已经是一家剧团的中流砥柱。崔梓萌同学现在波士顿大学攻读硕士学位，她本科期间就勇于探索和钻研，对传统戏曲与新兴网络平台的融合很感兴趣，对于微短剧也很有研究。赖星宇同学毕业后仍持续进行着文旅戏剧的实践，她创作的作品曾在上海课植园演出。相信从他们的新鲜视角带来的一手资料，给戏剧之河带来的不只是几朵新鲜的浪花，必将汇成研究的涓涓细流，直至成为滔滔洪流。

在此要特别感谢范金莹同学。她是我与姚扣根教授合带的第一届研究生，有着在今天学生身上极为珍贵的质朴、踏实和对研究一丝不苟的"苛求"。在统稿的过程中，她极负责任地严格要求，极富牺牲精神地为一些篇章如"文旅戏剧""微短剧"等丰富了案例、调整了结构和提炼了论点。除了统稿工作外，她还独立撰写了"电子游戏编剧"一章。没有她的协助，这本书是不可能以现在的质量完成的。

本书从确定选题到成书，经历了两年有余，在各位作者的艰苦努力下，细致实用、深入浅出的原则较好地得到了体现，然而，囿于研究资料和作者学力、才力的双重不足，难免有遗漏之处，请各位不吝赐教，在此先谢！

**图书在版编目(CIP)数据**

新型戏剧编剧技巧初探 / 刘艳卉主编. -- 上海 ：
上海人民出版社，2025. -- ISBN 978-7-208-19359-8

Ⅰ. I053

中国国家版本馆 CIP 数据核字第 2025P1R230 号

**责任编辑**　赵蔚华
**封面设计**　谢定莹

**新型戏剧编剧技巧初探**

刘艳卉　主编

| | | |
|---|---|---|
| 出　　版 | 上海人民出版社 | |
| | （201101　上海市闵行区号景路 159 弄 C 座） | |
| 发　　行 | 上海人民出版社发行中心 | |
| 印　　刷 | 苏州工业园区美柯乐制版印务有限责任公司 | |
| 开　　本 | 720×1000　1/16 | |
| 印　　张 | 17.5 | |
| 插　　页 | 3 | |
| 字　　数 | 300,000 | |
| 版　　次 | 2025 年 2 月第 1 版 | |
| 印　　次 | 2025 年 2 月第 1 次印刷 | |

ISBN 978 - 7 - 208 - 19359 - 8/J・752

定　　价　75.00 元